R   O   M   A

JULIA QUINN

A GRANDE REVELAÇÃO

TRADUZIDO DO INGLÊS POR

HELENA RUÃO

ASA

Título: **A GRANDE REVELAÇÃO**
Título original: **ROMANCING MR BRIDGERTON**
© 2002, Julie Cotler Pottinger
Publicado por acordo com Avon,
uma chancela da Harper Collins Publishers
© 2014, Edições ASA II, S.A.

Capa: Neusa Dias
Imagens da capa: Shutterstock
Fotografia da autora: Rex Rystedtseattlephoto.com
Paginação: GSamagaio
Impressão e acabamentos: EIGAL

1.ª edição: janeiro de 2014
8.ª edição: junho de 2024 (reimpressão)
Depósito legal n.º 430844/17
ISBN 978-989-23-2527-9

Edições ASA II, S.A.
Uma editora do Grupo Leya
Rua Cidade de Córdova, n.º 2
2610-038 Alfragide – Portugal
www.leya.com

Às mulheres de avonloop e a todos os colegas e amigos...
Muito obrigada por me concederem alguém com quem conversar
durante todo o dia.
O vosso apoio e amizade significa mais para mim
do que sou capaz de expressar em palavras.

E ao Paul, ainda que, na área dele, a coisa mais parecida com
um romance seja «O Beijo da Morte».

AGRADECIMENTOS

O meu maior agradecimento a Lisa Kleypas e Stephanie Laurens pelo uso gracioso das suas personagens.

PRÓLOGO

No dia 6 de abril, do ano de 1812... precisamente dois dias antes do seu décimo sexto aniversário, Penelope Featherington apaixonou-se.

Foi, numa palavra, arrebatador. O mundo tremeu. O coração desatou aos saltos. O momento foi de cortar a respiração. E, pôde dizê-lo a si mesma com alguma satisfação, o homem em questão – um certo Colin Bridgerton – sentiu-se exatamente da mesma maneira.

Oh, não a parte do amor. Ele certamente não se apaixonou por ela em 1812 (nem em 1813, 1814, 1815, ou... ora, bolas, nem nos anos seguintes, de 1816 a 1822, e, certamente, não em 1823, quando esteve fora do país o ano todo). Mas a terra dele tremeu, o coração saltou-lhe no peito e Penelope teve a certeza absoluta de que ele também ficou sem respiração. Por uns bons dez segundos.

Cair de um cavalo tendia a ter esse efeito num homem.

A coisa passou-se desta maneira:

Ela tinha saído para uma caminhada no Hyde Park com a mãe e as duas irmãs mais velhas, quando sentiu um ruído atroador debaixo dos pés (ver acima: a parte sobre a terra tremer). A mãe não estava a prestar-lhe grande atenção (a mãe raramente o fazia), por isso Penelope escapuliu-se um momento para ver o que se passava.

O resto da família Featherington estava absorta a conversar com a Viscondessa Bridgerton e a sua filha Daphne, que começava a sua segunda temporada em Londres, por isso fingiam ignorar o estrondo. Os Bridgerton eram uma família muito importante e qualquer conversa com eles *não* podia ser ignorada.

Assim que Penelope contornou uma árvore de tronco particularmente rotundo, viu dois cavaleiros virem na sua direção, galopando a toda a brida ou uma qualquer dessas expressões que as pessoas gostavam de usar para os loucos a cavalo que não se preocupavam com a sua própria segurança e bem-estar. Penelope sentiu o coração acelerar (teria sido difícil manter um pulso tranquilo sendo testemunha de tanta agitação e, além disso, permitia-lhe dizer que sentira o coração pular no momento em que se apaixonou).

Então, num daqueles inexplicáveis caprichos do destino, levantou-se uma súbita rajada de vento que lhe arrancou o chapéu (que, para grande desgosto da mãe, ela não tinha amarrado corretamente porque a fita lhe arranhava o queixo) fazendo-o voar e… catrapás! bater em cheio no rosto de um dos cavaleiros.

Penelope ofegou (ficando sem respiração!) e o homem caiu do cavalo, aterrando da forma mais deselegante possível numa poça de lama.

Sem pensar duas vezes, ela precipitou-se na sua direção, gritando algo que tinha o intuito de inquirir acerca do seu bem-estar, mas que suspeitava ter-lhe saído como nada mais do que um grito estrangulado. Obviamente, ele devia estar furioso com ela, pois efetivamente era a responsável por tê-lo feito cair do cavalo e ficar coberto de lama… duas coisas que garantidamente colocariam qualquer cavalheiro no pior dos humores. Mas quando finalmente se levantou, limpando toda a lama que conseguiu expulsar da roupa, ele não a atacou. Não lhe dirigiu nenhum ralhete mordaz, não gritou, não lhe lançou sequer um olhar fulminante.

Ele riu-se.

Riu-se.

Penelope não tinha grande experiência com o riso dos homens, e o pouco que *tinha* não fora simpático. Mas os olhos deste homem, de um tom de verde bastante intenso, estavam inundados de alegria enquanto limpava um respingo embaraçoso de lama do rosto e dizia: – Ora, ora, este não foi o meu melhor momento de destreza, não acha?

E nesse momento, Penelope apaixonou-se.

Quando finalmente encontrou voz para responder (resposta essa que, reconhecia com tristeza, surgiu com uns bons três segundos de atraso relativamente ao tempo que qualquer outra com um mínimo de inteligência teria precisado), disse: – Oh, não, eu é que deveria pedir desculpas! O chapéu voou-me da cabeça e…

Parou de falar quando percebeu que ele não tinha, na verdade, pedido desculpa, por isso não fazia muito sentido contradizê-lo.

– Não se preocupe, não foi nada – disse ele, oferecendo-lhe um sorriso ligeiramente divertido. – Eu… Oh, bom dia, Daphne! Não sabia que estavas no parque.

Penelope virou-se bruscamente e deu de caras com Daphne Bridgerton, ao lado da sua mãe, que prontamente sibilou: – O que fizeste, Penelope Featherington? – E Penelope nem conseguiu responder com o seu pronto *Nada* porque, na verdade, o acidente tinha sido totalmente culpa dela, acabando a fazer um papel ridículo na frente daquele que, obviamente, a julgar pela expressão no rosto da mãe, era um solteiro muito cobiçado.

Não que a mãe tivesse pensado que *ela* tinha alguma hipótese com ele. Mas Mrs. Featherington acalentava grandes esperanças matrimoniais para as filhas mais velhas. Além disso, Penelope não tinha ainda feito o seu debute na sociedade.

Mas se Mrs. Featherington pretendia repreendê-la ainda mais, conteve-se, porque isso exigiria desviar a atenção dos importantíssimos Bridgerton, a cuja família, como Penelope rapidamente descobriu, pertencia o homem atualmente coberto de lama.

– Espero que o seu filho não esteja ferido – disse Mrs. Featherington a Lady Bridgerton.

– Estou fresco que nem uma alface – interveio Colin, esquivando-se habilmente, antes que Lady Bridgerton o pudesse sufocar de preocupação maternal.

As apresentações foram feitas, mas o resto da conversa foi de somenos importância, principalmente porque Colin concluiu com rapidez e precisão que Mrs. Featherington era uma mãe casamenteira. Penelope não se surpreendeu quando, a toda a pressa, ele bateu em retirada.

Mas o dano já estava feito. Penelope tinha encontrado uma razão para sonhar.

Mais tarde naquela noite, ao recordar o encontro pela milésima vez, ocorreu-lhe que teria sido bom se pudesse dizer que se tinha apaixonado no momento em que ele lhe beijara a mão antes de uma dança, os olhos verdes a cintilar diabolicamente enquanto os dedos estreitavam os dela com um pouco mais de força do que era de bom-tom. Ou talvez pudesse ter acontecido enquanto cavalgava com bravura através de uma charneca varrida pelo vento, o vento (acima mencionado) não sendo capaz de o deter enquanto ele (ou melhor, o cavalo) galopava aproximando-se cada vez mais, tendo como única intenção (a de Colin, não do cavalo) chegar até junto dela.

Mas não, tinha logo de se apaixonar por Colin Bridgerton, a cair de um cavalo e a aterrar de fundilhos numa poça de lama. Era extremamente irregular, prosaico até, mas havia uma certa justiça poética na situação, uma vez que não levaria a nada.

Para quê desperdiçar o romance num amor que nunca seria correspondido? O melhor era guardar o imaginário da charneca varrida pelo vento para pessoas que poderiam realmente ter um futuro juntas.

E se havia coisa que Penelope sabia, já nessa altura, com a tenra idade de dezasseis anos menos dois dias, era que o seu futuro não incluía Colin Bridgerton no papel de marido.

Ela simplesmente não era o tipo de jovem que atraísse um homem como ele e receava que nunca seria.

No dia 10 de abril, do ano de 1813, precisamente dois dias depois do seu décimo sétimo aniversário, Penelope Featherington fez o seu debute na sociedade londrina. Não queria fazê-lo. Implorou à mãe que a deixasse esperar mais um ano. Tinha pelo menos mais doze quilos do que deveria e o rosto ainda apresentava uma tendência horrível para desenvolver manchas sempre que ficava nervosa, o que significava estar *sempre* com manchas, já que nada no mundo poderia deixá-la tão nervosa como um baile londrino.

Tentou convencer-se de que a beleza era apenas superficial, mas esse argumento não servia de desculpa quando se condenava por nunca saber o que *dizer* às pessoas. Não havia nada de mais deprimente do que uma rapariga feia e sem personalidade. E nesse primeiro ano do Mercado Matrimonial, essa era a descrição exata de Penelope. Uma rapariga feia, sem... pronto, está bem, tinha de se atribuir *algum* crédito... com muito pouca personalidade.

Lá no fundo, sabia quem era, uma pessoa inteligente e amável, muitas vezes até engraçada, mas, sem perceber como, a sua personalidade perdia-se sempre no caminho entre o coração e a boca, e apanhava-se a dizer a coisa errada ou, mais frequentemente, a nem abrir a boca.

Para tornar tudo ainda menos atrativo, a mãe de Penelope recusava-se a permitir que Penelope escolhesse a sua própria roupa e, quando não estava vestida com o branco da praxe usado pela maioria das jovens (que, obviamente, não combinava nem um pouco com a sua tez), era forçada a usar amarelo, vermelho e cor de laranja, cores que lhe conferiam uma aparência triste. A única vez que Penelope havia sugerido verde, Mrs. Featherington plantara as mãos nas mais que amplas ancas e declarara que o verde era demasiado melancólico.

Amarelo era uma cor *alegre* e uma jovem *alegre* não teria dificuldades em caçar um marido, dissera Mrs. Featherington.

13

Penelope decidiu nesse exato momento que era preferível não tentar compreender o funcionamento da mente da mãe.

Por isso deixou-se trajar de amarelo e cor de laranja e, ocasionalmente, de vermelho, ainda que tais cores lhe dessem um ar decididamente *triste*, combinando de forma positivamente medonha com os olhos castanhos e cabelo arruivado. Como não havia nada que pudesse fazer acerca disso, Penelope decidiu sorrir e aguentar, e mesmo que não conseguisse sorrir, pelo menos não iria chorar em público.

Algo que, tinha algum orgulho em notar, nunca fizera.

Para piorar o que já era mau, 1813 foi o ano em que a misteriosa (e fictícia) Lady Whistledown começou a publicar as suas *Crónicas da Sociedade* trissemanais. O jornal de folha única tornou-se um sucesso instantâneo. Ninguém conhecia a verdadeira identidade de Lady Whistledown, mas todos pareciam ter uma teoria. Durante semanas (não, meses, na verdade), Londres não foi capaz de falar de outra coisa.

O jornal foi entregue gratuitamente durante as primeiras duas semanas, tempo suficiente para viciar a alta sociedade e, de repente, deixou de haver entrega, apenas ardinas cobrando o preço exorbitante de cinco *pennies* por jornal.

Mas já ninguém era capaz de viver sem a dose quase diária de mexericos, e todos passaram a comprá-lo.

Algures, uma certa mulher (ou homem, especulavam algumas pessoas) estava a ficar verdadeiramente rica.

O que distinguia as *Crónicas da Sociedade de Lady Whistledown* de anteriores boletins sobre a alta sociedade era o facto de a autora enunciar os verdadeiros nomes dos seus alvos na íntegra. Não se escondia atrás de abreviaturas como Lorde P. ou Lady B. Se Lady Whistledown queria escrever acerca de alguém, usava o seu nome completo.

E quando Lady Whistledown queria escrever sobre Penelope Featherington, fazia-o. A primeira aparição de Penelope nas *Crónicas da Sociedade de Lady Whistledown* foi a seguinte:

O infeliz vestido de Miss Penelope Featherington fazia a desafortunada jovem assemelhar-se a um citrino demasiado maduro.

Uma estocada bastante contundente, é certo, mas nada menos do que a verdade.

A segunda aparição na coluna não foi melhor.

Não se ouviu uma palavra saída da boca de Miss Penelope Featherington, mas não admira! A pobre rapariga parecia afogar-se nos babados do vestido.

Nada que pudesse melhorar a sua popularidade, receava Penelope.

Mas a temporada não foi um completo desastre. Havia um punhado de pessoas com quem parecia capaz de falar. Lady Bridgerton, justamente ela, simpatizou com Penelope, que descobriu ser capaz de dizer coisas à amável viscondessa que nunca sonharia dizer à própria mãe. Foi por intermédio de Lady Bridgerton que conheceu Eloise Bridgerton, a irmã mais nova do seu amado Colin. Eloise também tinha acabado de fazer dezassete anos, mas sabiamente a mãe permitira à filha adiar o debute por um ano, embora Eloise possuísse em abundância a beleza e o charme dos Bridgerton.

Nas tardes que Penelope passava na sala de estar verde e bege da Bridgerton House (ou, mais frequentemente, no quarto de Eloise, onde as duas se divertiam, riam e discutiam tudo e mais alguma coisa com grande fervor), acabava de quando em vez por encontrar Colin, que, com vinte e dois anos, ainda não se tinha mudado da casa da família para alojamentos de solteiro.

Se antes Penelope havia pensado que o amava, nada se comparava ao que passou a sentir depois de realmente o conhecer. Colin Bridgerton era espirituoso, arrojado, tinha um jeito brincalhão e despreocupado que fazia as mulheres derreterem-se na sua presença, mas acima de tudo...

Colin Bridgerton era um homem bom.

Bom. Que palavrinha tão insignificante. Parecia banal, mas de alguma forma encaixava na perfeição. Colin tinha sempre algo de bom a dizer a Penelope, e quando ela finalmente ganhava coragem para responder alguma coisa (que não fosse a saudação e despedida da praxe), ele realmente ouvia o que ela tinha a dizer. O que facilitava imenso o encontro seguinte.

No final da temporada, Penelope concluiu que Colin Bridgerton era o único homem com quem conseguira manter uma conversa do princípio ao fim.

Aquilo era amor. Ah, sim, era amor, amor, amor, amor, amor, amor. Uma repetição pateta de palavras, talvez, mas era justamente isso que Penelope rabiscava numa folha de papel ridiculamente cara, ao lado das palavras «Mrs. Colin Bridgerton» e «Penelope Bridgerton» e «Colin Colin Colin». (Penelope atirou o papel para o fogo assim que ouviu passos no corredor.)

Como era maravilhoso sentir amor, mesmo que unilateral, por uma pessoa tão boa. Dava uma sensação tão incrivelmente sensata.

Claro, não fazia mal nenhum que Colin fosse, tal como todos os homens Bridgerton, estrondosamente atraente. Possuía o famoso cabelo castanho dos Bridgerton, a boca ampla e sorridente dos Bridgerton, os ombros largos, um metro e oitenta e dois de altura e, no caso de Colin, os olhos verdes mais devastadores que alguma vez agraciaram um rosto humano.

Eram o género de olhos que perturbavam os sonhos de uma mulher.

E Penelope sonhava e sonhava e sonhava.

Em abril de 1814, Penelope regressou a Londres para uma segunda temporada e, embora continuasse a atrair o mesmo número de pretendentes que no ano anterior (zero), para ser honesta, a temporada não foi assim tão má. Ajudou que tivesse perdido mais de doze quilos e pudesse agora dizer que era «prazenteiramente roliça» em vez de «batoque horrível». Ainda estava longe de ser o ideal de feminilidade delgada que dominava a sociedade, mas, pelo menos, tinha mudado o suficiente para justificar a compra de um guarda-roupa completamente novo.

Infelizmente, a mãe insistiu mais uma vez no amarelo, cor de laranja e no toque ocasional de vermelho. E desta vez, Lady Whistledown escreveu:

> *Miss Penelope Featherington (a menos fútil das irmãs Featherington) usava um vestido amarelo limão que deixava um gosto acre na boca.*

O comentário parecia implicar que Penelope era o membro mais inteligente da família, embora, na verdade, o elogio fosse ambíguo.

Mas Penelope não era a única distinguida pela língua mordaz da cronista. Kate Sheffield, com o seu cabelo escuro, tinha sido comparada a um narciso desbotado quando surgira de vestido amarelo e acabara por casar com Anthony Bridgerton, o irmão mais velho de Colin e, ainda por cima, visconde!

Por isso Penelope tinha esperança.

Bem, não propriamente esperança. Sabia que Colin nunca iria casar-se com ela, mas pelo menos, dançava com ela nos bailes e fazia-a rir, e de vez em quando ela também o fazia rir; sabia que isso teria de bastar.

A vida de Penelope continuou. Fez a sua terceira temporada, depois a quarta. As duas irmãs mais velhas, Prudence e Philippa, encontraram finalmente maridos e foram-se embora. Mrs. Featherington tinha esperança de que Penelope ainda pudesse casar, uma vez que Prudence e Philippa tinham necessitado de cinco temporadas para laçar os maridos, mas Penelope sabia que estava destinada a permanecer uma solteirona. Não seria justo casar com alguém quando ainda era tão desesperadamente apaixonada por Colin. E talvez, nos confins da mente, no canto mais afastado, escondido atrás de conjugações verbais francesas que nunca conseguira dominar e da aritmética que nunca usara, ainda guardasse uma ponta de esperança.

Até *àquele* dia.

Mesmo agora, sete anos depois, ainda se referia a ele como *aquele* dia.

Tinha ido a casa dos Bridgerton, como fazia com frequência, para tomar chá com Eloise, a mãe e as irmãs. Foi pouco antes de o irmão de Eloise, Benedict, se ter casado com Sophie, só que ele não sabia quem ela realmente era e, bem, não teve importância, exceto ter sido talvez o maior segredo da última década que Lady Whistledown não conseguira desvendar.

Enfim, Penelope estava a passar pelo átrio, atenta às batidas dos próprios pés no piso de mármore a caminho da saída. Ajustava a peliça, preparando-se para percorrer a curta distância até casa (mesmo ao virar da esquina), quando ouviu vozes. Vozes masculinas. Vozes masculinas dos Bridgerton.

Eram os três irmãos Bridgerton mais velhos: Anthony, Benedict e Colin. Estavam a ter uma daquelas conversas que os homens têm, daquelas em que resmungam muito e fazem pouco uns dos outros. Penelope sempre gostara de ver os Bridgerton interagirem desta maneira; eram mesmo uma *família*.

Penelope via-os pela porta da frente aberta, mas não conseguia ouvir o que diziam até chegar à soleira. E como prova do péssimo sentido de oportunidade que a havia atormentado toda a vida, a primeira voz que ouviu foi a de Colin, e as palavras não eram amáveis.

– ...*e certamente não me vou casar com Penelope Featherington!*

– Oh! – A palavra escapou-lhe dos lábios antes que pudesse pensar, o silvo perfurando o ar como um assobio desafinado.

Os três Bridgerton viraram-se para encará-la com uma idêntica expressão horrorizada nos rostos, e Penelope percebeu que tinha acabado de entrar no que seriam, certamente, os cinco minutos mais terríveis da sua vida.

Não disse nada durante o que pareceu uma eternidade, e depois, finalmente, com uma dignidade que nunca sonhara possuir, olhou para Colin e disse: – Eu nunca pedi que casasses comigo.

As faces de Colin tingiram-se de vermelho. Abriu a boca, mas nenhum som saiu. Fora provavelmente a única vez na vida que ficara sem palavras, pensou Penelope com satisfação irónica.

– E nunca… – acrescentou, engolindo convulsivamente –, nunca disse a ninguém que queria que o fizesses.

– Penelope – conseguiu Colin finalmente dizer –, sinto muito.

– Não precisas de pedir desculpa por nada – disse ela.

– Não – insistiu ele –, preciso, sim. Feri os teus sentimentos e…

– Não sabias que eu estava presente.

– Mas, mesmo assim…

– Não te vais casar comigo – disse ela, a voz soando-lhe estranha e irreal. – Não há problema nenhum com isso. Eu não vou casar com o teu irmão Benedict.

Benedict, que claramente estava a tentar não olhar, voltou a atenção para ela ao ouvir o comentário.

De braços esticados ao lado do corpo, Penelope cerrou os punhos. – Não lhe fere os sentimentos quando declaro que não me vou casar com ele – virou-se para Benedict, forçando-o a encará-la –, pois não, Mr. Bridgerton?

– Claro que não – respondeu Benedict muito depressa.

– Está resolvido, então – disse ela com firmeza, espantada por, pelo menos uma vez na vida, ter conseguido dizer *exatamente* o que queria. – Não há sentimentos feridos. Agora, se me dão licença, senhores, gostaria de ir para casa.

Os três cavalheiros imediatamente se afastaram para lhe dar passagem, e ela teria escapado sem mais, se não fosse Colin de repente dizer: – Não tens uma criada?

Ela balançou a cabeça, negando. – Eu moro ao virar da esquina.

– Eu sei, mas…

– Eu acompanho-a – disse Anthony suavemente.

– Não é necessário, senhor.

– Faça-me a vontade – disse ele, num claro tom de que ela não tinha voto na matéria.

Ela assentiu e os dois seguiram pela rua. Depois de terem passado cerca de três casas, Anthony disse numa voz estranhamente respeitosa: – Ele não sabia que estava lá.

Penelope sentiu os cantos da boca apertarem-se, não de raiva, mas de uma espécie de resignação cansada. – Eu sei – respondeu. – Ele não é uma pessoa cruel. Calculo que a sua mãe tenha andado a pressioná-lo com o assunto do casamento.

Anthony assentiu. A intenção de Lady Bridgerton de ver cada um da sua prole de oito filhos casados era lendária.

– Ela gosta de mim – disse Penelope. – A sua mãe, quero dizer. Não vê para além disso, infelizmente. Mas a verdade é que não terá grande importância, se ela gostar da noiva de Colin.

– Bem, eu não diria *isso* – ponderou Anthony, parecendo mais um filho bem comportado do que um visconde altamente temido e respeitado. – Eu não gostaria de estar casado com alguém de quem a minha mãe não gostasse. – Abanou a cabeça em um gesto de profundo temor respeitoso. – Ela é uma força da natureza.

– A sua mãe ou a sua esposa?

Ele pensou um pouco antes de responder: – Ambas.

Caminharam mais alguns momentos, até que Penelope deixou escapar: – Colin devia partir.

Anthony olhou-a com curiosidade. – Como diz?

– Ele devia ir-se embora. Viajar. Não está preparado para se casar e a sua mãe não será capaz de se conter e irá pressioná-lo. Ela tem boas intenções… – Penelope mordeu o lábio, horrorizada com o que acabara de dizer. Esperava que o visconde não achasse que estava a criticar Lady Bridgerton. Na sua opinião, não havia melhor Lady em Inglaterra.

– A minha mãe é sempre bem-intencionada – disse Anthony com um sorriso indulgente. – Mas talvez tenha razão. Talvez ele devesse sair daqui. Colin adora viajar. Embora tenha acabado de regressar do País de Gales.

– Ai sim? – murmurou Penelope educadamente, como se não soubesse perfeitamente que ele tinha estado no País de Gales.

– Chegámos – disse Anthony ao mesmo tempo que assentia como resposta. – Esta é a sua casa, não é?

– Sim. Obrigada pela companhia.

– Foi um prazer, garanto.

Penelope ficou a vê-lo afastar-se e, em seguida, entrou em casa e chorou.

No dia seguinte, apareceu esta nota nas *Crónicas da Sociedade de Lady Whistledown*:

> *Helas, que agitação ontem nos degraus da frente da residência de Lady Bridgerton em Bruton Street!*
>
> *Primeiro, Penelope Featherington foi vista na companhia não de um, nem dois, mas TRÊS irmãos Bridgerton, por certo um feito até então impossível para a pobre jovem, famosa pelo seu comportamento antissocial. Infelizmente para Miss Featherington (mas talvez previsivelmente), quando por fim saiu, foi no braço do visconde, o único homem casado no grupo.*
>
> *Se Miss Featherington fosse de alguma forma capaz de arrastar um irmão Bridgerton até ao altar, isso significaria certamente o fim do mundo tal como o conhecemos, e esta Vossa Autora, que admite não perceber nada de um mundo assim, ver-se-ia forçada a renunciar imediatamente ao seu cargo.*

Dava ideia que até Lady Whistledown entendia a futilidade dos sentimentos de Penelope em relação a Colin.

*

Os anos foram passando e, sem se aperceber, Penelope deixou de ser uma debutante e passou a ver-se sentada juntamente com as acompanhantes, observando a irmã mais nova, Felicity, a única irmã Featherington abençoada com beleza natural e charme, desfrutar das suas próprias temporadas londrinas.

Colin desenvolveu o gosto pelas viagens e começou a passar cada vez mais tempo fora de Londres; parecia que de longe a longe partia para um novo destino. Quando estava na cidade, guardava sempre uma dança e um sorriso para Penelope, e ela foi conseguindo fazer de conta que nada acontecera, que ele nunca declarara a sua aversão por ela numa rua pública e que os seus sonhos nunca tinham sido despedaçados.

E quando ele estava na cidade, o que não acontecia muitas vezes, ambos pareciam ter-se acomodado numa amizade tranquila, para não dizer profunda. Que era tudo o que uma solteirona de quase vinte e oito anos de idade poderia esperar, certo?

O amor não correspondido nunca era fácil, mas Penelope Featherington estava habituada.

CAPÍTULO 1

A mães casamenteiras estão unidas pela alegria: Colin Bridgerton regressou da Grécia!

Para os gentis (e ignorantes) leitores que são novos na cidade este ano, Mr. Bridgerton é o terceiro na lendária prole de oito irmãos Bridgerton (daí o nome Colin, começando com C; vem a seguir a Anthony e Benedict, e precede Daphne, Eloise, Francesca, Gregory e Hyacinth).

Embora Mr. Bridgerton não detenha título nobre, e é improvável que tal venha a suceder (ele é o sétimo na linha para o título de visconde Bridgerton, atrás dos dois filhos do visconde atual, do irmão mais velho, Benedict e dos seus três filhos), ainda é considerado um dos principais partidos da temporada, devido à sua fortuna, à sua beleza, à sua elegância e, acima de tudo, ao seu charme. Embora seja difícil prever se Mr. Bridgerton irá sucumbir à felicidade matrimonial esta temporada, ele está, certamente, em idade casadoura (trinta e três). Todavia, nunca demonstrou interesse especial por qualquer mulher de ascendência respeitável e, para tornar as coisas ainda mais complicadas, tem uma tendência terrível para deixar Londres por tudo e por nada, partindo para algum destino exótico.

CRÓNICAS DA SOCIEDADE DE LADY WHISTLEDOWN,
2 DE ABRIL DE 1824

— Olha, olha! – guinchou Portia Featherington. – O Colin Bridgerton está de volta!

Penelope levantou os olhos do bordado. A mãe agarrava na última edição das *Crónicas da Sociedade de Lady Whistledown* da

23

mesma maneira que Penelope poderia agarrar, digamos, uma corda, estando pendurada de um edifício. – Eu sei – murmurou.

Portia franziu a testa. Detestava que alguém, fosse quem fosse, conhecesse os mexericos antes dela. – Como é que leste o *Whistle-down* antes de mim? Eu avisei o Briarly para o guardar para mim e não deixar ninguém tocar-lhe…

– Eu não li no *Whistledown* – interrompeu Penelope, antes de a mãe decidir castigar o pobre e ameaçado mordomo. – Foi a Felicity que me disse. Ontem à tarde. A Hyacinth Bridgerton contou--lhe.

– A tua irmã passa muito tempo em casa da família Bridgerton.

– Eu também – observou Penelope, curiosa sobre o caminho da conversa.

Portia tamborilou o dedo no queixo, como sempre fazia quando estava a tramar ou a congeminar alguma coisa. – O Colin Bridgerton está em idade de procurar uma esposa.

Penelope conseguiu piscar os olhos uma vez antes de os arregalar de tal maneira que pareciam querer saltar-lhe da cara. – O Colin Bridgerton não vai casar-se com a Felicity!

Portia encolheu os ombros. – Já aconteceram coisas mais estranhas.

– Não que eu tenha visto – murmurou Penelope.

– O Anthony Bridgerton casou-se com aquela Kate Sheffield, e ela era ainda menos popular do que *tu*.

Não era exatamente verdade; Penelope achava que ambas estavam em degraus igualmente baixos da escala social. Mas não fazia muito sentido dizer isso à mãe, que provavelmente pensava estar a elogiar a terceira filha ao dizer que não tinha sido a jovem menos popular da temporada.

Penelope sentiu os lábios apertarem-se. Os «elogios» da mãe tinham o hábito de pousar como vespas.

– Não penses que estou a criticar – disse Portia de repente, toda ela preocupação. – Na verdade, fico contente pelo teu celibato. Estaria sozinha no mundo, se não fossem as minhas filhas, e é reconfortante saber que uma de vós poderá cuidar de mim na minha velhice.

Penelope teve uma visão do futuro (o futuro descrito pela mãe) e sentiu uma súbita vontade de sair a correr e casar-se com o limpa--chaminés. Há muito que se resignara com a ideia de uma vida de eterno celibato, mas sempre se imaginara sozinha na sua casa geminada na cidade. Ou talvez numa casinha confortável perto do mar.

Mas ultimamente Portia andava a salpicar as conversas com referências à velhice e como tinha sorte por Penelope poder cuidar dela. Não importava que tanto Prudence como Philippa tivessem casado com homens abastados e possuíssem fundos suficientes para providenciar à mãe uma vida de conforto. Ou que a própria Portia fosse moderadamente rica; quando a família disponibilizara o dinheiro para o dote, um quarto desse valor fora reservado para a sua conta pessoal.

Não, quando Portia mencionava ter quem «cuidasse dela», não se referia a dinheiro. O que Portia queria era uma escrava.

Penelope suspirou. Estava a ser muito severa com a mãe, mesmo que apenas em pensamento. Fazia-o com demasiada frequência. A mãe amava-a. Sabia isso. E ela também amava a mãe.

O problema era que, às vezes, não *gostava* muito da mãe.

Esperava que isso não fizesse dela uma pessoa má. Mas, sinceramente, a mãe era capaz de tirar a paciência até à mais bondosa e dócil das filhas, e Penelope era a primeira a admitir que a mãe era capaz de ser um pouquinho sarcástica às vezes.

— Porque achas que o Colin não se casaria com a Felicity? — perguntou Portia.

Penelope ergueu os olhos, assustada. Achava que aquela conversa já tinha terminado. Devia ter melhor discernimento. A mãe era uma pessoa extremamente persistente. — Bem — disse lentamente —, para começar, ela é doze anos mais nova do que ele.

— Pfff — foi a resposta de Portia, abanando a mão com indiferença. — Isso não é nada, e tu sabes muito bem.

Penelope franziu a testa e soltou um gritinho ao picar acidentalmente o dedo com a agulha.

– Além disso, ele tem – continuou Portia despreocupada, olhando novamente para o *Whistledown* e lendo a idade exata – trinta e três anos! Como é que ele pode escapar de uma diferença de doze anos entre ele e a mulher? Certamente não esperas que ele se case com alguém da *tua* idade.

Penelope chupava o dedo maltratado, embora soubesse que era extremamente grosseiro fazê-lo. Mas precisava de colocar algo na boca que a impedisse de dizer algo horrível *e* terrivelmente rancoroso.

Tudo o que a mãe dizia era verdade. Muitos dos casamentos na alta sociedade, talvez mesmo a maioria deles, eram de casais em que a mulher era uma dúzia de anos mais nova, ou até mais. Mas, de alguma forma, a diferença de idades entre Colin e Felicity parecia ainda maior, talvez porque…

Penelope foi incapaz de disfarçar o desgosto. – Ela é como uma irmã para ele. Uma irmã mais nova.

– Sinceramente, Penelope. Não me parece…

– É quase incestuoso – murmurou Penelope.

– O que disseste?

Penelope pegou novamente no bordado. – Nada.

– Tenho a certeza de que disseste alguma coisa.

Penelope abanou a cabeça, negando. – Só clareei a garganta. Talvez tenha sido…

– Eu ouvi-te dizer alguma coisa. Tenho a certeza!

Penelope soltou um resmungo. A vida começava a desenhar-se longa e tediosa à sua frente. Mãe – disse ela, com a paciência de, se não um santo, pelo menos, uma freira muito devota –, a Felicity está praticamente noiva de Mr. Albansdale.

Portia começou a esfregar as mãos. – Ela não vai ficar noiva dele se conseguir deitar as mãos ao Colin Bridgerton.

– Felicity preferiria *morrer* do que correr atrás do Colin.

– Que disparate! Ela é uma menina inteligente. Qualquer um pode ver que o Colin Bridgerton é muito melhor partido.

– Mas a Felicity ama Mr. Albansdale!

Portia afundou-se com desalento no cadeirão perfeitamente estofado. – Pois, há isso.

– E Mr. Albansdale possui uma fortuna perfeitamente respeitável – acrescentou Penelope com grande ênfase.

Portia tamborilou o dedo indicador na face. – É verdade. Suponho que não tão respeitável quanto a dos Bridgerton – disse rapidamente –, mas mesmo assim nada de desdenhar.

Penelope sabia que estava na hora de abandonar o assunto, mas não conseguiu evitar abrir a boca mais uma vez. – A verdade, mãe, é que ele é um par maravilhoso para a Felicity. Devíamos ficar muito felizes por ela.

– Eu sei, eu sei – resmungou Portia. – É só que eu queria tanto que uma das minhas filhas casasse com um Bridgerton. Que jogada perfeita! Eu estaria nas bocas de Londres durante semanas. Anos, talvez.

Penelope espetou a agulha na almofada ao lado dela. Era uma forma bastante disparatada de exteriorizar a raiva que sentia, mas a alternativa era levantar-se e gritar *Então e eu?* Portia parecia pensar que assim que Felicity se casasse, a sua esperança por uma união com os Bridgerton ficaria para sempre frustrada. Mas Penelope ainda estava solteira… isso não contava?

Seria pedir muito que a mãe pensasse nela com o mesmo orgulho que sentia pelas outras três filhas? Penelope sabia que Colin não iria escolhê-la como noiva, mas não deveria uma mãe ser um pouco cega quanto às falhas dos filhos? Era óbvio para Penelope que nem Prudence, nem Philippa, nem mesmo Felicity tiveram hipóteses com um Bridgerton, mas porque é que a mãe parecia pensar que os encantos delas eram tão superiores aos seus?

No entanto, Penelope tinha de admitir que Felicity gozava de uma popularidade que ultrapassava a das três irmãs mais velhas juntas. Mas Prudence e Philippa nunca haviam sido Incomparáveis. Rondavam pelo perímetro dos salões de festas tanto quanto Penelope.

Exceto, é claro, que agora eram casadas. Penelope nunca se teria unido a nenhum dos maridos delas, mas pelo menos elas eram casadas.

Felizmente, porém, a mente de Portia já havia derivado para outras paragens. – Tenho de fazer uma visita à Violet – dizia. – Deve estar tão aliviada pelo Colin ter regressado.

– Tenho a certeza de que Lady Bridgerton gostará muito de a ver – disse Penelope.

– Pobre mulher – comentou Portia, com um suspiro dramático. – Preocupa-se com ele, sabes...

– Eu sei.

– Acho que é mais do que uma mãe deveria suportar. Ele anda por aí na gandaia, só Deus sabe onde, por países que devem ser decididamente *pagãos*...

– Acho que na Grécia praticam o cristianismo – murmurou Penelope, com os olhos novamente postos no bordado.

– Não sejas impertinente, Penelope Anne Featherington, e eles são *católicos*! – Portia estremeceu com a palavra.

– Não são nada católicos – contrapôs Penelope, desistindo da costura e pousando-a de lado. – Eles são da Igreja Ortodoxa Grega.

– Bem, certamente não são da Igreja Anglicana – disse Portia torcendo o nariz.

– Considerando que são gregos, não acho que se preocupem muito com isso.

Os olhos de Portia estreitaram-se de desaprovação. – E que conhecimentos tens dessa tal religião grega, afinal? Não, não me digas – disse ela, com um gesto dramático –, leste em algum sítio.

Penelope piscou os olhos, tentando pensar numa resposta adequada.

– Quem me dera que não lesses tanto – suspirou Portia. – Provavelmente teria conseguido casar-te há anos, se te tivesses concentrado mais nas graças sociais e menos em... em...

Penelope tinha de perguntar. – Menos em quê?

– Não sei. Seja no que for que te faz olhar para o vazio e sonhar com tanta frequência.

– Estou apenas a pensar – disse Penelope calmamente. – Às vezes gosto de parar e pensar.

– Parar o quê? – quis saber Portia.

Penelope não pôde deixar de sorrir. A pergunta de Portia parecia resumir tudo o que havia de diferente entre mãe e filha. – Nada, mãe – disse Penelope. – A sério.

Portia parecia querer dizer algo mais, mas retraiu-se. Ou talvez estivesse apenas com fome, porque pegou num biscoito da bandeja de chá, metendo-o na boca.

Penelope fez o gesto para pegar no último biscoito, mas decidiu deixá-lo para a mãe. O melhor era manter a boca da mãe cheia. A última coisa que queria era ter outra conversa acerca de Colin Bridgerton.

– O Colin voltou!

Penelope levantou os olhou do livro *Uma Breve História da Grécia* e viu Eloise Bridgerton entrar de rompante no seu quarto. Como de costume, Eloise não havia sido anunciada. O mordomo dos Featherington estava tão habituado a vê-la lá em casa que a tratava como um membro da família.

– Ai sim? – perguntou Penelope, conseguindo fingir (na sua opinião) uma indiferença bastante realista. Claro que pousara *Uma Breve História da Grécia* por baixo do *Mathilda*, o romance de S. R. Fielding que tinha estado na berra no ano anterior. Toda a gente tinha uma cópia do *Mathilda* na mesinha de cabeceira. E era suficientemente volumoso para esconder *Uma Breve História da Grécia*.

Eloise sentou-se na cadeira da escrivaninha de Penelope. – Chegou muito bronzeado. Deve ter sido daquele tempo todo ao sol.

– Ele foi para a Grécia, não foi?

Eloise sacudiu a cabeça em sinal negativo. – Ele disse que a guerra lá se agravou e que era demasiado perigoso. Por isso foi antes para o Chipre.

– Ora, ora – disse Penelope com um sorriso. – Lady Whistle-down enganou-se.

Eloise abriu aquele sorriso Bridgerton atrevido e mais uma vez Penelope percebeu a sorte que tinha em tê-la como sua melhor amiga. Ela e Eloise eram inseparáveis desde os dezassete anos. Fizeram as respetivas temporadas londrinas juntas, atingiram a fase adulta juntas e, para desgosto das mães, tornaram-se solteironas juntas.

Eloise alegava não ter encontrado a pessoa certa.

Penelope, é claro, não tinha sido pedida em casamento.

– Ele gostou do Chipre? – perguntou Penelope.

Eloise suspirou. – Disse que é fabuloso. Como eu adorava viajar. Parece que toda a gente já viajou, exceto eu.

– E eu – lembrou Penelope.

– E tu – concordou Eloise. – Graças a Deus que existes.

– Eloise! – exclamou Penelope, atirando-lhe uma almofada. Mas agradecia a Deus por Eloise existir, também. Todos os dias. Muitas mulheres passavam a vida inteira sem um amigo próximo do sexo feminino e ela tinha alguém a quem podia contar tudo. Bem, quase tudo. Penelope nunca lhe confessara os seus sentimentos por Colin, embora pensasse que Eloise suspeitava da verdade. Porém, Eloise tinha demasiado tato, para o mencionar, o que só validava a certeza de Penelope de que Colin nunca a amaria. Se Eloise pensasse, por um momento que fosse, que Penelope tinha realmente hipótese de laçar Colin como marido, teria traçado as suas estratégias casamenteiras com uma crueldade que impressionaria qualquer general do exército.

Aliás, pensando bem, Eloise era uma pessoa bastante autoritária.

– ...e então ele disse que a água estava tão agitada que teve de se debruçar na amurada do barco para vomitar e... – Eloise fez má cara. – Não estás a ouvir.

– Não – admitiu Penelope. – Bem, na verdade, sim, parte. Não posso acreditar que o Colin realmente te disse que vomitou.

– Bem, eu *sou* irmã dele.

– E vai ficar furioso contigo se souber que me contaste.

Eloise dispensou o protesto com um gesto. – Ele não se importa. És como uma irmã para ele.

Penelope sorriu, mas suspirou ao mesmo tempo.

– A mãe perguntou-lhe, obviamente, se ele está a planear ficar na cidade esta temporada – continuou Eloise – e é claro que ele foi muito evasivo, mas depois eu decidi interrogá-lo…

– Muito inteligente da tua parte – murmurou Penelope.

Eloise atirou-lhe a almofada de volta. – E finalmente consegui que ele admitisse que sim, que deve ficar pelo menos alguns meses. Mas fez-me prometer não contar à mãe.

– Mas, isso não é… – Penelope clareou a garganta – muito inteligente da parte dele. Se a tua mãe pensar que ele vai ficar por pouco tempo, vai redobrar os seus esforços para vê-lo casado. Calculo que seja exatamente isso que ele mais quer evitar.

– Esse parece ser realmente o seu objetivo habitual na vida – concordou Eloise.

– Se ele a sossegasse, pensando não haver pressa, talvez ela não o atormentasse tanto.

– Uma ideia interessante – disse Eloise –, mas provavelmente mais certa na teoria do que na prática. A minha mãe está tão determinada em vê-lo casado que não importa se redobra os seus esforços. O esforço habitual já é suficiente para o deixar louco.

– Poderá alguém ficar duplamente louco? – devaneou Penelope.

Eloise inclinou a cabeça. – Não sei. Mas acho que não quero descobrir.

As duas ficaram em silêncio um momento (uma ocorrência rara) e, em seguida, Eloise levantou-se de um salto e disse: – Tenho de ir.

Penelope sorriu. As pessoas que não conheciam muito bem Eloise pensavam que ela tinha o hábito de mudar de assunto com frequência (e abruptamente), mas Penelope sabia que a verdade era outra. Quando Eloise se punha a cismar em alguma coisa, era completamente incapaz de esquecer. O que significava que, se de repente Eloise queria ir-se embora, provavelmente isso tinha a ver com algo que haviam conversado antes e…

– O Colin é esperado para o chá – explicou Eloise.

Penelope sorriu. Adorava ter razão.

– Tu devias aparecer – disse Eloise.

Penelope abanou a cabeça. – Ele deve querer estar só com a família.

– Talvez tenhas razão – concordou Eloise com um curto aceno de cabeça. – Então está bem, vou-me embora. Tenho muita pena pela visita ser tão curta, mas só queria ter a certeza de que sabias que o Colin tinha regressado.

– *Whistledown* – lembrou Penelope.

– Certo. Onde será que a mulher vai buscar a informação? – disse Eloise, abanando a cabeça interrogativamente. – Juro que às vezes ela sabe tanto sobre a minha família que penso se não deveria ficar assustada.

– Ela não pode continuar assim para sempre – comentou Penelope, levantando-se para acompanhar a amiga à porta. – Alguém acabará por descobrir quem ela é, não achas?

– Não sei. – Eloise pousou a mão na maçaneta da porta, que rodou e puxou. – Costumava pensar assim, mas já se passaram dez anos. Mais, na verdade. Se fosse para ela ser apanhada, acho que já teria acontecido.

Penelope desceu as escadas atrás de Eloise. – Mais cedo ou mais tarde, ela há de cometer um erro. Isso é certo. É apenas humana.

Eloise riu-se. – E eu a pensar que ela era uma semideusa.

Penelope abriu um sorriso.

Eloise parou e virou-se tão de repente que Penelope foi contra ela, quase atirando as duas pelos últimos degraus da escada. – Sabes uma coisa? – perguntou Eloise.

– Não posso imaginar o que se passa na tua cabeça.

Eloise nem se deu ao trabalho de fazer uma careta. – Sou capaz de apostar que ela *já* cometeu um erro – declarou.

– Como?!

– Tu mesma disseste. Ela, ou ele, quem sabe, já escreve a crónica há mais de uma década. Ninguém é capaz de o fazer durante tanto tempo sem cometer um erro. Sabes o que acho?

Penelope limitou-se a estender as mãos num gesto de impaciência.

– Acho que o problema é que somos demasiado estúpidos para percebermos os seus erros.

Penelope olhou para ela um momento e depois desatou a rir. – Oh, Eloise – disse, limpando as lágrimas dos olhos. – Eu adoro-te, sabias?

Eloise sorriu. – E ainda bem, solteirona como eu sou. Teremos de ir viver juntas quando formos duas velhas encarquilhadas de trinta anos.

Penelope agarrou-se à ideia como um barco salva-vidas. – Achas que sim?! – exclamou; e então, em voz baixa, depois de olhar furtivamente para um lado e outro do corredor: – A minha mãe começou a falar da velhice com uma frequência alarmante.

– O que tem isso de tão alarmante?

– É que eu estou em todas as suas visões, servindo-a lealmente.

– Oh, meu Deus!

– Uma expletiva bem mais suave do que a que me passou pela cabeça.

– Penelope! – Mas Eloise sorria.

– Eu adoro a minha mãe – disse Penelope.

– Eu sei que sim – disse Eloise, numa voz conciliadora.

– Não, eu realmente adoro-a.

O canto esquerdo da boca Eloise começou a contorcer-se. – Eu sei que sim. A sério.

– Só que…

Eloise levantou a mão. – Não precisas de dizer mais nada. Entendo perfeitamente. Eu… Oh! Bom dia, Mrs. Featherington!

– Eloise – respondeu Portia aparecendo em passo ruidoso no corredor. – Não sabia que estavas cá.

– Furtiva como sempre – disse Eloise. – Diria até descarada.

Portia lançou-lhe um sorriso indulgente. – Ouvi dizer que o teu irmão regressou à cidade.

– Sim, estamos todos radiantes.

– Acredito que sim, especialmente a tua mãe.

– É verdade. Está extasiada. Acredito que se tenha posto a fazer uma lista.

Toda a expressão de Portia se animou, como sempre acontecia à menção de qualquer coisa que pudesse ser interpretado como mexerico. – Uma lista? Que tipo de lista?

– Ah, sabe, a mesma lista que fez para todos os filhos adultos. Potenciais cônjuges e afins.

– Isso faz-me pensar – disse Penelope em tom seco – o que serão esses «afins».

– Às vezes, inclui uma ou outra pessoa que é irremediavelmente inadequada, com o intuito de destacar as qualidades das possibilidades *reais*.

Portia riu-se. – Talvez te ponha na lista do Colin, Penelope!

Penelope não teve vontade de rir. Nem Eloise. Portia pareceu não notar.

– Bem, é melhor eu ir – disse Eloise, clareando a garganta para disfarçar um momento embaraçoso para duas das três pessoas no átrio. – Estamos à espera do Colin para o chá. A mãe quer a família toda presente.

– Vão caber todos? – perguntou Penelope. A casa de Lady Bridgerton era grande, mas os Bridgerton, respetivos cônjuges e netos perfaziam um total de vinte e um. Era uma prole considerável.

– Vamos reunir-nos na Bridgerton House – explicou Eloise. A mãe tinha saído da residência oficial dos Bridgerton, em Londres, após o casamento do filho mais velho. Anthony, visconde desde os dezoito anos, tinha dito a Violet que não era preciso, mas ela insistira, dizendo que ele e a esposa precisavam de privacidade.

Assim, Anthony e Kate viviam com os três filhos na Bridgerton House, enquanto Violet vivia com os filhos solteiros (com exceção de Colin, que mantinha os seus próprios alojamentos) a apenas alguns quarteirões de distância, no número 5 de Bruton Street. Depois de cerca de um ano de tentativas frustradas para dar um nome ao novo lar de Lady Bridgerton, a família passara a chamá-la simplesmente de Número Cinco.

– Diverte-te – disse Portia. – Tenho de ir ver onde está a Felicity. Estamos atrasadas para um compromisso na modista.

Eloise viu Portia desaparecer nas escadas e comentou com Penelope – A tua irmã parece passar muito tempo na modista.

Penelope encolheu os ombros. – A Felicity está a ficar doida com tantas provas, mas ela é a última esperança da mãe para fazer um grande casamento. Desconfio que está convencida de que a Felicity vai agarrar um duque, se usar o vestido certo.

– Mas ela não está praticamente noiva de Mr. Albansdale?

– Acho que ele vai fazer o pedido formal na próxima semana. Mas, até lá, a mãe vai mantendo as opções em aberto. – Revirou os olhos. – É melhor avisares o teu irmão para manter a distância.

– O Gregory? – perguntou Eloise, incrédula. – Ele ainda nem saiu da universidade.

– O Colin.

– O *Colin*? – Eloise explodiu de tanto rir. – Oh, essa é preciosa.

– Foi o que eu lhe disse, mas tu sabes como ela é quando enfia uma ideia na cabeça.

Eloise soltou um riso abafado. – Um pouco como eu, imagino.

– Tenaz até ao fim.

– A tenacidade pode ser uma coisa muito boa no momento próprio – lembrou Eloise.

– Certo – respondeu Penelope com um sorriso sarcástico. – E no momento impróprio é um pesadelo.

Eloise riu-se. – Anima-te, amiga. Pelo menos ela deixou que te livrasses de todos aqueles vestidos amarelos.

Penelope olhou para o vestido que usava, que era de um tom de azul que a favorecia, se é que podia dizer isto de si própria. – Ela parou de escolher a minha roupa assim que percebeu que eu estava oficialmente na prateleira. Uma jovem sem perspetivas de casamento não vale o tempo e a energia dela para dar conselhos de moda. Não me acompanha à modista há mais de um ano! É o céu!

Eloise sorriu para a amiga, cuja tez adquiria uma bela tonalidade de pêssego e creme sempre que usava tons mais frios. – Ficou evidente para todos o momento em que tiveste autorização para escolher a tua própria roupa. Até Lady Whistledown comentou!

– Eu escondi essa crónica da mãe – admitiu Penelope. – Não quis ferir-lhe os sentimentos.

Eloise piscou algumas vezes antes de dizer: – Foi muito gentil da tua parte, Penelope.

– Tenho os meus momentos de caridade e bondade.

– Poder-se-ia pensar – disse Eloise num tom de riso – que uma parte vital da caridade e da bondade é a capacidade de não chamar a atenção para o facto de as ter.

Penelope franziu os lábios empurrando Eloise na direção da porta. – Não tinhas de ir para casa?

– Estou a ir! Estou a ir!

E saiu.

Era bom estar de regresso a Inglaterra, decidiu Colin Bridgerton, bebendo um gole de um excelente *brandy*.

Na verdade era estranho gostar tanto de voltar a casa como de partir.

Daí a poucos meses, seis, no máximo, estaria ansioso por partir de novo, mas por enquanto, a Inglaterra em abril era positivamente notável.

– É bom, não é?

Colin levantou os olhos. O irmão, Anthony, encostado à escrivaninha de mogno maciço, acenava-lhe com o seu copo de *brandy*.

Colin assentiu. – Não me tinha apercebido da falta que me fazia até voltar. O uzo tem os seus encantos, mas isto – ergueu o copo – é maravilhoso.

Anthony lançou-lhe um sorriso irónico. – E quanto tempo pretendes ficar desta vez?

Colin foi lentamente até à janela e fingiu olhar lá para fora. O irmão mais velho fazia pouco esforço para disfarçar a impaciência que sentia relativamente à vontade de viajar de Colin. Na verdade, Colin compreendia-o. Por vezes, era difícil que as cartas chegassem a casa e imaginava que a família muitas vezes tinha de esperar um mês ou até dois para tomar conhecimento do seu bem-estar. Mas embora consciente de que não seria nada bom estar no lugar deles, sem saber se um ente querido está vivo ou morto, constantemente à espera que o mensageiro lhes bata à porta, isso não era suficiente para manter os pés firmemente assentes em Inglaterra.

De vez em quando, simplesmente tinha de *partir*. Não havia outra maneira de o descrever.

Ficar longe da alta sociedade, que o considerava um boémio charmoso e nada mais, longe de Inglaterra, que encorajava os filhos mais novos a entrarem para o exército ou para o clero, nenhuma das alternativas adequada ao seu temperamento. Até mesmo longe da família, que embora o amasse incondicionalmente, não fazia ideia de que o que ele queria, no fundo, era alguma coisa para fazer.

O irmão Anthony possuía o viscondado, tendo por isso inúmeras responsabilidades. Geria as propriedades, as finanças da família, tomando conta do elevado número de locatários e empregados. Benedict, quatro anos mais velho, ganhara notoriedade como artista. Começara com desenhos a lápis, mas, instigado pela mulher, tinha passado a pintar a óleo e uma das suas paisagens encontrava-se agora pendurada na National Gallery.

Anthony seria sempre recordado na árvore genealógica como o sétimo visconde Bridgerton.

Benedict viveria através das suas pinturas, muito tempo depois de abandonar esta Terra.

Mas Colin não tinha nada. Geria a pequena propriedade oferecida pela família e ia a festas. Não podia dizer que não se divertia, mas, às vezes, desejava algo que fosse mais do que simplesmente divertido.

Queria um propósito.

Queria um legado.

Queria, se não saber, pelo menos, ter a esperança de que, depois de morrer, seria recordado de outra forma que não apenas pelas *Crónicas da Sociedade de Lady Whistledown*.

Suspirou. Não admirava que passasse tanto tempo a viajar.

– Colin? – chamou o irmão.

Colin virou-se para ele e piscou os olhos. Tinha a certeza de que Anthony lhe tinha feito uma pergunta, mas que parecia perdida nos meandros do seu pensamento.

– Ah, sim. – Colin limpou a garganta. – Vou ficar até ao fim da temporada, pelo menos.

Anthony não comentou, mas era difícil não reparar na expressão de satisfação estampada no seu rosto.

– Quanto mais não seja – acrescentou Colin, exibindo o seu famoso sorriso travesso – alguém tem de estragar os teus filhos com mimos. Não me parece que a Charlotte tenha bonecas suficientes.

– Só umas cinquenta – concordou Anthony com uma voz inexpressiva. – A pobre menina é terrivelmente negligenciada.

– O aniversário dela é no fim deste mês, não é? Acho que terei de negligenciá-la um pouco mais.

– Por falar em aniversários – disse Anthony, sentando-se na grande cadeira atrás da escrivaninha –, o da mãe é deste domingo a uma semana.

– Porque achas que antecipei o meu regresso?

Anthony ergueu uma sobrancelha e Colin teve a nítida impressão de que o irmão estava a tentar decidir se ele tinha realmente antecipado o regresso por causa do aniversário da mãe ou se estava simplesmente a aproveitar-se da situação.

– Vamos organizar-lhe uma festa – disse Anthony.

– Ela vai deixar-te fazer isso? – Pela experiência de Colin, as mulheres, a partir de uma certa idade, não gostavam de festas de aniversário. E, apesar de a mãe ser ainda extremamente encantadora, já tinha uma certa idade.

– Fomos obrigados a recorrer à chantagem – admitiu Anthony. – Ou ela concordava com a festa ou nós revelávamos a sua verdadeira idade.

Colin não deveria ter bebido um gole de *brandy* nesse momento, porque se engasgou, quase pulverizando o irmão. – Que pena não ter assistido a *isso*.

Anthony sorriu de satisfação. – Foi uma manobra brilhante da minha parte.

Colin terminou a bebida. – Quais achas que são as hipóteses de ela não usar a festa como uma oportunidade de me arranjar uma esposa?

– Muito poucas.

– Foi o que pensei.

Anthony recostou-se na cadeira. – Já *tens* trinta e três anos, Colin...

Colin olhou para ele, incrédulo. – Por favor, não comeces *tu* também.

– Nem sonharia com tal coisa. Ia apenas sugerir que mantenhas os olhos abertos esta temporada. Não precisas de procurar ativamente uma esposa, mas não há mal nenhum em ficar recetivo à possibilidade.

Colin lançou um olhar à porta, com a intenção de a atravessar muito em breve. – Garanto-te que não sou avesso à ideia do casamento.

– Não achei que fosses – retorquiu Anthony.

– Só não vejo motivo para pressas.

– Nunca há motivo para pressas – devolveu Anthony. – Bem, raramente. Mas faz a vontade à mãe, está bem?

Colin só se apercebeu de que ainda segurava o copo vazio quando este lhe escorregou por entre os dedos e caiu no tapete com um baque. – Valha-me Deus! – sussurrou – Ela está doente?

– Não! – exclamou Anthony, a voz saindo alta e enérgica pela surpresa. – Ela vai viver mais que todos nós, tenho a certeza.

– Então o que se passa?

Anthony suspirou. – Só quero ver-te feliz.

– Eu estou feliz – insistiu Colin.

– Estás?

– Ora essa, sou o homem mais feliz de Londres. Basta leres o que diz Lady Whistledown. Ela pode dizer-to.

Anthony lançou uma olhadela ao boletim em cima da escrivaninha.

– Bem, talvez não nessa edição, mas em qualquer uma do ano passado. Já me chamaram fascinante mais vezes do que Lady Danbury foi chamada teimosa, e ambos sabemos o feito que *isso* é.

– Fascinante não é necessariamente o mesmo que feliz – disse Anthony com brandura.

– Não tenho tempo para isso – murmurou Colin. A porta nunca lhe parecera tão atrativa.

– Se fosses realmente feliz – insistiu Anthony –, não estarias sempre a ir-te embora.

Colin parou, a mão na maçaneta da porta. – Anthony, eu *gosto* de viajar.

– Constantemente?

– Deve ser isso, senão não o faria.

– Essa é uma resposta evasiva.

– E esta… – Colin lançou ao irmão um sorriso perverso – é uma manobra evasiva.

– Colin!

Mas ele já tinha saído da sala.

CAPÍTULO 2

Sempre foi moda entre a alta sociedade reclamar do tédio, mas certamente que este ano a safra de foliões elevou o aborrecimento a uma forma de arte. Nos dias que correm é impossível dar dois passos numa reunião da sociedade sem ouvir a expressão «terrivelmente maçador» ou «irremediavelmente banal». Esta Vossa Autora até foi informada de que Cressida Twombley comentou recentemente estar convencida de ser capaz de perecer de tédio eterno se fosse forçada a assistir a mais um sarau musical desafinado.

(Esta Vossa Autora tem de concordar com Lady Twombley nesse ponto; embora a seleção de debutantes deste ano seja um grupo agradável, não há uma executante de música decente entre elas.)

Se houver um antídoto para a doença do tédio, certamente será a festa do próximo domingo na Bridgerton House. Toda a família se vai reunir, juntamente com uma centena ou mais dos amigos mais íntimos, para comemorar o aniversário da viscondessa viúva.

É considerado grosseiro mencionar a idade de uma senhora, por isso esta Vossa Autora não revela que aniversário Lady Bridgerton comemora.

Mas não se enganem! Esta Vossa Autora sabe!

CRÓNICAS DA SOCIEDADE DE LADY WHISTLEDOWN,
9 DE ABRIL DE 1824

*S*olteirona é uma palavra que tende a invocar pânico ou piedade, mas Penelope começava a descobrir que o estado de solteira tinha as suas vantagens.

Em primeiro lugar, ninguém esperava que as solteironas dançassem nos bailes, o que significava que Penelope já não era obrigada a andar para cá e para lá nas margens da pista de dança, com ar despreocupado a fingir não querer dançar. Agora podia sentar-se ao lado das outras solteironas e acompanhantes. Claro que ainda queria dançar, ela gostava de dançar e fazia-o muito bem, não que alguém reparasse, mas era muito mais fácil fingir desinteresse quanto mais afastada estivesse dos casais valsantes.

Em segundo lugar, o número de horas gastas em conversa aborrecida tinha sido drasticamente reduzido. Mrs. Featherington perdera oficialmente a esperança de Penelope conseguir caçar um marido, pois parara de a empurrar na direção de qualquer solteiro que estivesse na terceira linha em termos de elegibilidade. Portia nunca pensou que Penelope tivesse hipóteses de atrair a atenção de um solteiro de primeira ou de segunda linha, o que provavelmente era verdade, mas a maioria dos solteiros de terceira eram assim classificados por uma razão e, infelizmente, essa razão era muitas vezes a personalidade, ou a falta dela. Algo que, quando combinado com a timidez típica de Penelope em relação a estranhos, não tendia a estimular uma conversa animada.

E, por último, podia voltar a comer. Era exasperante, considerando a quantidade de comida geralmente disponibilizada nas festas da alta sociedade, mas as mulheres à procura de marido não deviam mostrar nada mais do que um apetite de passarinho. Esta tinha de ser a melhor vantagem de todas em ser solteira, pensou Penelope alegremente (enquanto mordia o que deveria ser o *éclair* mais delicioso fora de França).

– Deus do céu – disse baixinho. Se o pecado pudesse assumir uma forma sólida, certamente seria um pastel. De preferência um com chocolate.

– É assim tão bom?

Penelope engasgou-se com o *éclair*, tossiu, projetando partículas de creme pelo ar. – Colin – disse, sobressaltada, rezando fervorosamente para que o maior dos perdigotos não lhe tivesse acertado.

— Penelope — sorriu ele calorosamente —, que bom ver-te.

— A ti também.

Colin rodou nos calcanhares… uma, duas, três vezes… depois disse: — Pareces bem.

— Tu também — respondeu, mais preocupada em tentar descobrir onde pousar o *éclair* do que em contribuir para a variedade da conversa.

— O teu vestido é muito bonito — comentou ele, apontando para o vestido de seda verde que ela usava.

Penelope sorriu tristemente, explicando: — Não é amarelo.

— Pois não, não é. — Ele sorriu, quebrando o gelo entre ambos. Era estranho, porque poder-se-ia pensar que a língua lhe ficaria presa ao conversar com o homem que amava, mas havia algo em Colin que punha toda a gente à-vontade.

Penelope já tinha pensado várias vezes que, parte da razão pela qual o amava, era o facto de ele a fazer sentir-se confortável consigo mesma.

— Eloise contou-me que passaste um tempo esplêndido no Chipre — comentou ela.

Ele sorriu. — Acabei por não conseguir resistir ao local de nascimento de Afrodite.

Penelope sorriu também. O bom humor dele era contagiante, mesmo que a última coisa que desejasse fosse participar de uma discussão sobre a deusa do amor. — É tão soalheiro como toda a gente diz? — perguntou ela. — Não, ignora a pergunta. Posso ver na tua cara que sim.

— É verdade que fiquei um pouco bronzeado — disse com um aceno de cabeça. — A minha mãe quase desmaiou quando me viu.

— De alegria, calculo — disse Penelope enfaticamente. — Ela sente muito a tua falta, quando estás longe.

Ele inclinou-se na direção dela. — Por favor, Penelope, não vais começar com esse discurso também? Entre a minha mãe, Anthony, Eloise e Daphne, com certeza acabarei por perecer de culpa.

– E o Benedict, não? – perguntou ela, não conseguindo evitar o gracejo.

Colin lançou-lhe um olhar um pouco matreiro. – Ele está fora da cidade.

– Ah, bem, isso explica o silêncio.

Os olhos dele estreitaram-se, combinando na perfeição com o cruzar de braços. – Sempre foste um pouco atrevida, sabias?

– Mas escondo-o bem – disse ela com modéstia.

– É fácil perceber porque és tão amiga da minha irmã – disse ele em tom seco.

– Imagino que isso tenha sido um elogio?

– Tenho quase a certeza de que estaria a colocar em risco a minha saúde se a intenção fosse outra.

Penelope tentava pensar numa resposta espirituosa para lhe dar, quando ouviu um som estranho, de alguma coisa molhada a cair. Ao olhar para baixo descobriu que um grande pedaço amarelado de creme de pasteleiro tinha deslizado do *éclair* meio comido e caído no chão imaculado. Voltou a olhar para cima, encontrando os olhos verdes de Colin que bailavam de riso, mesmo que a boca lutasse por manter uma expressão séria.

– Bem, isto é embaraçoso – disse Penelope, decidindo que a única maneira de evitar morrer de vergonha era constatar o óbvio.

– A minha sugestão é fugir do local do crime – disse Colin, erguendo uma sobrancelha num arco perfeitamente donairoso.

Penelope olhou para a carcaça vazia ainda na mão. A resposta de Colin foi um aceno de cabeça na direção de um vaso próximo.

– Não! – exclamou ela, arregalando os olhos.

Ele aproximou-se mais. – Desafio-te.

Os olhos dela precipitaram-se do *éclair* para a planta e de volta para o rosto de Colin. – Não sou capaz – disse ela.

– No que respeita a travessuras, esta é bastante inócua – observou ele.

Era um desafio e, embora Penelope normalmente fosse imune a tais estratagemas infantis, era difícil de resistir ao sorriso de Colin.

– Muito bem – disse ela, endireitando os ombros e deixando cair o pastel na terra do vaso. Deu um passo atrás, examinou a obra e olhou em volta para ver se alguém, além de Colin, estava atento a ela; então inclinou-se e rodou o vaso para que um ramo frondoso encobrisse a prova do crime.

– Não achei que fosses capaz – disse Colin.

– Como disseste, não é uma travessura assim tão terrível.

– Não, mas é a palma preferida da minha mãe.

– Colin! – Penelope deu meia-volta, com a intenção de enfiar a mão direita no vaso e recuperar o *éclair*. – Como pudeste deixar--me… espera um segundo. – Endireitou-se, os olhos estreitando--se. – Isto não é uma palma.

Colin era todo inocência. – Não é?

– É uma laranjeira em miniatura.

Ele piscou. – Ai sim?

Penelope dirigiu-lhe um olhar carrancudo. Ou pelo menos esperava que assim fosse. Era muito difícil fazer cara feia a Colin Bridgerton. Até mesmo a mãe dele tinha dito certa vez que era quase impossível repreendê-lo.

Apenas sorria, mostrava-se contrito e dizia alguma coisa engra-çada, e ninguém conseguia ficar zangado com ele. Era simples-mente impossível.

– Estavas a tentar fazer-me sentir culpada – notou Penelope.

– Qualquer um pode confundir uma palma com um pé de laranjeira.

Ela lutou contra a vontade de revirar os olhos. – Exceto pelas laranjas.

Colin mordeu o lábio inferior, uma expressão pensativa. – Sim, hum, realmente seria de esperar que fosse uma prova reveladora.

– És um péssimo mentiroso, sabias?

Ele endireitou-se, deu um leve puxão ao colete e ergueu o queixo. – Na verdade, sou um mentiroso excelente. Mas no que sou realmente bom é em parecer adequadamente envergonhado e adorável depois de ser apanhado.

Como poderia responder *àquilo*, pensou Penelope. Porque certamente não havia ninguém mais adoravelmente envergonhado (envergonhadamente adorável?) do que Colin Bridgerton, com as mãos cruzadas atrás das costas, os olhos voejando pelo teto e os lábios apertados num assobio de inocência.

– Alguma vez foste castigado quando eras criança? – perguntou Penelope, mudando abruptamente de assunto.

Colin voltou de imediato a atenção para ela. – Como disseste?

– Alguma vez foste castigado em criança? – repetiu ela. – És castigado agora?

Colin ficou a olhar para ela, imaginando se ela fazia ideia do que estava a perguntar. Provavelmente não. – Hummm… – começou, mais porque não sabia o que dizer.

Ela soltou um suspiro vagamente condescendente. – Bem me parecia que não.

Se fosse um homem menos tolerante, e se aquela não fosse Penelope Featherington, que ele sabia não possuir uma ponta de maldade dentro de si, era capaz de se sentir ofendido. Mas ele era um tipo invulgarmente descontraído e aquela *era* Penelope Featherington, amiga fiel da sua irmã, sabe-se lá há quantos anos. Por isso em vez de adotar um olhar duro e cínico (que, na verdade, era uma expressão que não lhe assentava bem), apenas sorriu e murmurou: – Com isso queres dizer que…?

– Não penses que estou a criticar os teus pais – disse ela com uma expressão ao mesmo tempo inocente e zombeteira. – Nunca me passaria pela cabeça insinuar que foste demasiado mimado.

Ele assentiu com graciosidade.

– É só que… – Penelope inclinou-se, como se partilhasse um grande segredo. – Acho que serias capaz de sair impune de um homicídio, se assim o desejasses.

Colin tossiu, não para limpar a garganta, nem porque se sentisse mal, mas porque apanhou um grande susto. Penelope era singularmente engraçada. Não, isso não era verdade. Ela era… *surpreendente*. Sim, essa era a melhor palavra para a resumir. Poucas

46

pessoas a conheciam realmente; ela nunca desenvolvera a reputação de ser uma excelente conversadora. E ele desconfiava que ela era capaz de aguentar festas de mais de três horas sem nunca se aventurar para além de monossílabos.

Mas quando Penelope estava na companhia de alguém com quem se sentia confortável, e Colin percebia que provavelmente tinha o privilégio de pertencer a esse número, evidenciava aquele senso de humor mordaz, um sorriso maroto e uma mente muito inteligente.

Não o surpreendia que ela nunca tivesse atraído quaisquer pretendentes sérios; não era de uma beleza desconcertante, embora num exame mais atento ela fosse mais atraente do que ele se lembrava. O cabelo castanho tinha reflexos vermelhos, lindamente realçados pelo tremeluzir das velas. E a pele era adorável, aquela tez perfeita de pêssego e creme que as mulheres almejavam conseguir sempre que aplicavam arsénico no rosto.

Mas o encanto de Penelope não era do tipo que os homens geralmente notassem. E o seu comportamento habitualmente tímido e por vezes até gaguejante não demonstravam exatamente a sua personalidade.

Ainda assim, era uma pena a falta de popularidade. Teria sido uma excelente esposa para qualquer homem.

— Estás então a dizer — provocou ele, forçando a mente a voltar para o assunto em questão — que eu deveria considerar uma vida de crime?

— Nada disso — respondeu ela, com um sorriso recatado no rosto. — Apenas que suspeito seres capaz de escapar de qualquer coisa só com conversa. — De repente, o seu semblante tornou-se sério e ela disse baixinho: — Tenho inveja disso.

Para sua grande surpresa, Colin pegou na mão dela e disse:
— Penelope Featherington, acho que deverias dançar comigo.

E então Penelope surpreendeu-o a *ele* rindo e respondendo:
— É muito gentil da tua parte convidares-me, mas já não precisas de dançar comigo.

Ele sentiu o orgulho estranhamente ferido. – Que diabo queres dizer com isso?

Penelope encolheu os ombros. – Agora é oficial. Sou uma solteirona. Já não há motivo para dançares comigo só para que eu não me sinta posta de parte.

– Não era por isso que dançava contigo – protestou Colin, mas sabendo que era exatamente esse o motivo. E metade das vezes só se lembrava de a convidar para dançar porque a mãe o lembrava (muitas vezes à custa de *fortes* cotoveladas).

Ela lançou-lhe um olhar vagamente compassivo, que o deixou irritado, porque nunca pensara que Penelope Featherington pudesse ter pena dele.

– Se pensas – disse ele, sentindo a coluna enrijecer – que vou permitir que escapes de uma dança comigo *agora*, estás muito enganada.

– Não tens de dançar comigo só para provar que não te importas de o fazer – insistiu ela.

– Mas eu *quero* dançar contigo – quase rugiu.

– Muito bem – aceitou Penelope, após o que pareceu uma pausa ridiculamente longa. – Sem dúvida, seria indelicado da minha parte recusar.

– Provavelmente foi indelicado da tua parte duvidar das minhas intenções – disse ao tomar-lhe o braço –, mas estou disposto a perdoar-te se fores capaz de te perdoar a ti mesma.

Penelope tropeçou, o que o fez sorrir. – Acredito que sou capaz – respondeu ela num tom sufocado.

– Excelente. – Ele ofereceu-lhe um sorriso cheio de brandura. – Detestaria imaginar-te a viver com a culpa.

A música estava a começar, por isso Penelope aceitou a mão dele e fez a vénia inicial do minueto. Era difícil conversar durante a dança, o que lhe deu alguns momentos para recuperar o fôlego e pôr os pensamentos em ordem.

Talvez tivesse sido severa de mais com Colin. Não deveria tê-lo repreendido por convidá-la para dançar, quando na verdade as danças estavam entre as suas lembranças mais queridas. Será que realmente importava que ele só o fizesse por pena? Teria sido pior se nunca a tivesse convidado.

Fez uma careta. Pior, será que isso significava que tinha de lhe pedir desculpa?

– O *éclair* não estava bom? – perguntou Colin na vez seguinte que se encontraram frente a frente.

Passaram-se dez segundos até voltarem a estar perto o bastante para ela dizer: – Não percebi.

– Estás com ar de quem comeu alguma coisa estragada – disse ele, desta vez em voz alta, claramente sem paciência para esperar que a dança lhes permitisse falar.

Várias pessoas olharam para ela, afastando-se discretamente, como se Penelope fosse realmente vomitar ali mesmo na pista de baile.

– Precisas de gritar para toda a gente ouvir? – sibilou Penelope.

– Sabes – disse ele, pensativo, inclinando-se numa vénia elegante assim que a música chegou ao fim –, esse deve ter sido o sussurro mais alto que já ouvi.

Ele era insuportável, mas Penelope não lho ia dizer, porque isso só a faria parecer uma personagem de um mau romance. Ainda há pouco tinha lido um em que a personagem principal usava essa mesma palavra (ou um sinónimo) em quase todas as páginas.

– Muito obrigada pela dança – agradeceu ela, assim que chegaram ao perímetro da sala. Quase acrescentou *Agora já podes dizer à tua mãe que cumpriste a tua obrigação*, mas imediatamente se arrependeu do impulso. Colin não tinha feito nada para merecer tal sarcasmo. Não era culpa dele que os homens só dançassem com ela quando forçados pelas respetivas mães. Pelo menos, ele sempre cumprira o seu dever com um sorriso nos lábios, o que era mais do que podia dizer do resto da população masculina.

Colin fez um aceno de cabeça educado e murmurou também um agradecimento. Estavam prestes a separar-se quando ouviram uma voz feminina vociferar: – Mr. Bridgerton!

Estacaram os dois. Era uma voz que ambos conheciam. Era uma voz que toda a gente conhecia.

– Salva-me – pediu Colin num gemido.

Penelope olhou por cima do ombro, vendo a infame Lady Danbury abrir caminho através da multidão e fazer um ar crispado quando a omnipresente bengala aterrou no pé de uma desafortunada jovem.

– Talvez ela esteja a dirigir-se a outro Mr. Bridgerton? – sugeriu Penelope. – Afinal de contas, há vários e é possível que…

– Dou-te dez libras para te manteres ao meu lado – disparou Colin.

Penelope até se engasgou com o ar. – Não sejas tonto, eu…

– Vinte.

– Combinado! – aceitou ela com um sorriso, não por precisar particularmente do dinheiro, mas porque era estranhamente agradável extorqui-lo de Colin. – Lady Danbury! – chamou ela em voz alta, apressando-se na direção da senhora idosa. – Que bom vê-la.

– Nunca ninguém acha bom ver-me – retorquiu Lady Danbury rispidamente –, exceto, talvez, o meu sobrinho, e metade do tempo nem disso tenho a certeza. Mas agradeço a mentira.

Colin não fez comentários, mas, mesmo assim, ela virou-se para ele, desferindo-lhe um golpe na perna com a bengala. – Foi uma boa escolha dançar com esta – disse ela. – Sempre gostei dela. Tem mais cabeça do que o resto da família junta.

Penelope abriu a boca para defender, pelo menos, a irmã mais nova, quando Lady Danbury exclamou: – Ah! – E acrescentou depois de uma pausa de menos de um segundo: – Percebi que nenhum dos dois me contradisse.

– É sempre um prazer vê-la, Lady Danbury – disse Colin, oferecendo-lhe exatamente o género de sorriso que poderia ter dirigido a uma cantora de ópera.

– Tem muita lábia, este – disse Lady Danbury a Penelope. – Vai ter de ter muito cuidado com ele.

— Isso raramente será necessário — respondeu Penelope —, já que a maior parte do tempo está fora do país.

— Vejam só! — voltou a cantar Lady Danbury. — Eu bem disse que ela era brilhante.

— Como poderá notar — disse Colin suavemente —, eu não a contradisse.

A velha senhora dirigiu-lhe um sorriso de aprovação. — Pois não. Está a ficar inteligente com a idade, Mr. Bridgerton.

— Tem sido ocasionalmente referido que eu também já possuía um pouco de inteligência na minha juventude.

— Pfff, sendo que nessa frase a palavra mais importante é *pouco*, obviamente.

Os olhos de Colin contraíram-se e ele olhou para Penelope, que parecia sufocar o riso.

— Nós, as mulheres devemos tomar conta umas das outras — disse Lady Danbury para ninguém em particular —, uma vez que é óbvio que mais ninguém o fará.

Colin decidiu que estava na hora de se ir embora. — Acho que estou a ver a minha mãe.

— É impossível escapar — cantarolou Lady Danbury. — Nem vale a pena tentar e, além do mais, sei perfeitamente que não está a ver a sua mãe. Ela está a ajudar uma qualquer idiota sem cérebro que rasgou a bainha do vestido. — Virou-se para Penelope, que fazia agora tal esforço para controlar o riso que os olhos brilhavam de lágrimas não derramadas. — Quanto é que ele lhe pagou para não o deixar sozinho comigo?

Penelope simplesmente explodiu. — Peço desculpa? — conseguiu dizer, horrorizada, tapando a boca com a mão.

— Oh, diz de uma vez! — exclamou Colin com entusiasmo. — A ajuda tem sido tão preciosa…

— Não tens de me dar as vinte libras — contrapôs ela.

— Não era minha intenção.

— Só vinte libras? — perguntou Lady Danbury. — Pfff! E eu a pensar que valia pelo menos vinte e cinco…

Colin encolheu os ombros. – Eu sou o terceiro filho. Infelizmente, sempre com falta de provisão.

– Ora! Tem os bolsos tão cheios como, pelo menos, três condes – disse Lady Danbury, acrescentando logo depois: – Bem, talvez não condes, mas alguns viscondes e a maioria dos barões, tenho a certeza.

Colin sorriu com brandura. – Não é considerado falta de educação falar de dinheiro quando em companhia de senhoras?

Lady Danbury soltou um ruído que podia ser um resmungo ou uma risadinha, Colin não tinha certeza qual, e, em seguida, disse: – É sempre falta de educação falar de dinheiro, seja na presença de senhoras ou não, mas quando se tem a minha idade, é possível fazer praticamente tudo o que apetece.

– Estou curiosa sobre o que *não* se pode fazer na sua idade – disse Penelope com ar pensativo.

Lady Danbury virou-se para ela. – Desculpe?

– Disse que pode fazer *praticamente* tudo o que lhe apeteça.

Lady Danbury olhou para ela desconfiada e, então, esboçou um sorriso. Colin apercebeu-se de que sorria também.

– Gosto dela – disse Lady D a Colin, apontando para Penelope como se fosse uma espécie de estátua para venda. – Já lhe disse que gosto dela?

– Julgo que sim – murmurou ele.

Lady Danbury virou-se para Penelope e disse, o rosto uma máscara de seriedade: – Acredito que eu não seria capaz de sair impune de um homicídio, mas de tudo o resto, sim.

Penelope e Colin desataram a rir ao mesmo tempo.

– O que foi? – quis saber Lady Danbury. – Qual é a piada?

– Nada – respondeu Penelope, ainda engasgada. Quanto a Colin, estava incapaz de proferir uma palavra que fosse.

– Nada, não – insistiu Lady D. – Vou ficar aqui a atazanar-vos a paciência toda a noite até receber uma explicação. E acreditem em mim quando digo que com certeza esse *não* será o vosso desejo.

Penelope limpou uma lágrima. – É que eu tinha acabado de lhe dizer – explicou ela, apontando com a cabeça para Colin –, que ele provavelmente seria capaz de sair impune de um homicídio.

– Ai sim? – ponderou Lady Danbury, batendo com a bengala levemente no chão, como alguém que coça o queixo enquanto medita sobre um problema profundo. – Sabe que é capaz de ter razão? Acho que Londres nunca viu homem mais encantador.

Colin ergueu uma sobrancelha. – Porque será que não acho que isso foi dito como um elogio, Lady Danbury?

– É claro que foi um elogio, seu imbecil.

Colin virou-se para Penelope: – Ao contrário *disso*, que foi claramente um elogio.

Lady Danbury sorriu. – Juro-vos – disse ela (ou na verdade, declarou) – que nunca me diverti tanto esta temporada.

– Fico feliz por ter ajudado – disse Colin abrindo um sorriso.

– Tem sido um ano especialmente aborrecido, não acha? – perguntou Lady Danbury a Penelope.

Penelope assentiu. – O ano passado também foi um pouco entediante.

– Mas não tão mau como este – insistiu Lady D.

– Não me pergunte – disse Colin afavelmente. – Estive fora do país.

– Pfff! Calculo que vai dizer que a sua ausência é a razão do nosso tédio.

– Não me passaria pela cabeça tal coisa – disse Colin com um sorriso desarmante. – Mas, obviamente, se esse pensamento lhe cruzou a mente, deverá ter algum mérito.

– Pfff! Seja como for, estou entediada.

Colin olhou para Penelope, que parecia fazer esforço para se manter muito, muito quieta, presumivelmente para evitar uma gargalhada.

– Haywood! – gritou Lady Danbury de repente, acenando para um senhor de meia-idade. – Não concorda comigo?

Uma vaga expressão de pânico perpassou a face de Lorde Haywood e, quando se tornou óbvio que não poderia escapar, ele disse:
– Procuro que seja *sempre* minha política concordar consigo.

Lady Danbury virou-se para Penelope e comentou: – É imaginação minha ou os homens estão a ficar mais sensatos?

A única resposta de Penelope foi um encolher de ombros evasivo. Colin achou-a muito sensata.

Haywood clareou a garganta, os olhos azuis a piscar de forma rápida e furiosa no rosto carnudo. – Hum... com que, precisamente, estou a concordar?

– Que esta temporada está muito aborrecida – interveio Penelope para ajudar.

– Ah, Miss Featherington – disse Haywood numa espécie de voz fanfarrona. – Não a tinha visto.

Colin lançou uma olhadela rápida a Penelope, apenas o suficiente para ver os lábios dela distenderem-se num pequeno sorriso frustrado. – Estou bem aqui ao lado – murmurou ela.

– Pois assim vejo – respondeu Haywood com jovialidade –, e sim, a temporada está terrivelmente aborrecida.

– Alguém disse que a temporada está um aborrecimento?

Colin olhou para a direita. Outro homem e duas senhoras tinham acabado de se juntar ao grupo, avidamente expressando a sua concordância.

– Entediante – murmurou uma das pessoas. – Terrivelmente entediante.

– Nunca estive numa série de festas tão banal – anunciou uma das senhoras com um suspiro afetado.

– Terei de informar a minha mãe – disse Colin com veemência. Ele podia ser o mais descontraído dos homens, mas, sinceramente, havia insultos que não podia deixar impunes.

– Oh, não me refiro a esta festa – apressou-se a acrescentar a senhora. – Esta festa é verdadeiramente a única luz que brilha numa sequência escura e sombria de reuniões. – Ainda agora estava a dizer a...

– O melhor é parar – ordenou Lady Danbury –, antes que enfie os pés pelas mãos.

A senhora calou-se de imediato.

– É estranho – murmurou Penelope.

– Ah, Miss Featherington – disse a senhora que tinha comentado acerca das festas escuras e sombrias. – Não a tinha visto.

– O que é estranho? – perguntou Colin, antes que alguém pudesse comentar como achava Penelope apagada.

Ela dirigiu-lhe um leve sorriso de agradecimento antes de dizer: – É estranho como a sociedade parece divertir-se, salientando como se sentem aborrecidos.

– Como disse? – perguntou Haywood, com ar confuso.

Penelope encolheu os ombros. – Só acho que muitos de vós se divertem imenso a comentar o quanto estão entediados.

O comentário foi recebido com silêncio. Lorde Haywood continuou com ar confuso e a uma das duas senhoras parecia ter-lhe entrado um cisco no olho, porque não conseguia parar de piscar.

Colin não pôde deixar de sorrir. Não lhe parecia que a frase de Penelope fosse um conceito tão terrivelmente complicado.

– A única coisa interessante a fazer é ler o *Whistledown* – disse a senhora que não pestanejava, como se Penelope nunca tivesse falado.

O cavalheiro a seu lado murmurou um assentimento.

E foi nesse momento que Lady Danbury abriu um sorriso.

Colin ficou alarmado. O olhar da velha senhora estava estranho. Era um olhar assustador.

– Tive uma ideia – anunciou ela.

Alguém susteve a respiração. Outro alguém suspirou.

– Uma ideia brilhante.

– Não que as suas ideias possam ser outra coisa – murmurou Colin na sua voz mais afável.

Lady Danbury silenciou-o com um aceno de mão. – Na realidade, quantos grandes mistérios nos restam na vida?

55

Como ninguém respondeu, Colin atirou-se a adivinhar: – Quarenta e dois?

Ela nem se deu ao trabalho de lhe fazer cara feia. – Declaro a todos vós aqui e agora…

Todos se inclinaram na direção dela. Até Colin. Era impossível não se entregar ao drama do momento.

– São todos minhas testemunhas…

Colin pensou ter ouvido Penelope murmurar «Diga *logo* de uma vez».

– Mil libras – continuou Lady Danbury.

A multidão em torno dela aumentou.

– Mil libras – repetiu, a voz crescendo em volume. Realmente, ela teria sido uma excelente atriz. – Ofereço mil libras…

Parecia que o salão inteiro tinha serenado num silêncio reverente.

– …à pessoa que desmascarar Lady Whistledown!

CAPÍTULO 3

Esta Vossa Autora seria negligente se não mencionasse que o momento mais falado no baile de ontem à noite na Bridgerton House não foi o brinde celebrativo do aniversário de Lady Bridgerton (idade não revelada), mas sim a absurda oferta de Lady Danbury de mil libras a quem…

Me desmascarar!

Façam o vosso melhor, senhoras e senhores da alta sociedade. Não têm qualquer hipótese de desvendar este mistério.

CRÓNICAS DA SOCIEDADE DE LADY WHISTLEDOWN,
12 DE ABRIL DE 1824

Foram necessários precisamente três minutos para que a notícia do escandaloso desafio de Lady Danbury se espalhasse por todo o salão. Penelope sabia que isso era verdade porque estava virada para um grande relógio de sala (e, de acordo com Kate Bridgerton, extremamente preciso) quando Lady Danbury fez o anúncio. Às palavras «Ofereço mil libras à pessoa que desmascarar Lady Whistledown», o relógio marcava dez e quarenta e quatro. O ponteiro maior não tinha passado dos quarenta e sete minutos, quando Nigel Berbrooke se abeirou aos tropeções do círculo crescente de pessoas ao redor de Lady Danbury proclamando sobre a mais recente proposta «Isto é que vai ser uma estroinice!»

E se Nigel já tinha ouvido falar do assunto, isso significava que todos tinham, porque o cunhado de Penelope não era conhecido pela inteligência, capacidade de atenção, ou capacidade de ouvir.

Nem pelo vocabulário, pensou Penelope com ironia. Uma estroinice, francamente.

– E quem acha que é Lady Whistledown? – perguntou Lady Danbury a Nigel.

– Não faço a mais pequena ideia – admitiu ele. – Eu cá não sou, é tudo o que sei!

– Acho que todos sabemos – respondeu Lady D.

– Quem pensas que é? – perguntou Penelope a Colin.

A resposta dele foi encolher um dos ombros. – Estou demasiado tempo fora da cidade para especular.

– Não sejas tonto – disse Penelope. – O teu tempo em Londres certamente soma festas e receções suficientes para elaborar uma teoria.

Mas ele limitou-se a abanar a cabeça, dizendo: – Realmente não sei dizer.

Penelope olhou para ele um momento mais do que o necessário, ou, com toda a honestidade, do que o socialmente aceitável. Havia algo estranho nos olhos de Colin. Algo fugaz e inapreensível. A alta sociedade muitas vezes pensava nele como nada mais do que um sedutor leviano, mas ele era muito mais inteligente do que deixava transparecer e ela era capaz de apostar a sua vida que ele tinha as suas suspeitas.

Mas, por alguma razão, não estava disposto a partilhá-las com ela.

– Quem pensas que é? – perguntou Colin, evitando a pergunta com outra pergunta. – Já participas nas festas da sociedade há tanto tempo quanto Lady Whistledown. Certamente deves ter pensado sobre isso.

Penelope olhou em volta do salão de baile, detendo-se momentaneamente numa ou outra pessoa, antes de finalmente concentrar o olhar na pequena multidão ao seu redor. – Acho que poderia muito bem ser Lady Danbury – respondeu. – Isso é que seria o feitiço a voltar-se contra o feiticeiro!

Colin olhou para a velha senhora, que se divertia imenso a falar sobre o seu mais recente esquema. Batia com a bengala no chão, conversando animadamente e sorrindo como um gato lambareiro, refastelando-se com o creme, o peixe, e um peru assado inteiro.

– Faz sentido – disse ele, pensativo –, de uma forma bastante perversa.

Penelope sentiu um sorriso a formar-se nos lábios. – Esse é um adjetivo que lhe assenta na perfeição.

Viu Colin observar Lady D por uns segundos e disse com toda a certeza: – Mas tu não achas que seja ela.

Colin virou lentamente a cabeça para a olhar, erguendo uma sobrancelha em silêncio inquisitivo.

– Percebo pela expressão do teu rosto – explicou Penelope.

Ele sorriu, aquele sorriso solto e descontraído que usava com tanta frequência em público. – E eu que pensava que era inescrutável.

– Infelizmente, não – respondeu ela. – Pelo menos, não para mim.

Colin suspirou. – Temo que o meu destino nunca será o de um herói obscuro e melancólico.

– Ainda vais a tempo de seres o herói de *alguém* – concedeu Penelope. – Ainda tens muito tempo. Mas obscuro e melancólico? – Ela sorriu. – Não é provável.

– Azar o meu – disse ele alegremente, oferecendo-lhe outro dos seus famosos sorrisos, o de menino malandro. – Os obscuros e melancólicos é que ficam com todas.

Penelope tossiu discretamente, um pouco surpreendida por ele partilhar tais pensamentos com ela, para não mencionar o facto de Colin Bridgerton nunca ter tido problemas em atrair mulheres. Ele sorria, à espera de uma resposta, e ela tentava decidir se a reação correta seria a indignação virginal educada ou uma gargalhada do género «boa compincha», quando Eloise estacou de repente na frente deles.

– Ouviram a novidade? – perguntou Eloise sem fôlego.

– Vieste a *correr*? – perguntou por sua vez Penelope. Uma façanha verdadeiramente notável num salão tão apinhado.

– Lady Danbury ofereceu mil libras a quem desmascarar Lady Whistledown!

– Nós sabemos – disse Colin num tom vagamente superior, exclusivo dos irmãos mais velhos.

Eloise soltou um suspiro dececionado. – Já sabem?

Colin acenou para Lady Danbury, ainda a uns escassos metros de distância.

– Estávamos aqui quando tudo aconteceu.

Eloise mostrou-se muitíssimo irritada e Penelope sabia exatamente o que ela estava a pensar (e que muito provavelmente partilharia com ela na tarde seguinte). Uma coisa era perder um momento importante. Outra inteiramente diferente era descobrir que o próprio irmão tinha presenciado tudo.

– Bem, as pessoas já estão a comentar – disse Eloise. – Com efusividade, na verdade. Não via tanta emoção há anos.

Colin virou-se para Penelope e murmurou: – É por isso que muitas vezes prefiro deixar o país.

Penelope tentou não sorrir.

– Eu sei que estás a falar de mim e não me importo – continuou Eloise, mal parando para recuperar o fôlego. – Digo-vos, a alta sociedade enlouqueceu. Toda a gente, e com isto quero dizer mesmo toda a gente, especula sobre a sua identidade, embora os mais astutos não digam uma palavra. Não querem que os outros vençam à custa do seu palpite, percebes?

– O que eu acho – anunciou Colin – é que não estou assim tão necessitado de mil libras para dar importância a isso.

– É muito dinheiro – disse Penelope, pensativa.

Ele virou-se para ela, incrédulo. – Não me digas que pretendes aderir a este jogo ridículo.

Ela inclinou a cabeça para o lado, levantando o queixo, esperando exibir uma expressão, se não enigmática, pelo menos um pouco misteriosa. – Não estou tão bem calçada que possa ignorar a oferta de mil libras – disse ela.

– Talvez, se trabalharmos juntas… – sugeriu Eloise.

– Deus me salve disso – foi a resposta de Colin.

Eloise ignorou-o, dizendo a Penelope: – Podemos dividir o dinheiro.

Penelope abriu a boca para responder, mas a bengala de Lady Danbury surgiu de repente no seu campo de visão, agitando-se freneticamente no ar. Colin teve de dar um passo rápido para o lado para evitar ficar com uma orelha cortada.

– Miss Featherington! – vociferou Lady D. – Não me disse de quem suspeita.

– Pois não, Penelope – disse Colin, com um sorriso bastante afetado no rosto –, não disseste.

O primeiro instinto de Penelope foi murmurar algo entre dentes e esperar que a idade avançada de Lady Danbury a tivesse deixado suficientemente dura de ouvido para assumir que qualquer falta de compreensão era culpa dos seus ouvidos e não da boca de Penelope. Mas, mesmo sem olhar para o lado, podia sentir a presença de Colin, sentir aquele sorriso sarcástico e arrogante a provocá-la, e, de repente, sentiu o corpo endireitar-se e o queixo erguer-se um pouco mais do que o habitual.

Ele fazia-a sentir-se mais confiante, mais ousada. Ele fazia-a sentir-se mais… ela mesma. Ou pelo menos o «ela mesma» que desejava poder ser.

– Na verdade – disse Penelope, *quase* encarando Lady Danbury diretamente –, acho que é a senhora.

Um ruído ofegante coletivo ecoou em redor.

E pela primeira vez na vida, Penelope Featherington viu-se no centro das atenções.

Lady Danbury olhou para ela, os pálidos olhos azuis astutos e avaliadores. Foi então que a coisa mais incrível aconteceu. Os lábios da velha senhora começaram a tremer. Em seguida, abriram-se até

Penelope perceber que ela não estava apenas a sorrir, mas positivamente a rir.

– Gosto de si, Penelope Featherington – disse Lady Danbury, batendo-lhe no dedo do pé direito com a bengala. – Aposto que metade das pessoas neste salão é da mesma opinião, mas ninguém tem a coragem de mo dizer.

– Eu também não tenho – admitiu Penelope, soltando um pequeno resmungo quando Colin lhe deu uma cotovelada nas costelas.

– É claro que tem – disse Lady Danbury com um estranho brilho nos olhos.

Penelope não soube o que responder. Olhou para Colin, que lhe sorria encorajadoramente, e voltou a olhar para Lady Danbury, que parecia quase… maternal.

O que devia ser a coisa mais estranha de todas. Penelope duvidava que Lady Danbury dirigisse olhares maternais aos próprios filhos.

– Não é extraordinário – disse a velha senhora, inclinando-se de maneira que apenas Penelope a pudesse ouvir – descobrir que não somos exatamente o que pensávamos ser?

E então foi-se embora, deixando Penelope a pensar se não seria bem o que pensava que era.

Talvez, quem sabe, fosse algo mais.

O dia seguinte era uma segunda-feira, o que significava que Penelope ia tomar chá com as senhoras Bridgerton, no Número Cinco. Não sabia quando, exatamente, adquirira esse hábito, mas era assim há cerca de uma década, e acreditava que se não aparecesse nas tardes de segunda-feira, Lady Bridgerton enviaria alguém para buscá-la.

Penelope apreciava muito o costume dos Bridgerton de chá e biscoitos à tarde. Não era um ritual generalizado; na verdade, Penelope não conhecia mais ninguém que fizesse disso um hábito diário.

Mas Lady Bridgerton insistia que simplesmente não conseguia ficar sem comer desde o almoço até ao jantar tardio, especialmente quando respeitavam os horários citadinos. Por isso, todas as tardes, às quatro, ela e os filhos que se encontrassem em casa (e muitas vezes um ou dois amigos) reuniam-se na sala de estar informal, no andar de cima, para um lanche.

Embora tivesse sido um dia razoavelmente quente, chuviscava, por isso Penelope levou a sombrinha preta consigo para a curta caminhada até ao Número Cinco. Era uma caminhada que já fizera centenas de vezes, passando por algumas casas até à esquina de Mount Street com Davies Street e, depois, contornando Berkeley Square e entrando em Bruton Street. No entanto, naquele dia, estava com um humor estranho, um pouco alegre e talvez até um pouco infantil, por isso decidiu atravessar o canto norte do relvado de Berkeley Square, por nenhuma outra razão que não o facto de gostar do som feito pelas botas na relva molhada.

A culpa era de Lady Danbury. Tinha de ser. Sentia-se a flutuar desde o encontro na noite anterior.

– Não. O que. Eu. Pensava. Que. Era – trauteava para si mesma enquanto caminhava, acrescentando uma palavra de cada vez que as solas das botas se afundavam na terra. – Algo mais. Algo mais.

Chegou a um pedaço particularmente molhado e deslizou como um patinador na relva, cantando (baixinho, é claro, não mudara assim tanto a personalidade desde a noite anterior para não se importar que alguém a ouvisse cantar em público) «Algo maaaais», cantarolou ao deslizar.

Obviamente, nesse exato instante (ou não estivesse bastante bem estabelecido na sua própria cabeça, pelo menos, que tinha o pior sentido de oportunidade da história da humanidade) ouviu uma voz masculina chamar o seu nome.

Derrapou até parar e deu graças a Deus por não ter perdido o equilíbrio no último momento e aterrar de traseiro na relva molhada e lamacenta.

Era, obviamente, *ele*.

– Colin! – exclamou, numa voz um pouco envergonhada, ficando quieta, à espera que ele a alcançasse. – Que surpresa!

Ele parecia estar a tentar não sorrir. – Estavas a dançar?

– A dançar? – repetiu ela.

– Parecia que estavas a dançar.

– Ah, não. – Engoliu com dificuldade a mentira, porque mesmo que não estivesse tecnicamente a mentir, sentia que sim. – Claro que não.

Os olhos dele enrugaram-se ligeiramente nos cantos. – Que pena! Ter-me-ia sentido compelido a emparelhar contigo; nunca dancei em Berkeley Square.

Se lhe tivesse dito o mesmo apenas dois dias antes, ela teria rido da brincadeira, deixando-o ser espirituoso e encantador. Mas a voz de Lady Danbury deve ter-lhe ressoado num recanto da mente, porque de repente decidiu que não queria ser a mesma Penelope Featherington de sempre.

Decidiu participar na brincadeira.

Abriu um sorriso que não pensava ser capaz de fazer. Ele era perigoso, mas ela era misteriosa, e sabia que não era imaginação sua porque os olhos de Colin arregalaram-se notoriamente quando ela murmurou: – É uma pena. É bastante agradável.

– Penelope Featherington – disse ele demorando-se nas palavras –, pensei que tinhas dito que não estavas a dançar.

Ela encolheu os ombros. – Menti.

– Se é esse o caso – continuou ele –, então certamente esta deve ser a minha dança.

Penelope sentiu-se de repente muito estranha por dentro. Era por isso que não devia deixar os sussurros de Lady Danbury influenciarem-na. Podia ser capaz de lidar com ousadia e charme durante um momento fugaz, mas não fazia ideia de como continuar.

Ao contrário de Colin, obviamente, que sorria diabolicamente, os braços estendidos numa perfeita posição de valsa.

– Colin, estamos em Berkeley Square! – disse ela quase sem fôlego.

– Eu sei. Acabei de dizer que nunca dancei aqui, não te lembras?

– Mas…

Colin cruzou os braços. – Assim não vale. Não podes lançar um desafio desses e depois tentares escapar. Além do mais, dançar em Berkeley Square parece o género de coisa que uma pessoa deve fazer pelo menos uma vez na vida, não concordas?

– Alguém pode ver – sussurrou com urgência.

Ele encolheu os ombros, tentando esconder o facto de estar bastante divertido com a reação dela. – Não me importo. E tu?

As faces de Penelope assumiram um tom rosado, passando depois a vermelho, e pareceu ter de fazer um enorme esforço para formar as palavras: – As pessoas vão pensar que estás a cortejar-me.

Ele observou-a atentamente, não entendendo a perturbação dela. Que importava se as pessoas pensassem que estavam a namorar? O rumor logo se provaria falso e eles dariam uma boa gargalhada às custas da sociedade. Já tinha na ponta da língua o comentário *Para o diabo com a sociedade*, mas ficou em silêncio. Havia algo escondido nas profundezas daqueles olhos castanhos, uma emoção que não era sequer capaz de tentar identificar.

Uma emoção que suspeitava nunca ter sentido.

Percebeu que a última coisa que desejaria fazer, era magoar Penelope Featherington. Ela era a melhor amiga da sua irmã e, além disso, era pura e simplesmente uma rapariga extraordinária.

Franziu a testa. Achou que não deveria continuar a chamar-lhe rapariga. Aos vinte e oito anos, era tão jovem quanto ele aos trinta e três.

Por fim, com grande cuidado e uma boa dose de sensibilidade, esperava ele, perguntou: – Há alguma razão pela qual nos devamos preocupar se as pessoas pensarem que estamos a namorar?

Ela fechou os olhos e por um momento Colin pensou que estivesse realmente em sofrimento. Quando os abriu, o olhar era quase agridoce. – Seria muito engraçado, na verdade – disse ela. – No princípio.

Ele não disse nada, esperando que ela continuasse.

– Mas, por fim, tornar-se-ia evidente que não somos realmente namorados e todos… – Ela parou, engoliu em seco e Colin percebeu que não estava assim tão composta como gostaria de transparecer.

– …todos partiriam do princípio – continuou – que tinhas sido tu a terminar o relacionamento, porque… bem, porque seria assim.

Ele não refutou; sabia que as palavras dela eram verdadeiras.

Penelope soltou uma exalação triste. – Não quero sujeitar-me a isso. Até Lady Whistledown, provavelmente escreveria sobre o assunto. Como não? Seria um mexerico demasiado suculento para ela resistir.

– Sinto muito, Penelope – disse Colin. Não tinha certeza por que razão pedia desculpa, mas parecia-lhe a coisa certa a dizer.

Ela reconheceu o pedido com um leve aceno de cabeça. – Eu sei que não deveria importar-me com o que as outras pessoas dizem, mas importo.

Ele afastou-se um pouco, ponderando as palavras dela. Ou talvez refletisse sobre o tom de voz dela. Ou, quem sabe, ambos.

Sempre pensara em si mesmo como pairando ligeiramente acima da sociedade. Não precisamente fora dela, uma vez que sem dúvida se movimentava dentro dela e, geralmente, divertindo-se bastante. Mas sempre assumira que a sua felicidade não dependia das opiniões dos outros.

Contudo talvez devesse pensar nisso sob outra perspetiva. Era fácil assumir que não se importava com a opinião dos outros quando essas opiniões eram consistentemente favoráveis. Seria ele tão rápido a rejeitar a sociedade se o tratassem da mesma forma que tratavam Penelope?

Ela nunca tinha sido ostracizada, nem fora objeto de escândalo. Só não tinha sido… popular.

Oh, as pessoas eram educadas, e os Bridgerton tinham-se tornado amigos dela, mas a maioria das memórias que tinha de Penelope envolviam sempre a imagem dela de pé no perímetro do salão de baile, tentando olhar para qualquer outro sítio menos para os casais que dançavam, claramente a fazer de conta que não queria dançar. Era nessa altura que, normalmente, ele se aproximava e a convidava. Ela mostrava-se sempre grata pelo convite, mas também um pouco embaraçada, porque ambos sabiam que ele o fazia, pelo menos em parte, porque sentia pena dela.

Colin tentou colocar-se no lugar de Penelope. Não era fácil. Ele sempre fora popular; na escola, os amigos olhavam-no sempre com admiração e as mulheres tinham acorrido em massa, assim que fizera a entrada na sociedade. E tanto quanto podia dizer, não se importava com o que as pessoas pensavam; em última análise…

Gostava que gostassem dele.

De repente, ficou sem saber o que dizer. O que era estranho, porque ele sabia *sempre* o que dizer. Na verdade, até era famoso por isso. Pensando bem, essa era provavelmente uma das razões por que era tão bem quisto.

Todavia percebeu que os sentimentos de Penelope dependiam das próximas palavras que dissesse e em algum momento dos últimos dez minutos os sentimentos dela tinham-se tornado muito importantes para ele.

– Tens razão – disse ele por fim, decidindo que era sempre boa ideia dizer a alguém que estava certa. – Foi muito insensível da minha parte. Talvez devêssemos recomeçar?

Ela piscou os olhos. – Desculpa?

Colin agitou a mão no ar, como se o movimento pudesse explicar tudo. – Começar tudo outra vez.

Ela parecia adoravelmente confusa, o que o deixou confuso a *ele*, já que adorável não era um adjetivo que lhe surgisse naturalmente ao pensar em Penelope.

– Mas nós conhecemo-nos há doze anos – disse ela.

– Não acredito que já passou tanto tempo! – Procurou nos recantos do cérebro, mas não conseguia lembrar-se do momento em que a tinha conhecido. – Isso não tem importância. Eu quis dizer apenas esta tarde, pateta.

Ela sorriu, claramente não o conseguindo evitar, e ele soube que chamá-la de pateta tinha sido a coisa certa a fazer, embora, para ser sincero, não soubesse porquê.

– Vamos lá então – começou ele lentamente, delineando as palavras com um longo gesto do braço. – Estás a atravessar Berkeley Square e vês-me à distância. Eu chamo-te e tu respondes...

Penelope mordeu o lábio inferior, tentando, por algum motivo desconhecido, conter o sorriso. Sob que estrela mágica tinha Colin nascido, para saber *sempre* o que dizer? Era como o flautista, deixando um rasto de corações felizes e rostos sorridentes. Penelope teria apostado dinheiro, muito mais do que as mil libras que Lady Danbury havia oferecido, que não era a única mulher em Londres desesperadamente apaixonada pelo terceiro filho Bridgerton.

Ele baixou a cabeça para o lado e, em seguida, corrigiu a posição numa espécie de movimento de incentivo.

– Eu responderia... – começou Penelope lentamente. – Eu responderia...

Colin esperou dois segundos e disse: – Vá, quaisquer palavras servem.

Penelope tinha planeado estampar um sorriso luminoso no rosto, mas descobriu que o sorriso que lhe bailava nos lábios era bastante genuíno. – Colin! – exclamou, tentando soar como se tivesse acabado de ser surpreendida pela sua chegada. – O que fazes por aqui?

– Excelente resposta – disse ele.

Ela sacudiu o dedo na direção dele. – Estás a sair da personagem.

– Sim, sim, claro. As minhas desculpas. – Parou, piscou duas vezes e prosseguiu: – Continuando. Que tal assim: provavelmente o mesmo que tu, imagino. A caminho do Número Cinco, para o chá.

Penelope deixou-se cair no ritmo da conversa. – Falas como se fosses de visita. Não moras lá?

Ele fez uma careta. – Espero que seja apenas até à próxima semana. Quinze dias, no máximo. Estou a tentar encontrar um sítio para morar. Tive de desistir do contrato de arrendamento do meu antigo alojamento quando fui para o Chipre e ainda não encontrei um substituto adequado. Tive de tratar de uns negócios em Piccadilly e decidi vir a pé.

– À chuva?

Ele encolheu os ombros. – Não estava a chover quando saí esta manhã. E mesmo agora são só chuviscos.

Apenas chuviscos, pensou Penelope. Chuviscos que se agarravam às pestanas obscenamente longas dele, emoldurando aqueles olhos de um verde tão perfeito que tinham motivado mais do que uma jovem a escrever poesias (muito más, por sinal) acerca deles. Até Penelope, sensata como gostava de pensar que era, tinha passado muitas noites na cama, a olhar para o teto, vendo apenas aqueles olhos.

Apenas chuviscos, certo.

– Penelope?

Ela voltou a ficar atenta. – Pois, certo. Eu também estou a caminho da casa da tua mãe para o chá. Faço-o todas as segundas-feiras. E em muitos outros dias também – admitiu. – Quando não há… mais nada de interessante em minha casa.

– Não precisas de parecer tão culpada. A minha mãe é uma mulher adorável. Se ela quer que vás lá tomar chá, devias ir.

Penelope tinha o péssimo hábito de tirar segundos sentidos nas entrelinhas das conversas das pessoas, e suspeitava que Colin estava na verdade a dizer que não a culpava por ela, de vez em quando, querer escapar da sua própria mãe.

O que, inexplicavelmente, a fazia sentir-se um pouco triste.

Ele avançou um passo e disse: – Bem, não deveria manter-te aqui à chuva.

Penelope sorriu, pensando que estavam à chuva há pelo menos quinze minutos. Ainda assim, se Colin queria continuar com a farsa, ela faria o mesmo. – Sou a única que tem sombrinha – lembrou.

Os lábios dele curvaram-se ligeiramente. – Com efeito. No entanto, não seria uma atitude de cavalheiro, se não te conduzisse para um ambiente mais hospitaleiro. Falando nisso... – Franziu a testa, olhando em volta.

– Falando de quê?

– De ser cavalheiro. Calculo que devemos atender ao bem-estar das senhoras.

– E?

Ele cruzou os braços. – Não deverias estar acompanhada de uma criada?

– Eu moro ao virar da esquina – justificou ela, um pouco desalentada por ele não se lembrar. Afinal, ela e a irmã eram as melhores amigas de duas das irmãs dele. Ele até já a tinha acompanhado a casa uma vez ou outra. – Em Mount Street – acrescentou ela, vendo que o sobrolho carregado dele não se desfazia.

Ele estreitou um pouco os olhos, na direção de Mount Street, embora ela não fizesse ideia do que ele esperava conseguir ao fazê-lo.

– Oh, pelo amor de Deus, Colin. É perto da esquina da Davies Street. Não pode ser mais do que uma caminhada de cinco minutos até casa da tua mãe. Quatro, se me sentir especialmente enérgica.

– Eu estava só a ver se há recantos escuros. – Virou-se para encará-la. – Onde um criminoso se possa esconder.

– Em *Mayfair*?

– Em Mayfair – disse ele com determinação. – Realmente acho que deverias andar acompanhada por uma criada nas tuas viagens para lá e para cá. Detestaria que te acontecesse alguma coisa.

Ela ficou estranhamente sensibilizada pela preocupação dele, mesmo sabendo que ele teria tido a mesma consideração por quase todas as mulheres suas conhecidas. Simplesmente porque era esse tipo de homem.

– Posso garantir-te que cumpro todo o decoro habitual quando faço viagens mais longas – disse ela. – Mas esta é tão perto. Apenas alguns quarteirões. Até a minha mãe não se importa.

O queixo de Colin pareceu, de repente, tornar-se bastante rígido.

– Já para não falar – acrescentou Penelope – que tenho vinte e oito anos.

– O que tem isso a ver? Eu tenho trinta e três, se queres saber.

Ela sabia, naturalmente, ela sabia quase tudo sobre ele. – Colin – queixou-se ela, um leve tom de irritação a imiscuir-se na voz.

– Penelope – respondeu ele, no mesmo tom.

Ela soltou um longo suspiro antes de dizer: – Já é certo o meu lugar na prateleira, Colin. Não preciso de me preocupar em cumprir todas as regras que me flagelaram quando tinha dezassete anos.

– Não creio que...

Uma das mãos de Penelope plantou-se na anca. – Pergunta à tua irmã, se não acreditas em mim.

Subitamente ele pareceu ficar mais sério do que alguma vez o vira. – Faço questão de não pedir opinião à minha irmã em assuntos relacionados com o senso comum.

– Colin! – exclamou Penelope. – Isso é uma coisa terrível de se dizer.

– Não disse que não a amo. Nem sequer que não gosto dela. Eu adoro a Eloise, como bem sabes. Mas...

– Qualquer coisa que começa com *mas* tem de ser má – resmoneou Penelope.

– A Eloise já deveria estar casada – disse ele com uma incaracterística prepotência.

Bem, *aquilo* era realmente um abuso, especialmente naquele tom de voz. – Poder-se-ia dizer – devolveu Penelope, inclinando o queixo com certa sobranceria – que tu também já deverias estar casado.

– Oh, isso...

– Como tão orgulhosamente me informaste, já tens trinta e três anos.

A expressão dele era levemente divertida, mas com aquele ligeiro tom de irritação que lhe dizia que não permaneceria assim muito tempo. – Penelope, nem penses em...

– Velho! – chilreou ela.

Ele praguejou entre dentes, o que a surpreendeu, uma vez que não achava tê-lo ouvido fazê-lo na presença de uma senhora.

Provavelmente deveria tomar isso como um aviso, mas estava demasiado exasperada. Pensou como era verdade o velho ditado que dizia que coragem gera coragem.

Ou talvez fosse melhor dizer que a temeridade encorajava mais temeridade, porque simplesmente olhou para ele e disse com ar de superioridade: – Os teus dois irmãos mais velhos não estavam já casados aos trinta?

Para grande surpresa sua, Colin apenas sorriu e cruzou os braços, encostando um ombro contra a árvore que os abrigava. – Eu e os meus irmãos somos pessoas muito diferentes.

Penelope apercebeu-se que era uma declaração muito reveladora, porque muitos membros da alta sociedade, incluindo a lendária Lady Whistledown, não se cansavam de salientar o facto de os irmãos Bridgerton serem tão parecidos. Alguns até tinham chegado ao ponto de dizer que eram intercambiáveis. Penelope não achara que nenhum deles tivesse ficado aborrecido por isso; na verdade, partira do princípio que todos se sentiam lisonjeados com a comparação, já que pareciam gostar tanto uns dos outros. Mas talvez estivesse enganada.

Ou talvez nunca tivesse prestado atenção suficiente.

O que era estranho, porque sentia como se tivesse passado metade da sua vida a observar Colin Bridgerton.

No entanto, de uma coisa tinha a certeza, e deveria ter-se lembrado, é que se Colin tinha algum tipo de mau génio, nunca lho mostrara. Certamente enganara-se redondamente ao pensar que uma simples brincadeira sobre os irmãos casarem antes dos trinta o fizesse perder a calma.

Não, o método de ataque dele era um sorriso preguiçoso, uma brincadeira bem cronometrada. Se Colin alguma vez perdesse a paciência...

Penelope abanou levemente a cabeça, incapaz até de imaginar. Colin nunca perdia a paciência. Pelo menos não na frente dela. Teria de estar realmente, verdadeiramente, não, *profundamente* aborrecido para perder a paciência. E esse tipo de fúria só poderia

ser desencadeado por alguém com quem ele realmente, verdadeiramente, *profundamente* se preocupasse.

Colin gostava dela, talvez até mais do que da maioria das pessoas, mas não se *preocupava*. Não dessa maneira.

– Talvez devêssemos concordar em discordar – disse Penelope
por fim.

– Com o quê?

– Bem… – não conseguia lembrar-se – com o que uma solteirona pode ou não pode fazer?

Ele parecia achar a hesitação dela divertida. – Isso provavelmente exigiria que eu aceitasse a capacidade de discernimento da
minha irmã mais nova, o que seria, como certamente podes imaginar, muito difícil para mim.

– Mas não te importas de aceitar a *minha* capacidade de discernimento?

O sorriso dele era preguiçoso e perverso. – Não, se me prome-
teres que não contas a ninguém.

Colin não queria dizer aquilo, obviamente. E ela sabia que ele
sabia que ela sabia que ele não queria dizer aquilo. Mas Colin era
assim. Bom humor e um sorriso eram capazes de suavizar qualquer
caminho. E diabos o levassem, funcionou, porque ela ouviu-se suspirar, sentiu o sorriso abrir-se e, antes de ter consciência do que
fazia, disse: – Basta! Vamos então para casa da tua mãe.

Colin sorriu. – Achas que vai ter biscoitos?

Penelope revirou os olhos. – Eu *sei* que vai ter biscoitos.

– Ainda bem – disse, avançando em passos largos e rápidos,
quase a arrastando com ele. – Eu adoro a minha família, mas a
verdade é que só vou lá pela comida.

CAPÍTULO 4

É difícil imaginar que exista outra notícia do baile Bridgerton para além da determinação de Lady Danbury em descobrir a identidade desta Vossa Autora, mas os seguintes pontos devem ser devidamente notados:

Mr. Geoffrey Albansdale foi visto a dançar com Miss Felicity Featherington.

Miss Felicity Featherington também foi vista a dançar com Mr. Lucas Hotchkiss.

Mr. Lucas Hotchkiss também foi visto a dançar com Miss Hyacinth Bridgerton.

Miss Hyacinth Bridgerton também foi vista a dançar com o visconde Burwick.

O visconde Burwick também foi visto a dançar com Miss Jane Hotchkiss.

Miss Jane Hotchkiss também foi vista a dançar com Mr. Colin Bridgerton.

Mr. Colin Bridgerton também foi visto a dançar com Miss Penelope Featherington.

E para completar esta dança de roda algo incestuosa, Miss Penelope Featherington foi vista a conversar com Mr. Geoffrey Albansdale. (Teria sido singular se ela tivesse dançado com ele, não concorda, caro leitor?)

CRÓNICAS DA SOCIEDADE DE LADY WHISTLEDOWN,
12 DE ABRIL DE 1824

Quando Penelope e Colin entraram na sala de estar, Eloise e Hyacinth já se encontravam a tomar chá, acompanhadas das duas Ladies Bridgerton. Violet, a viúva, estava sentada na frente de um serviço de chá, e Kate, nora e mulher de Anthony, o atual visconde, tentava, sem grande sucesso, controlar a filha de dois anos, Charlotte.

— Olhem quem encontrei em Berkeley Square — anunciou Colin.

— Penelope — disse Lady Bridgerton com um sorriso —, senta-te. O chá ainda está fresquinho e a cozinheira fez os seus famosos biscoitos de manteiga.

Colin cortou a direito para a comida, mal parando para cumprimentar as irmãs.

Penelope aceitou o gesto de Lady Bridgerton na direção de uma cadeira e sentou-se.

— Biscoitos são bons — disse Hyacinth, empurrando uma bandeja na direção dela.

— Hyacinth — disse Lady Bridgerton num tom vagamente desaprovador — tenta, por favor, dizer frases completas.

Hyacinth olhou para a mãe com uma expressão de surpresa.
— Biscoitos. São. Bons. — Inclinou a cabeça para o lado. — Substantivo. Verbo. Adjetivo.

— *Hyacinth!*

Penelope viu que Lady Bridgerton tentava manter um ar severo ao repreender a filha, mas não estava a ser muito bem sucedida.

— Substantivo. Verbo. Adjetivo — disse Colin, limpando uma migalha do rosto sorridente. — Frase. É. Correta.

— Talvez para alguém mal alfabetizado — comentou Kate, pegando num biscoito. — Estes *são* bons — disse ela a Penelope, com um sorriso tímido no rosto —, já vou no quarto.

— Adoro-te, Colin — disse Hyacinth, ignorando completamente Kate.

— Claro que sim — murmurou ele.

– Já eu – disse Eloise com ar altivo – prefiro colocar artigos a preceder os meus substantivos nas minhas escritas.

Hyacinth bufou. – Tuas *escritas*? – repetiu.

– Eu escrevo muitas cartas – disse Eloise com desdém. – E mantenho um diário, que garanto é um excelente hábito.

– Ajuda muito a manter a disciplina – interveio Penelope, aceitando a chávena que Lady Bridgerton lhe estendia.

– Manténs um diário? – perguntou Kate, sem na verdade olhar para ela, já que tinha acabado de saltar da cadeira para agarrar a filha, antes que a pequenita trepasse a uma mesinha de apoio.

– Infelizmente, não – respondeu Penelope, abanando a cabeça. – Isso requer demasiada disciplina para mim.

– Não acho que seja sempre necessário colocar um artigo antes do substantivo – insistiu Hyacinth, totalmente incapaz, como sempre, de abandonar o seu lado da argumentação.

Infelizmente para o resto da assembleia, Eloise era igualmente obstinada. – Podes deixar de fora o artigo se te estás a referir ao substantivo num sentido geral – disse ela, apertando os lábios de uma forma bastante arrogante –, mas neste caso, como te estás a referir a biscoitos *específicos*...

Penelope não tinha a certeza, mas achou ter ouvido Lady Bridgerton gemer.

– ...então, especificamente, estás errada – concluiu Eloise com as sobrancelhas arqueadas.

Hyacinth voltou-se para Penelope. – Tenho a certeza de que ela não usou a palavra *especificamente* de forma correta nesta última frase.

Penelope pegou noutro biscoito de manteiga. – Recuso-me a entrar nessa conversa.

– Covarde – murmurou Colin.

– Não, apenas com fome. – Penelope virou-se para Kate. – Estes *são* bons.

Kate acenou concordando. – Ouvi rumores de que a tua irmã vai ficar noiva – disse ela a Penelope.

76

Penelope piscou de surpresa. Não tinha pensado que o relacionamento de Felicity com Mr. Albansdale era do conhecimento público. – Hum, onde ouviu tais rumores?

– Eloise, é claro – respondeu Kate com toda a naturalidade. – Ela sabe sempre tudo.

– E o que não sei – completou Eloise com um leve sorriso –, Hyacinth normalmente sabe. É muito conveniente.

– Têm a certeza de que nenhuma de vós é Lady Whistledown? – brincou Colin.

– Colin! – exclamou Lady Bridgerton. – Como podes pensar uma coisa dessas?

Ele encolheu os ombros. – São inteligentes o bastante para levar a cabo tal feito.

Eloise e Hyacinth sorriram de contentamento.

Até Lady Bridgerton não pôde ignorar o elogio. – Sim, bem – balbuciou –, Hyacinth é demasiado jovem, e Eloise... – Olhou para Eloise, que a observava com uma expressão muito divertida. – Bem, Eloise não é Lady Whistledown, tenho a certeza.

Eloise olhou para Colin. – Eu não sou Lady Whistledown.

– Que pena! – respondeu ele. – Imagino que agora estarias podre de rica.

– Sabes – disse Penelope, pensativa –, essa pode ser uma boa maneira de descobrir a sua identidade.

Cinco pares de olhos voltaram-se na sua direção.

– Ela tem de ser alguém com mais dinheiro do que seria de esperar – explicou Penelope.

– Excelente observação – disse Hyacinth –, só que eu não faço a mais pálida ideia de quanto dinheiro as pessoas devem ter.

– Nem eu, é claro – respondeu Penelope. – Mas a maioria das vezes é possível ter uma ideia *geral*. – Perante o olhar vazio de Hyacinth, acrescentou: – Por exemplo, seria muito suspeito se de repente eu comprasse um conjunto de joias de diamantes.

Kate deu um pequeno toque com o cotovelo a Penelope. – Compraste joias de diamantes ultimamente? Davam-me jeito mil libras.

Penelope fez uma pausa antes de responder, porque, sendo a atual viscondessa Bridgerton, Kate certamente não precisava de mil libras. – Posso garantir que não possuo um único diamante. Nem mesmo um anel – disse.

Kate soltou um «pfff» de descontentamento fingido. – Bem, então não és de grande ajuda.

– Não é tanto pelo dinheiro – anunciou Hyacinth –, é pela glória.

Lady Bridgerton até tossiu com o chá. – Desculpa, Hyacinth, *o que* acabaste de dizer? – perguntou ela.

– Pensem no reconhecimento público que a pessoa teria por conseguir finalmente desmascarar Lady Whistledown – disse Hyacinth. – Seria glorioso.

– Estás a dizer que não te interessa o dinheiro? – comentou Colin, com uma expressão enganosamente branda no rosto.

– Nunca diria *isso* – respondeu Hyacinth com um sorriso insolente.

Ocorreu a Penelope que de todos os Bridgerton, Hyacinth e Colin eram os mais parecidos. Provavelmente era bom que Colin viajasse tanto. Se ele e Hyacinth alguma vez decidissem unir forças, provavelmente dominariam o mundo.

– Hyacinth – disse Lady Bridgerton com firmeza –, estás proibida de transformares a descoberta da identidade de Lady Whistledown no trabalho da tua vida.

– Mas…

– Não estou a dizer que não possas refletir sobre o assunto e fazer algumas perguntas – apressou-se Lady Bridgerton a acrescentar, levantando a mão para impedir mais interrupções. – Meu Deus, era o que me faltava se depois de quase quarenta anos de maternidade eu achasse que poderia impedir-te, quando cismas com alguma coisa, por mais absurda que seja.

Penelope levou a chávena à boca para encobrir o sorriso.

– O problema é que às vezes tens tendência para ser demasiado – Lady Bridgerton clareou delicadamente a garganta – resoluta…

– Mãe!

Lady Bridgerton continuou como se Hyacinth nunca tivesse falado. – ...e não quero que te esqueças de que o teu principal objetivo neste momento deve ser o de encontrar um marido.

Hyacinth pronunciou a palavra «mãe» novamente, mas desta vez foi mais um queixume do que um protesto.

Penelope olhou de relance para Eloise, que tinha os olhos fixos no teto, claramente tentando não se rir. Eloise sofrera anos de tentativas casamenteiras implacáveis nas mãos da mãe e não se importava nada que esta parecesse ter desistido e desviado a sua atenção para Hyacinth.

Na verdade, Penelope ficava muito espantada por Lady Bridgerton parecer ter finalmente aceitado o estado de solteira de Eloise. Nunca escondera o facto que o seu grande objetivo na vida era ver todos os oito filhos casados e felizes. E tinha-o conseguido com quatro. Primeiro Daphne tinha casado com Simon, tornando--se duquesa de Hastings. No ano seguinte, Anthony havia-se casado com Kate. Houve um período de calmaria depois disso, mas tanto Benedict como Francesca casaram com um ano de diferença, Benedict com Sophie, e Francesca com o conde escocês de Kilmartin.

Francesca, infelizmente, ficara viúva apenas dois anos depois do casamento. Agora dividia o seu tempo entre a família do falecido marido, na Escócia, e a sua, em Londres. No entanto, quando estava na cidade insistia em viver na Kilmartin House, em vez de na Bridgerton House ou no Número Cinco. Penelope compreendia. Se fosse viúva, também iria querer aproveitar a sua independência.

Hyacinth encarava geralmente as tentativas casamenteiras da mãe com bom humor, pois, como havia dito a Penelope, não era que não quisesse casar. Preferia deixar a mãe fazer o trabalho todo e depois só tinha de escolher um marido, quando conhecesse a pessoa certa.

E foi com esse bom humor que ela se levantou, beijou a mãe no rosto e obedientemente prometeu que o seu objetivo principal na vida era procurar um marido, aproveitando para lançar um sorriso insolente e sorrateiro ao irmão e à irmã. Ainda mal se tinha voltado a sentar na cadeira quando disse: — Então, acham que ela vai ser apanhada?

— Ainda estamos a falar dessa tal Whistledown? — queixou-se Lady Bridgerton.

— Já conhece a teoria da Eloise? — perguntou Penelope.

Todos os olhos se voltaram para Penelope e depois para Eloise.

— Qual *é* a minha teoria? — quis saber Eloise.

— Contaste-ma, hum, não sei, talvez há uma semana — disse Penelope. — Estávamos a falar sobre Lady Whistledown e eu disse que não via como poderia ela continuar assim para sempre e que, mais cedo ou mais tarde, teria de cometer um erro. Então Eloise disse que não tinha tanta certeza, porque já tinham passado mais de dez anos e se tivesse de cometer um erro, não o teria feito já? Eu respondi que não, que ela era apenas humana, e que teria de cometer um deslize, porque ninguém é capaz de continuar para sempre e…

— Ah, já me lembro! — cortou Eloise. — Estávamos em tua casa, no teu quarto. Tive uma ideia brilhante! Disse à Penelope que era capaz de apostar que Lady Whistledown já tinha cometido um erro, nós é que éramos demasiado estúpidos para ter notado.

— Devo dizer que não é muito elogioso para nós — murmurou Colin.

— Bem, quando disse *nós*, queria dizer toda a sociedade, e não apenas nós Bridgerton — objetou Eloise.

— Então, talvez — disse Hyacinth com ar pensativo —, tudo o que preciso fazer para descobrir quem é Lady Whistledown é ler as edições anteriores da crónica.

Os olhos de Lady Bridgerton encheram-se de um leve pânico. — Hyacinth Bridgerton, não estou a gostar nada da tua expressão.

Hyacinth sorriu e encolheu os ombros. — O que eu me ia divertir com mil libras.

— Que Deus nos ajude — foi a resposta da mãe.

— Penelope — disse Colin, de repente —, não chegaste a contar-nos acerca da Felicity. Sempre é verdade que ela vai ser pedida em casamento?

Penelope terminou de engolir o chá que estava a beber. Colin tinha um jeito de olhar, os olhos verdes tão focados e concentrados, que a outra pessoa se sentia como se os dois fossem as duas únicas pessoas no Universo. Infelizmente para Penelope, aquele olhar também parecia reduzi-la a uma imbecil balbuciante. Quando estavam a meio de uma conversa, geralmente conseguia manter a compostura, mas quando ele a surpreendia daquela maneira, voltando a atenção para ela quando já estava convencida de se ter confundido perfeitamente com o papel de parede, ficava completa e totalmente perdida.

— Hum... sim, é muito possível — respondeu. — Mr. Albansdale tem vindo a insinuar as suas intenções. Mas se ele decidir fazer a proposta, imagino que irá até East-Anglia para pedir a mão dela em casamento ao meu tio.

— Ao teu tio? — perguntou Kate curiosa.

— O meu tio Geoffrey. Ele vive perto de Norwich. É o nosso parente mais próximo do sexo masculino, embora, verdade seja dita, não o vejamos muitas vezes. Mas Mr. Albansdale é bastante tradicional. Não me parece que se sinta à vontade para fazer o pedido à minha mãe.

— Espero que pergunte à Felicity também — disse Eloise. — Sempre achei uma tolice um homem pedir a mão de uma rapariga em casamento ao pai antes de pedir a ela. Não é o pai que terá de viver com ele.

— Essa atitude — disse Colin com um sorriso divertido, apenas parcialmente escondido pela chávena de chá — é capaz de explicar porque ainda estás solteira.

Lady Bridgerton lançou ao filho um olhar severo, dizendo o nome dele em tom desaprovador.

— Oh, não se preocupe mãe — disse Eloise —, eu não me importo. Estou perfeitamente confortável como solteirona. — Lançou a Colin um olhar superior. – Prefiro ser uma solteirona do que ser casada com um ser tedioso. Aliás – acrescentou com um floreio –, tal como a Penelope!

Assustada com a mão de Eloise a gesticular de repente na sua direção, Penelope endireitou a coluna e disse: – Hum… sim, claro.

Todavia, Penelope tinha a sensação de que não era tão firme nas suas convicções como a amiga. Ao contrário de Eloise, não recusara seis propostas de casamento. Aliás, não recusara uma que fosse, porque também não a recebera.

Dizia a si própria que, de qualquer forma, não teria aceitado, porque o seu coração pertencia a Colin. Mas seria isso realmente verdade, ou estaria apenas a tentar consolar-se por ter sido um rotundo fracasso no mercado matrimonial?

Se alguém a pedisse em casamento amanhã, alguém perfeitamente amável e aceitável, que ela talvez nunca fosse capaz de amar, mas de quem, com toda a probabilidade, poderia gostar, será que diria sim?

Provavelmente.

Esse pensamento tornava-a melancólica, porque admiti-lo significava que tinha perdido verdadeiramente a esperança em Colin. Significava que não era tão fiel aos seus princípios como esperava. Significava que estava disposta a contentar-se com um marido menos perfeito para poder ter um lar e uma família.

Não era nada que centenas de mulheres não fizessem todos os anos, mas era algo que ela nunca pensara ser capaz de fazer.

– Ficaste muito séria de repente – observou Colin.

Penelope obrigou-se a abandonar as suas reflexões. – Eu? Não, não. Fiquei perdida nos meus pensamentos, só isso.

Colin aceitou a justificação com um breve aceno e esticou-se para pegar noutro biscoito. – Não temos nada de mais substancial? – perguntou, franzindo o nariz.

– Se eu soubesse que vinhas, teria dobrado a quantidade de comida – disse a mãe em tom seco.

Ele levantou-se para ir tocar a campainha. – Vou pedir mais. – Depois de dar um puxão, virou-se para trás e perguntou: – E já conhecem a teoria da Penelope acerca de Lady Whistledown?

– Eu não – respondeu Lady Bridgerton.

– É, na verdade, muito inteligente – disse Colin, interrompendo para pedir sanduíches a uma empregada e terminando com: – Ela acha que é Lady Danbury.

– Aaaah! – Hyacinth estava visivelmente impressionada. – Isso é muito perspicaz, Penelope.

Penelope agradeceu com um gesto de cabeça.

– É o tipo de coisa que Lady Danbury faria – acrescentou Hyacinth.

– As crónicas ou o desafio? – perguntou Kate, agarrando a fita do vestido de Charlotte antes de a menina conseguir fugir para longe.

– Ambas – respondeu Hyacinth.

– E Penelope disse-lho – acrescentou Eloise. – Diretamente na cara.

Hyacinth ficou de boca aberta, e Penelope percebeu imediatamente que acabara de subir, e muito, na consideração de Hyacinth.

– Como gostava de ter assistido a isso! – disse Lady Bridgerton com um sorriso largo e orgulhoso. – Com toda a franqueza, fico muito espantada por isso não ter vindo no *Whistledown* desta manhã.

– Não acho que Lady Whistledown queira comentar sobre quaisquer teorias pessoais acerca da sua identidade – disse Penelope.

– Ora essa, porque não? – interrogou Hyacinth. – Seria uma excelente maneira de ela desviar as atenções. Por exemplo – enfatizou, estendendo a mão na direção da irmã numa pose dramática –, digamos que eu pensava que era Eloise.

– Não é Eloise! – protestou Lady Bridgerton.

– Não sou eu – confirmou Eloise com um sorriso.

– Mas digamos que eu *pensava* que era – insistiu Hyacinth num tom extremamente defensivo. – E que o tinha afirmado publicamente.

– O que nunca farias – disse a mãe com firmeza.

– O que nunca faria – papagueou Hyacinth. – Mas apenas em teoria, vamos fingir que sim. E digamos que Eloise realmente era Lady Whistledown. Que não é – apressou-se a acrescentar, antes que a mãe a interrompesse outra vez. Lady Bridgerton ergueu as mãos ao céu em sinal de derrota silenciosa. – Que melhor maneira de enganar toda a gente – continuou Hyacinth – do que fazer pouco de mim na sua crónica?

– Sim, se Lady Whistledown realmente *fosse* Eloise… – pensou Penelope em voz alta.

– Ela não é! – explodiu Lady Bridgerton.

Penelope não pôde deixar de rir. – Mas se fosse…

– Sabes uma coisa, agora *realmente* quem me dera ser – disse Eloise.

– Como estarias a gozar com todos nós, neste momento – concluiu Penelope. – Claro que na próxima quarta-feira não poderias escrever uma crónica a gozar com Hyacinth por pensar que és a Lady Whistledown, porque senão todos ficaríamos a saber que tinhas de ser tu.

– A não ser que fosses *tu* – brincou Kate, olhando para Penelope. – *Isso* é que seria uma artimanha retorcida.

– Deixa-me ver se entendi – disse Eloise com uma risada. – Penelope é Lady Whistledown e na quarta-feira vai escrever uma crónica a fazer pouco da teoria de Hyacinth de que eu *sou* Lady Whistledown só para te enganar e deixar-te a pensar que *sou* realmente Lady Whistledown, porque Hyacinth sugeriu que isso seria um artifício ardiloso.

– Já me perdi completamente – disse Colin para ninguém em particular.

– A menos que *Colin* seja a verdadeira Lady Whistledown – sugeriu Hyacinth com um brilho diabólico nos olhos.

– Parem! – exclamou Lady Bridgerton. – Eu imploro.

Mas nessa altura já todos riam a bandeiras despregadas e seria impossível Hyacinth continuar com a sua teoria.

— As possibilidades são infinitas — disse Hyacinth, limpando uma lágrima.

— Talvez devamos todos simplesmente olhar para a esquerda — sugeriu Colin, voltando a sentar-se. — Quem sabe essa pessoa não possa muito bem ser a nossa infame Lady Whistledown.

Todos olharam para a esquerda, com a exceção de Eloise, que olhou para a direita... diretamente para Colin. — Estavas a tentar insinuar alguma coisa ao sentares-te à minha direita? — perguntou, com um sorriso divertido.

— Nadinha — murmurou ele, estendendo a mão para o prato de biscoitos e parando logo que se lembrou de que estava vazio.

Mas não olhou Eloise nos olhos quando o disse.

Se mais alguém, além de Penelope, reparou no tom evasivo, não teve tempo de o questionar acerca disso, porque as sanduíches chegaram, tornando impossível qualquer conversa com ele.

CAPÍTULO 5

Chegou ao conhecimento desta Vossa Autora que Lady Black-wood torceu o tornozelo no início desta semana enquanto perseguia um ardina para adquirir um exemplar desta humilde folha.

Mil libras é certamente uma grande quantia em dinheiro, mas Lady Blackwood não tem assim tanta necessidade de capital e, além disso, a situação está a tornar-se absurda. Estou em crer que os londrinos terão coisas melhores para fazer do que perseguir os pobres e infelizes ardinas numa tentativa infrutífera de descobrir a identidade desta Vossa Autora.

Ou talvez não.

Esta Vossa Autora tem vindo a narrar as atividades da alta sociedade há mais de uma década e não tem encontrado uma evidência que seja de que realmente tenham algo melhor para fazer.

CRÓNICAS DA SOCIEDADE DE LADY WHISTLEDOWN,
14 DE ABRIL DE 1824

Dois dias depois, Penelope encontrava-se uma vez mais a cortar caminho por Berkeley Square, em direção ao Número Cinco para visitar Eloise. Desta vez, no entanto, era o final de uma manhã ensolarada e não encontrou Colin.

Penelope não tinha a certeza se isso era bom ou mau.

Na semana anterior, ela e Eloise tinham feito planos de irem às compras, mas decidiram encontrar-se no Número Cinco para poderem ir juntas e dispensarem a companhia das criadas. Estava um dia perfeito, muito mais parecido com um dia de junho do que de abril, e Penelope estava ansiosa pela curta caminhada até Oxford Street.

Mas quando chegou a casa de Eloise, foi recebida pela expressão perplexa do mordomo.

– Miss Featherington – disse ele, piscando várias vezes os olhos em rápida sucessão, tentando encontrar mais algumas palavras. – Acho que Miss Eloise não está de momento.

Os lábios de Penelope separaram-se de surpresa. – Onde é que ela foi? Combinámos esta saída há mais de uma semana.

Wickham balançou a cabeça. – Não sei. Mas ela saiu com a mãe e com Miss Hyacinth há cerca de duas horas.

– Percebo. – Penelope franziu a testa, tentando decidir o que fazer. – Posso esperar, então? Talvez se tenha apenas atrasado. Não é hábito da Eloise esquecer um compromisso.

Ele assentiu graciosamente e acompanhou-a pelas escadas até à sala de estar informal, prometendo trazer uma refeição leve e entregando-lhe a última edição do *Whistledown* para ajudar a passar o tempo.

Penelope já o lera, é claro; fora entregue cedo logo de manhã, e ela tinha o hábito de o ler atentamente enquanto tomava o pequeno-almoço. Com tão pouco para lhe ocupar a mente, foi até à janela e observou a paisagem urbana de Mayfair. Mas não havia nada de novo para ver: os mesmos edifícios que já vira mil vezes, até as pessoas que caminhavam na rua eram as mesmas.

Talvez porque estivesse a ponderar sobre a mesmice da sua vida, reparou no único objeto novo no seu campo de visão: um livro encadernado pousado aberto em cima da escrivaninha. Mesmo a vários metros de distância, conseguia ver que não estava escrito com letra impressa, mas sim preenchido com uma letra manuscrita muito asseada.

Avançou em direção a ele e olhou para baixo, sem tocar nas páginas. Parecia ser uma espécie de diário e, a meio da página da direita, havia um título destacado do resto do texto por um espaço acima e outro abaixo:

22 de fevereiro de 1824
Montes Troodos, Chipre

Uma das mãos voou até à boca. Colin tinha escrito aquilo! Ainda no outro dia dissera que tinha visitado o Chipre, em vez da Grécia. Não fazia ideia de que ele mantinha um diário.

Levantou um pé para dar um passo atrás, mas o corpo não se mexeu. Não devia ler aquilo, disse a si mesma. Era o diário privado de Colin. Realmente devia afastar-se.

– Afasta-te – murmurou, olhando para os pés teimosos. – Afasta-te.

Os pés não se mexeram.

Talvez não fosse assim tão errado. Afinal, estaria realmente a invadir a sua privacidade, se lesse apenas o que via sem virar a página? Ele *tinha* deixado o caderno aberto sobre a escrivaninha para toda a gente ver.

Mas, pensando melhor, Colin tinha todos os motivos para pensar que ninguém iria ver o seu diário se saísse por alguns momentos. Presumivelmente, sabia que a mãe e as irmãs tinham saído de manhã. A maioria das visitas era conduzida à sala de estar formal, no piso térreo; e tanto quanto Penelope sabia, ela e Felicity eram as únicas não pertencentes à família Bridgerton que tinham acesso direto à sala de estar informal. E uma vez que Colin não estava à espera dela (ou, melhor, não tinha pensado nela fosse de que maneira fosse), não achara que houvesse qualquer perigo em deixar o diário ali enquanto ia fazer qualquer coisa.

Por outro lado, ele *tinha*-o deixado aberto.

Aberto, pelo amor de Deus! Se contivesse quaisquer segredos valiosos, certamente Colin teria tido mais cuidado em escondê-lo antes de abandonar a sala. Afinal, não era nenhum idiota.

Penelope inclinou-se para a frente.

Oh, que maçada! Não conseguia ler àquela distância. Era fácil ler o título porque estava destacado com muito espaço em branco, mas o resto da escrita era demasiado miudinha para conseguir ler de tão longe.

Sem saber porquê, achou que não se sentiria tão culpada se não se aproximasse mais do caderno para o ler. Não considerou, claro, o facto de já ter atravessado a sala para chegar onde estava naquele momento.

Tamborilou o dedo na face, perto da orelha. Era um bom argumento. Já tinha atravessado a sala há algum tempo, o que certamente significava que já tinha cometido o maior pecado que era provável cometer naquele dia. Mais um pequeno passo não era nada comparado com a extensão da sala.

Avançou um pouco, decidindo que só contava como meio passo; depois de novo mais um pouco e olhou para baixo, começando a ler a meio de uma frase.

em Inglaterra. Aqui a areia ondula entre o castanho-claro e o branco e a consistência é tão fina que desliza por um pé descalço como um sussurro de seda. A água é de um azul inconcebível em Inglaterra: verde-azulado ao sol brilhante, de um cobalto profundo quando as nuvens tomam o céu. E é surpreendentemente quente, como um banho aquecido, talvez uma meia hora antes. As ondas são suaves e afagam a praia com uma suave carícia de espuma, fazem cócegas na pele e transformam a areia perfeita numa delícia mole e húmida que escorrega pelos dedos dos pés até outra onda chegar para limpar tudo.

É fácil de compreender porque dizem ser o local de nascimento de Afrodite. A cada passo que dou, quase espero vê-la como uma pintura de Botticelli, saindo do mar, perfeitamente equilibrada numa concha gigante, os longos cabelos ticianos ondulando em redor dela.

Se alguma mulher perfeita nasceu, certamente este seria o seu lugar de origem. Sinto-me no paraíso. E, no entanto...

No entanto, apesar de todo este céu sem nuvens e da brisa morna, sou recordado de que esta não é a minha casa, de que nasci para viver a minha vida noutro lugar. Embora não seja o suficiente para reprimir o desejo... não, a necessidade!... de viajar, de ver, de conhecer, alimenta, todavia, o estranho desejo de calcar a relva humedecida de orvalho, de sentir a névoa fria no rosto ou mesmo de recordar a alegria de um dia perfeito depois de uma semana de chuva.

As pessoas daqui não conhecem essa alegria. Os seus dias são sempre perfeitos. Será possível apreciar a perfeição quando é uma constante na vida?

22 de fevereiro de 1824
Montes Troodos, Chipre

É espantoso que sinta frio. Apesar de ser fevereiro, e sendo inglês estou bastante acostumado ao frio de fevereiro (assim como o de qualquer mês com um R no nome), não estou em Inglaterra. Estou no Chipre, no coração do Mediterrâneo, e há apenas dois dias estava em Paphos, na costa sudoeste da ilha, onde o sol é forte e o oceano salgado e quente. Daqui, é possível ver o cume do Monte Olimpo, ainda coberto de uma neve tão branca capaz de nos cegar temporariamente quando o sol reflete nela.

A subida até esta altitude foi traiçoeira, o perigo à espreita em muitos cantos. A estrada é rudimentar, e pelo caminho encontrámos

Penelope soltou um resmungo de protesto quando percebeu que a página terminara a meio de uma frase. Quem tinha ele conhecido? O que tinha acontecido? *Que perigo?*

Ficou a olhar para o caderno, a *morrer* de vontade de virar a página e saber o que acontecia em seguida. Mas, quando começara a ler, tinha conseguido justificar o ato dizendo a si mesma que não estava a invadir a privacidade de Colin porque ele deixara o caderno aberto. Estava apenas a ler o que ele havia deixado exposto.

Porém, virar a página era algo completamente diferente.

Estendeu a mão e voltou a retraí-la. Não era correto. Não podia ler o diário dele. Bem, não além do que já tinha lido.

Por outro lado, era óbvio que aquelas eram palavras que mereciam ser lidas. Era um crime Colin guardá-las só para si. As palavras deviam ser celebradas, partilhadas. Deviam ser…

— Oh, pelo amor de Deus — murmurou para si mesma, esticando a mão para pegar na ponta da página.

— *O que estás a fazer?*

Penelope virou-se subitamente. — Colin!

— E não é que sou? — disse, irónico.

Penelope deu um passo súbito para trás. Nunca o tinha ouvido falar naquele tom. Nunca o imaginara sequer capaz de tal tom.

Ele atravessou a sala, pegou no diário e fechou-o com um baque.
— O que estás aqui a fazer? — exigiu saber.

— À espera da Eloise — conseguiu ela dizer, a boca de repente bastante seca.

— Na sala de estar de cima?

— O Wickham traz-me sempre para aqui. A tua mãe disse-lhe para me tratar como família. Eu… hum… ele… hum… — Percebeu que torcia as mãos e forçou-se a parar. — Ele faz a mesma coisa com a minha irmã Felicity. Porque ela e a Hyacinth são amigas. Eu… eu peço desculpa. Pensei que soubesses.

Colin atirou o caderno com capa de couro descuidadamente para uma cadeira próxima e cruzou os braços. — E tens o hábito de ler as cartas pessoais das outras pessoas?

— Não, claro que não. Mas estava aberto e… — Engoliu em seco, reconhecendo como a desculpa soava esfarrapada assim que as palavras lhe saíram dos lábios. — É uma sala pública — murmurou, como se sentisse que precisava de concluir a sua defesa. – Talvez o devesses ter levado contigo.

– Aonde fui – rosnou, ainda visivelmente furioso com ela – não se leva habitualmente livros.

– Não é assim tão grande – disse ela, perguntando-se por que motivo, porquê, *porque* insistia em falar quando estava tão claramente errada.

– Pelo amor de Deus! – explodiu ele. – *Queres* mesmo que diga a palavra *penico* na tua presença?

Penelope sentiu o rosto corar violentamente. – É melhor eu ir. Por favor, diz à Eloise que...

– Não, *eu saio*. – Colin praticamente rosnou. – Vou mudar-me esta tarde, de qualquer maneira. Posso muito bem sair agora, já que obviamente assumiste o controlo da casa.

Penelope nunca tinha pensado que as palavras pudessem causar dor física, mas naquele instante poderia jurar terem-lhe espetado uma faca no coração. Até àquele momento, nunca tinha pensado no quanto significava para ela o facto de Lady Bridgerton lhe ter aberto as portas de sua casa.

Ou a mágoa de saber que Colin se melindrava com a presença dela lá.

– Porque é que tens de tornar tão difícil um pedido de desculpas? – explodiu ela, rodando nos calcanhares para atravessar a sala e pegar nas suas coisas.

– E porque é que deveria facilitar-te o trabalho, diz-me lá? – revidou ele, sem a encarar quando o disse e sem sequer quebrar o ritmo.

– Porque seria a coisa certa a fazer – resmoneou ela.

Isso chamou-lhe a atenção. Ele virou-se, os olhos a cintilar de tanta fúria que Penelope deu um passo atrás. Colin era o bom, o descontraído. Não perdia a cabeça por uma insignificância.

Até agora.

– Porque seria a coisa certa a fazer? – vociferou. – Foi isso que pensaste quando te puseste a ler o meu diário? Que seria a coisa certa a fazer, ler as cartas privadas de alguém?

– Não, Colin, eu…

– Não há nada que possas dizer – continuou ele, espetando-lhe o dedo indicador no ombro.

– Colin! Tu…

Ele virou-se para pegar nos seus pertences, virando-lhe rudemente as costas enquanto falava. – Não há nada que possa justificar o teu comportamento.

– Não, claro que não, mas…

– AI!

Penelope sentiu o sangue fugir-lhe do rosto. O grito de Colin era de sofrimento real. O seu nome escapou-lhe dos lábios num sussurro de pânico e precipitou-se para junto dele. – O que é que… Oh, Céus!

O sangue jorrava de um ferimento na palma da sua mão.

Não sendo particularmente fluente em situações críticas, Penelope conseguiu dizer «Oh! Oh! O tapete!», antes de dar um salto em frente com um pedaço de papel de carta que estava pousado numa mesa próxima e colocando-o sob a mão dele para recolher o sangue antes que arruinasse o precioso tapete.

– Uma enfermeira sempre atenta – disse Colin com a voz trémula.

– Bem, não vais propriamente morrer – explicou – e o tapete…

– Está tudo bem – assegurou ele. – Estava a tentar fazer uma piada.

Penelope olhou para o rosto dele. Finas linhas brancas sulcavam-lhe a pele ao redor da boca e ele parecia muito pálido. – Acho que é melhor sentares-te – sugeriu ela.

Colin concordou com a cabeça e deixou-se cair numa cadeira.

O estômago de Penelope agitou-se, bastante mareado. Nunca fora boa com sangue.

– Talvez seja melhor eu sentar-me também – murmurou, sentando-se na mesinha em frente.

– Estás bem? – perguntou Colin.

Penelope assentiu, engolindo para contrariar uma pequena onda de náusea. – Precisamos de encontrar alguma coisa para envolver a ferida – disse, fazendo uma careta quando reparou na solução ridícula que tinha encontrado. O papel não era absorvente e o sangue deslizava perigosamente pela superfície, que ela tentava desesperadamente impedir de pingar do papel.

– Tenho um lenço no bolso – disse ele.

Ela pousou o papel com todo o cuidado e tirou-lhe o lenço do bolso do peito, tentando não se concentrar nos batimentos calorosos do coração quando os seus dedos se atrapalharam a retirar o pedaço de pano branco-creme. – Dói? – perguntou ao enrolar o lenço na mão dele. – Não precisas de responder. Claro que dói.

Colin conseguiu abrir um sorriso hesitante. – Dói.

Ela espreitou o corte, obrigando-se a vê-lo de perto, mesmo que o sangue lhe revirasse o estômago. – Acho que não vais precisar de pontos.

– Percebes muito de feridas?

Penelope abanou a cabeça. – Nada. Mas não me parece muito má. Exceto… bem, exceto o sangue todo.

– A sensação é pior do que a aparência – brincou ele.

Os olhos dela voaram horrorizados para o rosto dele.

– Outra piada – tranquilizou-a. – Bem, na verdade, não. A sensação *é* pior do que a aparência, mas garanto que é suportável.

– Sinto muito – disse ela, aumentando a pressão na ferida para estancar o sangue. – A culpa é toda minha.

– Por eu ter cortado a mão?

– Se não tivesses ficado tão irritado…

Colin apenas balançou a cabeça, fechando os olhos brevemente por causa da dor. – Não sejas pateta, Penelope. Se eu não tivesse ficado irritado contigo, teria ficado irritado com alguém numa outra altura.

– E, naturalmente, terias um abre-cartas ao lado quando isso acontecesse – murmurou ela, olhando-o através das pestanas ao inclinar-se sobre a mão dele.

Quando os olhos dele encontraram os dela estavam repletos de humor e talvez um toque de admiração.

E outra coisa que ela nunca pensara ver... vulnerabilidade, hesitação e até mesmo insegurança. Ele não sabia como a sua escrita era boa, percebeu ela com espanto. Não fazia a mais pálida ideia e sentia-se realmente envergonhado por ela ter lido.

– Colin – começou Penelope, instintivamente pressionando mais a ferida ao inclinar-se –, tenho de te dizer uma coisa. Tu...

Interrompeu-se quando ouviu o ruído forte de passos vindo do corredor. – Deve ser Wickham – explicou ela, olhando para a porta. – Insistiu em trazer-me uma refeição leve. Podes manter a pressão sobre isto um bocadinho?

Colin assentiu. – Não quero que ele saiba que me magoei. Vai logo contar à minha mãe e vou ouvir um sermão de meia-noite.

– Então pega nisto – disse ela levantando-se rapidamente e atirando-lhe o diário. – Finge que estás a ler.

Colin mal teve tempo para o abrir e esconder a mão ferida com ele quando o mordomo entrou com uma grande bandeja.

– Wickham! – disse Penelope, pondo-se de pé e virando-se para ele como se não soubesse que ele ia aparecer. – Como de costume, trouxe-me muito mais do que eu poderia comer. Felizmente, Mr. Bridgerton veio fazer-me companhia. Tenho a certeza de que, com a ajuda dele, vou ser capaz de fazer justiça à sua refeição.

Wickham assentiu e retirou as tampas das travessas. Era um repasto frio: pedaços de carne, queijo e frutas, acompanhados por um grande jarro de limonada.

Penelope abriu um grande sorriso. – Espero que não tenha pensado que eu seria capaz de comer tudo sozinha.

– Lady Bridgerton e as filhas estão quase a chegar. Pensei que poderiam estar com fome também.

– Não vai sobrar nada para elas, quando eu terminar – disse Colin com um sorriso jovial.

Wickham fez-lhe uma pequena vénia. – Se soubesse que cá estava, Mr. Bridgerton, teria triplicado as porções. Deseja que lhe prepare um prato?

– Não, não – disse Colin, acenando com a mão ilesa. – Trato disso assim que… há… terminar de ler este capítulo.

O mordomo respondeu: – Se precisar de mais alguma coisa, é só chamar. – E saiu da sala.

– Aaaaaaiii – gemeu Colin, assim que ouviu os passos de Wickham desaparecerem pelo corredor. – Porra, isto é, arre que isto dói.

Penelope tirou um guardanapo da bandeja. – Vamos substituir esse lenço. – Levantou com cuidado o lenço da pele, mantendo os olhos no pano e não na ferida. Por alguma razão, parecia não lhe revolver tanto o estômago. – Acho que o teu lenço ficou arruinado.

Colin limitou-se a fechar os olhos e abanar a cabeça. Penelope era suficientemente inteligente para interpretar o gesto como *não quero saber*. E suficientemente sensata para não adiantar mais o assunto. Não havia nada pior do que uma mulher que não parava de tagarelar sobre coisa nenhuma.

Sempre gostara de Penelope, mas como é que nunca tinha percebido como ela era inteligente, até agora? Oh, talvez se alguém lhe perguntasse, tivesse respondido que ela era inteligente, mas certamente nunca se dera ao trabalho de pensar nisso.

No entanto, tornava-se claro para ele que, na verdade, ela era muito inteligente. Achou que se lembrava da irmã certa vez lhe dizer que ela era uma leitora ávida.

E, provavelmente, com um gosto muito criterioso também.

– Parece que a hemorragia está a parar – dizia Penelope enquanto envolvia a mão dele no guardanapo limpo. – Na verdade, tenho a certeza que sim, até porque já não me sinto tão enjoada de cada vez que olho para a ferida.

Colin desejou que ela não tivesse lido o seu diário, mas já que *tinha…*

– Ah, Penelope – começou, assustado com a hesitação que ouvia na própria voz.

Ela olhou para cima. – Desculpa. Estou a fazer muita pressão?

Por um momento, Colin só conseguiu piscar. Como era possível nunca ter notado como eram grandes os olhos dela? Sabia que eram castanhos, é claro, e… não, pensando melhor, e para ser sincero consigo mesmo, teria de admitir que se lhe tivessem perguntado esta manhã, não teria sido capaz de identificar a cor dos olhos dela.

Mas de alguma forma sabia que não voltaria a esquecê-lo.

Ela aliviou a pressão. – Está melhor assim?

Ele concordou com a cabeça. – Obrigado. Podia fazer isso sozinho, mas é a minha mão direita, e…

– Não precisas de dizer mais nada. É o mínimo que posso fazer, depois… depois… – Os olhos desviaram-se ligeiramente e ele percebeu que ela estava prestes a pedir desculpas outra vez.

– Penelope… – recomeçou ele.

– Não, espera! – exclamou ela, os olhos escuros brilhando de… poderia ser de paixão? Certamente não o tipo de paixão com o qual estava mais familiarizado. Mas havia outros tipos, não? Paixão pela aprendizagem. Paixão pela… literatura?

– Tenho de dizer isto – disse ela com urgência. – Sei que foi imperdoavelmente intrusivo da minha parte ler o teu diário. Eu estava apenas… aborrecida… à espera… e não tinha nada para fazer, e foi então que vi o livro e fiquei curiosa.

Ele abriu a boca para interrompê-la, para lhe dizer que o que estava feito, feito estava, mas as palavras escapavam rápidas da boca dela e ele sentiu-se estranhamente compelido a ouvir.

– Deveria ter-me afastado assim que percebi do que se tratava – continuou –, mas mal li uma frase, tive de ler outra! Colin, foi maravilhoso! Era como se eu estivesse lá. Consegui sentir a água, sentir exatamente a temperatura. Foi tão engenhoso da tua parte descreveres daquela maneira. Toda a gente conhece exatamente a sensação térmica de um banho meia hora depois de ser preparado.

Por um momento, Colin não conseguiu fazer mais nada além de olhar para ela. Nunca tinha visto Penelope tão animada; era estranho e… bom, para ser sincero, que toda aquela emoção tivesse sido gerada por causa do seu diário.

– Então, tu… gostaste? – perguntou finalmente.

– Se gostei? Colin, eu adorei! Eu…

– Ai!

Com o entusiasmo, ela apertou a mão dele um pouco de mais. – Oh, desculpa – disse ela sem prestar grande atenção. – Colin, preciso mesmo de saber. Qual era o perigo? Não aguento ficar assim pendurada.

– Nada de especial – disse ele com modéstia. – A passagem da página que leste não é muito emocionante.

– Não, era principalmente descritiva – concordou ela –, mas a descrição era muito empolgante e sugestiva. Eu conseguia ver tudo. Mas não era… oh, Céus, como é que explico?

Colin descobriu que estava muito impaciente para que ela encontrasse as palavras.

– Às vezes – continuou ela finalmente –, quando se lê uma passagem descritiva, é muito, como hei de dizer, não sei, muito desapegada. Quase clínica. Mas tu deste vida àquela ilha. Os outros podem classificar a água como morna, mas tu conseguiste relacioná-la com algo que todos nós conhecemos e compreendemos. E isso fez-me sentir como se eu estivesse lá, a mergulhar o dedo do pé mesmo ao teu lado.

Colin sorriu, ridiculamente satisfeito com o elogio.

– Ah, e não me posso esquecer… havia outra coisa brilhante de que queria falar.

Agora ele sabia que devia estar a sorrir como um idiota. Brilhante, brilhante, brilhante. Que *bela* palavra.

Penelope inclinou-se um pouco ao dizer: – E também mostraste ao leitor a tua relação com o cenário e como ele te afeta. Torna-se mais do que mera descrição porque conhecemos a tua reação.

Colin sabia que estava à pesca de elogios, mas não quis saber e perguntou: – O que queres dizer exatamente?

– Bem, se leres aquela parte… posso ver o caderno para refrescar a memória?

– Claro – murmurou, entregando-lho. – Espera, deixa-me encontrar a página.

Assim que o fez, ela correu os olhos pela página até encontrar a parte que procurava. – Aqui está. Olha para esta parte onde falas sobre o que te recorda que a Inglaterra é a tua casa.

– É engraçado como viajar pode fazer isso a uma pessoa.

– Fazer o quê? – perguntou ela, os olhos arregalados de interesse.

– Fazê-la apreciar a terra natal – respondeu ele com suavidade.

Os olhos dela encontraram os dele, sérios, curiosos. – E ainda assim continuas a gostar de partir.

Ele concordou com a cabeça. – Não consigo evitar. É como uma doença.

Penelope riu-se e aquele trinar soou inesperadamente musical. – Não sejas ridículo – disse ela. – A doença é uma coisa má e é óbvio que as viagens te alimentam a alma. – Olhou para a mão dele, levantando com cuidado uma ponta do guardanapo para inspecionar a ferida. – Está quase bom – comentou ela.

– Quase – concordou ele. Na verdade, suspeitava que o sangue há muito havia estancado, mas estava relutante em acabar a conversa. E sabia que assim que ela terminasse de cuidar da mão dele, se iria embora.

Não achava que Penelope quisesse ir, mas, de alguma forma, sabia que o faria. Pensaria que era a coisa certa a fazer e provavelmente também pensaria que era a vontade dele.

Nada poderia estar mais longe da verdade, percebeu com espanto.

E nada poderia tê-lo assustado mais.

CAPÍTULO 6

Toda gente tem segredos.
Especialmente eu.

Crónicas da Sociedade de Lady Whistledown,
14 de abril de 1824

– Quem me dera saber há mais tempo que tens um diário – disse Penelope, reaplicando pressão na palma da mão dele.
– Porquê?

– Não sei – disse ela com um encolher de ombros. – É sempre interessante descobrir que uma pessoa é mais do que aparenta, não achas?

Colin ficou sem dizer nada uns momentos e então, de repente, deixou escapar: – Gostaste mesmo?

Penelope parecia estar a divertir-se com a situação. Ele ficou muito atrapalhado. Ali estava ele, considerado um dos homens mais populares e sofisticados da alta sociedade, reduzido a um aluno tímido, suspenso em cada palavra de Penelope Featherington, à espera do mais pequeno elogio.

Logo Penelope Featherington, pelo amor de Deus.

Não que Penelope tivesse alguma coisa errada, é claro, apressou-se a lembrar a si mesmo. Só que ela era… bem… Penelope.

– É claro que gostei – disse ela com um sorriso suave. – Acabei de o dizer.

– Qual foi a primeira coisa que te impressionou? – perguntou ele, decidindo que podia muito bem agir como um completo idiota, já que estava a mais de meio caminho.

Penelope abriu um sorriso travesso. – Na verdade, a primeira coisa que me impressionou foi o facto de a tua caligrafia ser muito mais asseada do que eu poderia imaginar.

Colin franziu a testa. – O que queres dizer com isso?

– Tenho dificuldade em imaginar-te debruçado sobre uma escrivaninha, a praticar as pinceladas da pena – respondeu ela, apertando os lábios para esconder um sorriso.

Se alguma vez houve um momento para a justa indignação, aquele era claramente um deles. – Quero que saibas que passei muitas horas na sala de aula debruçado sobre uma escrivaninha, como tão delicadamente disseste.

– Tenho a certeza disso – murmurou ela.

– Pfff!

Penelope baixou os olhos, obviamente a tentar não sorrir.

– Sou muito bom nas pinceladas – acrescentou. Tinha passado a pura brincadeira, mas de alguma forma, era bastante divertido brincar ao aluno impertinente.

– Obviamente – respondeu ela. – Gostei particularmente das pinceladas nos agás. Muito bem feitas. Muito… artístico da tua parte.

– De facto.

Ela mantinha a mesma expressão séria que via no rosto dele. – De facto.

Colin desviou o olhar e, por um momento, sentiu-se inexplicavelmente tímido. – Fico feliz por teres gostado do diário – disse.

– É maravilhoso – respondeu Penelope em tom suave e distante. – Maravilhoso e… – Desviou o olhar, corando. – Vais pensar que sou uma tonta.

– Nunca – prometeu ele.

– Bem, acho que uma das razões por que gostei tanto é porque de alguma forma consegui sentir o quanto *tu* gostaste de o escrever.

Colin ficou em silêncio por um longo momento. Nunca lhe tinha ocorrido que gostasse mesmo de escrever; para ele era apenas uma coisa que *fazia*.

Fazia-o porque não se imaginava a não o fazer. Como podia viajar para terras distantes e não manter um registo do que via, do que vivia, e talvez mais importante, do que sentia?

Mas se fosse ao fundo da questão, percebia que sentia uma estranha onda de satisfação sempre que escrevia a frase mais acertada, uma frase particularmente verdadeira. Lembrava-se claramente do momento em que tinha escrito a passagem que Penelope lera. Estava sentado na praia ao entardecer, o sol ainda quente na pele, sentindo a areia áspera e ao mesmo tempo suave debaixo dos pés descalços. Fora um momento divinal, cheio do sentimento morno e preguiçoso apenas possível de experimentar no pico do verão (ou nas praias perfeitas do Mediterrâneo), e estava a tentar pensar na melhor maneira de descrever a água.

Ficou lá sentado durante muito tempo, sem dúvida uma meia hora, a pena a postos sobre o papel do diário, à espera da inspiração. E, de repente, percebeu que a temperatura era precisamente a da água do banho um pouco depois de preparado, e o rosto abrira-se num sorriso amplo e feliz.

Sim, gostava de escrever. Engraçado como nunca tinha percebido isso antes.

– É bom termos algo na vida – disse Penelope calmamente. – Algo gratificante que encha as nossas horas com um propósito. – Cruzou as mãos no colo e olhou para baixo, aparentemente absorta pelos dedos. – Nunca entendi as supostas alegrias de uma vida ociosa.

Colin tinha vontade de levar os dedos ao queixo dela e erguer-lhe o rosto, para lhe ver os olhos quando perguntasse *O que fazes para preencher as tuas horas com um propósito?* Mas não o fez. Seria demasiado atrevimento, e isso significaria admitir para si mesmo o interesse que tinha pela resposta dela.

Por isso, fez a pergunta, mas manteve as mãos quietas.

– Nada, na verdade – respondeu ela, ainda examinando as unhas. Depois de uma pausa, olhou para cima de repente, o queixo subindo tão depressa que quase o pôs tonto. – Gosto de ler. Leio muito, para dizer a verdade. E faço um pouco de bordado de vez em quando, mas não sou muito boa nisso. Gostaria que houvesse mais, mas, bem…

– O quê? – instigou Colin.

Penelope abanou a cabeça. – Não é nada. Devias dar graças pelas tuas viagens. Tenho muita inveja de ti.

Seguiu-se um longo silêncio, não embaraçoso, mas, ainda assim, estranho, até que Colin disse bruscamente: – Não é o suficiente.

O tom de voz dele pareceu tão deslocado na conversa que Penelope só conseguiu ficar a olhar para ele. – O que queres dizer? – perguntou por fim.

Colin encolheu os ombros com despreocupação. – Um homem não pode viajar para sempre; fazê-lo é retirar-lhe toda a piada.

Penelope deu uma risada, mas depois, olhando para ele, percebeu que estava sério. – Desculpa, não queria ser rude – disse.

– Não estás a ser rude – disse ele, bebendo um gole da limonada, que respingou um pouco para fora do copo quando o pousou na mesa; claramente, não estava acostumado a usar a mão esquerda. – Dois dos melhores momentos de viajar – explicou, limpando a boca com um dos guardanapos limpos – são a partida e o regresso a casa, e, além disso, sentiria muita falta da minha família se viajasse indefinidamente.

Penelope não tinha resposta, pelo menos nada que não soasse a lugar-comum, por isso aguardou que Colin continuasse.

Por um momento, ele não disse nada, depois soltou um riso zombeteiro e fechou o caderno com um baque retumbante. – Isto não conta. É só para mim.

– Não tem de ser – disse ela suavemente.

Se ele a ouviu, não mostrou. – Está tudo muito bem e é muito interessante manter um diário enquanto ando a viajar – continuou –, mas assim que chego a casa, deixo de ter o que fazer.

– É-me difícil de acreditar.

Colin não respondeu, pegando num pedaço de queijo da bandeja. Penelope observou-o enquanto comia; depois de ter empurrado o queijo com mais limonada, o comportamento dele mudou radicalmente. Parecia mais alerta, mais enervado ao perguntar: – Tens lido o *Whistledown* ultimamente?

Penelope até piscou com a mudança repentina de assunto. – Sim, claro, porquê? Quem é que não leu?

Ele dispensou a pergunta com um aceno de mão. – Já reparaste na forma como ela me descreve?

– Hum, é quase sempre favorável, não é?

A mão começou a agitar-se novamente, um pouco desdenhosa, na opinião dela. – Sim, sim, mas não é isso que interessa – disse ele numa voz distraída.

– Talvez aches mais pertinente seres comparado a citrinos maduros – respondeu Penelope em tom irritado.

Colin estremeceu, e abriu e fechou a boca duas vezes antes de dizer finalmente: – Se te faz sentir melhor, não me lembrava que ela te tinha chamado isso, até agora. – Parou, pensou um momento e acrescentou: – Na verdade, ainda não me lembro.

– Tudo bem – disse ela, colocando a sua melhor cara de boa pessoa. – Garanto-te que já ultrapassei isso. E sempre tive um carinho especial por laranjas e limões.

Ele ia dizer alguma coisa, mas parou e, em seguida, olhou-a diretamente e disse: – Espero que o que vou dizer não seja terrivelmente insensível ou um insulto, já que no fim de contas, tenho muito pouco do que me queixar.

A insinuação por trás, percebeu Penelope, era que talvez *ela* tivesse.

– Mas digo-te – continuou Colin, os olhos francos e sérios –, porque acho que talvez compreendas.

Era um elogio; estranho, invulgar, mas todavia um elogio. Penelope tinha uma imensa vontade de colocar a mão na dele, mas é claro que não poderia fazer tal coisa, por isso limitou-se a assentir com a cabeça e disse: – Podes dizer-me o que quiseres, Colin.

– Os meus irmãos… – começou. – Eles são… – Parou, olhando fixamente para a janela antes de voltar a olhar para ela e dizer: – São pessoas notáveis. Anthony é visconde, e Deus sabe que eu não gostaria dessa responsabilidade, mas ele tem um propósito. Toda a nossa herança está nas mãos dele.

– Mais do que isso, julgo – disse Penelope baixinho.

Ele olhou para ela, o tom interrogativo nos olhos.

– Acho que o teu irmão se sente responsável por toda a família – explicou. – Imagino que deva ser um fardo bem pesado.

Colin tentou manter o rosto impassível, mas o estoicismo nunca fora o seu forte, por isso o desânimo devia estar-lhe estampado no rosto, porque Penelope praticamente se levantou da cadeira, apressando-se a acrescentar: – Não que eu ache que ele se importe! Faz parte da pessoa que ele é.

– Exatamente! – exclamou Colin, como se tivesse acabado de descobrir algo realmente importante. Em oposição àquela… àquela… discussão imbecil sobre a vida dele. Ele não tinha nada de que se queixar. *Sabia* que não tinha do que se queixar, mas, no entanto…

– Sabias que Benedict pinta? – acabou por perguntar.

– É claro – respondeu ela. – Toda a gente sabe que ele pinta. Há uma pintura dele exposta na National Gallery. Acho que estão a planear expor outra pintura dele em breve. Outra paisagem.

– A sério?

Penelope assentiu. – Eloise contou-me.

Colin afundou-se novamente. – Então deve ser verdade. Não posso acreditar que ninguém me tenha contado.

– *Tens* estado fora – lembrou ela.

– O que estou a tentar dizer – continuou ele –, é que ambos têm um propósito para as suas vidas. Eu não tenho nada.

– Isso não pode ser verdade – disse ela.

– Acho que estou em posição de saber.

Penelope encostou-se para trás, assustada com o tom cortante da voz dele.

– Eu sei o que as pessoas pensam de mim – recomeçou ele, e embora Penelope tivesse prometido a si mesma ficar em silêncio e deixá-lo dizer o que lhe ia na cabeça, não conseguiu deixar de interromper.

– Todos gostam de ti – apressou-se a dizer. – Adoram-te.

– Eu sei – lamentou-se, parecendo angustiado e envergonhado ao mesmo tempo. – Mas… – Passou a mão pelo cabelo. – Céus, como é que digo isto sem parecer um completo idiota?

Os olhos de Penelope arregalaram-se.

– Estou cansado de ser visto como um sedutor fútil – deixou finalmente escapar.

– Não sejas pateta – disse ela, mais depressa do que imediatamente, se tal fosse possível.

– Penelope…

– Ninguém pensa que és um idiota – disse ela.

– Como é que…

– Porque estou enfiada aqui em Londres há mais anos do que qualquer pessoa deveria estar – retorquiu ela bruscamente. – Posso não ser a mulher mais popular da cidade, mas ao fim de dez anos, já ouvi mais do que a minha quota-parte de mexericos, mentiras e opiniões fúteis e, nunca, uma vez que fosse, ouvi alguém referir-se a ti como idiota.

Colin olhou para ela um momento, um pouco surpreendido com tal defesa apaixonada. – Eu não quis dizer *idiota*, precisamente – disse numa voz suave, e esperava, humilde. – Mais… sem substância. Até Lady Whistledown se refere a mim como um sedutor.

– O que há de errado nisso?

– Nada – respondeu, impaciente –, se ela não o fizesse dia sim, dia não.

– Ela só *publica* dia sim, dia não.

– Exatamente por isso – retorquiu. – Se ela achasse que sou mais do que o meu pretenso charme lendário, não achas que já o teria dito?

Penelope ficou quieta um longo momento e depois disse:
– Será que realmente importa a opinião de Lady Whistledown?

Ele inclinou-se para a frente, batendo as mãos nos joelhos e gritando de dor logo de seguida, quando (tardiamente) se lembrou da ferida. – Não estás a perceber o que quero dizer – disse ele, encolhendo-se ao fazer pressão na palma da mão. – Estou-me nas tintas para Lady Whistledown. Mas, quer queiramos, quer não, ela representa o resto da sociedade.

– Imagino que algumas pessoas gostariam de se considerar uma exceção a essa regra.

Ele ergueu uma sobrancelha. – Inclusive tu?

– Na verdade, eu acho que Lady Whistledown é bastante perspicaz – disse ela, cruzando as mãos no colo, num gesto empertigado.

– A mulher chamou-te um melão demasiado maduro!

Duas manchas vermelhas queimaram-lhe as faces. – Um citrino demasiado maduro – corrigiu ela num resmungo. – Garanto-te que a diferença é grande.

Colin decidiu de imediato que a mente feminina era um órgão tão estranho e incompreensível que nenhum homem devia sequer tentar entender. Não havia uma única mulher no mundo que para ir do ponto A ao B não parasse nos C, D, X, e em mais 12 pontos pelo caminho.

– Penelope – disse finalmente, olhando para ela incrédulo –, a mulher insultou-te. Como é que consegues defendê-la?

– Ela só disse a verdade – respondeu, cruzando os braços sobre o peito. – E tem sido bastante simpática desde que a minha mãe começou a deixar-me escolher a minha própria roupa.

Colin soltou um resmungo. – Acho que estávamos a falar sobre outra coisa. Diz-me que a nossa *intenção* não era discutir o teu guarda-roupa.

Os olhos de Penelope estreitaram-se. – Acho que estávamos a falar sobre a tua insatisfação com a vida como homem mais popular de Londres.

A voz dela subiu de tom nas últimas quatro palavras e Colin deu-se conta de que acabara de ser repreendido. E com razão.

O que considerou extraordinariamente irritante. – Não sei porque pensei que podias compreender – revidou, detestando o tom infantil que sentia na voz, mas completamente incapaz de o evitar.

– Sinto muito – disse ela –, mas é um pouco difícil ficar aqui sentada a ouvir-te reclamar que a tua vida não é nada.

– Eu não disse isso.

– Ah, desculpa, mas disseste!

– Eu disse que não *tenho* nada – corrigiu ele, tentando não se retrair quando se apercebeu do quão estúpido aquilo soava.

– Tens mais do que qualquer outra pessoa que conheço – disse ela, espetando-lhe um dedo no ombro. – Mas se não és capaz de perceber isso, então talvez tenhas razão, a tua vida não é nada.

– É muito difícil de explicar – disse ele num murmúrio petulante.

– Se queres dar um novo rumo à tua vida, então, pelo amor de Deus, basta escolheres alguma coisa e fazê-lo – disse ela. – O mundo é a tua casa, Colin. És jovem, rico e, ainda por cima, és *homem*. – A voz de Penelope assumiu um tom de amargura e ressentimento. – Podes fazer tudo o que quiseres.

Ele fez uma expressão carrancuda, o que não a surpreendeu. Quando as pessoas estavam convencidas de que tinham problemas, a última coisa que queriam ouvir era uma solução simples e direta.

– Não é assim tão simples – contrapôs ele.

– É exatamente assim, simples. – Ela olhou-o por um longo momento, perguntando-se, talvez pela primeira vez na vida, quem é que ele era, na verdade.

Pensava que sabia tudo sobre Colin, mas não sabia que mantinha um diário.

Não sabia que tinha acessos de mau génio.

Não sabia que se sentia insatisfeito com a vida.

E certamente não sabia que era impertinente e mimado o suficiente para sentir essa insatisfação, quando Deus bem sabia que ele não merecia. Que direito tinha de se sentir infeliz com a vida? Como se atrevia a queixar-se, especialmente a ela?

Levantou-se, alisando a saia num gesto desajeitado e defensivo.

– Da próxima vez que tiveres vontade de reclamar sobre os infortúnios da adoração universal, experimenta imaginar-te uma solteirona na prateleira por um dia. Vê qual é a sensação e depois vem dizer-me quais são as tuas queixas.

Então, enquanto Colin ainda se encontrava esparramado no sofá, a olhá-la boquiaberto como se fosse uma criatura bizarra com três cabeças, doze dedos e uma cauda, ela desandou para fora da sala.

Fora a saída mais esplêndida da sua vida, pensou enquanto descia as escadas para Bruton Street.

Só era pena que o homem que acabara de deixar fosse o único em cuja companhia desejava permanecer.

Colin passou o resto do dia a sentir-se péssimo.

Doía-lhe imenso a mão, apesar do *brandy* que tinha derramado tanto na pele como pela boca abaixo. O agente imobiliário, que tratara do arrendamento da pequena casa aconchegante que tinha encontrado em Bloomsbury, havia-o informado que o inquilino anterior estava a ter algumas dificuldades e Colin não poderia mudar-se nesse dia como planeado – na próxima semana seria aceitável?

Como se não bastasse, suspeitava que poderia ter cometido um dano irreparável na sua amizade com Penelope.

O que o fazia sentir-se ainda pior, porque (A) ele valorizava a sua amizade com Penelope e (B), não tinha percebido o quanto valorizava a sua amizade com Penelope, o que resultava em (C), sentir-se ligeiramente em pânico.

Penelope era uma constante na sua vida. A amiga da irmã, que estava sempre à margem da festa; nas proximidades, mas sem nunca realmente fazer parte.

Contudo o mundo parecia estar a mudar. Só estava em Inglaterra há uma quinzena, e Penelope já tinha mudado. Ou talvez ele tivesse mudado. Ou talvez ela não tivesse mudado, mas sim a maneira como ele a via.

Penelope era importante. Não encontrava outra forma de o dizer.

E dez anos depois de ela simplesmente estar... *lá*, era bizarro importar tanto.

Não gostava que se tivessem separado naquela tarde de forma tão embaraçosa. Não se lembrava de alguma vez se ter sentido desconfortável com Penelope... não, isso não era verdade. Houve aquele momento... Céus, há quantos anos tinha sido? Seis? Sete? A mãe andava a arreliá-lo para ele se casar, o que não era nada de novo, mas daquela vez tinha sugerido Penelope como potencial noiva, o que *era* novidade, e Colin não estava para lidar com as tentativas casamenteiras da mãe com o bom humor habitual, o que implicava devolver a provocação.

E a mãe não parava de insistir. Falava de Penelope dia e noite, ou assim lhe parecia, até que, finalmente, Colin fugiu do país. Nada de drástico, apenas um curto passeio ao País de Gales. Mas, sinceramente, qual era a ideia da mãe?

Quando regressou, a mãe quis ter uma conversa com ele, é claro, só que desta vez era porque a irmã Daphne estava grávida novamente e ela queria fazer o anúncio a toda a família. Mas como podia ele adivinhar? Assim sendo, não conseguia ver com bons olhos aquela visita, já que que tinha a certeza de que iria envolver uma grande quantidade de insinuações completamente descaradas acerca de casamento. Depois, encontrara os irmãos e eles começaram a atormentá-lo sobre o mesmo assunto, como só os irmãos sabem fazer, e quando deu por si, estava a declarar alto e bom som que não pretendia casar-se com Penelope Featherington!

O problema é que, sem se aperceber, Penelope estava ali mesmo, na porta, a tapar a boca com a mão, os olhos arregalados de mágoa e constrangimento e, provavelmente, uma dúzia de outras emoções desagradáveis que ele tinha demasiada vergonha em aprofundar.

Fora um dos momentos mais terríveis da sua vida. Na verdade, um dos momentos que se esforçava por não recordar. Não achava que Penelope estivesse apaixonada por ele, pelo menos não mais do que as outras jovens, mas tinha-a envergonhado. Escolher o nome dela para tal declaração...

Era imperdoável.

Pediu desculpas, obviamente, e ela aceitou, mas nunca se tinha perdoado completamente.

E agora tinha-a insultado novamente. Não de maneira tão direta, é certo, mas deveria ter pensado um pouco mais antes de se pôr a reclamar sobre a vida.

Que diabo, até mesmo a ele lhe tinha soado estúpido. De que tinha de se queixar? De nada.

E, no entanto, sentia aquele vazio incomodativo. Uma ânsia, era isso, por algo que não conseguia definir. Sentia inveja dos irmãos, como é possível?, por terem encontrado as suas paixões, os seus legados.

A única marca que Colin tinha deixado no mundo estava nas páginas das *Crónicas da Sociedade de Lady Whistledown*. O que era uma piada.

Mas tudo era relativo, não? E em comparação com Penelope, ele tinha pouco do que reclamar.

O que provavelmente significava que deveria ter guardado os pensamentos para si. Não gostava de pensar nela como uma solteirona na prateleira, mas supôs que era exatamente isso que ela era. E não era uma posição de grande respeito na sociedade britânica.

Na verdade, era uma situação sobre a qual muitas pessoas se queixariam. Amargamente.

Penelope nunca se tinha mostrado nada menos do que estoica, talvez não contente com a sua sorte, mas pelo menos aceitando-a.

E, quem sabe? Talvez Penelope tivesse esperanças e sonhos de uma vida para além daquela que partilhava com a mãe e a irmã na pequena casa de Mount Street. Talvez tivesse planos e objetivos só seus, mas os escondesse sob um véu de dignidade e bom humor.

Talvez ela fosse mais do que parecia. Talvez, pensou com um suspiro, ela merecesse um pedido de desculpas.

Colin não tinha bem a certeza sobre o que precisava de pedir desculpa, nem estava certo de *haver* uma coisa específica que o exigisse.

Mas a situação requeria *alguma* atitude.

Ah, raios! Agora ia ter de assistir ao sarau musical dos Smythe--Smith daquela noite. Era um evento anual doloroso e dissonante; quando se achava que todas as filhas Smythe-Smith já tinham crescido, aparecia alguma nova prima para assumir o lugar, cada uma mais musicalmente surda do que a anterior.

Mas era aí que Penelope ia estar naquela noite, o que significava que era aí que Colin teria de estar.

CAPÍTULO 7

No sarau musical dos Smythe-Smith na última quarta-feira à noite, Colin Bridgerton esteve sempre cercado por um bando de jovens, todas exibindo muita preocupação pela sua mão ferida.

Esta Vossa Autora não sabe como o dano ocorreu; na verdade, Mr. Bridgerton tem mantido um silêncio bastante incomodativo acerca do assunto. E por falar em incómodos, o cavalheiro em questão parecia bastante irritado com toda a atenção. Esta Vossa Autora chegou até a ouvi-lo comentar com o irmão Anthony que preferia ter deixado o (palavra irrepetível) curativo em casa.

CRÓNICAS DA SOCIEDADE DE LADY WHISTLEDOWN,
16 DE ABRIL DE 1824

Porquê, porquê, *porque* é que insistia em fazê-lo?

Ano após ano, o convite era entregue pelo mensageiro e, ano após ano, Penelope jurava a si mesma nunca, e Deus era sua testemunha, nunca mais assistir a outro sarau musical dos Smythe-Smith.

E, no entanto, ano após ano, via-se sentada na sala de música dos Smythe-Smith, tentando desesperadamente não se encolher (pelo menos não de forma visível) ao ouvir a última geração feminina da família Smythe-Smith massacrar a esfígie musical do pobre Mozart.

Era doloroso. Horrível, terrível, hediondamente doloroso. Não havia outra maneira de o descrever.

113

Ainda mais desconcertante era o facto de Penelope acabar sempre na fila da frente, ou próximo dela, o que era ainda mais excruciante. E não apenas para os ouvidos. De tempos a tempos havia uma jovem Smythe-Smith que parecia consciente de estar a participar no que só poderia ser chamado de crime contra a lei auditiva. Enquanto as outras jovens atacavam os violinos e pianofortes com um vigor alheado, aquela jovem ímpar tocava com uma expressão de sofrimento no rosto, uma expressão que Penelope conhecia bem.

Era a expressão que se punha no rosto quando o desejo era estar em qualquer outro lugar que não aquele. Podia-se tentar escondê-la, mas ela escapava pelos cantos da boca, mantida sempre firme e esticada. E os olhos, claro, sempre a flutuar acima ou abaixo do campo de visão de todas as outras pessoas.

Deus sabia das vezes em que o rosto de Penelope tinha sido amaldiçoado com essa mesma expressão.

Talvez fosse por isso que nunca conseguia ficar em casa numa noite Smythe-Smith. Alguém tinha de mostrar um sorriso encorajador e fingir apreciar a música.

Além do mais, não era obrigada a vir e ouvir mais de uma vez por ano.

Ainda assim, não conseguiu deixar de pensar que podia ser feita uma grande fortuna em discretos tampões para os ouvidos.

O quarteto de jovens estava a aquecer: um amontoado de notas e escalas dissonantes que só prometia agravar-se assim que começassem a tocar a sério. Penelope sentou-se a meio da segunda fila, para desgosto da irmã, Felicity.

– Há duas cadeiras perfeitamente boas lá atrás, no cantinho – sussurrou-lhe Felicity ao ouvido.

– Agora é demasiado tarde – respondeu Penelope, sentando-se na cadeira acolchoada.

– Deus me ajude – gemeu Felicity.

Penelope pegou no programa e começou a folheá-lo. – Se não formos nós a sentarmo-nos aqui, será outra pessoa – disse ela.

— E esse é precisamente o meu desejo!

Penelope inclinou-se para que apenas a irmã pudesse ouvir as palavras murmuradas. — Nós podemos sorrir e ser educadas. Imagina se alguém como Cressida Twombley se senta aqui e se põe com risinhos escarnecedores o tempo todo.

Felicity olhou em volta. — Não me parece que Cressida Twombley viesse a uma coisa destas nem morta.

Penelope optou por ignorar o comentário. — A última coisa que elas precisam é de alguém sentado à sua frente a fazer comentários maldosos. As pobres meninas ficariam mortificadas.

— Elas vão ficar mortificadas de qualquer maneira — resmungou Felicity.

— Não, não vão — disse Penelope. — Pelo menos não aquela, aquela e aquela — disse, apontando para duas jovens no violino e uma ao piano. — Mas aquela — fez um gesto discreto para a jovem sentada com um violoncelo entre os joelhos — já se sente infelicíssima. O mínimo que podemos fazer é não piorar a situação, permitindo que alguém malicioso e cruel se sente aqui.

— Seja como for, vai acabar por ser eviscerada por Lady Whistledown esta semana — resmoneou Felicity.

Penelope abriu a boca para revidar, mas nesse instante percebeu que a pessoa que havia acabado de ocupar o lugar ao seu lado era Eloise.

— Eloise — disse Penelope com evidente prazer. — Pensei que ias ficar em casa.

Eloise fez uma careta, a pele assumindo uma palidez quase verde. — Não consigo explicar, mas não sou capaz de ficar longe. É um pouco como um acidente de trânsito. É simplesmente impossível *não* olhar.

— Ou ouvir — disse Felicity —, como neste caso.

Penelope não conseguiu evitar sorrir.

— Estavam a falar sobre Lady Whistledown quando cheguei? — perguntou Eloise.

– Eu estava a dizer à Penelope – disse Felicity, inclinando-se de forma deselegante por cima da irmã para falar com Eloise – que elas vão ser destruídas por Lady W ainda esta semana.

– Não sei – disse Eloise, pensativa. – Ela não implica com as Smythe-Smith todos os anos. – Não sei porquê.

– Eu sei porquê – cacarejou uma voz atrás delas.

Eloise, Penelope e Felicity viraram-se nos assentos, dando logo de seguida uma guinada para trás quando viram a bengala de Lady Danbury chegar perigosamente perto dos seus rostos.

– Lady Danbury – Penelope engoliu em seco, incapaz de resistir à vontade de tocar no nariz, quanto mais não fosse para se assegurar de que ainda lá estava.

– Eu já percebi essa tal de Lady Whistledown – disse Lady Danbury.

– Ai sim? – perguntou Felicity.

– Ela tem o coração mole – prosseguiu a velha senhora. – Vêm aquela ali? – disse, apontando com a bengala na direção da violoncelista, quase perfurando a orelha de Eloise ao fazê-lo.

– Vejo – respondeu Eloise, esfregando a orelha –, embora ache que não vou ser capaz de a ouvir.

– Provavelmente uma bênção – disse Lady Danbury antes de voltar ao assunto em mãos. – Podes agradecer-me depois.

– Estava a dizer alguma coisa sobre a violoncelista? – interveio Penelope rapidamente, antes que Eloise dissesse algo totalmente impróprio.

– É claro que estava. Olhem para ela – disse Lady Danbury. – Está infelicíssima. E tem razões para isso. É claramente a única que faz ideia de como são péssimas. As outras três não têm o mais pequeno sentido musical.

Penelope lançou à irmã um olhar presunçoso.

– Atentem nas minhas palavras – disse Lady Danbury. – Lady Whistledown não terá nada a dizer sobre este sarau musical porque não quer ferir os sentimentos daquela. Quanto às outras...

Felicity, Penelope e Eloise baixaram-se rapidamente assim que a bengala se agitou na sua direção.

— Bah! Ela não tem o mínimo interesse pelas outras.

— É uma teoria interessante — disse Penelope.

Lady Danbury encostou-se toda satisfeita na cadeira. — É, não é? Penelope assentiu. — Acho que tem razão.

— Pfff! Normalmente tenho.

Ainda torcida na cadeira, Penelope virou-se, primeiro para Felicity, e em seguida para Eloise, e disse: — É por essa mesma razão que continuo a vir a estes infernais saraus musicais todos os anos.

— Para ver Lady Danbury? — perguntou Eloise, confusa.

— Não, por causa de jovens como aquela. — Penelope apontou para a violoncelista. — Porque sei exatamente como ela se sente.

— Não sejas tonta, Penelope — disse Felicity. — Nunca tocaste piano em público, e mesmo que o fizesses, és muito boa intérprete.

Penelope virou-se para a irmã. — Não é pela música, Felicity.

Então a coisa mais estranha aconteceu a Lady Danbury. A expressão do seu rosto mudou. Mudou de forma completa, total e surpreendente. Os olhos ficaram enevoados, melancólicos. E os lábios, cujos cantos estavam, por norma, ligeiramente comprimidos e sarcásticos, suavizaram-se. — Eu também fui uma jovem daquelas, Miss Featherington — disse ela, tão baixinho que tanto Eloise como Felicity foram forçadas a inclinar-se para a frente, Eloise com um «Peço desculpa?» e Felicity com um muito menos educado «O quê?»

Mas Lady Danbury só tinha olhos para Penelope. — É por isso que venho, ano após ano — disse a velha senhora. — Assim como a menina.

Por breves instantes Penelope sentiu uma estranha sensação de comunhão com aquela mulher. O que era insano, porque além do género não tinham nada em comum, nem idade, nem estatuto, nada. Porém, era quase como se a condessa a tivesse escolhido; com que finalidade Penelope não era capaz adivinhar, mas parecia determinada a acender o fogo na vida bem ordenada e muitas vezes aborrecida de Penelope.

E Penelope não pôde deixar de pensar que, de alguma forma, estava a resultar.

Não é extraordinário descobrir que não somos exatamente o que pensávamos?

As palavras ditas por Lady Danbury na outra noite ainda ecoavam na cabeça de Penelope. Quase como uma ladainha.

Quase como um desafio.

– Sabe o que acho, Miss Featherington? – disse Lady Danbury num tom enganosamente suave.

– Nem imagino – respondeu Penelope com grande honestidade e respeito na voz.

– Acho que *a menina* poderia ser Lady Whistledown.

Felicity e Eloise até se engasgaram.

Os lábios de Penelope abriram-se de surpresa. Nunca ninguém tinha sequer pensado em acusá-la disso antes. Era inacreditável… impensável… e…

Bastante lisonjeiro, até.

Penelope sentiu a boca deslizar para um sorriso maroto e inclinou-se para frente, como que a preparar-se para dar uma notícia de grande importância.

Lady Danbury inclinou-se para frente.

Felicity e Eloise inclinaram-se para frente.

– Sabe o que acho, Lady Danbury? – perguntou Penelope numa voz suavemente convincente.

– Bem – disse Lady D, com um brilho malicioso nos olhos –, eu poderia dizer que estou sem fôlego de tanta expectativa, mas já me disse uma vez que acha que eu sou Lady Whistledown.

– E é?

Lady Danbury sorriu perfidamente. – Talvez seja.

Felicity e Eloise arquejaram novamente, desta vez ainda mais alto.

Penelope sentiu o estômago em sobressalto.

– Está a admitir? – sussurrou Eloise.

— É claro que não estou a admitir — protestou Lady Danbury, endireitando as costas e batendo com a bengala no chão com força suficiente para parar momentaneamente o aquecimento das quatro intérpretes musicais amadoras. — Mesmo que fosse verdade, e não estou a dizer que seja, acham que seria tola o suficiente para o admitir?

— Então porque disse...

— Porque, cabecinha pateta, estou a tentar construir um argumento.

Ficou então em silêncio até que Penelope foi forçada a perguntar: — Que é?

Lady Danbury lançou a todas um olhar extremamente exasperado. — Que *qualquer pessoa* pode ser Lady Whistledown! — exclamou, batendo com a bengala no chão com vigor renovado. — Qualquer pessoa.

— Todas, exceto *eu* — interpôs Felicity. — Tenho a certeza absoluta de que não sou.

Lady Danbury nem sequer se dignou a olhar para Felicity. — Deixem-me dizer uma coisa — começou.

— Como se pudéssemos impedi-la — disse Penelope, tão docemente que saiu como um elogio. E, verdade seja dita, *era* um elogio. Ela admirava Lady Danbury imensamente. Admirava qualquer pessoa capaz de dizer o que pensava em público.

Lady Danbury riu-se. — A menina é muito mais do que aparenta, Miss Penelope Featherington.

— É verdade — concordou Felicity com um sorriso. — Ela é capaz de ser bastante cruel, por exemplo. Ninguém vai acreditar, mas quando éramos mais novas...

Penelope deu-lhe uma cotovelada.

— Vê? — disse Felicity.

— O que eu ia dizer — continuou Lady Danbury — é que a alta sociedade está a interpretar o meu desafio de forma totalmente errada.

— Como sugere então que o interpretemos? — perguntou Eloise.

119

Lady Danbury agitou a mão com desdém à frente do rosto de Eloise. – Primeiro tenho de explicar o que é que as pessoas estão a fazer mal. Continuam a olhar para as pessoas óbvias. Pessoas como a vossa mãe – declarou, virando-se para Penelope e Felicity.

– A nossa mãe? – disseram ambas ao mesmo tempo.

– Oh, por favor! – brincou Lady Danbury. – A maior metediça desta cidade. Ela é exatamente o tipo de pessoa de quem todos suspeitam.

Penelope não fazia ideia de como responder. A mãe era uma notória coscuvilheira, mas era difícil imaginá-la como Lady Whistledown.

– É por isso que não pode ser ela – concluiu Lady Danbury com um brilho sagaz no olhar.

– Bem, por *isso* e pelo facto de a Felicity e eu podermos dizer com toda a certeza que não é ela – acrescentou Penelope, com um toque de sarcasmo.

– Tretas! Se a vossa mãe fosse Lady Whistledown, teria encontrado uma maneira de esconder esse facto de vós.

– A minha mãe? – disse Felicity, duvidando. – Não me parece.

– O que estava a tentar dizer – resmungou Lady Danbury entre dentes –, antes de todas estas *interrupções* infernais...

Penelope pensou ter ouvido Eloise bufar.

– ...era que se Lady Whistledown fosse alguém *óbvio*, já teria sido descoberta, não acham?

Silêncio, até se tornar evidente a necessidade de resposta e então as três acenaram com a cabeça com a consideração e o vigor adequados.

– Ela deve ser alguém de quem ninguém suspeita – disse Lady Danbury. – Tem de ser.

Penelope viu-se a anuir novamente. As palavras de Lady Danbury faziam sentido, por mais estranho que parecesse.

– É por isso que não sou uma candidata provável! – concluiu a velha senhora em tom triunfante.

Penelope piscou os olhos, não percebendo exatamente a lógica.
– Desculpe, não percebi.

– Oh, *por favor*! – Lady Danbury lançou a Penelope uma olhar bastante desdenhoso. – Acha que é a primeira pessoa a suspeitar de mim?

Penelope limitou-se a dizer que não com a cabeça. – Mas continuo a pensar que é.

Isso valeu-lhe mais um degrau na consideração de Lady Danbury, que com um gesto de aprovação, disse: – A menina é mais atrevida do que parece.

Felicity inclinou-se para a frente e disse em tom bastante conspiratório: – É verdade.

Penelope deu uma palmada na mão da irmã. – Felicity!

– Acho que o sarau está a começar – chamou a atenção Eloise.

– Deus nos ajude a todos – declarou Lady Danbury. – Eu não sei porque... Ora esta, Mr. Bridgerton!

Penelope já se tinha virado para o pequeno palco, mas voltou-se novamente para trás como uma flecha para ver Colin atravessar a fila de cadeiras e sentar-se ao lado de Lady Danbury, pedindo afavelmente desculpa quando esbarrava nos joelhos das pessoas.

As desculpas eram obviamente acompanhadas de um dos seus sorrisos letais, e pelo menos três senhoras praticamente se derreteram nos assentos.

Penelope fez uma careta. Era repugnante.

– Penelope – sussurrou Felicity. – É impressão minha ou acabaste de rosnar?

– Colin – disse Eloise. – Não sabia que vinhas.

Ele encolheu os ombros, o rosto iluminado por um sorriso travesso. – Mudei de ideias à última hora. Afinal, sempre fui um grande amante da música.

– O que explica a tua presença aqui – comentou Eloise num tom excecionalmente seco.

A resposta de Colin foi um simples arquear da sobrancelha antes de se virar para Penelope e dizer: – Boa noite, Miss Featherington. –

Cumprimentou Felicity com um gesto de cabeça e um «Miss Featherington».

Penelope precisou de algum tempo para recuperar a voz. Tinham-se separado nessa tarde de maneira estranha e agora ali estava ele, com um sorriso amigável. – Boa noite, Mr. Bridgerton – conseguiu finalmente responder.

– Alguém sabe o que está no programa de hoje à noite? – perguntou ele, com ar de extraordinário interesse.

Penelope não podia deixar de o admirar. Colin tinha uma maneira de olhar para alguém como se nada no mundo pudesse ser mais interessante do que a frase que diria a seguir. Aquilo era um talento. Especialmente naquele momento, quando todos sabiam que ele não tinha o menor interesse no que as meninas Smythe-Smith tinham decidido tocar.

– Acho que é Mozart – disse Felicity. – Quase sempre escolhem Mozart.

– Que bom! – respondeu Colin, recostando-se na cadeira, como se tivesse terminado uma excelente refeição. – Sou um grande fã de Mozart.

– Nesse caso – comentou Lady Danbury com uma gargalhada e dando-lhe uma cotovelada nas costelas –, a melhor opção seria fugir enquanto pode.

– Que absurdo – disse ele. – Tenho a certeza de que as jovens vão dar o seu melhor.

– Oh, não há dúvida nenhuma de que vão dar o seu melhor – disse Eloise, agoirenta.

– Chiu! – fez Penelope. – Acho que já vão começar.

Não que estivesse especialmente ansiosa para ouvir a versão Smythe-Smith de *Eine Kleine Nachtmusik*, admitiu para si, mas estava a sentir-se profundamente desconfortável na presença de Colin. Não sabia o que lhe dizer, exceto que o que quer que fosse que *devesse* dizer, definitivamente não devia ser feito na frente de Eloise, de Felicity e, acima de tudo, de Lady Danbury.

Apareceu um mordomo que apagou algumas velas, dando o sinal de que as meninas estavam prontas para começar.

Penelope preparou-se, engoliu de forma a entupir os canais auditivos (não funcionou), e então a tortura começou. E continuou, continuou, continuou. Penelope não sabia o que era mais agonizante: a música ou a consciência de que Colin estava sentado mesmo atrás dela. Sentia a parte de trás do pescoço arrepiar-se e começou a mexer-se de nervoso, com os dedos a tamborilar incessantemente no veludo azul-escuro da saia.

Quando o quarteto Smythe-Smith finalmente terminou, três das meninas mostravam-se radiantes pelos aplausos educados e a quarta (a violoncelista) parecia querer esconder-se debaixo de uma pedra.

Penelope suspirou. Pelo menos ela, apesar do fracasso das suas temporadas, nunca tinha sido obrigada a desfilar as suas deficiências à frente de toda a sociedade, como aquelas jovens. Sempre lhe fora permitido fundir-se com as sombras, passear em silêncio em redor da sala, vendo as outras jovens revezarem-se na pista de dança. Oh, a mãe por vezes arrastava-a, tentando colocá-la no caminho de algum cavalheiro solteiro, mas isso não era nada – nada! – comparado com o que as Smythe-Smith eram obrigadas a suportar.

Embora, para ser sincera, três das quatro jovens parecessem abençoadamente inconscientes da sua inépcia musical. Penelope limitava-se a sorrir e a bater palmas. Não iria certamente destruir aquela euforia coletiva.

E se a teoria de Lady Danbury estava correta, Lady Whistledown não ia escrever uma palavra sobre o sarau musical.

Os aplausos extinguiram-se rapidamente e logo todos circulavam, conversando educadamente com os vizinhos de plateia e atentos à parca mesa de refrescos preparada ao fundo da sala.

– Limonada – murmurou Penelope para si mesma. Perfeito. Estava cheia de calor (realmente, onde é que estava com a cabeça para usar veludo numa noite tão quente?) e uma bebida fresca iria saber-lhe pela vida. Sem mencionar que Colin estava preso em conversa com Lady Danbury, por isso era o momento ideal para fazer a sua fuga.

Mas assim que Penelope pegou num copo de limonada, ouviu a voz penosamente familiar de Colin, murmurar o seu nome atrás de si.

Virou-se e, antes de pensar no que fazia, disse: – Sinto muito.

– Sentes?

– Sim – assegurou. – Pelo menos, acho que sim.

Os olhos dele enrugaram-se ligeiramente nos cantos. – Esta conversa está a tornar-se mais intrigante a cada segundo.

– Colin...

Ele deu-lhe o braço. – Dá uma volta comigo pela sala, sim?

– Não acho que...

Ele estreitou o braço um pouco mais, apenas uns centímetros, mas a mensagem era clara. – Por favor – pediu.

Penelope assentiu e pousou o copo de limonada. – Está bem. – Caminharam em silêncio durante quase um minuto, até que Colin disse: – Quero pedir-te desculpa.

– Mas fui eu que saí da sala daquela maneira intempestiva – salientou Penelope.

Ele inclinou um pouco a cabeça e ela pôde ver-lhe o sorriso indulgente. – Chamar-lhe intempestiva será talvez um exagero – disse.

Penelope franziu o sobrolho. Provavelmente não deveria ter saído daquela maneira precipitada, mas depois de o ter feito, sentia-se estranhamente orgulhosa da atitude. Não era comum uma mulher como ela fazer tal saída dramática.

– Bem, eu não deveria ter sido tão rude – murmurou, agora sem sinceridade.

Colin arqueou uma sobrancelha, mas, obviamente, decidiu não adiantar mais o assunto. – Quero pedir desculpa – disse – por me ter portado como um fedelho queixinhas.

Penelope tropeçou nos próprios pés.

Ele ajudou-a a recuperar o equilíbrio e disse: — Estou ciente de que tenho muitas, muitas coisas na minha vida pelas quais devo ser grato. Pelas quais *sou* grato — corrigiu, a boca não muito sorridente, mas certamente acanhada. — Foi uma atitude imperdoavelmente rude pôr-me com lamúrias contigo.

— Não — disse ela —, passei o resto do dia a pensar no que disseste, e apesar de eu... — Engoliu em seco e humedeceu os lábios, que sentia bastante secos. Passara o dia todo a tentar encontrar as palavras certas, e achara que as tinha encontrado, mas agora que estava ali ao lado dele, não conseguia lembrar-se de uma que fosse.

— Precisas de outro copo de limonada? — perguntou Colin educadamente.

Ela abanou a cabeça, negando. — Tens todo o direito aos teus sentimentos — conseguiu articular. — Podem não ser iguais aos meus, se eu estivesse no teu lugar, mas tens todo o direito a eles. Mas...

Parou de falar, e Colin ficou bastante desesperado para saber o que ela planeava dizer. — Mas, o quê, Penelope? — insistiu.

— Não é nada importante.

— Para mim, é. — A mão dele apertou levemente o braço dela, para que ela percebesse que estava a falar a sério.

Durante muito tempo achou que ela não ia responder, e então, quando já pensava que o seu rosto ia rachar devido ao sorriso que mantinha tão cuidadosamente nos lábios (afinal, estavam em público e não seria nada bom provocar comentários e especulação se mostrasse uma expressão ansiosa e perturbada), ela suspirou.

Foi um som lindo, estranhamente reconfortante, suave e sábio. Fê-lo ter vontade de a observar mais de perto, conseguir ler-lhe a mente, ouvir-lhe os ritmos da alma.

— Colin — disse Penelope com toda a serenidade —, se te sentes frustrado com a tua situação atual, devias fazer alguma coisa para a mudar. É realmente muito simples.

— Isso é o que eu faço — disse ele, encolhendo despreocupadamente o ombro oposto a ela. — A minha mãe acusa-me de deixar o país apenas por capricho, mas a verdade é...

– Que o fazes quando começas a sentir-te frustrado – terminou por ele.

Colin concordou com a cabeça. Ela compreendia-o. Não sabia como tinha acontecido, ou mesmo se fazia algum sentido, mas Penelope Featherington compreendia-o.

– Acho que devias publicar os teus diários de viagem – disse ela.

– Não seria capaz.

– Porque não?

Ele parou, soltando o braço dela. Na verdade, não tinha uma resposta, exceto o estranho bater do seu coração. – Quem iria lê-los? – perguntou finalmente.

– Eu – respondeu ela com franqueza. – Eloise, Felicity... – acrescentou, contando os nomes pelos dedos. – A tua mãe, Lady Whistledown, estou certa disso – disse com um sorriso travesso. – Afinal ela escreve muito sobre ti.

O bom humor dela era contagiante e Colin não conseguiu reprimir um sorriso. – Penelope, não conta se as únicas pessoas que vão comprar o livro são as pessoas que eu conheço.

– Porque não? – Os lábios dela contorceram-se. – Conheces imensa gente. Ora, se contares só os Bridgerton...

Ele agarrou-lhe a mão. Não sabia por que razão, mas agarrou-lhe a mão. – Penelope, para com isso.

Ela riu-se. – Acho que a Eloise me disse que também têm um sem-número de primos e...

– Chega – avisou ele, mas sorria ao dizê-lo.

Penelope olhou para a mão dela na dele e prosseguiu: – Muita gente vai querer ler sobre as tuas viagens. Talvez inicialmente seja apenas porque és uma figura muito conhecida em Londres, mas não vai demorar muito até que todos se apercebam do excelente escritor que és. E então começarão a clamar por mais.

– Eu não quero ser um sucesso por causa do nome Bridgerton – disse ele.

Ela largou a mão dele e colocou as dela nas ancas. – Estás a *ouvir* o que te digo? Acabei de dizer que...

– Do que estão a falar?

Era Eloise. Com ar muito, muito curioso.

– De nada – murmuraram ambos ao mesmo tempo.

Eloise bufou. – Não me insultem. De nada, não. Penelope parecia estar prestes a cuspir fogo.

– O teu irmão está apenas a ser obtuso – disse Penelope.

– Bem, isso não é novidade nenhuma – disse Eloise.

– Só um momento! – exclamou Colin.

– Mas está a ser obtuso sobre quê? – quis saber Eloise, ignorando-o completamente.

– É um assunto privado – resmungou Colin entre dentes.

– O que torna a coisa ainda mais interessante – disse Eloise, olhando para Penelope na expectativa.

– Sinto muito – respondeu Penelope. – Não posso dizer.

– Não posso acreditar que não me vais contar! – exclamou Eloise.

– Não – respondeu Penelope, sentindo-se estranhamente satisfeita consigo mesma –, não vou.

– Não posso acreditar – repetiu Eloise, virando-se para o irmão. – Não posso acreditar.

Os lábios dele curvaram-se no mais leve dos sorrisos. – Pois acredita.

– Estás a esconder algo.

Ele ergueu as sobrancelhas. – Achavas que te contava tudo?

– Claro que não. – Eloise fez uma careta. – Mas achei que a Penelope sim.

– Mas este segredo não é meu, é do Colin, por isso não posso contar – justificou Penelope.

– Acho que o eixo da Terra se deve ter alterado – resmungou Eloise. – Ou talvez a Inglaterra tenha embatido na França. Só sei que este não é o mesmo mundo que habitava ainda esta manhã.

Penelope não conseguiu controlar-se e desatou a rir.

— E agora estás a rir-te de mim! – acrescentou Eloise.

– Não, não estou – disse Penelope, rindo. – A sério, não estou.

– Sabes do que precisas? – perguntou Colin.

– Eu? – disse Eloise espantada.

Ele assentiu. – De um marido.

– És tão mau como a mãe!

– Olha que poderia ser muito pior se estivesse para aí virado.

– Disso não tenho dúvidas – revidou Eloise.

– Parem, parem! – exclamou Penelope, agora rindo às gargalhadas.

Ambos olharam para ela na expectativa, como que a dizer *E agora?*

– Estou tão contente por ter vindo esta noite – disse Penelope, as palavras saíam-lhe espontaneamente dos lábios. – Não me lembro de uma noite tão agradável. Verdade, não me lembro.

Várias horas depois, deitado na cama a olhar para o teto no quarto do seu novo apartamento em Bloomsbury, Colin pensou que o sentimento era mútuo.

CAPÍTULO 8

Colin Bridgerton e Penelope Featherington foram vistos a conversar no sarau musical Smythe-Smith, embora ninguém pareça saber qual era exatamente o tema em discussão. Esta Vossa Autora arriscaria o palpite de que a conversa se centraria na identidade desta Vossa Autora, uma vez que era o assunto que parecia estar nas bocas de toda a gente, antes, depois e durante a performance *(uma mostra de má educação, na estimada opinião desta Vossa Autora).*

Uma outra notícia foi o estrago no violino de Honoria Smythe-Smith provocado por Lady Danbury, quando o derrubou acidentalmente da mesa onde estava pousado ao agitar a sua bengala.

Lady Danbury insistiu em substituir o instrumento, mas logo depois declarou que, como é seu hábito só comprar o melhor, Honoria teria um violino Ruggieri, *importado de Cremona, Itália.*

Esta Vossa Autora calcula que, considerando os fatores de tempo de fabricação e transporte, além da longa lista de espera, deverá levar seis meses para um violino Ruggieri *chegar à nossa costa.*

CRÓNICAS DA SOCIEDADE DE LADY WHISTLEDOWN,
16 DE ABRIL DE 1824

Há momentos na vida de uma mulher em que o seu coração dá um salto dentro do peito, em que de repente o mundo parece incrivelmente perfeito e cor-de-rosa, em que é capaz de ouvir uma sinfonia no tilintar de uma campainha.

Penelope Featherington teve um desses momentos dois dias depois do sarau musical dos Smythe-Smith.

Bastou uma batida na porta do quarto, seguida da voz do mordomo informando:

– Mr. Colin Bridgerton gostaria de a ver.

Penelope caiu literalmente da cama.

Briarly, mordomo da família Featherington há tempo suficiente para nem sequer pestanejar perante a falta de jeito de Penelope, murmurou: – Devo informá-lo de que não está?

– Não! – Penelope quase gritou, tropeçando nos próprios pés. – Isto é, não – repetiu numa voz mais moderada. – Mas vou precisar de dez minutos para me preparar. – Olhou-se ao espelho e estremeceu quando se viu desgrenhada. – Quinze – corrigiu.

– Como desejar, Miss Penelope.

– Ah, e mande preparar uma bandeja de comida. Mr. Bridgerton deve estar com fome. Ele está sempre com fome.

O mordomo assentiu novamente.

Penelope ficou imóvel até Briarly desaparecer pela porta e depois, completamente incapaz de se conter, saltitou, emitindo uns gritinhos estranhos que estava convencida, ou pelo menos esperava, nunca lhe terem cruzado os lábios antes.

Mas também não se lembrava da última vez que um cavalheiro a tinha visitado, quanto mais aquele por quem estava desesperadamente apaixonada há quase metade da sua vida.

– Acalma-te – disse a si mesma, esticando os dedos e pressionando as palmas das mãos num movimento muito semelhante ao que faria se estivesse a tentar aplacar uma pequena multidão incontrolável. – Tens de manter a calma. Calma – repetiu, como se fosse uma fórmula mágica. – Calma. – Mas por dentro, o coração dançava.

Respirou fundo várias vezes, foi até à penteadeira e pegou na escova de cabelo. Só levaria uns minutos para arranjar o cabelo; certamente Colin não iria fugir se o deixasse à espera um bocadinho. Esperaria que ela demorasse um pouco a preparar-se, não?

Mas, ainda assim, arranjou o cabelo em tempo recorde e quando atravessou a porta da sala de estar, apenas cinco minutos se tinham passado desde o anúncio do mordomo.

– Foi rápido – disse Colin com um sorriso peculiar. Estava parado junto da janela, a olhar para a rua.

– Ah, foi? – respondeu Penelope, esperando que o calor que sentia na pele não se traduzisse em rubor. Uma mulher devia manter um cavalheiro à espera, mas não por muito tempo. Ainda assim, não fazia sentido manter tais comportamentos com Colin. Ele nunca estaria interessado nela de forma romântica, e, além disso, eram amigos.

Amigos. Parecia um conceito tão estranho, mas era exatamente o que eram. Sempre tinham tido um relacionamento amigável, mas desde que regressara do Chipre, tinham-se tornado verdadeiros amigos.

Era mágico.

Mesmo que Colin nunca a amasse (e achava que ele nunca o faria), era melhor do que o que tinha antes.

– A que devo o prazer? – perguntou ela, sentando-se no sofá de damasco amarelo um pouco desbotado da sua mãe.

Colin sentou-se à sua frente numa cadeira de espaldar reto bastante desconfortável. Inclinou-se para a frente, apoiando as mãos nos joelhos e Penelope percebeu imediatamente que alguma coisa estava errada. Aquela não era uma posição que um cavalheiro adotasse numa visita social descontraída. Ele parecia muito perturbado, muito intenso.

– É coisa séria – disse ele, com uma expressão sombria.

Penelope quase se levantou. – Aconteceu alguma coisa? Alguém está doente?

– Não, não, nada disso. – Fez uma pausa, soltou um longo suspiro e, em seguida, passou a mão pelo cabelo já despenteado. – É sobre a Eloise.

– O que se passa?

– Não sei como dizer isto. Eu... tens alguma coisa que se coma?

Penelope estava a ponto de lhe torcer o pescoço. – Pelo amor de Deus, Colin!

– Desculpa – murmurou –, não comi o dia todo.

– Isso seria inédito, certamente – disse Penelope, impaciente. – Já pedi a Briarly que preparasse uma bandeja. Agora vais dizer-me o que se passa ou pretendes fazer-me esperar até que eu morra de impaciência?

– Acho que ela é Lady Whistledown – quase cuspiu.

Penelope ficou de boca aberta. Não sabia o que esperava que ele dissesse, mas seguramente não era aquilo.

– Penelope, ouviste o que eu disse?

– Eloise? – perguntou ela, mesmo sabendo exatamente a quem ele se referia.

Ele assentiu.

– Não pode ser.

Colin levantou-se e começou a andar nervosamente, sem conseguir ficar parado. – Porque não?

– Porque... porque... – Porque, *o quê?*, pensou. – Porque é impossível que ela conseguisse ter feito isso durante dez anos sem eu saber.

A expressão dele passou de perturbada a desdenhosa num instante. – Não acredito que estejas a par de tudo o que a Eloise faz.

– Claro que não – respondeu Penelope, lançando-lhe um olhar irritado –, mas posso dizer-te com absoluta certeza que seria impossível Eloise guardar um segredo dessa magnitude de mim durante mais de dez anos. Ela simplesmente não é capaz disso.

– Penelope, ela é a pessoa mais metediça que conheço.

– Bem, isso é verdade – concordou Penelope. – Não contando a minha mãe, claro. Mas isso não é o suficiente para a acusar.

Colin parou de andar e colocou as mãos nas ancas. – Ela está sempre a escrevinhar.

– Porque achas isso?

132

Ele levantou a mão, esfregando energicamente o polegar nos outros dedos. – Manchas de tinta. Constantemente.

– Muitas pessoas usam pena e tinta. – Penelope fez um gesto amplo na direção de Colin. – Tu escreves diários. Certamente já manchaste muitas vezes os dedos com tinta.

– Sim, mas eu não *desapareço* quando escrevo nos meus diários.

Penelope sentiu o pulso acelerar. – O que queres dizer? – perguntou, a voz ficando mais ofegante.

– Quero dizer que ela se tranca no quarto durante horas a fio e depois aparece com os dedos cobertos de tinta.

Penelope manteve-se em silêncio durante um momento agonizantemente longo. Em termos racionais, a evidência de Colin era incriminatória, especialmente quando combinada com a tendência bem conhecida e bem documentada de Eloise para a bisbilhotice.

Mas ela não era Lady Whistledown. Não podia ser. Penelope era capaz de apostar a sua própria vida.

Por fim, Penelope limitou-se a cruzar os braços e num tom de voz que provavelmente teria sido mais adequado para uma criança de seis anos extremamente teimosa, disse: – Não é ela. Sei que não é.

Colin sentou-se, parecendo derrotado. – Quem me dera poder partilhar da tua certeza.

– Colin, precisas de…

– Onde diabo está a comida? – resmungou ele.

Deveria ter ficado chocada, mas, de alguma forma, a falta de maneiras dele divertia-a. – Tenho a certeza de que o Briarly não demora a aparecer.

Ele esparramou-se numa cadeira. – Estou com fome.

– Sim – disse Penelope, contraindo os lábios para não sorrir –, já percebi.

Colin suspirou, cansado e preocupado. – Se Eloise for Lady Whistledown, vai ser um desastre. Um completo e autêntico desastre.

– Não seria assim tão mau – disse Penelope com cuidado. – Não que eu ache que ela é Lady Whistledown, porque não acho!

Mas, honestamente, se fosse, seria assim tão terrível? Gosto bastante de Lady Whistledown.

– Sim, Penelope – disse Colin com brusquidão –, seria assim tão terrível. Ela ficaria arruinada.

– Não acho que ficasse *arruinada*...

– É claro que ficaria arruinada. Fazes ideia de quantas pessoas a mulher insultou ao longo dos anos?

– Não sabia que odiavas tanto Lady Whistledown – disse Penelope.

– Não a odeio – respondeu Colin, impaciente. – Não importa se a odeio. Toda a gente a odeia.

– Não me parece que isso seja verdade. Todos compram as crónicas.

– É claro que compram as crónicas! Toda a gente compra o raio as crónicas.

– Colin!

– Desculpa – murmurou, mas o pedido não soou sincero.

Penelope assentiu, aceitando o pedido de desculpas.

– Quem quer que Lady Whistledown seja – prosseguiu Colin, agitando o dedo na direção dela com tal veemência que o corpo de Penelope deu uma guinada para trás –, quando for desmascarada, nunca mais poderá sair à rua em Londres.

Penelope aclarou delicadamente a garganta. – Não sabia que te importavas tanto com a opinião da sociedade.

– E não importo – respondeu ele. – Bem, não muito. Quem disser que não se importa de todo é um mentiroso e um hipócrita.

Penelope achava que ele tinha razão, mas ficou surpreendida por ele o admitir abertamente. Dava a ideia de que os homens preferiam sempre fingir que eram completamente independentes, nunca se deixando afetar pelos caprichos e opiniões da sociedade.

Colin inclinou-se para a frente, os olhos verdes ardentes de intensidade. – A questão não sou eu, Penelope, é a Eloise. Se ela for expulsa da sociedade, ficará destruída. – Voltou a recostar-se, mas todo o corpo irradiava tensão. – Sem contar o que tal coisa faria à minha mãe.

Penelope soltou um longo suspiro. – Realmente acho que estás a preocupar-te desnecessariamente – disse ela.

– Espero que tenhas razão – respondeu ele, fechando os olhos. Não sabia em que momento começara a suspeitar que a irmã pudesse ser Lady Whistledown. Provavelmente, depois de Lady Danbury ter lançado o agora famoso desafio. Ao contrário do resto de Londres, Colin nunca se tinha interessado muito pela verdadeira identidade de Lady Whistledown. A crónica era divertida e ele lia-a, tal como todos os outros, mas, para ele, Lady Whistledown era simplesmente… Lady Whistledown, e isso era informação suficiente.

Todavia, o desafio de Lady Danbury fizera-o pensar e, tal como o resto dos Bridgerton, assim que se punha a cismar numa ideia, era totalmente incapaz de esquecer. De alguma forma, ocorreu-lhe que Eloise tinha o temperamento e o talento perfeitos para escrever uma crónica daquele tipo; foi então que, antes de poder convencer-se de que era louco, vira as manchas de tinta nos dedos dela. Desde esse momento, parecia tresloucado, incapaz de pensar noutra coisa, exceto na possibilidade de Eloise ter uma vida secreta.

Não sabia o que o irritava mais: Eloise poder ser Lady Whistledown ou ter conseguido esconder essa informação dele durante mais de uma década.

Era humilhante ser ludibriado por uma irmã. Gostava de considerar que era mais inteligente.

Mas precisava de se concentrar no presente. Porque, se as suas suspeitas estivessem corretas, como iriam lidar com o escândalo quando ela fosse descoberta?

E ela *seria* descoberta. Com Londres inteira a cobiçar o prémio de mil libras, Lady Whistledown não tinha a menor chance.

– Colin! Colin!

Ele abriu os olhos, imaginando há quanto tempo Penelope estaria a chamá-lo.

– Acho mesmo que deverias parar de te preocupar com a Eloise – disse ela. – Há centenas e centenas de pessoas em Londres. Lady Whistledown pode ser qualquer uma delas. Meu Deus, com a tua propensão para o pormenor – sacudiu os dedos para o lembrar das manchas nos dedos de Eloise –, até tu podias ser Lady Whistledown.

Ele atirou-lhe um olhar algo condescendente. – Exceto pelo pequeno detalhe de ter estado fora do país metade do tempo.

Penelope decidiu ignorar o sarcasmo. – És certamente, um escritor suficientemente bom para levar a cabo tal tarefa.

Colin tinha a intenção de dizer algo engraçado e com um tom de impaciência, para rejeitar o fraco argumento, mas a verdade é que estava tão secretamente encantado com elogio de «bom escritor» que tudo o que conseguiu fazer foi ficar sentado com um sorriso palerma estampado no rosto.

– Estás bem? – perguntou Penelope.

– Perfeitamente bem – respondeu ele, despertando do devaneio e tentando adotar um semblante mais sóbrio. – Porque perguntas?

– Porque de repente ficaste com ar doente. Como se estivesses tonto, na verdade.

– Estou bem – repetiu ele, talvez um pouco mais alto do que o necessário. – Só estou a pensar no escândalo.

Ela soltou um suspiro frustrado, o que o irritou, porque não via razões para Penelope se sentir tão impaciente com ele. – Escândalo? – perguntou ela.

– O escândalo que vai estourar quando for descoberta – resmungou Colin.

– Ela não é Lady Whistledown! – insistiu Penelope.

Colin endireitou-se, de repente, os olhos iluminados por uma ideia nova. – Sabes uma coisa – disse ele num tom de voz bastante intenso –, acho que nem interessa se ela é ou não Lady Whistledown.

Penelope ficou a olhar para ele fixamente durante uns três segundos antes de olhar em redor, murmurando: – Onde está a comida? Eu devo ser uma cabeça oca. Não passaste os últimos dez minutos a *enlouquecer* com a possibilidade de a Eloise ser Lady Whistledown?

Como se aguardasse a deixa, Briarly entrou na sala com uma bandeja carregada. Penelope e Colin observaram em silêncio o mordomo pousar a refeição. – Desejam que prepare os pratos? – perguntou ele.

– Não é necessário, obrigada – disse Penelope rapidamente. – Nós tratamos disso.

Briarly assentiu e, assim que pousou os talheres e encheu os dois copos de limonada, saiu da sala.

– Ouve-me – prosseguiu Colin, levantando-se subitamente e fechando a porta quase totalmente (mas ficando tecnicamente aberta, caso alguém questionasse o decoro).

– Não queres comer? – perguntou Penelope, erguendo um prato que tinha enchido com vários petiscos.

Ele pegou num pedaço de queijo, comendo-o em duas mordidas muito pouco delicadas, e continuou: – Mesmo que a Eloise não seja Lady Eloise Whistledown, e não te enganes, ainda acho que é, isso não interessa. Porque se *eu* suspeito que ela é Lady Whistledown, com certeza mais alguém o fará.

– E com isso queres dizer que…?

Colin deu-se conta de que tinha os braços esticados e parou o movimento antes que a abanasse pelos ombros. – Não importa! Não vês? Se alguém lhe apontar o dedo, ela ficará arruinada.

– Mas isso não acontecerá se ela não for Lady Whistledown! – disse Penelope, parecendo fazer um grande esforço para descerrar os dentes.

– E como é que ela vai conseguir provar que não é? – revidou Colin, voltando a levantar-se de um salto. – Assim que um rumor começa, o estrago está feito. Adquire vida própria.

– Colin, deixaste de fazer sentido há cinco minutos.

– Não, ouve-me com atenção. – Ele virou-se para encará-la e foi tomado por um sentimento tão intenso que ser-lhe-ia impossível tirar os seus olhos dos dela mesmo se a casa estivesse a desmoronar à sua volta. – Imagina que eu digo a toda a gente que te seduzi.

Penelope ficou muito, muito quieta.

– Tu ficarias arruinada para sempre – continuou ele, agachando-se junto do sofá, para ficarem ao mesmo nível. – Não importaria que nunca nos tivéssemos beijado. *Isso*, minha querida Penelope, é o poder da palavra.

Ela parecia estranhamente petrificada. E, ao mesmo tempo, corada. – Eu... eu não sei o que dizer – gaguejou.

E então a coisa mais bizarra aconteceu. Ele apercebeu-se de que também não sabia o que dizer. Porque subitamente tinha esquecido os rumores, o poder da palavra e tudo o mais, e a única coisa em que conseguia pensar era na parte de beijo, e...

E...

E...

Deus no céu, ele queria beijar Penelope Featherington.

Penelope Featherington!

Mais lhe valia ter dito que queria beijar a irmã.

Exceto... Olhou de relance para ela; tinha um ar extraordinariamente atraente e ele perguntou-se como não o tinha notado mais cedo... ela não era sua irmã.

Definitivamente não era sua irmã.

– Colin? – O nome dele era um mero sussurro nos lábios dela, os olhos a piscar em adorável confusão, e como é que ele nunca tinha reparado naquele intrigante tom de castanho?

Pareciam ouro puro perto da pupila. Nunca tinha visto nada semelhante e, no entanto, já os tinha visto uma centena de vezes antes.

Levantou-se de repente, sentindo-se embriagado. Era melhor que não estivessem na mesma latitude. Era mais difícil ver os olhos dela ali de cima.

Ela levantou-se também.

Maldição!

– Colin? – voltou ela a dizer, a voz quase inaudível. – Posso pedir-te um favor?

Chamem-lhe intuição masculina, ou loucura, mas uma voz insistente dentro dele gritava-lhe que o que quer que ela lhe fosse pedir, *tinha* de ser uma péssima ideia.

Todavia, ele era um idiota.

Tinha de ser, porque sentiu os lábios afastarem-se e, em seguida, ouviu uma voz muito semelhante à dele dizer: – Claro!

Os lábios dela contraíram-se e, por um momento, ele pensou que ela estava a tentar beijá-lo, mas então percebeu que estava apenas a juntá-los para formar uma palavra.

– Podias...

Apenas uma palavra. Nada mais do que uma palavra começada pela sílaba «po». As palavras assim começadas pareciam sempre um beijo.

– Podias beijar-me?

CAPÍTULO 9

*Todas as semanas parece haver um convite que é mais cobiçado
do que todos os outros, e o premiado desta semana irá certamente para
a condessa de Macclesfield, que irá dar um grande baile na noite de
segunda-feira. Lady Macclesfield não é uma anfitriã frequente aqui
em Londres, mas é muito popular, tal como o marido, e espera-se a
presença de um elevado número de solteiros, incluindo Mr. Colin
Bridgerton (supondo que até lá não cai de exaustão depois de quatro
dias com os dez netos Bridgerton), o visconde Burwick e Mr. Michael
Anstruther-Wetherby.*

*Esta Vossa Autora antecipa que um grande número de jovens
solteiras irá decidir participar também após a publicação desta crónica.*

CRÓNICAS DA SOCIEDADE DE LADY WHISTLEDOWN,
16 DE ABRIL DE 1824

A sua vida, tal como a conhecia, tinha acabado.
– O quê? – perguntou ele, ciente de que não conseguia parar
de piscar.

O rosto dela assumiu um tom de vermelho mais profundo do
que ele achava humanamente possível, e ela virou-lhe as costas.
– Não importa – murmurou. – Esquece o que eu disse.

Colin achou que aquela era uma ideia *excelente*.

Mas quando pensou que o mundo iria retomar o seu curso normal (ou, pelo menos, que ele conseguisse fingir que sim), ela voltou

a encará-lo, os olhos ardendo com um fogo apaixonado que o surpreendeu.

– Não, não quero esquecer – quase gritou. – Passei a vida inteira a esquecer as coisas, a calá-las, a nunca dizer a ninguém o que realmente quero.

Colin tentou dizer alguma coisa, mas era óbvio que a garganta tinha começado a fechar. A qualquer momento estaria morto. Tinha a certeza disso.

– Não vai querer dizer nada – disse ela. – Prometo-te que não vai querer dizer nada e nunca esperarei nada da tua parte por causa disso, mas posso morrer amanhã, e…

– *O quê?*

Os olhos dela pareciam enormes, escuros, comoventes e suplicantes e…

Podia sentir a sua determinação a desvanecer-se.

– Tenho vinte e oito anos – disse ela, a voz suave e triste. – Já sou uma solteirona, e nunca fui beijada.

– Gá… gá… gá… – Ele sabia que sabia falar; estava bastante certo de que ainda há poucos minutos era perfeitamente eloquente. Mas agora não parecia capaz de formar uma palavra.

E Penelope continuava a falar, as faces deliciosamente rosadas, os lábios a moverem-se tão rapidamente que ele só conseguia pensar na sensação daqueles lábios na sua pele. No seu pescoço, nos ombros, no… noutros sítios.

– Vou ser uma velha solteirona aos vinte e nove – continuava ela – e vou ser uma velha solteirona aos trinta. Posso morrer amanhã, e…

– Não vais morrer amanhã! – lá conseguiu dizer, sem saber como.

– Mas posso! Posso, e isso iria matar-me porque…

– Já estarias morta – lembrou ele, achando a sua própria voz bastante estranha e incorpórea.

– Não quero morrer sem nunca ter sido beijada – terminou finalmente.

Colin era capaz de pensar numa centena de razões pelas quais beijar Penelope Featherington era uma péssima ideia, sendo logo a primeira o facto de realmente *querer* beijá-la.

Abriu a boca, à espera que um som saísse e que pudesse ser realmente inteligível, mas nada, apenas o som da respiração lhe atravessou os lábios.

Foi então que Penelope fez a única coisa capaz de quebrar a sua determinação num instante. Ergueu o rosto para ele, olhando-o profundamente, e pronunciou um simples...

– Por favor.

E ele ficou perdido. Havia algo de comovente na forma como ela o olhava, como se pudesse morrer se ele não a beijasse. Não de mágoa, nem de constrangimento... era quase como se ela precisasse dele como alimento, alimento para a alma, para lhe encher o coração.

E Colin não foi capaz de se lembrar de alguém que precisasse dele com tanto fervor.

Sentiu uma humildade imensa.

Fê-lo querê-la com uma intensidade que lhe tirava as forças. Olhou para ela e não viu a mulher que vira tantas vezes antes. Era diferente. Toda ela resplandecia. Era uma sereia, uma deusa, e perguntou-se como é que ninguém tinha percebido isso antes.

– Colin? – sussurrou ela.

Ele deu um passo em frente, apenas uns centímetros, mas perto o suficiente para que, ao tocar-lhe o queixo e virar-lhe o rosto para cima, os lábios dela ficassem a poucos milímetros dos dele.

As respirações misturaram-se e o ar tornou-se quente e pesado. Penelope tremia, ele podia senti-lo ao tocá-la, mas não estava certo de não estar a tremer também.

Partiu do princípio que diria algo irreverente e divertido, que combinasse com o seu famoso estilo de sujeito despreocupado. Talvez *Faço qualquer coisa por ti*, ou quem sabe, *Todas as mulheres merecem pelo menos um beijo*. Mas ao encurtar a pouca distância entre eles, percebeu que não havia palavras para captar a intensidade do momento.

Não havia palavras para a paixão. Não havia palavras para a ânsia.

Não havia palavras para a perfeita epifania do momento.

E assim, numa tarde de sexta-feira absolutamente vulgar, no coração de Mayfair, numa sala de estar tranquila em Mount Street, Colin Bridgerton beijou Penelope Featherington.

E foi glorioso.

Os lábios dele tocaram os dela, suavemente a princípio, não porque tivesse intenção de ser cuidadoso, embora se tivesse tido a presença de espírito de pensar sobre tais questões, provavelmente ter-lhe-ia ocorrido que aquele era o primeiro beijo dela e que, portanto, deveria ser reverente e bonito e todas essas coisas com as quais uma jovem sonha deitada na cama à noite.

Mas a bem da verdade, nada disso passava pela mente de Colin. Aliás, ele pensava em muito pouco. O beijo foi suave e gentil porque ainda estava surpreendido por estar a beijá-la. Conhecia-a há anos e nunca tinha pensado em encostar os lábios aos dela. E agora seria incapaz de a largar nem que o fogo do inferno lhe lambesse os calcanhares. Mal podia acreditar no que fazia, ou na maldita vontade que sentia de o fazer.

Não foi o tipo de beijo que alguém começa porque fica assolado pela paixão ou pela emoção, pela raiva ou pelo desejo. Foi uma coisa mais lenta, uma espécie de aprendizagem, tanto para Colin como para Penelope.

Ele estava a aprender que tudo o que sabia sobre o ato de beijar era puro disparate.

Tudo o mais fora apenas meros lábios e língua e murmúrios suaves, mas sem sentido.

Isto era um beijo.

Havia algo no roçagar, na maneira como, ao mesmo tempo, ouvia e sentia a respiração dela. Algo na maneira como ela se mantinha perfeitamente imóvel, mas ainda assim sentia as batidas fortes do coração dela através da pele.

Havia algo no facto de ele saber que era *ela*.

Colin deslizou os lábios ligeiramente para a esquerda, começando a mordiscar-lhe o canto da boca, provocando cócegas no ponto onde os lábios se uniam. A língua traçou todos os contornos da boca dela, aprendendo-a, saboreando a sua essência doce e salgada.

Aquilo era bem mais do que um beijo.

As mãos dele, até aí espalmadas ao de leve nas costas dela, ficaram mais tensas, mais urgentes, pressionando o tecido do vestido. Ele sentia o calor da pele dela, que se escapava pela musselina, nas pontas dos dedos, nos músculos delicados das costas.

Puxou-a para mais perto, mais perto, até os corpos ficarem prensados um contra o outro. Colin sentia toda a extensão do corpo de Penelope e isso deixava-o em fogo. Estava a ficar imensamente excitado e desejava-a... meu Deus, como a desejava.

A boca tornou-se mais urgente e a língua insistiu até sentir os lábios entreabertos.

Tragou o suave gemido de aquiescência dela e finalmente pôde saborear o interior da sua boca. Era doce, com o travo amargo da limonada, e tão intoxicante como um *brandy* de altíssima qualidade, porque Colin começava a duvidar da sua capacidade de se manter de pé.

Ele deslizou as mãos ao longo do corpo dela, lentamente, para não a assustar. Penelope era suave, cheia de curvas, exuberante, tal como ele sempre imaginara que uma mulher devia ser. As ancas eram redondas e as nádegas perfeitas e os seios... Meu Deus, a sensação dos seios pressionados contra o seu peito era divinal. Sentia um formigueiro nas palmas das mãos, pela vontade que tinha de os agarrar, mas forçou as mãos a permanecerem onde estavam (muito agradavelmente pousadas no traseiro, por isso não era um grande sacrifício). Tirando o facto de não ser nada próprio pôr-se a apalpar os seios de uma mulher de boas famílias no meio da sua sala de estar, tinha uma forte suspeita de que se a tocasse dessa forma, perderia completamente o controlo.

– Penelope, Penelope – murmurou, perguntando-se por que razão o nome dela sabia tão bem nos lábios. Sentia vontade de a devorar, inebriado e drogado pela paixão, e queria desesperadamente que ela se sentisse da mesma forma. Ela era perfeita nos seus braços, mas, até agora, não mostrara nenhuma reação. Oh, ela agitara-se nos seus braços, abrindo a boca para receber a doce invasão, mas tirando isso, não fizera mais nada.

E, no entanto, pela respiração entrecortada e pelas batidas do seu coração, ele sabia que ela estava excitada.

Afastou-se um pouco, apenas alguns milímetros para poder tocar-lhe o queixo e inclinar-lhe o rosto na direção do seu. As pálpebras dela abriram-se, os olhos revelando estarem atordoados de paixão, combinando perfeitamente com os lábios, ligeiramente entreabertos, suaves e inchados dos beijos.

Penelope era linda. Linda, de uma forma absoluta, inteira, que comovia até à alma e Colin não sabia como passara tantos anos sem reparar nisso.

Estaria o mundo povoado por homens cegos, ou simplesmente estúpidos?

– Podes beijar-me também – sussurrou, inclinando levemente a testa contra a dela.

Penelope apenas conseguiu piscar os olhos.

– Um beijo – murmurou Colin, baixando novamente os lábios na direção dos dela, mas apenas por breves momentos –, é para duas pessoas.

A mão dela agitou-se nas costas dele. – O que faço? – sussurrou.

– O que quiseres.

Aos poucos, timidamente, Penelope levou uma mão ao rosto dele. Os dedos traçaram os contornos do rosto tocando ao de leve a linha do queixo até ela retirar a mão.

– Obrigada – sussurrou.

Obrigada?

Ele ficou imóvel.

Aquela era *exatamente* a palavra errada a dizer. Ele não queria receber agradecimento pelo beijo.

Isso fazia-o sentir-se culpado.

E fútil.

Como se o tivesse feito por pena. E o pior de tudo é que ele sabia que se aquilo tivesse acontecido apenas alguns meses antes, sim, *teria* sido por pena.

O que raio dizia isso acerca da pessoa que ele era?

– Não agradeças – disse ele rispidamente, afastando-se até os corpos deixarem de se tocar.

– Mas…

– Eu disse *não* – repetiu ele asperamente, virando-se como se não pudesse suportar a visão dela, quando a verdade era que não conseguia tolerar-se a si mesmo.

E o pior de tudo era que não sabia porquê. Aquele sentimento corrosivo, desesperado, seria culpa? Porque não deveria tê-la beijado? Porque não deveria ter gostado?

– Colin – disse Penelope – não fiques zangado contigo próprio.

– Não estou – respondeu, seco.

– Fui eu que pedi para me beijares. Praticamente obriguei-te…

Era o que faltava, não havia maneira mais infalível de fazer um homem sentir-se viril. – Tu não me obrigaste – rosnou ele.

– Não, mas…

– Pelo amor de Deus, Penelope, *basta*!

Ela recuou, os olhos muito arregalados. – Peço desculpa – sussurrou.

Colin olhou para as mãos. Estavam a tremer. Fechou os olhos em agonia. Mas, porquê, *porque* é que estava a portar-se como um idiota?

– Penelope… – começou a dizer.

– Não, está tudo bem – cortou ela, as palavras apressadas. – Não precisas de dizer nada.

– Mas devo.

– Preferia que não o fizesses.

O porte dela agora era de dignidade serena. O que o fazia sentir-se ainda pior. Penelope estava de pé, as mãos unidas recatadamente à frente, os olhos baixos, não postos no chão, mas, no entanto, não o encarando.

Ela achava que ele a tinha beijado por pena.

E Colin era um canalha porque uma pequena parte dele preferia que ela pensasse assim. Porque pensando assim, então talvez ele se pudesse convencer de que era verdade, de que fora só por piedade, que não podia ser mais do que isso.

– Tenho de ir – disse Colin, as palavras ditas em voz baixa e ainda assim parecendo gritadas no silêncio da sala.

Penelope não tentou impedi-lo.

Ele fez menção de se dirigir para a porta. – Tenho de ir – disse mais uma vez, apesar de os pés se recusarem a mexer.

Ela assentiu.

– Eu não… – começou a dizer, e depois, horrorizado pelas palavras que quase lhe escaparam da boca, conseguiu caminhar em direção à porta.

Mas Penelope chamou-o (como se *pudesse ser* de outra maneira!). – Tu não o quê?

Ele não sabia o que responder, porque o que começara a dizer era *Eu não te beijei por pena*. Se ele quisesse que ela o soubesse, se ele quisesse convencer-se disso, tal só podia significar que ansiava pela estima dela, o que só poderia significar…

– Tenho de ir! – exclamou, agora desesperado, como se deixar a sala pudesse ser a única maneira de impedir o pensamento de seguir aquele caminho tão perigoso. Cruzou a distância que faltava até à porta, esperando que ela dissesse alguma coisa, que o chamasse de novo.

Mas ela não o fez.

E ele saiu.

E nunca se odiou tanto.

*

Colin estava com um mau humor impressionante antes de o criado lhe bater à porta com uma mensagem da mãe. Depois disso então, ficou impossível.

Raios partam! Ela ia começar tudo outra vez, a arreliá-lo com o casamento. As convocatórias dela eram *sempre* por causa do mesmo assunto. E realmente não estava com paciência para aquilo agora.

Mas era a mãe. E ele amava-a, o que significava que não podia simplesmente ignorá-la. Por isso, entre resmungos consideráveis e alguns palavrões pelo meio, calçou as botas, vestiu o casaco e dirigiu-se para a porta de saída.

Estava a viver em Bloomsbury, uma zona que não era propriamente a mais em voga da cidade para um membro da aristocracia habitar, embora Bedford Square, onde tinha arrendado uma pequena mas elegante casa, fosse certamente um endereço chique e respeitável.

Colin gostava de viver em Bloomsbury, onde os vizinhos eram médicos e advogados e intelectuais, pessoas que realmente *faziam* coisas, não apenas ir a festas atrás de festas. Não tinha vontade de trocar a sua herança por uma vida no comércio, afinal, era muito bom ser um Bridgerton, mas havia algo de estimulante em observar aqueles homens trabalhadores a tratarem dos seus assuntos profissionais, os advogados rumo à zona este para os tribunais, os médicos a noroeste para Portland Place.

Teria sido mais fácil atravessar a cidade no seu cabriolé, que fora devolvido às cavalariças apenas há uma hora, logo após retornar de casa das Featherington. Mas Colin achou que precisava de um pouco de ar fresco, para não mencionar o pensamento retorcido de encontrar o meio mais lento possível de chegar ao Número Cinco.

Se a mãe pretendia dar-lhe outro sermão acerca das virtudes do casamento, seguido de uma longa dissertação sobre os atributos de cada uma das raparigas aceitáveis em Londres, podia muito bem esperar por ele.

Colin fechou os olhos e soltou um queixume. O seu mau humor devia estar pior do que pensava se já soltava impropérios em relação à mãe, a quem ele (e todos os Bridgerton) tinha na mais alta estima e afeto.

A culpa era de Penelope.

Não, a culpa era de Eloise, pensou, rangendo os dentes. Era melhor culpar uma irmã.

Não, gemeu, deixando-se cair para trás na cadeira, a culpa era dele. Se estava de mau humor, se só lhe apetecia arrancar cabeças com as próprias mãos, a culpa era sua e apenas sua.

Não devia ter beijado Penelope. Não importava que tivesse *querido* beijá-la, mesmo que não se tivesse *dado conta* que queria, até ao momento em que ela lho pedira. Mesmo assim, não devia tê-la beijado.

Embora, se pensasse bem, não percebesse *porque* é que não a deveria ter beijado.

Levantou-se, foi até à janela e deixou a testa descansar contra o vidro. Bedford Square estava tranquila, apenas alguns homens caminhavam ao longo da calçada. Tinham ar de ser trabalhadores, provavelmente do novo museu que estava a ser construído do lado este. (Fora por isso que Colin tinha arrendado uma casa no lado oeste da praça; as obras de construção poderiam ser muito barulhentas.)

O olhar dele desviou-se para o lado norte, para a estátua de Charles James Fox. Ali estava um homem com um propósito. Liderara os Whigs durante anos. Nem sempre tinha sido muito querido, a acreditar nas palavras de alguns dos membros mais velhos da alta sociedade, mas Colin começava a pensar que ser bem quisto talvez fosse sobrestimado. Deus sabia que não havia ninguém mais bem quisto do que ele, e olhem para ele agora, frustrado e descontente, mal-humorado e pronto a atacar quem cruzasse o seu caminho.

Suspirou, encostando uma mão ao caixilho da janela, dando impulso para se endireitar. Era melhor pôr-se a caminho, especialmente se estava a pensar ir a pé até Mayfair. Embora, na verdade, não fosse assim tão longe. Provavelmente não mais de trinta minutos, se mantivesse um ritmo acelerado (o que sempre fazia), exceto se as calçadas estivessem cheias de gente a passear. Era uma caminhada maior do que a maioria dos membros da alta sociedade se dignava fazer em Londres, a menos que andassem às compras ou a fazer o seu passeio de elegância no parque, mas Colin sentia necessidade de clarear a cabeça. Mesmo que o ar em Londres não estivesse particularmente fresco, bem, ia ter de servir.

No entanto, com a sorte que estava a ter naquele dia, assim que chegou ao cruzamento de Oxford Street com Regent Street, os primeiros pingos de chuva começaram a cair-lhe no rosto. Na altura em que passava de Hanover Square para St. George Street, chovia a sério. E como estava já tão perto de Bruton Street, seria ridículo tentar fazer sinal a uma tipoia para fazer o resto do percurso.

Por isso decidiu continuar a pé.

Todavia, após o primeiro minuto de aborrecimento, começou estranhamente a gostar de sentir a chuva. Era suficientemente quente para não o deixar enregelado até aos ossos e os pingos grossos e molhados a baterem-lhe na cara eram quase como uma penitência.

Achou ser talvez isso que merecia.

A porta da casa da mãe abriu-se ainda antes de Colin pousar o pé no último degrau; Wickham devia estar à sua espera.

– Posso sugerir uma toalha? – entoou o mordomo, entregando-lhe uma grande toalha branca.

Colin aceitou-a, perguntando-se como é que Wickham tinha tido tempo para ir buscar uma toalha. Não podia saber que Colin seria suficientemente tolo para andar à chuva.

Já não era a primeira vez que ocorria a Colin o pensamento de os mordomos deverem ser possuidores de estranhos poderes místicos. Talvez fosse um requisito profissional.

Colin usou a toalha para secar o cabelo, causando grande consternação em Wickham, que era terrivelmente rígido a manter as aparências, certamente esperando que Colin se retirasse para uma sala privada durante pelo menos meia hora para se arranjar.

– Onde está a minha mãe? – perguntou Colin.

Os lábios de Wickham estreitaram-se e ele olhou de forma contundente para os pés de Colin, que criavam agora pequenas poças. – Está no escritório – respondeu –, mas está a conversar com a sua irmã.

– Que irmã? – perguntou Colin, mantendo um sorriso radiante no rosto, só para irritar Wickham, que, por sua vez, devia também estar a tentar irritá-lo, ao omitir o nome da irmã.

Como se fosse possível dizer simplesmente «a sua irmã» a um Bridgerton e esperar que ele soubesse a quem se referia.

– Francesca.

– Ah, sim. Ela está de partida para a Escócia, não é?

– Amanhã.

Colin entregou a toalha a Wickham, que ficou a olhar para ela como se de um grande inseto se tratasse. – Então, não vou inco-modá-la. Informe-a apenas que cheguei, quando ela terminar com a Francesca.

Wickham assentiu. – Gostaria de trocar de roupa, Mr. Bridger-ton? Acredito que há alguns fatos do seu irmão Gregory no quarto.

Colin sorriu. Gregory estava no último semestre de estudos em Cambridge. Era onze anos mais novo do que Colin, e era difícil de acreditar que podiam realmente partilhar a roupa, mas supôs que estava na hora de aceitar que o irmãozinho tinha finalmente crescido.

– É uma ideia excelente – disse Colin, lançando um olhar pesaroso à manga encharcada. – Vou deixar estas cá para serem limpas e venho buscá-las depois.

Wickham assentiu novamente, murmurando: – Como quiser. – E desapareceu no corredor para parte incerta.

Colin subiu os degraus dois a dois até à zona de quartos da família. Ao caminhar pelo corredor, fazendo um ruído de chapinhar, ouviu o som de uma porta a abrir-se. Virou-se e viu que era Eloise.

Não era a pessoa que ele queria ver, porque imediatamente lhe trouxe de volta todas as lembranças da tarde com Penelope. A conversa. O beijo.

Especialmente o beijo.

E pior ainda, a culpa que sentira depois.

A culpa que ainda sentia.

– Colin – cumprimentou Eloise alegremente –, não sabia que… o que aconteceu, vieste *a pé*?

Ele encolheu os ombros. – Gosto da chuva.

Eloise olhou-o com curiosidade, a cabeça inclinando-se ligeiramente, como sempre fazia quando estava intrigada com alguma coisa. – Estás com um humor muito estranho hoje.

– Estou todo molhado, Eloise.

– Não precisas de te aborrecer comigo por isso – disse ela com desdém. – Não fui eu que te obriguei a atravessar a cidade à chuva.

– Não estava a chover quando saí – viu-se forçado a dizer. Havia algo neles que fazia vir ao de cima o comportamento dos oito anos de idade.

– Tenho a certeza de que o céu estava cinzento – revidou ela.

Claramente, também ela não estava para além dos oito anos de idade.

– Achas que podemos continuar esta discussão quando estiver seco? – perguntou ele, a voz deliberadamente impaciente.

– Claro – disse ela toda expansiva, toda solícita –, espero por ti aqui.

Colin demorou o mais que pôde a trocar as suas roupas pelas de Gregory; há anos que não demorava tanto a arranjar o lenço do pescoço. Finalmente, quando estava convencido de que Eloise já devia estar a ranger os dentes, saiu para o corredor.

– Ouvi dizer que foste visitar a Penelope hoje – disse ela sem preâmbulos.

Era a coisa errada a dizer.

– Onde é que ouviste isso? – perguntou com cautela. Sabia que a irmã e Penelope eram grandes amigas, mas certamente Penelope não teria contado a Eloise.

– Foi a Felicity que contou à Hyacinth.

– E a Hyacinth a ti.

– É claro.

– Devia fazer-se alguma coisa relativamente aos mexericos nesta cidade – resmoneou.

– Não acho que isto conte como mexerico, Colin – justificou Eloise. – Não como se estivesses *interessado* em Penelope.

Se ela estivesse a falar de qualquer outra mulher, Colin esperaria que lhe lançasse um olhar de soslaio, seguido de um tímido *ou estás?*

Mas tratava-se de Penelope, e mesmo sendo Eloise a sua melhor amiga, e por isso a sua melhor defensora, nem mesmo ela poderia imaginar que um homem com a reputação e a popularidade de Colin estivesse interessado numa mulher com a reputação e a (falta de) popularidade de Penelope.

O humor de Colin passou de mal a pior.

– Pois assim foi – continuou Eloise, completamente alheia à tempestade que se formava dentro do irmão, normalmente tão jovial e prazenteiro –, a Felicity contou à Hyacinth que o Briarly lhe tinha dito que foste lá visitá-la. E eu estava aqui a pensar porquê.

– Não é da tua conta – respondeu Colin rapidamente, na esperança de que ela abandonasse o assunto, mas não acreditando que o fizesse. Porém, deu um passo na direção da escada, sempre otimista.

– Foi por causa do meu aniversário, não foi? – tentou adivinhar Eloise, pondo-se à frente dele com tal rapidez que ele bateu com o dedo do pé no chinelo dela. Ela encolheu-se, mas Colin não se sentiu particularmente solidário com a sua dor.

– Não, não foi por causa do teu aniversário – explodiu. – O teu aniversário é só…

Calou-se. Ah, raios!

– Na semana que vem – concluiu com um resmungo.

Ela sorriu de forma dissimulada. Então, como se o seu cérebro acabasse de perceber que ia na direção errada, os lábios entreabriram-se de consternação e recuou mentalmente levando o pensamento

153

noutra direção. – Então – continuou, movendo-se um pouco, para bloquear melhor o caminho do irmão –, se não foste até lá para discutir o meu aniversário, e não há nada que possas dizer agora para me convenceres do contrário, porque *foste* ver a Penelope?

– Já nada é privado neste mundo?

– Não *nesta* família.

Colin decidiu que a melhor coisa era adotar a sua imagem radiante habitual, mesmo que, de momento, não sentisse nem um pouco de caridade em relação à irmã, e por isso abriu o mais suave e adulador dos seus sorrisos, inclinou a cabeça para o lado e perguntou: – Não ouviste a mãe chamar o meu nome?

– Não ouvi nada – respondeu Eloise com insolência –, e o que é que se passa contigo? Estás muito estranho.

– Eu estou bem.

– Não estás, não. Estás com ar de quem foi ao dentista.

A voz dele desceu até ao murmúrio. – É sempre bom receber elogios da família.

– Se não podes confiar na família para ser honesta contigo, em quem *podes*? – atirou ela.

Colin encostou as costas à parede, num gesto de descontração e cruzou os braços. – Prefiro os elogios à honestidade.

– Não, não preferes.

Meu Deus, tinha vontade de lhe bater. Não o fazia desde os doze anos. E depois recebera uns açoites por causa disso. Fora a única vez de que se lembrava de sofrer um castigo do pai.

– O que eu quero – devolveu Colin, arqueando uma das sobrancelhas –, é uma interrupção imediata desta conversa.

– O que tu queres – alfinetou Eloise –, é que eu pare de perguntar porque foste visitar Penelope Featherington, mas acho que ambos sabemos que *isso* não vai acontecer.

E foi nesse momento que soube. Uma certeza profunda, arreigada até aos ossos, da cabeça aos pés, do coração à mente, que a irmã era Lady Whistledown. Todas as peças se encaixavam. Não havia ninguém mais teimoso e obstinado, ninguém que pudesse, ou quisesse, dar-se ao trabalho de esmiuçar cada bocadinho de mexerico e insinuação.

Quando Eloise queria alguma coisa, não parava até conseguir. A questão não era o dinheiro, ganância, ou bens materiais. Para ela, tinha a ver com o conhecimento. Ela gostava de saber coisas e moía, moía, moía até conseguir que a outra pessoa lhe dissesse exatamente o que queria ouvir.

Era um milagre que ninguém tivesse descoberto antes.

Do nada, ele anunciou: – Preciso de falar contigo. – Agarrou-a pelo braço e puxou-a para o quarto mais próximo, que por acaso era o dela.

– Colin! – gritou ela, tentando, sem sucesso, livrar-se dele. – O que estás a fazer?

Ele bateu a porta, largou-a e cruzou os braços, a postura imponente, a expressão ameaçadora.

– Colin? – repetiu ela, a voz hesitante.

– Eu sei o que tens andado a fazer.

– O que eu tenho…

E depois, raios, ela desatou a rir.

– Eloise! – rugiu. – Estou a falar contigo!

– Obviamente. – Ela nem conseguia falar.

Colin manteve-se sério, a olhar para a irmã.

Ao contrário dela, que quase se dobrava de tanto rir. Finalmente, Eloise disse: – O que é que…

Mas então, olhou outra vez para ele e mesmo tentando manter a boca fechada, voltou a explodir numa gargalhada.

Se estivesse a beber alguma coisa, pensou Colin sem um traço de humor, o líquido ter-lhe-ia saído pelo nariz. – Mas que diabo se passa contigo? – rosnou ele.

Finalmente conseguiu a atenção dela. Não sabia se fora o tom de voz ou talvez o uso da blasfémia, mas ela ficou séria num instante.

– Não acredito – disse ela suavemente –, estás mesmo a falar a sério.

– Pareço que estou a brincar?

– Não – respondeu Eloise. – Embora a princípio, sim. Desculpa, Colin, mas não é do teu feitio seres carrancudo e pores-te a gritar e tudo isso. Parecias o Anthony.

– Tu...

– Na verdade – continuou ela, atirando-lhe um olhar não tão cauteloso como devia –, mais parecias tu a tentar imitar o Anthony.

Ia matá-la. Ali mesmo no quarto, na casa da mãe, ia cometer um fratricídio.

– Colin? – perguntou Eloise hesitante, como se finalmente tivesse reparado que há muito o irmão passara de irritado a furioso.

– Senta-te – ordenou ele, sacudindo a cabeça na direção de uma cadeira. – Imediatamente.

– Estás bem?

– *SENTA-TE!* – rugiu ele.

Eloise assim fez. Com alacridade.

– Não me lembro da última vez que levantaste a voz – disse ela baixinho.

– Eu também não me lembro da última vez que tive motivos para isso.

– O que se passa?

Ele decidiu que o melhor era dizer de uma vez.

– Colin?

– Eu sei que és tu a Lady Whistledown.

– *O quê?!*

– Não adianta negares. Eu vi...

Eloise levantou-se de um salto. – Isso não é verdade!

Subitamente deixou de sentir-se tão irritado e passou a sentir-se cansado, velho. – Eloise, eu vi a prova.

– Que prova? – perguntou ela, levantando a voz em descrença. – Como pode haver prova de uma coisa que não é verdade?

Ele agarrou numa das mãos dela. – Olha para os teus dedos.

Eloise obedeceu. – O que têm?

– Manchas de tinta.

Ela ficou de boca aberta. – E *desta* prova tu deduziste que eu sou Lady Whistledown?

– Porque as tens, então?

– Nunca usaste uma pena?

– Eloise… – Havia uma grande quantidade de advertência no tom dele.

– Eu não sou obrigada a dizer-te a razão por que tenho manchas de tinta nos dedos.

Ele voltou a dizer o nome dela.

– Eu não… – protestou ela. – Não te devo nenhuma… oh, pronto, está bem, eu digo. – Cruzou os braços com rebeldia. – Eu escrevo cartas.

Colin dirigiu-lhe um olhar extremamente incrédulo.

– É verdade! – protestou ela. – Todos os dias. Às vezes duas por dia quando a Francesca está fora. Sou uma correspondente muito fiel. Tu devias saber. Já escrevi muitas cartas com o *teu* nome no envelope, embora duvide que tenhas recebido metade.

– Cartas? – perguntou ele, a voz cheia de dúvida… e troça. – Pelo amor de Deus, Eloise, achas realmente que vou acreditar nisso? A quem diabo escreves tu tantas cartas?

Ela corou. Corou verdadeira e profundamente. – Não é da tua conta.

Colin teria ficado intrigado com a reação da irmã, se não tivesse ainda tanta certeza de que ela estava a mentir sobre ser Lady Whistledown.

– Pelo amor de Deus, Eloise – revidou ele –, quem é que vai acreditar que escreves cartas todos os dias? Eu certamente não acredito.

Ela olhou para ele, os olhos cinzentos escuros a faiscar de fúria. – Não me interessa o que pensas – disse Eloise, em voz muito baixa. – Não, isso não é verdade. Estou *furiosa* por não acreditares em mim.

– Não me dás grandes razões para acreditar – disse Colin, em tom exausto.

Ela levantou-se, foi até junto dele e espetou-lhe o dedo no peito. Com força. – Tu és meu irmão. Devias acreditar em mim sem questionar. Amar-me incondicionalmente. É isso que significa ser família.

– Eloise – disse ele, o nome dela saindo pouco mais do que um suspiro.

– Não me venhas agora com desculpas.

– Não ia pedir desculpa.

– Isso é ainda pior! – Ela caminhou até à porta, indignada. – Devias estar de joelhos a implorar o meu perdão.

Não imaginava que ainda tivesse forças para sorrir, mas de alguma forma aquela foi a receita ideal. – Mas isso não parece estar nada de acordo com a minha personalidade, não achas?

Eloise abriu a boca para dizer alguma coisa, mas o som que saiu não tinha nada a ver com palavras. Tudo o que conseguiu emitir foi algo mais do tipo «uuuuuuuhhh», num tom extremamente irado, e depois saiu, batendo a porta atrás de si.

Colin atirou-se para uma cadeira, pensando quando é que Eloise se iria aperceber que o tinha deixado sozinho no seu quarto.

A ironia era possivelmente o único momento alto num dia completamente miserável, refletiu.

CAPÍTULO 10

Caro leitor,

É com o coração surpreendentemente pesaroso que escrevo estas palavras. Após onze anos a escrever as crónicas da vida e os tempos do beau monde, *esta Vossa Autora decidiu pousar a pena.*

Embora o desafio de Lady Danbury tenha certamente sido o catalisador para a minha aposentação, a verdade é que a culpa não pode ser colocada (inteiramente) sobre os ombros da condessa. Nos últimos tempos, escrever esta crónica tem-se tornado uma tarefa cansativa, menos gratificante e talvez menos divertida de ler. Esta Vossa Autora precisa de uma mudança. É perfeitamente compreensível. Onze anos é muito tempo.

E, com sinceridade vos digo que o recente e renovado interesse pela minha identidade tem-se tornado perturbador.

Amigos a virarem-se contra amigos, irmãos contra irmãs, todos na tentativa inútil de resolver um segredo insolúvel. Além disso, as tentativas de investigação da alta sociedade estão a ficar perigosas. Na semana passada foi o tornozelo torcido de Lady Blackwood, a lesão desta semana pertence, aparentemente a Hyacinth Bridgerton, que ficou levemente ferida na soirée *de sábado realizada na casa de Londres de Lord e Lady Riverdale. (Não escapou à atenção desta Vossa Autora que Lorde Riverdale é sobrinho de Lady Danbury.) Miss Hyacinth deve ter suspeitado de algum dos convidados porque sofreu os ferimentos ao cair para o interior da biblioteca quando a porta foi aberta e ela tinha o ouvido encostado ao painel de madeira.*

Ouvir às portas, perseguir ardinas... e esta é apenas a ponta do véu que chegou aos meus ouvidos! A que ponto chegou a sociedade londrina? Esta Vossa Autora assegura, caro leitor, que nunca se pôs a ouvir a uma porta, ao longo dos onze anos da sua carreira. Todos os mexericos nesta crónica chegaram de forma justa, sem subterfúgios ou outros truques que não olhos e ouvidos atentos.

Por isso digo au revoir, Londres! Foi um prazer servir-te.

CRÓNICAS DA SOCIEDADE DE LADY WHISTLEDOWN,
19 DE ABRIL DE 1824

Foi, sem surpresas, o tema da conversa no baile Macclesfield.
– Lady Whistledown aposentou-se!

– Não é inacreditável?

– O que vou ler ao pequeno-almoço?

– Como vou saber o que aconteceu, se perder uma festa?

– Agora é que nunca mais vamos descobrir quem ela é!

– *Lady Whistledown aposentou-se!*

Uma mulher desmaiou, quase abrindo a cabeça na esquina de uma mesa ao cair desajeitadamente no chão. Aparentemente, não tinha lido a crónica naquela manhã, ouvindo a notícia em primeira mão ali mesmo no baile Macclesfield. Foi reanimada por sais de cheiro, mas voltou a desmaiar logo de seguida.

– Ela está a fingir – murmurou Hyacinth Bridgerton para Felicity Featherington reunidas num pequeno grupo, juntamente com a viúva Lady Bridgerton e Penelope. Penelope ia oficialmente como acompanhante de Felicity porque a mãe decidira ficar em casa com uma dor de estômago.

– O primeiro desmaio era real – explicou Hyacinth. – Foi fácil de perceber, pela maneira desajeitada como caiu. Mas este... – Fez um gesto indignado na direção da senhora estendida no chão. Ninguém desmaia como uma bailarina. Nem mesmo as bailarinas.

Penelope tinha ouvido toda a conversa, já que Hyacinth estava mesmo à sua esquerda, por isso murmurou: – Alguma vez desmaiaste? – Sem tirar os olhos da pobre mulher, que acordava agora com um delicado pestanejar depois de, mais uma vez, lhe terem passado os sais pelo nariz.

– Nem pensar! – respondeu Hyacinth, até com um certo orgulho. – Desmaios são para os fracos e tolos – acrescentou ela. – E se Lady Whistledown ainda escrevesse, diria exatamente as mesmas palavras na próxima crónica, acredita em mim.

– Infelizmente, não há mais palavras – comentou Felicity com um suspiro triste.

Lady Bridgerton concordou. – É o fim de uma era. Confesso que me sinto um pouco perdida sem ela.

– Mas ainda não passaram mais de dezoito horas sem ela – fez notar Penelope. – Ainda esta manhã recebemos a crónica. Porque nos havemos de sentir perdidas?

– É uma questão de princípio – disse Lady Bridgerton com um suspiro. – Se hoje fosse uma segunda-feira normal, eu sabia que iria receber um novo relato na quarta-feira. Mas agora…

Felicity até fungou. – Agora, estamos perdidas – disse ela.

Penelope virou-se para a irmã, incrédula. – Não estarás a ser um bocadinho melodramática?

O encolher de ombros exagerado de Felicity era digno de um palco. – Estarei? *Estarei?*

Hyacinth deu-lhe uma palmadinha compreensiva nas costas. – Não acho que estejas, Felicity. Sinto exatamente o mesmo.

– É apenas uma crónica de mexericos – disse Penelope, olhando em volta, à procura de qualquer sinal de sanidade nas pessoas que a rodeavam. Certamente percebiam que o mundo não acabava só porque Lady Whistledown decidira terminar a carreira.

– Tens razão, claro – disse Lady Bridgerton, projetando o queixo e franzindo os lábios de uma maneira que, provavelmente, pretendia transmitir um ar de pragmatismo. – Obrigada por seres a voz da razão. – Mas, então, pareceu desanimar um pouco e disse: – Mas tenho de admitir que já estava bastante acostumada a tê-la por perto. Quem quer que ela seja.

Penelope decidiu que estava mais do que na hora de mudar de tema. – Onde está Eloise?

– Adoentada, infelizmente. Uma dor de cabeça – disse Lady Bridgerton, com pequenas rugas de preocupação a vincarem-lhe o rosto, normalmente liso. – Ela não anda a sentir-se bem há quase uma semana. Estou a começar a ficar preocupada.

Penelope, que estava a olhar abstraída para um candeeiro na parede, dirigiu a atenção de imediato para Lady Bridgerton. – Nada grave, espero?

– Não é nada de grave – respondeu Hyacinth, antes que a mãe pudesse abrir a boca. – Eloise nunca fica doente.

– É exatamente por isso que estou preocupada – disse Lady Bridgerton. – Ela não tem andado a comer bem.

– Isso não é verdade – contrapôs Hyacinth. – Ainda esta tarde vi o Wickham levar uma bandeja de comida bem pesada. Scones, ovos e acho que me cheirou a bife de fiambre. – O seu rosto assumiu uma expressão astuta. – E quando a Eloise deixou a bandeja no corredor estava completamente vazia.

Hyacinth Bridgerton tinha uma aptidão excecional para o detalhe, concluiu Penelope.

– Ela tem andado de mau humor desde que discutiu com o Colin – continuou Hyacinth.

– Ela discutiu com o Colin? – perguntou Penelope, uma sensação horrível começando a turvar-lhe o estômago. – Quando?

– Algures na semana passada – disse Hyacinth.

QUANDO? Penelope queria gritar, mas seria muito estranho querer saber o dia exato. Teria sido na sexta-feira? Seria?

Penelope nunca iria esquecer que o seu primeiro, e provavelmente único, beijo aconteceu numa sexta-feira.

Ela era estranha nessas coisas. Lembrava-se sempre dos dias da semana.

Conheceu Colin numa segunda-feira.

Beijou-o numa sexta-feira.

Doze anos mais tarde.

Suspirou. Parecia bastante patético.

– Passa-se alguma coisa, Penelope? – quis saber Lady Bridgerton.

Penelope olhou para a mãe de Eloise. Os olhos azuis eram amáveis e cheios de preocupação, e havia algo na maneira como inclinava a cabeça para o lado que fazia Penelope ter vontade de chorar.

Estava a ficar muito emotiva ultimamente. Ter vontade de chorar por causa de um inclinar de cabeça.

– Estou bem – respondeu, esperando que o sorriso parecesse sincero. – Só estou preocupada com a Eloise.

Hyacinth bufou de desdém.

Penelope decidiu que precisava de sair dali. Tantos Bridgerton juntos... bem, dois, na verdade, faziam-na pensar em Colin.

O que não era nada que não fizesse quase todos os minutos do dia nos últimos três dias. Mas pelo menos estava sozinha, podendo suspirar, choramingar e pôr para fora tudo o que lhe ia no coração.

Mas aquela devia ser a sua noite de sorte, porque nesse momento ouviu Lady Danbury chamar o seu nome.

(Onde ia o mundo parar, se considerava sorte ficar presa num canto com a língua mais afiada de Londres?)

Mas Lady Danbury proporcionar-lhe-ia a desculpa perfeita para deixar aquele quarteto de senhoras e, além disso, começava a dar-se conta de que, de uma forma muito estranha, gostava de Lady Danbury.

– Miss Featherington! Miss Featherington!

Felicity instantaneamente deu um passo atrás. – Acho que ela se refere a ti – sussurrou, aflita.

– É claro que se refere a mim – disse Penelope, com um toque de altivez. – Considero Lady Danbury uma amiga querida.

Os olhos de Felicity até saltaram das órbitas. – Consideras?

– Miss Featherington! – exclamou Lady Danbury, batendo com a bengala a escassos centímetros do pé de Penelope assim que esta chegou junto dela. – Não é consigo – disse para Felicity, embora Felicity se tivesse limitado a abrir um sorriso educado à aproximação da condessa. – É consigo – disse a Penelope.

– Boa noite, Lady Danbury – cumprimentou Penelope, considerando ser uma quantidade admirável de palavras dadas as circunstâncias.

– Andei à sua procura a noite toda – declarou Lady D.

Penelope ficou surpreendida. – Andou?

– Sim. Quero falar consigo acerca desta última crónica de Lady Whistledown.

– Comigo?

– Sim, consigo – resmungou Lady Danbury. – Não me importo de conversar com qualquer outra pessoa, se for capaz de me encontrar um corpo com mais de meio cérebro.

Penelope até se engasgou, tentando abafar uma risada, e fez um gesto na direção das pessoas que estavam com ela. – Asseguro--lhe que Lady Bridgerton...

Lady Bridgerton abanava furiosamente a cabeça.

– Ela está muito ocupada a tentar casar a sua imensa prole – cortou Lady Danbury. – Não se pode esperar que seja capaz de manter uma conversa decente hoje em dia.

Penelope relanceou um olhar nervoso a Lady Bridgerton, para ver se ela tinha ficado ofendida com o insulto; afinal, andava a tentar casar a sua imensa prole há praticamente uma década. Mas Lady Bridgerton não parecia nada incomodada. Na verdade, parecia estar a sufocar o riso.

A sufocar o riso e a ir-se embora, levando Hyacinth e Felicity com ela.

Que traidoras sorrateiras.

Ah, bem, Penelope não podia queixar-se. Não queria fugir dos Bridgerton? Mas também não queria que Felicity e Hyacinth achassem que a tinham enganado.

– Já se foram embora – cacarejou Lady Danbury –, e ainda bem. Essas duas jovens não tem uma coisa inteligente a dizer.

– Oh, mas isso não é verdade. – Penelope sentiu-se compelida a protestar. – A Felicity e a Hyacinth são ambas muito inteligentes.

– Eu não disse que não eram inteligentes – respondeu Lady D em tom cortante –, só que não têm uma coisa inteligente para dizer. Mas não se preocupe – acrescentou, dando a Penelope uma palmadinha reconfortante (reconfortante? quem imaginaria Lady Danbury a ser reconfortante?) no braço. – Não é culpa delas que a sua conversa seja inútil. Ainda precisam de amadurecer. As pessoas são como os bons vinhos. Se forem bons à partida, só melhoram com a idade.

Os olhos de Penelope não paravam de se fixar num ponto à direita de Lady Danbury, espreitando por cima do ombro dela, num homem que pensava ser Colin (mas não era), o que a fez concentrar-se de novo na condessa.

– Bons vinhos? – ecoou Penelope.

– Pfff! E eu que pensava que não estava a ouvir.

– É claro que estava a ouvi-la. – Penelope sentiu os lábios distenderem-se num movimento que não era bem um sorriso. – Eu estava apenas… distraída.

– À procura daquele rapaz Bridgerton, sem dúvida.

Penelope ficou sem fôlego.

– Oh, não fique tão chocada. Está escrito na sua cara. Só me espanta que ele não tenha percebido.

– Imagino que sim – murmurou Penelope.

– Ah, já? Pfff! – Lady Danbury franziu a testa, os cantos da boca provocando duas longas rugas verticais de cada lado. – Não abona a favor dele o facto de ainda não ter feito nada acerca disso.

Penelope ficou muito comovida. Havia algo estranhamente doce na fé que a velha senhora depositava nela, como se homens do tipo de Colin se apaixonassem por mulheres como Penelope todos os dias. Penelope teve de implorar para que ele a beijasse, por amor de Deus! E olha o resultado. Ele tinha saído de casa num acesso de mau humor e não se falavam há três dias.

– Bem, não se preocupe com ele – disse Lady Danbury subitamente. – Vamos encontrar-lhe outra pessoa.

Penelope aclarou delicadamente a garganta. – Lady Danbury, por acaso fez de mim o seu *projeto* particular?

A velha senhora abriu um grande sorriso, como uma faixa luminosa e brilhante no rosto enrugado. – Claro! Muito me espanta que tenha demorado tanto tempo a perceber.

– Mas, porquê? – perguntou Penelope, verdadeiramente incapaz de compreender.

Lady Danbury suspirou. O som não era triste, antes melancólico. – Importar-se-ia muito se nos sentássemos um bocadinho? Estes velhos ossos já não são o que eram.

– É claro – apressou-se a dizer Penelope, sentindo-se péssima por não ter pensado na idade de Lady Danbury, ali de pé no salão abafado. Mas a condessa era tão vibrante, que era difícil imaginá-la doente ou fraca.

– Aqui está – disse Penelope, tomando-o pelo braço e conduzindo-a até uma cadeira próxima. Assim que Lady Danbury se acomodou, Penelope sentou-se ao lado dela. – Está mais confortável agora? Gostaria de algo para beber?

Lady Danbury assentiu, grata, e Penelope fez sinal a um criado, pedindo que trouxesse dois copos de limonada, já que não queria deixar a condessa enquanto ela estivesse tão pálida.

– Já não sou assim tão jovem – disse Lady Danbury logo que o criado desapareceu, lesto, para a mesa de refrescos.

– Nenhuma de nós é – respondeu Penelope. Poderia ter sido um comentário escarninho, mas foi dito com ironia brincalhona, e Penelope achou que Lady Danbury apreciaria o tom.

Estava certa. Lady D riu-se e lançou a Penelope um olhar de apreço antes de dizer: – Quanto mais velha fico, mais percebo que a maioria das pessoas no mundo é tola.

– Só descobriu isso agora? – perguntou Penelope, não para troçar, mas porque, dado o comportamento habitual de Lady Danbury, era difícil acreditar que não tivesse chegado a essa conclusão há muitos anos.

Lady Danbury riu com gosto. – Não, às vezes acho que já o sabia antes de nascer. Do que me apercebo agora é que está na hora de fazer alguma coisa acerca disso.

– O que quer dizer?

– Não me importa o que acontece com os tolos deste mundo, mas a pessoas como a menina… – Na falta de um lenço, ela limpou os olhos com os dedos. – Bem, eu gostava de a ver com a vida resolvida.

Durante vários segundos, Penelope só conseguiu ficar a olhar espantada. – Lady Danbury – começou, cautelosa –, aprecio muito o seu gesto… e o sentimento… mas quero que compreenda que eu não sou responsabilidade sua.

– É claro que sei – troçou Lady Danbury. – Não se preocupe, não sinto qualquer responsabilidade em relação a si. Se tal acontecesse, não seria tão divertido.

Penelope sabia que ia soar muito tontinha, mas tudo o que conseguiu dizer foi: – Não estou a entender.

Lady Danbury ficou em silêncio enquanto os criados serviam a limonada e, depois de beber vários goles, voltou a falar: – Eu gosto de si, Miss Featherington. E olhe que não gosto de muita gente. É tão simples quanto isso. Quero vê-la feliz.

– Mas eu estou feliz – disse Penelope, mais por reflexo do que outra coisa.

Lady Danbury ergueu uma sobrancelha arrogante, uma expressão que fazia na perfeição. – Tem a certeza? – murmurou.

Estaria mesmo? Qual era o significado de ter de parar e pensar na resposta? Não era *infeliz*, disso estava certa. Tinha amigos maravilhosos, uma verdadeira confidente na irmã mais nova, Felicity, e mesmo que a mãe e as irmãs mais velhas não fossem pessoas que tivesse escolhido como amigas próximas, bem, ainda assim amava--as. E sabia que elas retribuíam o sentimento.

A vida dela não era má. Talvez lhe faltasse um certo drama e emoção, mas estava satisfeita.

Todavia, satisfação não era o mesmo que felicidade, e nesse momento sentiu uma dor aguda, como uma punhalada no peito ao perceber que não poderia responder afirmativamente à pergunta sussurrada por Lady Danbury.

— Eu criei a minha família — disse Lady Danbury. — Quatro filhos, todos eles bem casados. Encontrei até uma noiva para o meu sobrinho, de quem, verdade seja dita — inclinou-se e sussurrou as três últimas palavras, dando a impressão a Penelope de estar prestes a divulgar um segredo de estado —, gosto mais do que dos meus próprios filhos.

Penelope não pôde deixar de sorrir. Lady Danbury estava com um ar tão furtivo, tão travesso… Era muito engraçado.

— Não sei se sabe — continuou Lady Danbury —, mas, por natureza, sou um bocadinho intrometida.

Penelope manteve o rosto escrupulosamente sem expressão.

— Já não tenho muito tempo — disse Lady Danbury, erguendo as mãos como se num gesto de rendição. — Gostaria de ver uma última pessoa feliz e com a vida resolvida antes de partir.

— Não fale assim, Lady Danbury — disse Penelope, estendendo a mão num impulso e pegando na dela, que retribuiu com um aperto amável. — Vai viver mais do que todos nós, estou certa disso.

— Pffff, não seja tonta. — O tom de Lady Danbury era depreciativo, mas não fez nenhum movimento para retirar a mão da de Penelope. — Não estou a ser melancólica — acrescentou. — Apenas realista. Já passei dos setenta anos, e não vou dizer há quantos anos isso foi. Já me resta pouco tempo neste mundo, e isso não me incomoda nem um pouco.

Penelope esperava ser capaz de enfrentar a sua própria mortalidade com a mesma serenidade de espírito.

— Mas gosto de si, Miss Featherington. Faz-me lembrar eu mesma. Não tem medo de dizer o que pensa.

Penelope ficou em choque a olhar para ela. Passara os últimos dez anos sem nunca dizer o que queria dizer. Era aberta e honesta, e por vezes até divertida, com as pessoas que conhecia bem, mas entre estranhos, a língua ficava-lhe sempre presa.

Lembrou-se de um baile de máscaras a que foi certa vez. Já tinha ido a muitos desse tipo, mas aquele foi diferente, porque encontrara um traje que, embora não fosse nada de especial, apenas um vestido que parecia saído do século XVII, escondia completamente a sua identidade. Talvez fosse pela máscara. Era muito grande e cobria-lhe quase todo o rosto.

Sentira-se transformada. Subitamente livre do fardo de ser Penelope Featherington, sentira uma nova personalidade vir à tona. Não é que pusesse ares falsos, era mais como se o seu verdadeiro eu, aquele que não sabia mostrar a ninguém que não a conhecesse bem, tivesse sido finalmente libertado.

Rira, brincara, até namoriscara.

E jurara a si mesma que na noite seguinte, depois de as fantasias serem guardadas e quando estivesse novamente vestida com o seu melhor vestido de noite, lembrar-se-ia de como ser ela mesma.

Mas isso não aconteceu. Assim que chegou ao baile começou a assentir com a cabeça e a sorrir educadamente e, mais uma vez se viu de pé, no perímetro da sala, literalmente a feia do baile.

Parecia que o facto de ser Penelope Featherington tinha um significado. O seu destino fora traçado anos antes, naquela primeira temporada horrível, quando a mãe insistira que ela fosse apresentada à sociedade, embora Penelope tivesse implorado o contrário. A jovem rechonchuda. A jovem desajeitada. Aquela sempre vestida com cores que não lhe ficavam bem. Não importava que tivesse emagrecido e adquirido uma figura graciosa e finalmente deitado fora todos os vestidos amarelos. Naquele mundo, no círculo da alta sociedade londrina, ela seria sempre a mesma e velha Penelope Featherington.

Era tanto culpa sua como dos outros. Na verdade, um círculo vicioso. Sempre que Penelope entrava num salão de baile e via todas aquelas pessoas que a conheciam há tanto tempo, sentia-se quebrar por dentro, voltando a ser a jovem tímida e desajeitada de antes, em vez da mulher segura de si que achava ter-se tornado, pelo menos no seu íntimo.

– Miss Featherington? – soou a voz suave e surpreendentemente amável de Lady Danbury. – Passa-se alguma coisa?

Penelope sabia que tinha demorado mais tempo do que devia a responder, mas precisara de alguns segundos para encontrar a voz. – Não acho que saiba dizer o que penso – respondeu finalmente, virando-se para encarar Lady Danbury ao proferir as últimas palavras da frase. – Nunca sei o que dizer às pessoas.

– Sabe o que dizer a *mim*.

– A senhora é diferente.

Lady Danbury inclinou a cabeça para trás com uma gargalhada. – Não pode haver maior eufemismo… Oh, Penelope, espero que não se importe que a trate pelo primeiro nome, se é capaz de dizer o que pensa a alguém como eu, é capaz de o fazer com qualquer pessoa. Metade dos homens adultos nesta sala fogem a correr, acobardados, e a esconder-se nos cantos assim que me veem chegar.

– Eles simplesmente não a conhecem – disse Penelope, dando-lhe uma palmadinha carinhosa na mão.

– E também não a conhecem a *si* – respondeu de forma bastante incisiva Lady Danbury.

– Pois não – concordou Penelope, com um toque de resignação na voz.

– Eu diria que eles é que perdem, mas isso seria um pouco arrogante da minha parte – disse Lady Danbury. – Não em relação a eles, mas a si, porque embora eu os trate a todos como idiotas (e faço-o com muita frequência, como certamente sabe), alguns são realmente pessoas decentes, e considero um crime que não se tenham dado ao trabalho de a conhecer. Eu… hum… pergunto-me o que estará a acontecer.

Inexplicavelmente, Penelope sentiu o corpo endireitar-se mais na cadeira. Perguntou a Lady Danbury: – O que quer dizer? – Mas era evidente que alguma coisa estava a acontecer. As pessoas

170

sussurravam e apontavam para o pequeno estrado onde os músicos estavam sentados.

– Venha cá! – chamou Lady Danbury, espetando a bengala na anca de um cavalheiro próximo. – O que é que se passa?

– Parece que a Cressida Twombley quer fazer algum tipo de anúncio – disse ele, afastando-se rapidamente, talvez para evitar mais conversa com Lady Danbury e a sua bengala.

– Detesto a Cressida Twombley – murmurou Penelope.

Lady Danbury escondeu uma risada. – E ainda diz que não sabe dizer o que pensa. Vamos, não me deixe aqui em suspense, por que razão a detesta tanto?

Penelope encolheu os ombros. – Ela sempre se comportou muito mal comigo.

Lady Danbury assentiu com conhecimento de causa. – Todos os rufiões têm uma vítima preferida.

– Já não é tão mau – disse Penelope –, mas quando debutámos e ela ainda era a Cressida Cowper, nunca lhe escapava uma oportunidade de me atormentar. E as pessoas... bem... – Abanou a cabeça. – Não importa.

– Não, por favor, continue – pediu Lady Danbury.

Penelope suspirou. – Não é nada. Apenas que tenho notado que as pessoas não costumam correr a ajudar os outros. Cressida era popular, pelo menos num certo círculo, e era um pouco assustadora para as outras jovens da mesma idade. Ninguém se atrevia a contrariá-la. Bem, quase ninguém.

Isso chamou a atenção de Lady Danbury, que sorriu. – Quem foi o seu defensor, Penelope?

– Defensores, na verdade – respondeu Penelope. – Os Bridgerton sempre vieram em meu auxílio. Anthony Bridgerton certa vez ignorou-a diretamente e deu-me o braço para me conduzir à sala de jantar, e... – A voz subiu de entusiasmo ao recordar. – Ele realmente não deveria tê-lo feito. Era um jantar formal e ele devia acompanhar uma marquesa, suponho. – Suspirou, apreciando a memória. – Foi maravilhoso.

– É um bom homem esse Anthony Bridgerton.

Penelope assentiu. – A mulher dele contou-me que foi nesse dia que se apaixonou por ele. Quando o viu assumir o papel de meu herói.

Lady Danbury sorriu. – E o mais novo nunca correu em seu auxílio?

– O Colin, quer dizer? – Penelope nem esperou pelo assentimento de Lady Danbury, acrescentando: – Claro que sim, embora nunca com o mesmo dramatismo. Mas devo dizer que, embora seja agradável que os Bridgerton sejam tão solidários...

– O que é, Penelope? – perguntou Lady Danbury.

Penelope suspirou novamente. Parecia ser uma noite para suspiros. – Quem me dera que não tivessem de defender-me tantas vezes. Seria de pensar que pudesse defender-me sozinha. Ou pelo menos comportar-me de tal maneira que nenhuma defesa fosse necessária.

Lady Danbury afagou-lhe a mão. – Acho que lida com tudo muito melhor do que pensa. E quanto a essa Cressida Twombley... – A cara de Lady Danbury azedou de repugnância. – Bem, se me perguntar, eu acho que ela acabou por ter o que merecia, Embora – acrescentou com perspicácia –, as pessoas não me perguntem tantas vezes como deviam.

Penelope não conseguiu reprimir uma risada.

– Veja a situação dela agora – disse Lady Danbury com severidade. – Viúva e sem fortuna para mostrar. Casou-se com aquele devasso do Horace Twombley e afinal descobriu-se que ele conseguira enganar toda a gente fazendo-nos pensar que era rico. Agora ela não tem nada, exceto a beleza efémera.

A honestidade forçou Penelope a dizer: – Ela ainda é bastante bonita.

– Pfff! Para quem gosta de mulheres que dão nas vistas. – Os olhos de Lady Danbury estreitaram-se. – É uma beleza demasiado óbvia.

Penelope olhou para o estrado, onde Cressida se encontrava, de pé, à espera que os convivas sossegassem, com uma paciência surpreendente. – O que será que ela quer anunciar?

– Nada que possa interessar-me – respondeu Lady Danbury. – Eu... Oh! – Interrompeu-se e os seus lábios curvaram-se na mais estranha das expressões, um pouco de sobrolho franzido, um pouco de sorriso.

– O que foi? – perguntou Penelope, esticando o pescoço para tentar ver o mesmo que Lady Danbury, mas um cavalheiro corpulento bloqueava a sua linha de visão.

– O seu Mr. Bridgerton aproxima-se – disse Lady Danbury, o sorriso vencendo o sobrolho franzido. – Vem com um ar muito determinado.

Penelope virou imediatamente a cabeça.

– Pelo amor de Deus, não olhe! – exclamou Lady Danbury, tocando com o cotovelo no braço de Penelope. – Assim ele vai perceber que está interessada.

– Não acho que haja grandes hipóteses de ele não o ter percebido já – murmurou Penelope.

E, de repente, lá estava ele, esplêndido na frente dela, como um deus de elegância honrando a Terra com a sua presença. – Lady Danbury – cumprimentou ele, executando uma vénia suave e graciosa. – Miss Featherington.

– Mr. Bridgerton – respondeu Lady Danbury –, bons olhos o vejam.

Colin olhou para Penelope.

– Mr. Bridgerton – murmurou ela em cumprimento, sem saber o que dizer. O que *dizer* a um homem que recentemente beijara? Penelope certamente não tinha experiência nessa área. Sem mencionar o problema adicional da saída às pressas depois do beijo.

– Eu gostaria de... – começou Colin, interrompendo-se e olhando curioso para o estrado. – Para onde é que está toda a gente a olhar?

– A Cressida Twombley vai fazer um anúncio qualquer – informou Lady Danbury.

O rosto de Colin passou a uma carranca vagamente irritada. – Não imagino que ela possa dizer alguma coisa que me interesse ouvir – murmurou.

Penelope não conseguiu deixar de sorrir. Cressida Twombley era considerada uma líder na sociedade, ou pelo menos tinha assim sido quando era jovem e solteira, mas os Bridgerton nunca gostaram dela e, de alguma forma, isso sempre fez Penelope sentir-se um bocadinho melhor.

Foi então que uma trombeta soou e a sala ficou em silêncio, todos voltando a atenção para o conde de Macclesfield, que se encontrava no estrado ao lado de Cressida, com ar vagamente desconfortável devido a tanta atenção.

Penelope sorriu. Alguém lhe tinha contado que o conde fora um terrível libertino, mas agora tornara-se uma espécie de intelectual, muito dedicado à família. Ainda era atraente o suficiente para ser libertino. Quase tão atraente quanto Colin.

Mas só quase. Penelope sabia que estava a ser tendenciosa, mas era difícil imaginar uma criatura com uma elegância tão magnética como a de Colin quando sorria.

– Boa noite a todos – disse o conde em voz alta.

– Boa noite! – gritou alguém embriagado do fundo da sala.

O conde fez um aceno bem-humorado, um meio sorriso tolerante a bailar-lhe nos lábios. – A minha, hum, estimada convidada – fez um gesto na direção de Cressida – gostaria de fazer um anúncio. Assim, por favor, um momento de atenção para a senhora ao meu lado, Lady Twombley.

Uma onda de sussurros espalhou-se pela sala e Cressida deu um passo em frente, acenando regiamente para a multidão. Aguardou que a sala ficasse em silêncio absoluto, e então disse: – Senhoras e senhores, muito obrigada por terem interrompido as festividades e me concederem a vossa atenção.

– É despachar! – gritou alguém, provavelmente a mesma pessoa que tinha gritado boa noite ao conde.

Cressida ignorou a interrupção. – Cheguei à conclusão de que não posso mais continuar a fraude que tem governado a minha vida nos últimos onze anos.

O salão de festas foi assolado pelo zumbido baixo de sussurros. Todos sabiam o que ela ia dizer, mas ninguém podia acreditar ser verdade.

– Por essa razão – continuou Cressida, a voz aumentando de volume – decidi revelar o meu segredo.

– Senhoras e senhores, *eu sou Lady Whistledown.*

CAPÍTULO 11

Colin não se lembrava da última vez que entrara tão apreensivo num salão de baile.

Os últimos dias não tinham sido os melhores. Andava de mau humor e, agravado pelo facto de ser bastante conhecido pela sua boa disposição, isso significava que todos se viam compelidos a comentar o seu péssimo humor.

Não havia nada pior para quem estava aborrecido do que ser submetido a perguntas constantes do tipo «Porque é que estás tão mal-humorado?»

A família parara de perguntar depois de ele ter literalmente rosnado... rosnado!... a Hyacinth quando ela lhe pedira que a acompanhasse ao teatro na semana seguinte.

Colin nem sabia que era capaz de rosnar.

Ia ter de pedir desculpas a Hyacinth, o que previa ser uma tarefa árdua, porque Hyacinth nunca aceitava desculpas de maneira graciosa, pelo menos não as que vinham dos outros Bridgerton.

Mas Hyacinth era o menor dos seus problemas, suspirou Colin. A irmã não era a única pessoa a merecer um pedido de desculpas.

E era por isso que sentia o coração a bater com aquela estranha e nervosa rapidez, completamente sem precedentes, ao entrar no salão de baile dos Macclesfield. Penelope estaria ali. Sabia que sim, porque ela ia sempre aos grandes bailes, mesmo que agora o fizesse mais frequentemente como acompanhante da irmã.

Aquele nervoso miudinho por ver Penelope fazia-o sentir muito humilde. Penelope era... Penelope. Era quase como se ela estivesse sempre ali, sorrindo educadamente no perímetro do salão de baile. De certa forma, tinha-a tomado como certa. Algumas coisas nunca mudavam e Penelope era uma delas.

Só que ela *tinha* mudado.

Colin não sabia quando tinha acontecido, ou mesmo se alguém exceto ele tinha notado, mas Penelope Featherington não era a mesma mulher que ele conhecia.

Ou talvez fosse, e tivesse sido *ele* que mudara.

O que o fazia sentir-se ainda pior, porque, nesse caso, Penelope era uma pessoa interessante, encantadora e adorável há muitos anos e ele é que não tinha tido a maturidade suficiente para o perceber.

Não, o melhor era pensar que Penelope mudara. Colin nunca fora grande fã da autoflagelação.

Fosse como fosse, tinha de pedir-lhe desculpa e precisava de o fazer depressa. Devia pedir desculpas pelo beijo, porque ela era uma senhora e ele era (na maioria das vezes, pelo menos) um cavalheiro. E também por se ter portado como um perfeito idiota depois do beijo, porque era simplesmente a coisa certa a fazer.

Só Deus sabia o que Penelope pensava sobre a opinião que ele tinha acerca dela agora.

Não foi difícil encontrá-la assim que entrou no salão de baile. Não se preocupou em procurar entre os casais que dançavam (o que o irritava... porque é que os outros homens não pensavam em convidá-la para dançar?). Concentrou a atenção ao longo das paredes e... lá estava ela, sentada num banco corrido ao lado de... oh, meu Deus!... Lady Danbury.

Pois bem, não havia outra coisa a fazer senão ir até lá. Pela forma como Penelope e a velha bisbilhoteira se encontravam de mãos dadas, não poderia esperar que Lady Danbury desaparecesse tão cedo.

Quando se aproximou do par de damas, cumprimentou primeiro Lady Danbury fazendo uma vénia elegante. – Lady Danbury – disse, antes de voltar a atenção para Penelope. – Miss Featherington.

– Mr. Bridgerton – devolveu Lady Danbury, com uma surpreendente falta de rispidez na voz –, bons olhos o vejam.

Ele assentiu e olhou para Penelope, interrogando-se sobre o que estaria ela a pensar e se seria capaz de o descobrir nos olhos dela.

Mas o que quer que ela estivesse a pensar, ou a sentir, ficou bem escondido sob uma camada bastante espessa de nervosismo. Ou talvez tudo o que ela sentisse fosse nervosismo. Era compreensível. A maneira como saíra precipitadamente da sala de estar sem uma explicação... ela devia sentir-se confusa. E ele sabia que o estado de confusão levava invariavelmente a apreensão.

– Mr. Bridgerton – murmurou Penelope finalmente, o porte escrupulosamente contido.

Ele limpou a garganta. Como arrancá-la das garras de Lady Danbury? Realmente preferia não se humilhar na frente da velha condessa intrometida.

– Eu gostaria de... – começou, com a intenção de dizer que gostava de ter uma conversa particular com Penelope.

Lady Danbury ficaria ferozmente curiosa, mas não havia outra coisa a fazer e, provavelmente, far-lhe-ia bem ficar sem saber uma vez que fosse.

Mas no momento em que os lábios formulavam a pergunta, percebeu que algo estranho estava a acontecer no salão de baile dos Macclesfield. As pessoas sussurravam e apontavam na direção da pequena orquestra, cujos membros tinham acabado de pousar os instrumentos. Além disso, nem Penelope nem Lady Danbury lhe prestavam a mínima atenção.

– Para onde é que está toda a gente a olhar? – perguntou Colin.

Lady Danbury nem se deu ao trabalho de olhar para ele ao responder: – Cressida Twombley vai fazer um anúncio qualquer.

Que irritante. Ele nunca gostou de Cressida. Ela já era má e mesquinha quando ainda era Cressida Cowper e passou a ser ainda mais má e mesquinha como Cressida Twombley. Mas era linda, e inteligente, de uma forma bastante cruel, e por isso ainda era considerada uma líder em certos círculos da sociedade.

– Não imagino que ela possa dizer alguma coisa que me interesse ouvir – murmurou Colin.

Reparou que Penelope tentava abafar um sorriso e lançou-lhe um olhar de «apanhei-te». Mas era o tipo de «apanhei-te» que também significava «E concordo totalmente».

– Boa noite a todos! – soou a voz do conde de Macclesfield.

– Boa noite! – respondeu algum idiota bêbado ao fundo. Colin virou-se para ver quem era, mas a multidão estava demasiado compacta.

O conde falou um pouco mais e, em seguida, Cressida abriu a boca, altura em que Colin deixou de prestar atenção. Fosse o que fosse que Cressida tinha a dizer, não ia ajudá-lo a resolver o seu principal problema: descobrir exatamente como ia pedir desculpa a Penelope. Tentara ensaiar as palavras mentalmente, mas nada lhe soava bem e por isso tinha esperança de que a sua famosa verbosidade o levasse na direção certa quando a hora chegasse. Certamente ela iria entender…

– …*Whistledown!*

Colin só apanhou a última palavra do monólogo de Cressida, mas era impossível não reparar na respiração suspensa imediata e coletiva que varreu o salão de baile.

Seguido pela onda de murmúrios rápidos e urgentes que geralmente só se ouviam quando alguém era apanhado numa situação muito embaraçosa, muito pública e muito comprometedora.

– O que foi? – deixou escapar, virando-se para Penelope, que estava branca como a cal. – O que é que ela disse?

Mas Penelope estava sem palavras.

Olhou para Lady Danbury, mas a velha senhora tapava a boca com a mão e parecia prestes a desmaiar.

O que era um pouco alarmante, porque Colin era capaz de apostar uma grande soma de dinheiro que Lady Danbury nunca havia desmaiado nos seus setenta e tal anos de vida.

– O que foi? – perguntou de novo, esperando que uma delas conseguisse libertar-se do estupor.

– Não pode ser verdade – sussurrou por fim Lady Danbury, de boca aberta mesmo enquanto falava. – Não posso acreditar.

– *Em quê?*

Ela apontou para Cressida, o dedo indicador estendido tremendo à luz das velas. – Aquela não pode ser Lady Whistledown.

A cabeça de Colin virou-se rapidamente para Cressida. Depois para Lady Danbury. Para Cressida. Para Penelope. – *Ela é* Lady Whistledown?! – exclamou finalmente.

– Segundo ela – respondeu Lady Danbury, a dúvida estampada no rosto.

Colin tendia a concordar. Cressida Twombley era a última pessoa que teria associado a Lady Whistledown. Era esperta, não havia como negar. Mas não era inteligente, nem muito espirituosa, a menos que estivesse a fazer troça dos outros. Lady Whistledown tinha um sentido de humor bastante acutilante, mas, com a exceção dos comentários infames sobre moda, nunca parecia escolher como alvos os membros menos populares da sociedade.

Pensando bem, Colin tinha de admitir que Lady Whistledown tinha muito bom gosto para pessoas.

– Não posso acreditar – repetiu Lady Danbury, desta vez exteriorizando o seu repúdio. – Se eu tivesse sonhado que *isto* iria acontecer, nunca teria lançado o estúpido desafio.

– Isto é horrível – sussurrou Penelope.

A voz dela era trémula e Colin ficou preocupado. – Estás bem? – perguntou.

Ela abanou a cabeça. – Não, acho que não estou. Na verdade, sinto-me bastante mal.

– Queres ir embora?

Penelope voltou a abanar a cabeça. – Mas vou ficar aqui sentada, se não te importas.

– É claro – disse ele, mantendo o olhar preocupado nela. Ainda estava muito pálida.

– Oh, pelo amor de… – blasfemou Lady Danbury, apanhando Colin de surpresa, mas depois ela disse realmente um palavrão que o fez pensar se o mundo não se teria virado ao contrário.

– Lady Danbury? – perguntou, boquiaberto.

– Ela está a vir para cá – murmurou, virando a cabeça para a direita num gesto rápido. – Eu devia saber que não ia escapar.

Colin olhou para a esquerda. Cressida tentava aproximar-se através da multidão, presumivelmente para enfrentar Lady Danbury e recolher o prémio. No entanto, ia sendo abordada, como é natural, pelos outros convidados. Parecia estar a adorar a atenção que recebia, o que não era surpreendente; Cressida sempre adorara ser o centro das atenções, mas também parecia bastante resoluta em alcançar Lady Danbury.

– Infelizmente, não há maneira de a evitar – disse Colin a Lady Danbury.

– Eu sei – resmungou a velha senhora. Há anos que tento evitá-la e nunca consegui. Achei-me tão inteligente. – Olhou para Colin, sacudindo a cabeça com desgosto. – Pensei que seria tão divertido descobrir quem era Lady Whistledown.

– Sim, bem, foi divertido – disse Colin, não sendo sincero.

Lady Danbury espetou-lhe a bengala na perna. – Não diga disparates, meu rapaz. Não tem nada de divertido. Veja só o que sou obrigada a fazer! – Agitou a bengala na direção de Cressida, que estava cada vez mais perto. – Nunca imaginei ter de lidar com gentinha como *aquela*…

– Lady Danbury – disse Cressida, parando num balanço em frente à senhora. – Que bom vê-la.

Lady Danbury nunca fora famosa pelo seu bom humor, mas conseguiu superar-se a si mesma, ignorando qualquer pretensão de

181

cumprimento antes de atirar: – Imagino que tenha vindo tentar receber o seu dinheiro.

Cressida inclinou a cabeça para o lado de uma maneira muito elegante e ensaiada. – Disse que daria mil libras a quem desmascarasse Lady Whistledown. – Encolheu os ombros, erguendo as mãos no ar e, em seguida, torceu-as graciosamente até as palmas ficarem viradas para cima num gesto de falsa humildade. – Nunca estipulou que não poderia ser a própria a fazê-lo.

Lady Danbury levantou-se, semicerrou os olhos e disse: – Não acredito que seja a senhora.

Colin achava-se uma pessoa bastante cortês e fleumática, mas até ele se engasgou.

Os olhos azuis de Cressida faiscaram de fúria, mas rapidamente recuperou o controlo das emoções e disse: – Ficaria chocada se não se comportasse com um certo grau de ceticismo, Lady Danbury. Afinal, não é do seu feitio ser crédula e amável.

Lady Danbury sorriu. Bem, talvez não um sorriso, mas os lábios mexeram-se. – Vou aceitar isso como um elogio – disse ela – e permitir que me diga que realmente quis proferi-lo como tal.

Colin assistiu ao impasse com interesse e com um sentimento de alarme crescente até que Lady Danbury se virou de repente para Penelope, que se tinha levantado uns segundos depois dela.

– O que acha, Miss Featherington? – perguntou Lady Danbury.

O corpo inteiro de Penelope começou a tremer visivelmente ao gaguejar: – O quê... eu... eu... desculpe?

– O que acha? – insistiu Lady Danbury. – Acha que Lady Twombley é Lady Whistledown?

– Eu... francamente não sei.

– Ah, vamos lá, Miss Featherington. – Lady Danbury pousou as mãos nas ancas e olhou para Penelope com uma expressão que beirava o desespero. – Certamente tem uma opinião sobre o assunto.

Colin viu-se a dar um passo em frente. Lady Danbury não tinha o direito de falar com Penelope daquela maneira. E além disso, não gostou da expressão no rosto de Penelope. Parecia encurralada, como uma raposa numa caçada, os olhos a dardejar na direção dele com um pânico que nunca lhe vira antes.

Já tinha visto Penelope desconfortável, aflita até, mas nunca a tinha visto verdadeiramente em pânico. Então ocorreu-lhe: ela odiava ser o centro das atenções. Podia troçar do seu estatuto de feia do baile e de solteirona, e talvez até tivesse gostado de um pouco mais de atenção por parte da sociedade, mas aquele tipo de atenção... com todos os olhos postos nela à espera que a mais simples palavra lhe saísse dos lábios...

Estava infelicíssima.

– Miss Featherington – disse Colin baixinho, aproximando-se dela –, não me parece bem. Gostaria de se ir embora?

– Sim – respondeu ela, mas então algo estranho aconteceu.

Ela mudou. Não conhecia outra forma de o descrever. Ela simplesmente mudou. Mesmo ali, no salão de baile dos Macclesfield, ao seu lado, Penelope Featherington tornou-se outra pessoa.

Endireitou-se mais, e ele podia jurar que o calor do seu corpo aumentara, e disse: – Não, não, eu tenho uma coisa a dizer.

Lady Danbury sorriu.

Penelope olhou para a velha condessa e prosseguiu: – Não acho que ela seja Lady Whistledown. Acho que está a mentir.

Colin instintivamente puxou Penelope um pouco mais para perto de si. Cressida parecia prestes a atirar-se ao pescoço dela.

– Eu sempre gostei de Lady Whistledown – disse Penelope, o queixo erguendo-se até o porte parecer quase régio. Olhou para Cressida, encarando-a diretamente ao acrescentar: – E ficaria de coração partido se ela acabasse por ser alguém como Lady Twombley.

Colin pegou na mão dela e apertou-a. Não conseguiu evitar.

– Muito bem dito, Miss Featherington! – exclamou Lady Danbury, batendo palmas de alegria. – Era exatamente isso que eu estava a pensar, mas não conseguia encontrar as palavras. – Virou-se para Colin com um sorriso. – Ela é muito inteligente, sabia?

– Eu sei – respondeu ele, sentindo um estranho e novo orgulho a fervilhar dentro dele.

– A maioria das pessoas não percebe – disse Lady Danbury, torcendo o corpo de maneira que as suas palavras fossem dirigidas apenas a ele, e provavelmente só ouvidas por Colin.

– Eu sei – murmurou –, mas eu percebo. – Não conseguiu evitar um sorriso perante o comportamento que Lady Danbury assumira, em parte, para irritar ao máximo Cressida, que *detestava* ser ignorada.

– Recuso-me a ser insultada por essa... por essa *insignificante*! – exclamou Cressida, colérica. Virou-se para Penelope com o olhar a ferver e sibilou: – Exijo um pedido de desculpas.

Penelope apenas abanou a cabeça lentamente e respondeu: – Está no seu pleno direito.

E não disse mais nada.

Colin teve de tirar o sorriso do rosto.

Era evidente que Cressida queria dizer mais (e até cometer um ato de violência ao mesmo tempo), mas conteve-se, talvez porque era óbvio que Penelope estava entre amigos. Sempre fora conhecida pela sua postura e por isso Colin não ficou surpreendido quando ela se recompôs, se virou para Lady Danbury e disse: – O que pretende fazer com as mil libras?

Lady Danbury olhou para ela durante o segundo mais longo que Colin já vira e, em seguida, virou-se para *ele* (meu Deus, a última coisa que queria era envolver-se naquele desastre) e perguntou: – O que acha, Mr. Bridgerton? A nossa Lady Twombley está a dizer a verdade?

Colin abriu um sorriso artificial. – Eu seria louco se me atrevesse a dar uma opinião.

– É um homem surpreendentemente sábio, Mr. Bridgerton – disse Lady Danbury com aprovação.

Ele fez um gesto de cabeça modesto, arruinando de imediato o efeito ao dizer: – Tenho orgulho nisso. – Mas que diabo... não era todos os dias que um homem era chamado de sábio por Lady Danbury.

A maioria dos seus adjetivos eram da variedade negativa.

Cressida não se preocupou sequer em lançar-lhe um olhar feminino; Colin já havia chegado à conclusão de que ela não era estúpida, apenas má, e depois de uma dúzia de anos na sociedade, já devia saber que ele não gostava muito dela e que certamente não estava a ponto de ficar preso aos seus encantos. Por isso, olhou diretamente para Lady Danbury e, mantendo a voz uniforme e modulada, perguntou: – O que fazemos então, minha senhora?

Os lábios de Lady Danbury estreitaram-se até parecer ficar sem boca e então disse: – Preciso de provas.

Cressida pestanejou. – Peço desculpa?

– Provas! – A bengala de Lady Danbury bateu no chão com uma força notável. – Que letra da palavra não entendeu? Não vou entregar uma fortuna de mão beijada sem provas.

– Mil libras não constitui exatamente uma fortuna – retorquiu Cressida, num tom cada vez mais impertinente.

Lady Danbury semicerrou os olhos. – Então porque está tão interessada em recebê-las?

Cressida ficou em silêncio um momento, toda ela tensa, na atitude, na postura, no queixo. Todos sabiam que o marido a tinha deixado em apuros financeiros, mas aquela era a primeira vez que alguém lho sugeria na cara. – Arranje-me uma prova e eu dou-lhe o dinheiro – disse Lady Danbury.

– Está a insinuar – disse Cressida (e embora a desprezasse, Colin era forçado a admirar a sua capacidade de manter a voz equilibrada) –, que a minha palavra não é suficiente?

– É exatamente isso que estou a dizer – rosnou Lady Danbury. – Por amor de Deus, rapariga, uma das vantagens da minha idade é poder insultar quem bem me apeteça.

Colin achou ter ouvido Penelope sufocar, mas quando a olhou de relance, lá estava ela ao seu lado, a observar avidamente a troca de palavras. Os olhos castanhos pareciam enormes e brilhantes no rosto e tinha quase recuperado as cores que perdera quando ouvira o anúncio inesperado de Cressida. Na verdade, agora Penelope estava com um ar decididamente intrigado com os acontecimentos.

– Está bem – disse Cressida, a voz baixa e mortífera. – Entrego--lhe a prova dentro de duas semanas.

– Que tipo de prova? – perguntou Colin, condenando-se de imediato. A última coisa que queria era envolver-se naquela confusão, mas a curiosidade tinha sido mais forte.

Cressida virou-se para ele, o rosto notavelmente plácido, tendo em conta o insulto que acabara de sofrer às mãos de Lady Danbury e perante inúmeras testemunhas. – Saberá quando lha entregar – disse com arrogância. E então estendeu o braço, à espera que um dos seus asseclas a levasse dali.

E o mais surpreendente é que um jovem (um tolo perdido de amores, ao que parecia) se materializou ao seu lado como se ela o tivesse conjurado pela mera inclinação do braço. Ato contínuo, eles desapareceram.

– Bem – disse Lady Danbury, depois de todos terem guardado quase um minuto de silêncio reflexivo, ou talvez aturdido –, isto foi desagradável.

– Nunca gostei dela – disse Colin, a ninguém em particular. Uma pequena multidão reunira-se em torno deles, por isso as palavras não foram apenas ouvidas por Penelope e Lady Danbury, mas ele não se importou.

– Colin!

Ele virou-se e viu Hyacinth praticamente derrapar pelo meio da multidão, arrastando Felicity Featherington, e parar junto dele.

– O que é que ela disse? – perguntou Hyacinth sem fôlego. – Tentamos chegar aqui mais cedo, mas era gente a mais.

– Ela disse exatamente o que se esperaria que dissesse – respondeu ele.

Hyacinth fez uma careta. – Os homens nunca são bons nos mexericos. Quero palavras exatas.

– É muito interessante – disse Penelope de repente.

Algo no tom pensativo da sua voz chamou a atenção e em poucos segundos toda a multidão se calou.

– Diga – instruiu Lady Danbury. – Estamos todos a ouvir.

Colin achou que uma exigência daquelas ia fazer Penelope ficar constrangida, mas qualquer que tenha sido a infusão de confiança silenciosa que ela tomara alguns minutos antes ainda lá estava, porque, com um porte altivo e orgulhoso, disse: – Porque iria alguém revelar-se como sendo Lady Whistledown?

– Pelo dinheiro, é claro – disse Hyacinth.

Penelope abanou a cabeça. – Sim, mas é de esperar que Lady Whistledown seja muito rica agora. Todos nós pagamos pelo jornal há anos.

– Deus do Céu, ela tem razão! – exclamou Lady Danbury.

– Talvez Cressida queira apenas chamar a atenção – sugeriu Colin. Não era uma hipótese assim tão inacreditável; Cressida havia passado grande parte da sua vida adulta a tentar colocar-se no centro das atenções.

– Também pensei nisso – concedeu Penelope –, mas ela deseja realmente *este* tipo de atenção? Lady Whistledown insultou muitas pessoas ao longo dos anos.

– Ninguém que signifique alguma coisa para mim – brincou Colin. Então, quando se tornou óbvio que os presentes exigiam uma explicação, acrescentou: – Nunca notaram que Lady Whistledown só insulta pessoas que precisam de ser insultadas?

Penelope aclarou a garganta com delicadeza. – Eu fui referida como um citrino demasiado maduro.

Ele dispensou o comentário com um gesto. – Excetuando as partes sobre moda, é claro.

Penelope deve ter decidido não adiantar o assunto, porque tudo o que fez foi lançar a Colin um longo olhar avaliador antes de se voltar para Lady Danbury e dizer: – Lady Whistledown não tem motivos para se revelar. Cressida obviamente tem.

O rosto de Lady Danbury, que exibia um amplo sorriso, fechou-se de repente. – Acho que vou ter de lhe dar as duas semanas para me entregar a tal «prova». A justiça e isso tudo.

– Eu estou muito interessada em ver o que ela vai inventar – interveio Hyacinth, virando-se para Penelope e acrescentando: – És muito perspicaz, sabias?

Penelope corou e, em seguida, virou-se para a irmã anunciando: – Temos de ir, Felicity.

– Já? – lamentou Felicity, e Colin, horrorizado, percebeu que tinha verbalizado as mesmas palavras.

– A mãe quer-nos em casa cedo – disse Penelope.

Felicity parecia realmente perplexa. – Quer?

– Quer – disse Penelope enfaticamente. – Além disso, não estou a sentir-me bem.

Felicity assentiu, desanimada. – Vou pedir a um lacaio que mande a nossa carruagem dar a volta.

– Não, tu ficas – disse Penelope, colocando a mão no braço da irmã. – Eu trato disso.

– Eu trato disso – declarou Colin. De que servia ser um cavalheiro se as senhoras insistiam em fazer as coisas sozinhas?

E então, antes mesmo de se aperceber do que fazia, facilitou a partida de Penelope e ela saiu de cena sem que ele conseguisse pedir-lhe desculpa.

Calculou que devia considerar a noite um fracasso, nem que fosse apenas por essa razão, mas, para ser sincero, não era capaz.

Afinal, passara quase cinco minutos de mão dada com ela.

CAPÍTULO 12

Só quando acordou na manhã seguinte é que Colin percebeu que ainda não tinha pedido desculpa a Penelope. Em rigor, provavelmente já não era necessário fazê-lo; embora mal se tivessem falado no baile dos Macclesfield, na noite anterior, pareciam ter forjado uma trégua tácita. No entanto, Colin não ficava bem consigo próprio se não dissesse a palavra «Desculpa».

Era o mais correto a fazer.

Afinal, era um cavalheiro.

E, além disso, tinha muita vontade de a ver naquela manhã.

Tinha ido ao Número Cinco tomar o pequeno-almoço com a família, mas pretendia ir diretamente para casa depois de visitar Penelope, por isso entrou na sua carruagem para ir até à casa Featherington, em Mount Street, embora a distância fosse tão curta que o fazia sentir-se um perfeito preguiçoso.

Sorriu satisfeito e recostou-se nas almofadas do assento, observando o lindo cenário primaveril a desenrolar-se do lado de fora da janela. Era um daqueles dias perfeitos em que tudo simplesmente parecia encaixar. O sol brilhava, ele sentia-se cheio de energia, tinha tido um pequeno-almoço excelente...

A vida não podia ser melhor.

E estava a caminho de ver Penelope.

Colin optou por não analisar os porquês de estar tão ansioso por vê-la; era o tipo de assunto sobre o qual um homem solteiro de trinta e três anos geralmente não se debruçava. Em vez disso, simplesmente apreciou o dia... o sol, o ar, até as três casas muito arranjadinhas por que passou em Mount Street antes de vislumbrar a porta da casa de Penelope. Não havia nada de remotamente diferente ou original em qualquer uma delas, mas a manhã estava tão perfeita que lhe pareceram estranhamente encantadoras, encostadinhas umas às outras, altas e esguias, imponentes na sua pedra calcária cinzenta.

Era um dia maravilhoso, acolhedor e sereno, ensolarado e tranquilo...

Só que assim que fez o gesto para se levantar do assento, uma agitação repentina do outro lado da rua chamou a sua atenção.

Penelope.

Estava de pé na esquina de Mount Street com Penter Street, mesmo lá ao fundo, de modo a não ser visível para quem estivesse à janela da casa Featherington. E estava a entrar para uma carruagem alugada.

Interessante.

Colin franziu o sobrolho, criticando-se mentalmente. Não era *interessante*. O que diabo estava a pensar? Não era nada interessante. Poderia ser interessante, se ela fosse, digamos, um *homem*. Ou poderia ser interessante se o transporte para o qual havia acabado de entrar fosse proveniente das cavalariças dos Featherington e não uma carruagem de aluguer mal-amanhada.

Mas não, aquela era Penelope, que seguramente não era um homem, e estava a entrar numa carruagem sozinha, provavelmente a caminho de algum local completamente inadequado, porque se estivesse a fazer alguma coisa normal e respeitável, iria num transporte dos Featherington. Ou melhor ainda, acompanhada de uma das irmãs ou de uma criada, ou de qualquer outra pessoa, mas nunca sozinha.

Não era interessante, era uma idiotice.

– Mulher pateta – resmungou baixinho, saltando da carruagem, com a intenção de se precipitar para a carruagem de aluguer, escancarar a porta e arrastá-la dali fora. Mas, no momento em que se preparava para sair, foi atingido pela mesma loucura que o levava a vagar pelo mundo.

Curiosidade.

Resmungou vários palavrões entre dentes, todos eles dirigidos a si próprio. Não conseguia evitar. Era tão estranho Penelope pôr-se a viajar sozinha numa carruagem alugada que ele *tinha* de saber onde ela ia.

Assim, em vez de a abanar com força para ver se lhe enfiava algum juízo na cabeça, mandou o cocheiro seguir a carruagem de aluguer, e prosseguiram caminho para norte em direção à movimentada Oxford Street, onde, refletiu Colin, Penelope teria a intenção de fazer compras. Podia haver um sem-número de razões pelas quais não estava a usar a carruagem dos Featherington. Podia estar danificada, ou um dos cavalos ter ficado doente, ou Penelope pretender comprar um presente a alguém e querer manter segredo.

Não, não era isso. Penelope nunca iria embarcar numa expedição de compras sozinha. Levaria uma criada, ou uma das irmãs, ou até mesmo uma das irmãs dele. Passear em Oxford Street sozinha era convidar ao falatório. Uma mulher sozinha era praticamente um anúncio à próxima crónica do *Whistledown*.

Ou costumava ser, pensou. Era difícil habituar-se a uma vida sem o *Whistledown*. Não se tinha dado conta de como estava acostumado a vê-lo na mesa de pequeno-almoço, sempre que estava na cidade.

E por falar em Lady Whistledown, estava mais certo do que nunca de que era nada mais nada menos que a sua irmã Eloise. Tinha ido ao Número Cinco tomar o pequeno-almoço com o propósito expresso de a interrogar, mas foi informado de que ela ainda não se sentia bem e que não ia descer para se juntar à família.

No entanto, não tinha escapado à atenção de Colin que uma bandeja cheia de comida tinha sido levada ao quarto de Eloise. O que quer que afligisse a irmã, não lhe afetava o apetite.

Não fez menção das suas suspeitas à mesa; na verdade, não via razão para perturbar a mãe, que certamente ficaria horrorizada. Mas era difícil acreditar que Eloise… cujo gosto em discutir escândalos era eclipsado apenas pelo gosto em descobri-los… perdesse a oportunidade de coscuvilhar acerca da revelação de Cressida Twombley na noite anterior.

A menos que *Eloise* fosse Lady Whistledown e estivesse enfiada no quarto a congeminar o próximo passo.

As peças encaixavam-se todas. Seria triste, se Colin não se sentisse tão estranhamente entusiasmado por ter descoberto o segredo.

Depois de seguirem mais alguns minutos, ele pôs a cabeça de fora para se certificar de que o cocheiro não tinha perdido de vista a carruagem de Penelope. Lá estava ela, ali à frente. Ou pelo menos achava que era. A maioria das carruagens alugadas eram iguais; ia ter de confiar e esperar que o cocheiro estivesse a seguir a correta. Mas, ao olhar para fora, viu que tinham viajado muito mais para este do que teria antecipado. Na verdade, estavam a passar Soho Street, o que significava que estavam quase em Tottenham Court Road, o que significava…

Deus do céu, teria Penelope apanhado uma carruagem para ir a casa dele? Bedford Square ficava praticamente ao virar da esquina.

Um arrepio delicioso percorreu-lhe a espinha, porque não era capaz de imaginar que outra coisa poderia ela vir fazer àquela parte da cidade se não vê-lo; quem mais uma mulher como Penelope poderia conhecer em Bloomsbury? Não acreditava que a mãe permitisse associações com pessoas que trabalhavam para ganhar a vida e os vizinhos de Colin, embora certamente muito bem nascidos, não eram da aristocracia e muito raramente da pequena nobreza. E todos eles se arrastavam para o trabalho todos os dias para exercer medicina, advocacia, ou…

Colin franziu a testa. Com força. Acabavam de deixar para trás Tottenham Court Road. Que diabo estava Penelope a fazer tão longe para este? Supôs que o cocheiro dela podia não conhecer bem os caminhos da cidade e decidir seguir pela Bloomsbury Street até Bedford Square, mesmo sendo um pouco fora do caminho, mas...

Ouviu um som muito estranho e percebeu que era o ranger dos próprios dentes. Acabavam de passar Bloomsbury Street e estavam a virar à direita para High Holborn.

Mas que diabo, estavam quase na City. O que raio tencionava Penelope fazer na City? Não era lugar para uma mulher. Nem ele lá ia. O mundo da alta sociedade situava-se mais a oeste, nos respeitados edifícios de St. James e de Mayfair. Não ali na City, com as suas ruas medievais estreitas e sinuosas e perigosamente próximas dos bairros do East End.

O queixo de Colin foi caindo progressivamente de espanto enquanto seguiam... e seguiam... e seguiam... até ver que estavam a virar para Shoe Lane. Esticou a cabeça para fora da janela. Só lá tinha estado uma vez, aos nove anos quando o professor o arrastara a ele e a Benedict para lhes mostrar onde tinha começado o Grande Incêndio de Londres de 1666. Colin lembrava-se de ter ficado vagamente desapontado quando soube que o culpado fora um padeiro que não humedecera corretamente as cinzas do forno. A origem de um incêndio daqueles deveria ter mão criminosa ou pelo menos intriga.

Todavia, um incêndio como aquele não era nada comparado com os sentimentos que lhe fervilhavam no peito. Era bom que Penelope tivesse um motivo *muito* sério para vir aqui sozinha. Não devia ir a *nenhum sítio* desacompanhada, muito menos à City.

Então, quando Colin estava convencido de que Penelope ia viajar até à costa de Dover, as carruagens cruzaram Fleet Street e pararam. Colin ficou quieto, à espera de ver quais os planos de Penelope, embora cada fibra do seu ser gritasse de vontade de saltar da carruagem e confrontá-la ali mesmo na calçada.

Fosse por intuição, ou por loucura, ele sabia que se abordasse Penelope naquele momento, nunca iria saber qual o verdadeiro propósito da presença dela perto de Fleet Street.

Assim que ela se afastou o suficiente para que ele pudesse passar despercebido, saltou da carruagem e seguiu-a para sul na direção de uma igreja que parecia um bolo de casamento.

– Pelo amor de Deus – murmurou Colin, completamente inconsciente da blasfémia ou do jogo de palavras –, agora não é hora para encontrar a religião, Penelope.

Ela desapareceu na igreja, e ele correu atrás dela, apenas desacelerando quando chegou à porta da frente. Não queria surpreendê-la muito depressa. Não antes de descobrir o que fazia exatamente ali. Não obstante as suas palavras, não acreditava por um momento que Penelope tivesse desenvolvido de repente um desejo de estender os seus hábitos de crente a visitas a meio da semana.

Esgueirou-se em silêncio para dentro da igreja, mantendo os passos o mais ligeiros possível. Penelope atravessava a nave central, a mão esquerda tocando cada banco, quase como se estivesse a...

Contar?

Colin franziu o sobrolho quando ela escolheu o banco e depois deslizou até ficar a meio. Ficou um momento sentada completamente imóvel e depois meteu a mão na bolsa e tirou um envelope. A cabeça mexeu-se muito ligeiramente para a esquerda, depois para a direita, e Colin pôde facilmente imaginar-lhe a expressão, os olhos escuros precipitando-se em ambas as direções, certificando-se se havia mais alguém. Ele estava a salvo do olhar dela, escondido nas sombras ao fundo da igreja, praticamente colado à parede. E, além disso, Penelope parecia decidida a manter os movimentos discretos e silenciosos; o leve mexer da cabeça dela não era o suficiente para o ver.

Havia bíblias e livros de orações metidos em pequenas bolsas nas costas dos bancos da igreja, e Colin viu Penelope enfiar sorrateiramente o envelope atrás de um. Depois levantou-se e voltou a deslizar para a nave central.

Foi então que Colin avançou.

Saindo das sombras, caminhou a passos largos e com ar resoluto em direção a ela, sentindo uma satisfação cruel ao ver o horror estampado no seu rosto quando o viu.

– Col... Col... – gaguejou.

– Queres dizer Colin – disse ele em voz arrastada, agarrando-lhe o braço um pouco acima do cotovelo. O toque era leve, mas o aperto era firme, e ela não tinha escapatória possível.

Inteligente como era, nem tentou.

Mas inteligente como era, tentou fazer-se de inocente.

– Colin! – conseguiu finalmente dizer. – Que... que...

– Surpresa?

Engoliu em seco. – Sim.

– Tenho a certeza que é.

Os olhos dela voaram para a porta, para a nave, para todo o lado, exceto para o banco onde tinha escondido o envelope. – Nunca... nunca te tinha visto aqui.

– Nunca cá estive.

Penelope mexeu a boca várias vezes antes de as próximas palavras surgirem. – É muito oportuno que estejas aqui, na verdade, porque, na verdade... hum... conheces a história de St. Bride?

Ele ergueu uma sobrancelha. – É onde estamos?

Penelope tentava claramente sorrir, mas o resultado era mais uma expressão de apatetada boquiaberta. Normalmente teria achado divertido, mas ainda estava zangado com ela por se pôr a viajar sozinha, não se preocupando com a sua segurança e bem-estar.

Mas acima de tudo, estava furioso por ela ter um segredo.

Não tanto por ela ter *guardado* um segredo. Os segredos eram feitos para serem guardados e não podia culpá-la por isso. Apesar de irracional, não era capaz de tolerar o facto de ela *ter* um segredo. Era Penelope. E supostamente era um livro aberto. Ele conhecia-a. Conhecia-a desde sempre.

E agora parecia-lhe que nunca a tinha conhecido.

– Sim – respondeu ela finalmente, a sua voz parecendo um guincho. – É uma das igrejas de Wren, sabias, as que ele fez depois do Grande Incêndio; estão por toda a cidade e, para ser sincera, esta é a minha preferida. Adoro o campanário. Não achas que parece um bolo de casamento?

Estava a tagarelar. Nunca era bom sinal quando alguém se punha a tagarelar. Geralmente queria dizer que estava a esconder alguma coisa. Era óbvio que Penelope tentava dissimular, mas a rapidez incomum das suas palavras dizia-lhe que o seu segredo devia ser mesmo muito grande.

Fixou-a durante um longo período de tempo, que se arrastou por vários segundos só para a torturar, e finalmente perguntou: – É por isso que achas oportuno eu estar aqui?

Ela ficou branca.

– Por causa do bolo de casamento… – sugeriu ele.

– Oh! – quase gritou, a pele ruborizando-se num vermelho profundo de culpa. – Não! Nada disso! É que… o que quis dizer é que esta é a igreja dos escritores. E dos editores. Quero dizer, acho que é dos editores.

Penelope estava a meter os pés pelas mãos e tinha consciência disso. Podia vê-lo nos seus olhos, na expressão do rosto, na maneira como torcia as mãos enquanto falava. Mas insistia, tentando manter as aparências, e por isso Colin limitou-se a lançar-lhe um olhar sardónico, deixando-a continuar: – Mas tenho a certeza sobre os escritores – disse, com um floreio que poderia ter sido triunfante se não o tivesse arruinado com um engolir nervoso – e tu és um escritor!

– Então estás a dizer que esta é a minha igreja?

– Hum… – Os olhos voaram para a esquerda. – Sim.

– Fantástico.

Ela engoliu em seco. – Achas?

– Claro que sim – disse ele, com uma casualidade afável nas palavras que pretendia aterrorizá-la.

Os olhos voaram novamente para a esquerda… em direção ao banco onde tinha escondido o envelope. Tinha estado tão bem até agora, mantendo a atenção desviada das provas incriminatórias. Ele quase sentia orgulho dela.

– A minha igreja – repetiu ele. – Que ideia adorável.

Os olhos de Penelope arregalaram-se, assustados. – Acho que não compreendi.

Colin tamborilou o dedo no queixo e depois estendeu a mão de forma pensativa. – Acho que estou a desenvolver o gosto pela oração.

– Pela oração? – ecoou ela em tom fraco. – Tu?

– Oh, sim.

– Eu… bem… eu… eu…

– Sim? – perguntou ele, começando a desfrutar do momento de uma forma um pouco doentia. Colin nunca tinha sido do tipo irado e cismático. Claramente não sabia o que estava a perder. Havia algo de atrativo em fazê-la contorcer-se. – Penelope? – continuou. – Ias dizer alguma coisa?

Ela engoliu em seco. – Não.

– Está bem. – Sorriu suavemente. – Então acho que vou precisar de uns momentos sozinho.

– Desculpa?

Colin deu um passo para a direita. – Estou numa igreja. Acho que quero rezar.

Ela deu um passo para a esquerda. – Desculpa?

Ele inclinou a cabeça ligeiramente para o mesmo lado. – Eu disse que quero rezar. Não é um conceito assim tão complicado.

Colin via que Penelope se esforçava imenso para não morder o isco. Tentava sorrir, mas o queixo estava tenso e ele era capaz de apostar que ia transformar os dentes em pó numa questão de minutos.

– Não achava que fosses uma pessoa particularmente religiosa – disse ela.

– E não sou. – Esperou que ela reagisse e acrescentou: – Pretendo rezar por *ti*.

Penelope engoliu novamente em seco, sem controlo. – Por mim? – perguntou em voz aguda.

– Porque – começou ele, incapaz de impedir que a voz aumentasse de volume –, quando eu terminar, a oração é a única coisa que te vai salvar!

Afastou-a para o lado e caminhou até onde ela tinha escondido o envelope.

– Colin! – exclamou, correndo como louca atrás dele. – Não!

Ele arrancou o envelope que estava atrás do livro de orações, mas ainda sem olhar para ele. – Queres explicar-me o que é isto? – exigiu saber. – Antes de eu ver, queres contar-me?

– Não – disse ela, a voz a falhar.

Ele ficou de coração partido ao ver a expressão nos olhos ela.

– Por favor – implorou ela. – Por favor, dá-me isso. – E então, quando Colin se limitou a lançar-lhe um olhar duro e furioso, Penelope sussurrou: – É meu. É segredo.

– Um segredo que vale o teu bem-estar? – quase gritou. – Que vale a tua vida?

– Do que estás a falar?

– Fazes ideia de como é perigoso para uma mulher andar sozinha na City? Sozinha em qualquer lugar?

Tudo o que ela disse foi: – Colin, por favor. – Tentou pegar no envelope, que ele ainda mantinha fora do seu alcance.

E subitamente Colin apercebeu-se de que não sabia o que estava a fazer. Aquele não era ele. Aquela fúria insana, aquela raiva, não podiam ser dele.

No entanto, era.

Mas o mais preocupante era... a causa ser Penelope. E o que tinha ela feito? Atravessado Londres sozinha? Estava bastante irritado pela sua falta de preocupação com a própria segurança, mas não era nada em comparação com a fúria que sentia por ela guardar um segredo.

A raiva era totalmente injustificada. Não tinha o direito de esperar que Penelope partilhasse segredos com ele. Não estavam comprometidos, não tinham nada além de uma amizade bastante agradável e um único, embora inquietantemente comovente, beijo.

Certamente não teria partilhado o seu diário de viagens com ela se ela não o tivesse encontrado.

– Colin – sussurrou ela. – Por favor, não faças isso.

Penelope tinha visto os seus escritos secretos. Porque não deveria ele ver os dela? Será que tinha um amante? Todo aquele absurdo de nunca ter sido beijada seria exatamente isso… um absurdo?

Meu Deus, seria aquele fogo que lhe queimava as entranhas… *ciúme*?

– Colin – disse novamente, agora em voz sufocada. Pousou a mão na dele, tentando impedi-lo de abrir o envelope. Não com força, nunca poderia vencê-lo dessa forma, apenas com a sua presença.

Mas não havia maneira… nada o faria parar. Preferia morrer a entregar-lhe o envelope por abrir.

Abriu-o.

Penelope soltou um grito estrangulado e fugiu da igreja.

Colin leu o que estava escrito.

Deixou-se cair no banco, pálido e sem fôlego.

– Oh, meu Deus – sussurrou. – *Oh, meu Deus!*

Quando Penelope atingiu os degraus exteriores da igreja de St. Bride, estava histérica. Ou, pelo menos, o mais histérica que tinha estado na vida. A respiração saía-lhe em golfadas curtas e violentas, as lágrimas picavam-lhe os olhos e o coração parecia…

Bem, o coração parecia querer sair pela boca, se tal coisa fosse possível.

Como é ele podia ter feito aquilo? Ele seguira-a. *Seguira-a!* Porque é que Colin a tinha seguido? O que tinha ele a ganhar? Porque tinha ele…

De repente, olhou em redor.

– Oh, maldição! – gemeu ela, não se importando se alguém ouvia. A carruagem de aluguer tinha ido embora. Dera instruções específicas ao cocheiro para esperar, que só demoraria um minuto, mas ele desaparecera.

Outra transgressão que podia atribuir a Colin. Ele fizera-a atrasar-se na igreja, e agora a carruagem partira e ela estava ali, na escadaria da Igreja de St. Bride, no meio da City de Londres, tão longe da sua casa em Mayfair. As pessoas olhavam para ela e tinha a certeza de que seria abordada a qualquer momento, pois onde já se vira uma senhora de boas famílias sozinha na City, e à beira de um ataque de nervos?

Mas porquê, porquê, *porque* é que tinha sido tão tola a ponto de pensar que ele era o homem perfeito? Passara metade da vida a adorar alguém que não era real. Porque o Colin que conhecia... não, o Colin que *julgava* conhecer, evidentemente não existia. E quem quer que este homem fosse, não estava certa de gostar dele. O homem que amara tão fielmente ao longo destes anos nunca se teria comportado assim. Não a teria seguido... pronto, tudo bem, teria, mas apenas para se certificar da sua segurança. Mas nunca teria sido tão cruel e certamente nunca teria aberto a sua correspondência privada.

Ela tinha lido duas páginas do diário dele, era verdade, mas não estavam num envelope lacrado!

Sentou-se nos degraus em desânimo, sentindo a pedra fria, mesmo através do tecido do vestido. Não podia fazer mais nada, agora, além de ficar ali sentada à espera de Colin. Só uma louca se poria a andar a pé sozinha, tão longe de casa. Supôs que podia fazer sinal a uma carruagem em Fleet Street, mas e se estivessem todas ocupadas e, além disso, de que valia fugir agora de Colin? Ele sabia onde ela morava e, a menos que decidisse fugir para as Órcades, não era provável que escapasse do confronto.

Suspirou. Colin provavelmente encontrá-la-ia nas Órcades, sendo como era um viajante experiente. E ela nem sequer queria ir para as Órcades.

Engoliu um soluço. Agora já nem sequer fazia sentido. Porque estava fixada nas Órcades?

Ouviu a voz de Colin atrás dela, cortante e gélida. – Levanta-te – foi tudo o que disse.

Ela assim fez, não porque ele tivesse ordenado (ou pelo menos foi o que disse a si mesma), nem porque tivesse medo dele, mas porque não podia ficar sentada nos degraus de St. Bride para sempre, e mesmo que a sua única vontade fosse esconder-se de Colin durante os próximos seis meses, de momento ele era o seu único meio de chegar a casa sã e salva.

Ele fez um gesto de cabeça na direção da rua. – Entra na carruagem.

Penelope entrou, ouvindo Colin dar o seu endereço ao cocheiro e instruí-lo para ir pelo caminho mais longo.

Oh, Deus.

Estavam em movimento há uns bons trinta segundos, quando ele lhe entregou a folha de papel metida no envelope que ela deixara na igreja. – Imagino que isto seja teu – disse.

Penelope engoliu em seco e olhou para baixo, não que precisasse. Sabia as palavras de cor. Tinha-as escrito e reescrito tantas vezes na noite anterior que não achava que alguma vez lhe escapassem da memória.

Não há nada que eu despreze mais do que um cavalheiro que acha divertido dar uma palmadinha condescendente na mão de uma senhora enquanto murmura: «É prerrogativa de uma mulher mudar de ideias». E porque acho que devemos sempre apoiar a nossa palavra com ações, esforço-me para que as minhas opiniões e decisões sejam sólidas e verdadeiras.

Foi por isso, gentil leitor, que quando escrevi a crónica de 19 de abril, era realmente meu desejo que fosse a derradeira. No entanto, eventos totalmente fora do meu controlo (ou mesmo da minha aprovação) obrigam-me a pousar a pena no papel uma última vez.

Senhoras e senhores, esta Vossa Autora NÃO é Lady Cressida Twombley. Ela não passa de uma impostora intriguista e eu

201

Penelope voltou a dobrar o papel com grande precisão, usando esse tempo para tentar recompor-se e descobrir o que raio deveria dizer num momento daqueles. Por fim, tentou um sorriso, sem o encarar, e brincou: – Alguma vez te passou pela cabeça?

Como ele não respondeu, foi forçada a olhar para cima. Imediatamente desejou não o ter feito. Colin parecia completamente diferente. O sorriso fácil que sempre parecia bailar-lhe nos lábios, o bom humor sempre à espreita nos olhos tinham desaparecido, substituídos por uma expressão dura e gélida.

O homem que conhecia, o homem que amara durante tanto tempo... já não sabia quem ele era.

– Vou tomar isso como um não – disse ela em voz trémula.

– Sabes o que estou a tentar fazer agora? – perguntou ele, a voz assustadora e forte acima do ritmo dos cascos dos cavalos.

Abriu a boca para dizer que não, mas um olhar disse-lhe que ele não queria resposta, por isso calou-se.

– Estou a tentar decidir com o que, precisamente, estou mais zangado – disse. – Porque são tantas coisas, *tantas*, que está a ser extraordinariamente difícil concentrar-me apenas numa.

Estava na ponta da língua de Penelope fazer uma sugestão (a deceção dela era um bom ponto de partida), mas pensando melhor, aquele parecia um excelente momento para ficar calada.

– Em primeiro lugar – disse ele, o tom terrivelmente uniforme da voz sugerindo que estava a esforçar-se *muito* para se controlar (isso era, em si, bastante perturbador, já que ela nem sabia que era capaz de se descontrolar) –, não posso acreditar que foste suficientemente idiota para te aventurares sozinha na City em nada menos do que uma carruagem alugada!

202

– Não podia ir sozinha numa das nossas – deixou Penelope escapar antes de se lembrar que a intenção era permanecer em silêncio.

A cabeça dele moveu-se um pouco para a esquerda. Ela não sabia o que isso significava, podia imaginar que não era bom, especialmente porque o pescoço dele parecia ficar ainda mais tenso ao torcer. – Desculpa? – perguntou ele, a sua voz ainda era aquela terrível mistura de veludo e aço.

Bem, agora *tinha* de responder, não? – Hum, não é nada – disse ela, esperando que a evasão limitasse a atenção ao resto da resposta. – Só que não estou autorizada a sair sozinha.

– Estou ciente disso – resmungou entre dentes. – Há uma excelente razão para tal.

– Por isso, se queria sair sozinha – continuou ela, optando por ignorar a segunda parte da resposta dele –, não podia usar uma das nossas carruagens. Nenhum dos nossos cocheiros aceitaria trazer-me.

– Os teus cocheiros – retorquiu ele –, são claramente homens de impecável sabedoria e bom senso.

Penelope não disse nada.

– Fazes alguma ideia do que poderia ter-te acontecido? – exigiu saber, a dura máscara de controlo começando a rachar.

– Hum, muito pouco, na verdade – disse ela, engolindo em seco. – Já cá vim antes, e…

– *O quê?* – A mão dele fechou-se no braço dela com uma força dolorosa. – O que disseste?

Repetir parecia-lhe quase perigoso para a saúde, por isso Penelope limitou-se a olhar para ele, com esperança de talvez conseguir romper a raiva selvagem que via nos olhos dele e encontrar o homem que conhecia e amava tanto.

– É só quando preciso de deixar uma mensagem urgente ao meu editor –, explicou ela. – Envio-lhe uma mensagem codificada e ele sabe que tem de vir buscar a minha carta aqui.

– E falando nisso –, disse Colin, brusco, arrancando o papel dobrado das mãos dela –, que *diabo* é isto?

– Penelope olhou para ele confusa. – Achei que era óbvio. Sou...

– Sim, claro, és a maldita Lady Whistledown e provavelmente andas a rir-te de mim há semanas, desde que insisti que era a Eloise. – O rosto dele contorceu-se ao falar, deixando-a desgostosa.

– Não! – gritou ela. – Não, Colin, nunca. Eu nunca me riria de ti!

Mas a expressão no rosto dele disse-lhe claramente que não acreditava. Havia humilhação nos olhos esmeralda, algo que Penelope nunca tinha visto e que nunca esperara ver. Ele era um Bridgerton. Era popular, confiante, seguro de si. Nada o poderia constranger. Ninguém o poderia humilhar.

Exceto, aparentemente, ela.

– Eu não podia contar-te – sussurrou, tentando desesperadamente fazer desaparecer aquela terrível expressão nos olhos dele. – Acredito que compreendes que eu não podia contar-te.

Colin ficou em silêncio por um momento angustiante e então, como se ela nunca tivesse falado, nem tentado explicar, levantou a folha incriminatória no ar e sacudiu-a, ignorando completamente o protesto apaixonado dela. – Isto é uma estupidez – disse. – Perdeste o juízo?

– Não sei o que queres dizer.

– Tinhas uma escapatória perfeita à tua espera. Cressida Twombley estava disposta a assumir a culpa.

De repente, as mãos dele estavam nos ombros dela, apertando-a com tanta força que ela mal podia respirar.

– Porque não podias deixar o assunto morrer, Penelope? – A voz era urgente, os olhos em chamas. Era o maior sentimento que já vira nele e ficava muito triste por ser dirigido a ela num estado de raiva. E de vergonha.

– Eu não podia deixá-la – sussurrou. – Não podia deixá-la ser eu.

CAPÍTULO 13

– *E* *porque não?*
Penelope não conseguiu fazer mais nada além de ficar a olhar para ele vários segundos. – Porque... porque... – hesitou, pensando como conseguiria explicar. Sentia o coração partido, o seu segredo mais terrível (e emocionante) fora quebrado, e ele achava que ela tinha presença de espírito para *explicar?*

– Eu entendo que ela é muito possivelmente a maior cabra...

Penelope até se engasgou.

– ...que a Inglaterra produziu nesta geração, mas pelo amor de Deus, Penelope – passou a mão pelo cabelo, fixando depois um olhar duro no rosto dela –, ela ia assumir a culpa...

– O crédito – interrompeu Penelope irritada.

– A culpa – continuou ele. – Fazes alguma ideia do que vai acontecer contigo se as pessoas descobrirem quem és realmente?

Os cantos dos lábios dela estreitaram-se de impaciência... e irritação por estar a ser tratada com tão óbvia condescendência. – Tive mais de uma década para ruminar essa possibilidade.

Os olhos dele estreitaram-se. – Estás a ser sarcástica?

– Nem um pouco – atirou ela. – Realmente achas que não passei boa parte dos últimos dez anos da minha vida a pensar no

205

que aconteceria se fosse descoberta? Seria uma idiota chapada se não o fizesse.

Colin agarrou-a pelos ombros, segurando-a com firmeza, mesmo durante os ressaltos da carruagem nas pedras irregulares.

— Vais ficar arruinada, Penelope. Arruinada! Entendes o que estou a dizer?

— Se ainda não tivesse entendido — respondeu — garanto-te que entenderia agora, depois das tuas longas dissertações sobre o assunto quando acusaste Eloise de ser Lady Whistledown.

Colin franziu o sobrolho, obviamente aborrecido por lhe terem atirado os erros à cara. — As pessoas vão deixar de falar contigo — continuou ele. — Vão virar-te as costas...

— As pessoas nunca falaram comigo — revidou ela. — Metade do tempo nem dão por mim. Como achas que fui capaz de manter o ardil durante tanto tempo? Eu sou invisível, Colin. Ninguém me vê, ninguém fala comigo. Só me bastava ficar ali e ouvir, *e ninguém sequer reparava*.

— Isso não é verdade. — Mas os olhos desviaram-se dos dela ao dizê-lo.

— Ah, é verdade, e tu sabes. Só estás a negar — disse ela, golpeando-o no braço — porque te sentes culpado.

— Não sinto, não!

— Oh, *por favor* — troçou ela. — Tudo o que fazes é por um sentimento de culpa.

— Pen...

— Tudo o que me envolve, pelo menos — corrigiu ela. A respiração corria-lhe louca pela garganta, sentia um formigueiro na pele e, pela primeira vez, sentia a alma em chamas. — Achas que não sei como a tua família se compadece de mim? Achas que escapa à minha atenção porque é que sempre que tu ou os teus irmãos estão na mesma festa que eu, me convidam para dançar?

— Porque somos educados — resmungou ele — e *gostamos* de ti.

— *E* porque sentem pena de mim. Tu gostas da Felicity, mas não te vejo a convidá-la para dançar sempre que os vossos caminhos se cruzam.

Colin soltou-a de repente e cruzou os braços. – Bem, eu não gosto tanto dela como de ti.

Penelope piscou, ficando sem palavras. Era um choque vê-lo a *elogiá-la* a meio de uma discussão. Nada poderia tê-la deixado mais desarmada.

– E – continuou ele, erguendo o queixo num ar de superioridade – não abordaste o meu primeiro argumento.

– Qual foi…?

– Que Lady Whistledown vai ser a tua ruína!

– Pelo amor de Deus – murmurou ela –, falas como se ela fosse outra pessoa.

– Bem, peço desculpa se ainda tenho dificuldade em conciliar a mulher à minha frente com a megera que escreve as crónicas.

– Colin!

– Insultada? – troçou ele.

– Sim, trabalhei muito naquelas crónicas. – Penelope cerrou os punhos em torno do fino tecido do vestido verde-menta, ignorando as espirais de vincos que criava. Tinha de fazer alguma coisa com as mãos ou era capaz de explodir de nervos e da raiva que lhe corriam nas veias. A única alternativa parecia ser cruzar os braços e recusar-se a ceder a uma demonstração tão óbvia de petulância. Além disso, ele estava de braços cruzados e alguém precisava de agir como se tivesse mais de seis anos.

– Não me passaria pela cabeça denegrir o que fizeste – disse em tom condescendente.

– É claro que passaria – interrompeu ela.

– Não, não passaria.

– Então, o que achas que estás a fazer?

– A ser um adulto! – respondeu, com a voz cada vez mais alta e impaciente. – Um de nós tem de o ser.

– Não te atrevas a vir-me com comportamentos adultos! – explodiu ela. – Logo tu, que foges à mais pequena alusão de responsabilidade.

– E o que diabo significa isso? – cuspiu ele.

– Pensei que era bastante óbvio.

Colin recuou. – Não acredito que estejas a falar comigo dessa maneira.

– Não acreditas que estou a fazê-lo ou que tenho a coragem de o fazer? – provocou ela.

Ele ficou a olhá-la, obviamente espantado com a pergunta.

– Eu sou mais do que tu pensas, Colin – disse Penelope. E então, num tom de voz mais calmo, acrescentou: – Sou mais do que *eu* pensava.

Ele ficou sem dizer nada alguns momentos e então, como se não conseguisse simplesmente afastar-se do tema, perguntou, praticamente entre dentes: – O que quiseste dizer sobre eu fugir das responsabilidades?

Penelope apertou os lábios, depois relaxou, deixando escapar o que esperava ser um exalar tranquilizante. – Porque é que achas que viajas tanto?

– Porque gosto – respondeu em tom cortante.

– E porque ficas completamente entediado aqui em Inglaterra.

– E isso faz de mim uma criança, porque…?

– Porque não estás disposto a crescer e a tomar uma atitude adulta que te faria ganhar raízes.

– Tal como?

As mãos dela ergueram-se numa espécie de gesto «Acho que é óbvio». – Como casar.

– Isso é uma proposta? – troçou, um dos cantos da boca subindo num sorriso insolente.

Penelope podia sentir o calor nas faces causado pelo intenso rubor, mas forçou-se a continuar. – Sabes bem que não e não tentes mudar de assunto sendo deliberadamente cruel. – Esperou que ele dissesse alguma coisa, talvez um pedido de desculpas. O seu silêncio era um insulto, por isso deixou escapar um resmungo e disse: – Pelo amor de Deus, Colin, tens trinta e três anos.

– E tu tens vinte e oito – lembrou, num tom muito pouco amável.

Foi como um soco na barriga, mas Penelope estava demasiado irritada para recuar para a sua concha. – Ao contrário de ti – disse, em voz baixa e marcada –, eu não posso dar-me ao luxo de pedir alguém em casamento. E ao contrário de *ti* – continuou, agora com a pura intenção de lhe instigar a culpa que lhe atribuíra minutos antes –, eu não tenho uma grande quantidade de potenciais pretendentes, por isso nunca me pude dar ao luxo de dizer não.

Colin apertou os lábios. – E achas que se te revelares como Lady Whistledown o número de pretendentes vai aumentar?

– Estás a *tentar* insultar-me? – rugiu ela.

– Estou a tentar ser realista! Algo que tu pareces ter perdido completamente de vista.

– Eu nunca disse que tinha intenção de me revelar como Lady Whistledown.

Colin voltou a pegar no envelope com a última crónica que estava pousado no banco almofadado. – Então o que é isto?

Penelope arrancou-lho das mãos, tirando o papel do envelope. – Peço imensa desculpa, deve ter-me escapado a frase a anunciar a minha identidade – disse, cada sílaba cheia de sarcasmo.

– Achas que esse teu canto de cisne vai abafar o frenesi de interesse em descobrir a identidade de Lady Whistledown? Oh, peço desculpa – colocou uma mão insolente sobre o coração –, talvez eu deva dizer a *tua* identidade. Afinal, não quero negar-te qualquer *crédito*.

– Agora estás apenas a ser mau – disse, com uma vozinha no seu cérebro a perguntar porque não tinha desatado a chorar. Aquele era Colin, amava-o desde sempre, e ele estava a agir como se a odiasse. Haveria outra coisa no mundo mais digna de lágrimas?

Ou talvez não fosse nada disso. Talvez toda aquela tristeza que se acumulava dentro dela fosse a morte de um sonho. O sonho de o ter. Tinha construído uma imagem perfeita dele na sua mente, e a cada palavra que ele lhe atirava à cara ia-se tornando mais e mais evidente que o seu sonho estava simplesmente errado.

– Estou a tentar explicar uma coisa – disse Colin, tirando-lhe o papel das mãos. – Olha para isto. Não podia ser um convite mais óbvio à continuação das investigações. Estás a fazer troça da sociedade, desafiando-a a desmascarar-te.

– Não é nada disso que estou a fazer!

– Pode não ser a tua intenção, mas é certamente o resultado final.

Talvez ele tivesse uma certa razão, mas recusava-se a dar-lhe esse crédito. – É um risco que vou ter de correr – respondeu, cruzando os braços e desviando incisivamente os olhos dos dele. – Passei onze anos sem ser descoberta. Não vejo porque me devo agora preocupar indevidamente.

Pelo modo como respirava, Colin parecia a ponto de explodir de exasperação. – Tens algum conceito de dinheiro? Fazes ideia de quantas pessoas gostariam de ficar com as mil libras de Lady Danbury?

– Tenho mais conceito de dinheiro do que tu – respondeu ela, indignada com o insulto. – E, além disso, a recompensa de Lady Danbury não torna o meu segredo mais vulnerável.

– Mas torna toda a gente mais determinada, o que te torna mais vulnerável. Já para não falar – acrescentou com um toque de ironia nos lábios –, como lembrou a minha irmã mais nova, da glória.

– A Hyacinth? – perguntou ela.

Colin acenou com a cabeça severamente, pousando o papel no banco ao seu lado. – E se a Hyacinth pensa que a glória de descobrir a tua identidade é invejável, então podes ter a certeza de que não é a única. Pode muito bem ser por isso que a Cressida insiste em manter o seu estúpido estratagema.

– A Cressida está a fazê-lo por dinheiro – resmungou Penelope. – Tenho a certeza disso.

– Como queiras. Não importa o motivo dela. O que importa é que está, e assim que a eliminares com a tua idiotice – bateu com a mão no papel, fazendo Penelope estremecer com o barulho –, outra pessoa vai tomar o seu lugar.

– Não é nada que eu não saiba já – disse, principalmente porque não suportava deixá-lo ter a última palavra.

– Então, pelo amor de Deus, mulher – exclamou ele –, deixa a Cressida safar-se com o seu esquema. Ela é a resposta às tuas orações.

Os olhos de Penelope voaram para os dele. – Tu não conheces as minhas orações.

Algo naquele tom atingiu Colin diretamente no peito. Ela não o tinha feito mudar de ideias, nem um pouco, mas ele não conseguia encontrar as palavras certas para aquele momento. Olhou para ela, olhou pela janela, a mente abstraída focando a cúpula da catedral de St. Paul.

– Estamos realmente a ir pelo caminho mais longo – murmurou.

Ela não disse nada. Ele compreendeu. Tinha sido uma estúpida falácia, apenas palavras a preencher o silêncio, nada mais.

– Se deixares a Cressida… – começou.

– Para – implorou ela. – Por favor, não digas mais nada. Não posso deixá-la fazer isso.

– Já pensaste no que tens a ganhar?

Penelope olhou-o com rispidez. – Achas que pensei noutra coisa nos últimos dias?

Colin tentou outra tática. – Será que é realmente importante as pessoas saberem que és Lady Whistledown? *Tu* sabes que és inteligente e que nos enganaste a todos. Isso não é suficiente?

– Não me estás a ouvir! – A boca dela ficou aberta, petrificada, numa estranha forma oval, como se não conseguisse acreditar que ele não entendesse o que ela estava a dizer. – Eu não preciso que as pessoas saibam que sou eu. Só preciso que saibam que não é *ela*.

– Mas é evidente que não te importas que as pessoas pensem que Lady Whistledown é outra pessoa qualquer – insistiu ele. – Afinal, há semanas que acusas Lady Danbury.

— Eu tinha de acusar *alguém* – explicou. – Lady Danbury per-guntou-me à queima-roupa quem eu achava que era, e é lógico que não podia dizer que era eu. Além disso, não seria assim tão mau se as pessoas achassem que era Lady Danbury. Pelo menos eu gosto de Lady Danbury.

— Penelope…

— Como te sentirias se os teus diários fossem publicados como sendo da autoria de Nigel Berbrooke? – exigiu saber.

— Nigel Berbrooke mal consegue juntar duas frases – disse ele com uma risada zombeteira. – Dificilmente alguém acreditaria que fosse capaz de escrever os meus diários. – Como reflexão tardia, Colin acenou ligeiramente com a cabeça em jeito de desculpa, uma vez que Berbrooke era, afinal, casado com a irmã dela.

— Faz um esforço para imaginar – resmoneou ela –, ou então substitui por quem achares semelhante a Cressida.

— Penelope – disse ele com um suspiro –, eu não sou tu. Não podes comparar. Além disso, se eu fosse publicar os meus diários, dificilmente ficaria arruinado aos olhos da sociedade.

Ela afundou-se no assento, suspirando alto, e Colin percebeu que o seu argumento tinha sido certeiro. – Certo – anunciou –, então está decidido. Vamos rasgar isto… – Pegou na folha de papel.

— Não! – gritou ela, praticamente saltando do assento. – Não faças isso!

— Mas acabaste de dizer…

— Eu não disse nada! – exclamou em voz estridente. – Eu só suspirei.

— Oh, pelo amor de Deus, Penelope – disse Colin, irritado. – Concordaste claramente em…

Ela ficou boquiaberta com a audácia. – Desde quando é que te dei licença para interpretares os meus suspiros?

Ele olhou para o papel incriminador, ainda nas mãos, pen-sando o que devia fazer com ele naquele momento.

— E de *qualquer maneira* – continuou Penelope, com os olhos a brilhar com uma fúria e um fogo que a tornavam quase bela – sei o que aí está escrito de cor, palavra por palavra. Podes destruir esse papel, mas não podes destruir-me a mim.

– Mas gostava – murmurou.

– O *que* disseste?

– Whistledown – rosnou ele. – Gostava de destruir Whistledown. A ti, prefiro deixar-te tal como és.

– Mas eu *sou* Whistledown.

– Que Deus nos ajude!

Foi então que algo dentro dela simplesmente rebentou. Toda a raiva, toda a frustração, cada sentimento negativo que mantinha guardado a sete chaves dentro de si ao longo dos anos veio ao de cima, todos eles dirigidos a Colin, que, de toda a alta sociedade, era provavelmente o menos merecedor.

– Porque é que estás tão zangado comigo? – explodiu ela. – O que é que eu fiz de tão repelente? Fui mais inteligente do que tu? Guardei um segredo? Dei uma boa risada às custas da sociedade?

– Penelope, tu…

– Não – cortou ela. – Agora calas-te. É a minha vez de falar.

Colin ficou de boca aberta, os olhos mostrando a surpresa, o choque e a incredulidade.

– Tenho muito orgulho do que fiz – conseguiu ela dizer, com a voz trémula pela emoção. – Não quero saber o que pensas. Não me importo com o que ninguém diga. Ninguém me pode tirar isso.

– Eu não estou a tentar…

– Eu não preciso que as pessoas saibam a verdade – continuou, interrompendo o protesto inoportuno. – Mas *raios me partam* se vou permitir que a Cressida Twombley, a mesma pessoa que… que… – Toda ela tremia agora, ao desenrolar na mente memória após memória, todas elas más.

Cressida, famosa pela sua graça e porte, a tropeçar naquele primeiro ano, e a derramar ponche no vestido de Penelope, o único que a mãe lhe permitira comprar que não era amarelo ou cor de laranja.

213

Cressida, implorando docemente aos jovens solteiros que convidassem Penelope para dançar, os pedidos feitos com tal volume e fervor que Penelope só poderia sentir-se mortificada.

Cressida, dizendo diante de uma multidão como estava preocupada com a aparência de Penelope. – Não é *saudável* pesar mais de sessenta quilos na nossa idade – arrulhou ela.

Penelope nunca soube se Cressida foi capaz de esconder o sorriso pérfido após a alfinetada. Fugiu da sala, cega pelas lágrimas, incapaz de ignorar a forma como as ancas sacudiam ao correr.

Cressida sempre soube exatamente onde enfiar a espada e como torcer a baioneta. Não importava que Eloise fosse a eterna defensora de Penelope ou que Lady Bridgerton tentasse sempre reforçar-lhe a confiança. Penelope tinha adormecido a chorar mais vezes do que era capaz de se lembrar, sempre devido a alguma alfinetada bem dada por Cressida Cowper Twombley.

Já deixara Cressida safar-se de muita coisa no passado, só porque não era capaz de se defender. Mas não podia deixar Cressida ter *aquilo*. Não a sua vida secreta, não o único recanto da sua alma que era forte e orgulhoso e completamente temerário.

Penelope podia não saber como se defender, mas por Deus, Lady Whistledown sabia.

– Penelope? – chamou Colin com cautela.

Ela olhou-o sem expressão, levando alguns segundos para se lembrar que estava em 1824, não em 1814, e que estava numa carruagem com Colin Bridgerton, não encolhida no canto de um salão de baile, tentando escapar de Cressida Cowper.

– Estás bem? – perguntou ele.

Ela assentiu. Ou pelo menos tentou.

Colin abriu a boca para dizer alguma coisa, fez uma pausa, os lábios permanecendo entreabertos alguns segundos. Por fim, colocou a mão sobre a dela e disse: – Falamos sobre isso depois?

Desta vez, Penelope conseguiu fazer um aceno curto. Na verdade, só queria que toda aquela tarde horrível terminasse, mas havia uma coisa que não podia deixar de dizer.

– A Cressida não ficou arruinada – disse ela baixinho.

Colin virou-se para ela, um véu de confusão turvando-lhe os olhos. – Não percebi.

– A Cressida disse que era Lady Whistledown e não ficou arruinada – disse, desta vez mais alto.

– Porque ninguém acreditou – respondeu Colin. – E, além disso – acrescentou, sem pensar –, ela é… diferente.

Penelope virou-se para ele lentamente. Muito lentamente, com um olhar firme. – Diferente como?

Algo semelhante ao pânico começou a bater dentro do peito de Colin. Soube que não estava a dizer as palavras certas no momento em que lhe saíram dos lábios. Como era possível que uma pequena frase, uma simples palavra pudesse ser tão errada?

Ela é diferente.

Ambos sabiam o que ele quis dizer. Cressida era popular, Cressida era bonita, Cressida era capaz de lidar com tudo com desenvoltura.

Já Penelope…

Era Penelope. Penelope Featherington. Ela não tinha a influência nem os conhecimentos que a salvassem da ruína. Os Bridgerton poderiam ficar do seu lado e oferecer-lhe o seu apoio, mas nem eles seriam capazes de evitar a sua desgraça. Qualquer outro escândalo poderia ser manobrável, mas Lady Whistledown tinha, num momento ou noutro, insultado quase todas as pessoas importantes nas Ilhas Britânicas. Assim que as pessoas ultrapassassem a surpresa, os comentários maldosos iriam começar.

Penelope não seria elogiada por ser inteligente ou espirituosa ou ousada.

Seria classificada de cruel, mesquinha e invejosa.

Colin conhecia bem a alta sociedade. Sabia como agiam os seus semelhantes. Individualmente, a aristocracia era capaz de grandeza, mas coletivamente tendiam a afundar para o menor denominador comum.

Que era, na verdade, muito baixo.

– Percebo – disse Penelope após o silêncio.

– Não – disse ele rapidamente – não percebes. Eu…

– Não, Colin – cortou ela, soando quase dolorosamente sábia –, eu percebo. Acho que só tinha esperança que *tu* fosses diferente.

Os olhos dele encontraram os dela, e de repente as mãos dele estavam nos ombros dela, agarrando-a com tal intensidade que Penelope não conseguiu desviar o olhar. Colin não disse nada, deixando os olhos fazerem as perguntas.

– Pensei que acreditasses em mim – disse ela –, que conseguisses ver para além do patinho feio.

O seu rosto era-lhe tão familiar, tinha-o visto milhares de vezes antes, mas até há algumas semanas, não seria capaz de dizer que realmente o conhecia. Lembrar-se-ia que ela tinha um pequeno sinal de nascença perto do lóbulo da orelha esquerda? Alguma vez tinha reparado no brilho da sua pele? Ou que os olhos castanhos eram polvilhados a ouro, bem perto da pupila?

Como podia ter dançado tantas vezes com ela e nunca ter percebido que a boca era cheia e larga e feita para beijar?

Ela humedecia os lábios quando estava nervosa. Tinha-a visto fazê-lo ainda no outro dia. Certamente o tinha feito em algum momento nos últimos doze anos, mas só agora é que a mera visão da língua dela fazia o seu corpo retrair-se de desejo.

– Tu não és feia – disse ele, a voz baixa e urgente.

Os olhos dela arregalaram-se.

E ele sussurrou: – És linda.

– Não – disse ela, a palavra pouco mais do que um suspiro. – Não digas coisas que não queiras dizer.

Os dedos dele afundaram-se nos ombros dela. – És linda – repetiu ele. – Não sei como… nem quando – tocou-a nos lábios, sentindo a respiração quente nos dedos –, mas és – sussurrou.

Inclinou-se e beijou-a, lentamente, com reverência, desta vez não se sentindo tão surpreendido por estar a acontecer, por desejá-la tanto. O choque foi substituído pela pura e simples necessidade primitiva de a ter, de a marcar, de a marcar como sua.

Sua?

Afastou-se e olhou-a um momento, os olhos examinando-lhe o rosto.

Porque não?

– O que se passa? – sussurrou ela.

– *És* linda – disse ele, balançando a cabeça confuso. – Não sei por que os outros não veem.

Uma sensação quente e acolhedora começou a espalhar-se no peito de Penelope. Não conseguia explicar, era quase como se alguém lhe tivesse aquecido o sangue. Começou no coração e depois, lentamente, percorreu os braços, a barriga, até às pontas dos dedos dos pés.

Fazia-a sentir a cabeça leve. Fazia-a sentir satisfeita.

Fazia-a sentir completa.

Ela não era bonita. Sabia que não era bonita, sabia que nunca seria mais do que razoavelmente atraente, e apenas nos dias bons. Mas ele achava-a bonita, e quando olhava para ela….

Ela *sentia-se* bonita. Nunca se sentira assim antes.

Colin beijou-a novamente, os lábios mais urgentes agora, mordiscando, acariciando, despertando-lhe o corpo, estimulando-lhe a alma. Sentiu um formigueiro na barriga, a pele quente e carente onde as mãos dele a tocavam através do fino tecido do vestido verde.

E nem uma vez que fosse pensou *Isto é errado*. Aquele beijo era tudo o que deveria temer e evitar, mas ela sabia, de corpo, mente e alma, que nada na vida era tão certo. Havia nascido para aquele homem e passara muitos anos tentando aceitar o facto de que ele tinha nascido para outro alguém.

Ter a prova de que estava errada era o prazer mais intenso que podia imaginar.

Ela queria-o, queria aquilo, queria aquela maneira de ele a fazer sentir.

Queria ser bonita, mesmo que fosse apenas aos olhos de um homem.

Aqueles eram os únicos olhos que importavam, pensou sonhadora quando ele a deitou nas almofadas do banco de carruagem.

Amava-o. Sempre o amara. Mesmo agora, quando ele estava tão zangado com ela que mal o reconhecia, tão zangado com ela que deixara de ter certeza se *gostava* dele, amava-o.

E queria ser dele.

A primeira vez que ele a beijara, ela aceitara os seus avanços com um prazer passivo, mas desta vez estava decidida a ser um parceiro ativo. Ainda não podia acreditar que estava ali, com ele, e certamente não estava preparada para permitir-se sonhar que ele poderia passar a beijá-la com frequência.

Aquilo podia nunca mais acontecer. Ela podia nunca mais voltar a sentir o peso maravilhoso dele contra ela ou as cócegas da língua dele na sua que a deveriam fazer corar de vergonha.

Tinha apenas uma chance. Uma chance de criar uma memória que teria de durar uma vida. Uma chance de alcançar a felicidade.

O amanhã seria terrível, sabendo que ele iria encontrar uma outra mulher com quem rir e brincar e até casar, mas hoje…

Hoje ele era dela.

E, por Deus, ia fazer daquele um beijo inesquecível.

Estendeu a mão e tocou-lhe o cabelo. Primeiro, hesitante… lá porque estava decidida a ser uma parceira ativa, não queria dizer que tivesse ideia do que estava a fazer. Os lábios dele estavam lentamente a tirar-lhe toda a razão e inteligência, mas ainda assim, não conseguiu deixar de notar que o toque do cabelo era exatamente como o de Eloise, que ela escovara inúmeras vezes ao longo dos anos de amizade. E que Deus a ajudasse…

Penelope soltou uma risadinha.

Isso chamou a atenção de Colin, que levantou a cabeça, os lábios num meio sorriso divertido. – O que se passa? – perguntou.

Penelope abanou a cabeça, tentando lutar contra o sorriso, mas sabendo que estava a perder a batalha.

– Oh, não, tens de contar – insistiu ele. – Sou incapaz de continuar sem saber o motivo da risada.

Penelope sentiu o rosto queimar, o que lhe pareceu ridiculamente inoportuno. Ali estava ela, a portar-se mal na parte de trás de uma carruagem e só *agora* é que tinha a decência de corar?

– Diz-me – murmurou ele, mordiscando-lhe a orelha.

Ela voltou a abanar a cabeça.

Os lábios dele encontraram o ponto exato da pulsação no pescoço. – Diz-me.

Tudo o que Penelope fez, tudo o que conseguiu fazer, foi gemer, arqueando o pescoço para lhe dar maior acesso.

O vestido, que nem tinha percebido ter sido parcialmente desabotoado, deslizou até ela ficar com a clavícula exposta, e ficou a observar com fascínio estonteante os lábios dele a traçarem essa linha até o rosto ficar perigosamente aninhado perto do peito.

– Vais contar-me? – sussurrou ele, roçando-lhe a pele com os dentes.

– Contar o quê? – disse quase sem fôlego.

Os lábios dele eram perversos, descendo mais, e um pouco mais ainda. – Porque estavas a rir?

Durante vários segundos Penelope não conseguiu sequer lembrar-se do que é que Colin estava a falar.

A mão dele segurou-lhe o seio através do vestido. – Vou atormentar-te até me dizeres – ameaçou.

A resposta de Penelope foi arquear as costas, encostando o peito ainda mais à mão dele.

Ela gostava daquele tormento.

– Percebo – murmurou ele, enquanto fazia deslizar o corpete e movia a mão, de modo a que palma lhe roçasse o mamilo. – Então talvez seja melhor eu… – a mão parou e ele retirou-a – parar.

– Não – gemeu ela.

– Então, conta-me.

Penelope olhou para o próprio seio, hipnotizada pela visão dele nu e exposto ao olhar de Colin.

– Diz-me – sussurrou ele, soprando suavemente, acariciando-lhe a pele apenas com a respiração.

Algo se contraiu dentro de Penelope, nas suas profundezas, em lugares que nunca eram ditos.

– Colin, por favor – implorou.

Ele sorriu, lento e preguiçoso, satisfeito, mas ainda esfomeado. – Por favor, o quê? – perguntou.

– Toca-me – sussurrou ela.

O dedo indicador deslizou ao longo do ombro dela. – Aqui?

Ela agitou a cabeça freneticamente.

Ele correu o dedo ao longo coluna. – Estou perto? – murmurou.

Ela assentiu, os olhos nunca deixando o seio.

Ele encontrou o mamilo novamente, os dedos traçando espirais lentas e tentadoras em redor, depois nele, e ela não conseguia desviar o olhar, o corpo a ficar mais e mais tenso.

Só conseguia ouvir a respiração quente e pesada dos próprios lábios.

Então…

– Colin! – O nome voou-lhe da boca num suspiro estrangulado. Certamente ele não…

Os lábios dele fecharam-se em torno dela e, antes mesmo que conseguisse sentir mais do que o calor dele, a surpresa fez o seu corpo erguer-se do banco, as ancas pressionadas descaradamente contra as dele para depois recuarem com a pressão dele, mantendo-a imóvel enquanto lhe dava prazer.

– Oh, Colin, Colin – ofegou, as mãos voando para as costas dele, pressionando desesperadamente os músculos, querendo apenas abraçá-lo com força e nunca mais o largar.

Colin puxou a camisa, libertando-a da cintura das calças, e Penelope seguiu a deixa, deslizando as mãos sob o tecido e acariciando-lhe a pele quente das costas. Nunca tocara um homem daquela forma, nunca tocara *ninguém* daquela maneira, exceto talvez a si mesma, e, mesmo assim, não era fácil chegar às próprias costas.

Ele gemeu quando ela o tocou, e depois ficou tenso quando os dedos dela deslizaram ao longo da sua pele. Penelope sentiu o coração dar um salto. Colin gostava, gostava da maneira como ela o tocava. Penelope não tinha a menor ideia do que fazer consigo mesma, mas, ainda assim, ele gostava.

– És perfeita – sussurrou contra a pele dela, os lábios abrindo caminho de regresso à zona inferior do queixo. A sua boca tomou a dela novamente, desta vez com maior fervor, as mãos deslizando até às nádegas, apertando e massajando e pressionando-a de encontro à sua ereção.

– Meu Deus, como te quero – disse ele em voz estrangulada, pressionando as ancas contra ela. – Quero despir-te e afundar-me em ti e nunca mais te largar.

Penelope gemeu de desejo, incapaz de acreditar no prazer que retirava de simples palavras. Ele fazia-a sentir-se pecaminosa, travessa, e oh… tão desejável.

Queria que durasse para sempre.

– Oh, Penelope – dizia ele num gemido, os lábios e as mãos cada vez mais frenéticos. – Oh, Penelope. Oh, Penelope, oh… – Levantou a cabeça. Abruptamente.

– *Oh, Céus!*

– O que foi? – perguntou ela, tentando erguer a cabeça da almofada.

– Paramos.

Penelope precisou de um momento para reconhecer a importância da palavra. Se tinham parado, isso significava que provavelmente tinham chegado ao destino, que era…

A sua casa.

– *Oh, Céus!* – Ela começou a puxar o corpete do vestido com movimentos frenéticos. – Não podemos pedir ao cocheiro para seguir em frente?

Já se tinha mostrado uma devassa completa. Não parecia haver grande problema em acrescentar «desavergonhada» à lista de comportamentos.

Colin ajudou-a a vestir o corpete. – Qual é a possibilidade de a tua mãe não ter notado a minha carruagem na frente da tua casa?

– Muito boa, na verdade – disse ela –, mas o Briarly deve ter reparado.

– O teu mordomo reconhece a minha carruagem? – perguntou, incrédulo.

Penelope assentiu. – Vieste cá no outro dia. Ele lembra-se sempre dessas coisas.

Os lábios de Colin torceram-se de modo sombrio e determinado. – Muito bem, então – disse ele. – Põe-te apresentável.

– Posso correr para o meu quarto – disse Penelope. – Ninguém vai ver.

– Duvido – disse com ar ameaçador, enfiando a camisa nas calças e alisando o cabelo.

– Não, eu garanto que…

– E eu garanto-te – disse Colin, interrompendo-a – que vais ser vista. – Lambeu os dedos e passou-os pelo cabelo. – E eu? Estou apresentável?

– Sim – mentiu. Na verdade, parecia bastante afogueado, os lábios inchados, o cabelo nada conforme com o estilo atual.

– Ainda bem. – Saltou da carruagem e estendeu-lhe a mão.

– Também vais entrar? – perguntou ela.

Colin olhou-a como se ela tivesse ficado subitamente doida. – Claro!

Penelope não se mexeu, demasiado perplexa com a atitude dele, para conseguir dar a ordem necessária às pernas para andarem. Certamente não havia motivo para ele a acompanhar até casa. O decoro não o exigia e…

– Pelo amor de Deus, Penelope – disse ele, agarrando-lhe a mão e obrigando-a a descer. – Casas-te comigo ou não?

CAPÍTULO 14

E la caiu no pavimento.

Penelope costumava ser um pouco mais graciosa do que a maioria das pessoas julgava, pelo menos na sua opinião. Era uma boa dançarina, tocava piano com os dedos perfeitamente arqueados e era capaz de atravessar uma sala apinhada de gente sem chocar numa quantidade invulgar de pessoas ou móveis.

Mas quando Colin lhe fez a proposta de maneira tão descontraída, o seu pé, já fora da carruagem, só encontrou ar, a anca esquerda bateu contra o passeio e a cabeça foi parar aos pés de Colin.

— Meu Deus, Penelope! — exclamou ele, agachando-se. — Estás bem?

— Muito bem — conseguiu dizer, procurando o buraco que devia ter-se aberto no chão, para onde ela pudesse rastejar e morrer.

— Tens a certeza?

— Não foi nada — respondeu, segurando o rosto, que seguramente ostentava agora uma marca perfeita da ponta da bota de Colin. — Só a surpresa, acho.

— Porquê?

— Porquê? — repetiu ela.

— Sim, porquê?

223

Penelope piscou. Uma, duas, três vezes. – Hum... bem, talvez tenha a ver com a tua menção a casamento.

Colin puxou-a para cima sem cerimónias, quase lhe deslocando o ombro. – O que é que achavas que eu ia dizer?

Ela olhou-o, incrédula. Teria enlouquecido? – Não *isso* – respondeu finalmente.

– Eu não sou um completo canalha – murmurou.

Penelope sacudiu o pó e algum cascalho que ficara agarrado às mangas. – Nunca disse que eras, eu só...

– Posso assegurar-te – continuou ele, agora com um ar mortalmente ofendido – que não me porto desta maneira com uma mulher da tua educação sem fazer uma proposta de casamento.

Penelope ficou de boca aberta, com a sensação de ser uma coruja.

– Tens alguma resposta para me dar? – quis saber.

– Ainda estou a tentar perceber o que disseste – admitiu ela.

Colin pôs as mãos nas ancas e olhou para ela com visível falta de paciência.

– Tens de admitir – disse Penelope, descendo o queixo até o olhar de forma bastante duvidosa através das pestanas – que soou um pouco como se tivesses... hum... o hábito de fazer propostas de casamento.

Ele franziu o sobrolho. – É claro que não. Agora dá-me o braço antes que comece a chover.

Ela olhou para o céu azul límpido.

– Ao ritmo a que estás a andar – disse ele, impaciente – vamos demorar dias.

– Eu... bem... – Penelope aclarou a garganta. – Certamente podes perdoar a minha falta de compostura diante de tal surpresa.

– Agora quem é que está a falar em círculos? – murmurou ele.

– Desculpa.

A mão dele estreitou-lhe mais o braço. – Vamos apressar-nos.

– Colin! – quase gritou, tropeçando nos pés depois de tropeçar nos degraus da escada. – Tens a certeza...

– Nada melhor que o presente – disse ele, quase em tom alegre. Parecia muito satisfeito consigo mesmo, o que a deixou perplexa, porque teria apostado toda a sua fortuna, e como Lady Whistledown acumulara uma fortuna considerável, que ele não tinha a intenção de a pedir em casamento até ao momento em que a carruagem parara na frente da casa dela.

Talvez nem mesmo até as palavras lhe saírem dos lábios.

Ele virou-se para ela. – Preciso de bater?

– Não, eu…

Colin bateu assim mesmo, ou melhor, golpeou a porta, para ser mais preciso.

– Briarly – disse Penelope tentando sorrir quando o mordomo abriu a porta.

– Miss Penelope – murmurou, erguendo uma sobrancelha de surpresa. Fez um aceno de cabeça a Colin, cumprimentando:
– Mr. Bridgerton.

– Mrs. Featherington está em casa? – perguntou Colin bruscamente.

– Sim, mas…

– Excelente. – Colin entrou, puxando Penelope atrás dele.
– Onde é que ela está?

– Na sala de estar, mas devo dizer-lhe…

Mas Colin já estava a meio do corredor e Penelope um passo atrás dele. (Não que pudesse estar noutro lugar, considerando a forma como a mão dele lhe apertava o braço.)

– Mr. Bridgerton! – exclamou o mordomo, soando ligeiramente em pânico.

Penelope virou-se para trás, embora os pés continuassem a seguir Colin. Briarly nunca entrava em pânico. Com nada. Se ele não achava que ela e Colin deviam entrar na sala, tinha de haver uma boa razão.

Talvez até mesmo…

Oh, *não*!

Penelope fincou os calcanhares no chão, derrapando ao longo do piso de madeira enquanto Colin a arrastava pelo braço. – Colin – disse ela, engasgando-se à primeira sílaba. – Colin! Acho mesmo que... aaaai! – Os saltos atingiram a beira do tapete do corredor, lançando-a para a frente.

Ele segurou-a e pousou-a no chão. – O que foi?

Penelope olhou nervosamente para a porta da sala de estar. Estava entreaberta, mas talvez houvesse barulho suficiente lá dentro para que a mãe ainda não os tivesse ouvido aproximarem-se.

– Penelope... – incitou Colin, impaciente.

– Hum... – Ainda havia tempo para escapar, não havia? Olhou freneticamente em redor, como se fosse encontrar a solução para os seus problemas no corredor.

– Penelope – voltou a dizer Colin, agora batendo o pé –, o que se passa?

Ela olhou para Briarly, que simplesmente encolheu os ombros. – Esta realmente não é a melhor altura para falar com a minha mãe.

Colin ergueu uma sobrancelha, com o mesmo ar do mordomo segundos antes. – Não estás a pensar recusar o meu pedido, pois não?

– Não, claro que não – apressou-se a dizer, mesmo ainda não tendo realmente aceitado o facto de ele pretender pedi-la em casamento.

– Então, este é um excelente momento – declarou, com um tom que não aceitava protestos.

– Mas é...

– O quê?

Terça-feira, pensou, aflita. E passava do meio-dia, o que significava...

– Vamos – disse Colin, avançando e, antes que pudesse detê-lo, ele abriu a porta.

*

O primeiro pensamento de Colin ao entrar na sala foi o de que aquele dia, embora não tendo certamente corrido de forma que ele pudesse prever quando acordou de manhã, tinha-se transformando num excelente empreendimento. Casar com Penelope era uma ideia extremamente sensata, e surpreendentemente atrativa, a julgar pelo recente encontro na carruagem.

O segundo pensamento foi que acabara de entrar no seu pior pesadelo.

Porque a mãe de Penelope não estava sozinha na sala. Toda a família Featherington, atual e anterior, estava lá, juntamente com os vários cônjuges e até mesmo um gato.

Era o conjunto mais assustador de pessoas que Colin tinha presenciado. A família de Penelope era... bem... exceto Felicity (de quem sempre tivera uma certa suspeita, pois como era possível confiar em alguém que fosse amiga de Hyacinth?), a família dela era... bem...

Não era capaz de pensar numa boa palavra para a descrever. E se pensasse, não seria nada de abonatório (embora achasse que poderia evitar o insulto descarado); honestamente, haveria uma palavra para a descrever que efetivamente combinasse ligeiramente néscia, excessivamente faladora, bastante intrometida, terrivelmente maçadora e (não se podia esquecer, não com Robert Huxley fazendo agora parte do clã) invulgarmente ruidosa?

Colin decidiu apenas sorrir. Abriu o seu grande, enorme, amigável e um pouco travesso sorriso. Resultava quase sempre e hoje não foi exceção. Toda a família Featherington retribuiu o sorriso e, graças a Deus, não disse nada.

Pelo menos não imediatamente.

– Colin! – exclamou Mrs. Featherington com visível surpresa. – Que simpático da sua parte ter trazido a Penelope para a nossa reunião de família.

– Reunião de família? – repetiu ele. Olhou para Penelope que, de pé ao seu lado, exibia um ar algo adoentado.

– Todas as terças-feiras – explicou ela com um sorriso fraco. – Não te tinha dito?

– Não – respondeu, embora fosse óbvio que a frase dela fora dirigida aos ouvidos da audiência. – Não, não disseste.

– Bridgerton! – gritou Robert Huxley, casado com Prudence, a irmã mais velha de Penelope.

– Huxley – cumprimentou Colin, dando um discreto passo atrás. Era melhor proteger os tímpanos, caso o cunhado de Penelope decidisse deixar o posto junto à janela.

Felizmente, Huxley ficou onde estava, mas o outro cunhado de Penelope, o bem-intencionado, mas cabeça de vento, Nigel Berbrooke, atravessou a sala, cumprimentando Colin com uma palmada calorosa nas costas. – Não estava à tua espera – disse Berbrooke com jovialidade.

– Pois não – murmurou Colin –, não faria sentido que estivesses.

– Afinal é apenas família – disse Berbrooke – e tu não és da família. Não da minha família, pelo menos.

– Ainda não – murmurou Colin, lançando um olhar a Penelope, que enrubesceu.

Depois olhou para Mrs. Featherington, que parecia prestes a desmaiar de emoção. O sorriso de Colin terminou num gemido. Não tinha intenção que ela ouvisse o seu comentário sobre a possibilidade de se juntar à família. Não sabia porquê, mas preferia manter um elemento de surpresa, antes de pedir a mão de Penelope. Se Portia Featherington soubesse das suas intenções antes do tempo, era provável que torcesse a coisa toda (na cabeça dela, pelo menos), dando a entender que fora ela a orquestrar a união.

E por alguma razão, Colin achava isso extremamente desagradável.

– Espero não estar a atrapalhar – disse a Mrs. Featherington.

– Não, claro que não – respondeu rapidamente. – Ficamos muito felizes em tê-lo cá, numa reunião de *família*. – Mas ela parecia bastante estranha, não exatamente indecisa sobre a presença dele ali, mas seguramente incerta sobre qual deveria ser o seu próximo passo. Mordia o lábio inferior e lançou um olhar furtivo a Felicity.

Colin virou-se para Felicity, que olhava para Penelope, com um sorrisinho secreto fixado no rosto. Penelope olhava para a mãe, com a boca torcida numa careta irritada.

O olhar de Colin passou de Featherington para Featherington. Era óbvio que alguma coisa fervilhava sob a superfície e se ele não estivesse a tentar descobrir (A) como evitar ficar preso em conversa com os familiares de Penelope, enquanto (B) arranjava forma de fazer uma proposta de casamento ao mesmo tempo, estaria bastante curioso para saber o que estava a causar tanto segredo e olhares dissimulados entre as mulheres Featherington.

Mrs. Featherington lançou um último olhar a Felicity, fez um pequeno gesto que Colin poderia jurar significar *Senta-te direita*, e fixou a atenção nele. – Não se quer sentar? – convidou ela, sorrindo e dando uma palmadinha no assento ao lado dela no sofá.

– Muito obrigado – murmurou ele, porque na verdade já não havia escapatória possível. Ainda tinha de pedir a mão de Penelope em casamento, e mesmo que não desejasse particularmente fazê-lo na frente de toda a família Featherington (e dos dois cônjuges ineptos), estava preso ali, pelo menos até surgir uma oportunidade educada e poder fugir.

Virou-se e ofereceu o braço à mulher que pretendia fazer sua noiva. – Penelope?

– Hum, sim, é claro – gaguejou ela, colocando a mão na dobra do cotovelo.

– Ah, sim – disse Mrs. Featherington, como se se tivesse esquecido completamente da presença da filha. – Desculpa, Penelope, não te tinha visto. Não te importas de ir informar a cozinheira que somos mais pessoas? Certamente iremos precisar de mais comida com a chegada de Mr. Bridgerton.

– Claro – disse Penelope, os cantos dos lábios trémulos.

229

– Ela não pode tocar para chamar alguém? – sugeriu Colin em voz alta.

– Como? – disse Mrs. Featherington, distraída. – Bem, suponho que sim, mas levaria mais tempo e a Penelope não se importa, não é?

Penelope sacudiu ligeiramente a cabeça.

– Importo-me eu – disse Colin.

Mrs. Featherington deixou escapar um «Oh» de surpresa, mas recompôs-se e disse: – Muito bem. Penelope, hum, porque não te sentas ali? – Apontou para uma cadeira um pouco afastada do círculo de conversa.

Felicity, que estava sentada em frente à mãe, levantou-se de um salto. – Penelope, por favor, fica com o meu lugar.

– Não – disse Mrs. Featherington com firmeza. – Não tens andado a sentir-te bem, Felicity. Precisas de te sentar.

Colin achou que Felicity era o retrato da saúde perfeita, mas ela voltou a sentar-se.

– Penelope – disse Prudence em voz alta, do lugar junto à janela. – Preciso de falar contigo.

Penelope lançou um olhar impotente de Colin para Prudence, de Felicity para a mãe.

Colin puxou-a para mais perto. – Eu também preciso de falar com ela – disse ele em tom tranquilo.

– Certo, bem, acho que há espaço para ambos – disse Mrs. Featherington, dando mais espaço no sofá.

Colin sentia-se preso entre as boas maneiras que lhe tinham sido inculcadas desde criança e a vontade enorme de estrangular a mulher que um dia seria sua sogra. Não percebia porque é que ela tratava Penelope como uma espécie de enteada desfavorecida, mas, sinceramente, aquilo tinha de acabar.

– O que o traz por cá? – gritou Robert Huxley.

Colin tocou nos ouvidos (não conseguia evitar) e disse: – Eu estava…

– Por Deus – alvoroçou-se Mrs. Featherington –, não queremos interrogar o nosso convidado, não é?

Colin realmente não tinha pensado que a pergunta de Huxley constituísse um interrogatório, mas não queria insultar Mrs. Featherington dizendo-o, por isso fez um aceno de cabeça e disse algo completamente sem sentido como: – Sim, bem, é claro.

– É claro o quê? – perguntou Philippa.

Philippa era casada com Nigel Berbrooke e Colin sempre achou que faziam um belo par.

– Desculpe? – perguntou, sem perceber a razáo da pergunta.

– Disse «É claro» – explicou Philippa. – É claro o quê?

– Náo sei – respondeu Colin.

– Ah, bom, entáo, porque é que...

– Philippa – interrompeu Mrs. Featherington em voz alta –, talvez seja melhor ires tratar da comida, já que a Penelope se esqueceu de tocar para chamar alguém.

– Oh, desculpe – disse Penelope rapidamente, começando a levantar-se.

– Não te preocupes – disse Colin com um sorriso suave, agarrando-lhe a mão e puxando-a para baixo. – A tua mãe disse que a Prudence podia ir.

– A Philippa – corrigiu Penelope.

– O que tem a Philippa?

– Ela disse que a Philippa podia ir, não a Prudence.

Colin perguntou-se o que lhe teria acontecido ao cérebro, porque entre a carruagem e aquele sofá, tinha claramente desaparecido. – Será que isso importa? – perguntou.

– Não, na verdade não, mas...

– Felicity – interrompeu Mrs. Featherington mais uma vez –, porque não falas a Mr. Bridgerton sobre as tuas aguarelas?

Por amor de Deus, Colin não poderia imaginar um tema menos interessante (exceto, talvez, as aguarelas de Philippa), mas mesmo assim virou-se para a jovem Featherington com um sorriso amigável e perguntou: – E como estão as suas aguarelas?

Mas Felicity, Deus a abençoe, retribuiu o sorriso amigável e disse apenas: – Imagino que estejam bem, obrigada.

Mrs. Featherington, com ar de quem tinha acabado de engolir uma enguia viva, exclamou: – Felicity!

– Sim? – disse Felicity docemente.

– Não contaste que tinhas ganhado um prémio. – Virou-se para Colin. – As aguarelas da Felicity são muito originais. – Virou-se para Felicity. – Conta a Mr. Bridgerton sobre o teu prémio.

– Oh, não imagino o interesse que possa ter nisso.

– Claro que tem – rugiu Mrs. Featherington entre dentes.

Normalmente, Colin teria entrado na conversa com um *Claro que estou*, já que, afinal, era um sujeito extremamente afável, mas fazê-lo seria validar a afirmação de Mrs. Featherington e, talvez ainda mais importante, arruinar a diversão de Felicity.

E Felicity parecia estar a divertir-se *muito*. – Philippa – disse ela –, não ias tratar da comida?

– Oh, certo – respondeu Philippa. – Tinha-me esquecido. Acontece-me muito. Vamos, Nigel. Vem fazer-me companhia.

– É para já! – sorriu Nigel. Então ele e Philippa saíram da sala às risadinhas.

Colin reafirmou a sua convicção de o par Berbrooke-Featherington ser realmente muito adequado.

– Acho que vou até ao jardim – anunciou Prudence de repente, tomando o braço do marido. – Penelope, porque não vens comigo?

Penelope ficou de boca aberta enquanto descobria o que dizer, parecendo um peixe confuso (mas, na opinião de Colin um peixe bastante atraente, se tal coisa fosse possível). Finalmente, o queixo assumiu um semblante resoluto e ela respondeu: – Não me parece, Prudence.

– Penelope! – exclamou Mrs. Featherington.

– Preciso que me mostres uma coisa – disse Prudence entre dentes.

– Parece-me que sou necessária aqui – respondeu Penelope. – Posso acompanhar-te mais tarde, se quiseres.

– Eu preciso de ti *agora*.

Penelope olhou para a irmã com espanto, claramente não estando à espera de tanta resistência. – Sinto muito, Prudence – reiterou. – Acho que sou necessária aqui.

– Que disparate – disse Mrs. Featherington despreocupadamente. – A Felicity e eu podemos fazer companhia a Mr. Bridgerton.

Felicity levantou-se de um salto. – Oh, não! – exclamou, os olhos redondos e inocentes. – Esqueci-me de uma coisa.

– Do que é que te podes ter esquecido? – perguntou Mrs. Featherington entre dentes.

– Hum… das minhas aguarelas. – Virou-se para Colin com um sorriso doce e travesso. – Queria vê-las, não queria?

– É claro – murmurou ele, decidindo que gostava muito da irmã mais nova de Penelope. – Uma vez que são tão únicas.

– Poder-se-ia dizer que são unicamente vulgares – disse Felicity com um aceno de cabeça excessivamente sério.

– Penelope – disse Mrs. Featherington, obviamente tentando esconder a irritação –, podes, por favor, ir buscar as aguarelas da Felicity?

– Penelope não sabe onde estão – apressou-se a responder Felicity.

– Então porque não lhe dizes onde estão?

– Pelo amor de Deus – explodiu Colin finalmente –, deixe a Felicity ir. De qualquer modo, preciso de um momento em particular consigo.

O silêncio reinou. Era a primeira vez que Colin Bridgerton perdia a cabeça em público. Ao seu lado, ouviu Penelope soltar um pequeno suspiro, mas quando a olhou de relance, viu-a esconder um pequeno sorriso com a mão.

E isso fê-lo sentir-se ridiculamente bem.

– Um momento em particular? – ecoou Mrs. Featherington, agitando a mão no peito. Olhou para Prudence e Robert, que ainda estavam de pé junto à janela. Eles imediatamente abandonaram a sala, embora não sem alguns resmungos por parte de Prudence.

– Penelope – disse Mrs. Featherington –, talvez seja melhor acompanhares a Felicity.

– A Penelope fica – disse Colin muito sério.

– A Penelope? – perguntou Mrs. Featherington, incrédula.

– Sim – disse ele devagar, para o caso de ela ainda não ter percebido –, a Penelope.

– Mas…

Colin atirou-lhe um olhar tal que ela literalmente recuou e cruzou as mãos no colo.

– Já fui! – gorjeou Felicity, deslizando para fora da sala. Mas antes de fechar a porta, Colin viu-a lançar uma piscadela a Penelope.

E Penelope sorriu, o amor pela irmã mais nova a brilhar-lhe nos olhos.

Colin relaxou. Não se tinha apercebido da tensão que sentia ao ver Penelope infeliz. E ela estava definitivamente infeliz. Deus do Céu, mal podia esperar para a retirar do seio daquela família ridícula.

Os lábios de Mrs. Featherington distenderam-se numa fraca tentativa de sorriso. Olhou de Colin para Penelope e de novo para ele, e disse por fim: – Deseja falar comigo?

– Sim – respondeu ele, ansioso para acabar com aquilo de uma vez. – Eu ficaria honrado se me concedesse a mão da sua filha em casamento.

Por um momento Mrs. Featherington não teve nenhuma reação. Depois, os olhos tornaram-se muito redondos, a boca também redonda, o corpo… bem, o corpo já era redondo… e ela juntou as mãos, incapaz de dizer outra coisa que não fosse – Oh! Oh!

E depois: – Felicity! Felicity!

Felicity?

Portia Featherington levantou-se de um salto, correu para a porta e gritou como uma peixeira. – Felicity! Felicity!

– Oh, mãe – gemeu Penelope, fechando os olhos.

– Porque está a chamar a Felicity? – perguntou Colin, levantando-se.

Mrs. Featherington virou-se para ele com perplexidade. – Não deseja casar-se com a Felicity?

Colin achou-se capaz de ficar literalmente doente. – Não, pelo amor de Deus, eu não quero casar-me com a Felicity – disparou. – Se eu quisesse casar com a Felicity, não lhe teria dito para ir buscar as aguarelas, não lhe parece?

Mrs. Featherington engoliu com desconforto. – Mr. Bridgerton – disse, torcendo as mãos. – Não estou a perceber.

Ele olhou-a horrorizado, a expressão transformando-se em profunda indignação. – Com a Penelope – disse, agarrando-a pela mão e puxando-a até ela ficar encostada a ele –, quero casar-me com a Penelope.

– Com a Penelope? – ecoou Mrs. Featherington. – Mas...

– Mas o quê? – interrompeu ele, a voz pura ameaça.

– Mas... mas...

– Está tudo bem, Colin – apressou-se a dizer Penelope. – Eu...

– Não, não está tudo bem – explodiu. – Eu nunca dei qualquer indicação de que estava interessado na Felicity.

Felicity apareceu à porta, tapou a boca com a mão e rapidamente desapareceu, fechando sabiamente a porta atrás de si.

– Sim, mas a Felicity é solteira e... – disse Penelope apaziguadora, lançando um rápido olhar à mãe.

– Tu também – lembrou ele.

– Eu sei, mas eu já passei da idade e...

– E a Felicity é uma *criança*! – cuspiu ele. – Deus do céu, casar com ela seria como casar com a Hyacinth.

– Hum, exceto pela parte do incesto – brincou Penelope.

Ele lançou-lhe um olhar muito pouco divertido.

– Está bem – disse ela, mais para preencher o silêncio. – Foi apenas um terrível equívoco, não foi?

Ninguém respondeu. Penelope olhou para Colin em súplica. – Não foi?

– Certamente que foi – murmurou ele.

Penelope virou-se para a mãe. – Mamã?

– Penelope? – murmurou ela e Penelope percebeu que a mãe não estava a fazer-lhe uma pergunta, antes a expressar a descrença por Colin querer casar-se com ela.

Pensar-se-ia que já estaria habituada, mas... Oh, era tão doloroso.

– Eu gostaria de me casar com Mr. Bridgerton – disse Penelope, tentando permanecer, o mais possível, calma e digna. – Ele pediu-me em casamento e eu disse que sim.

– Bem, é claro que disseste que sim – respondeu a mãe. – Terias de ser uma idiota se dissesses que não.

– Mrs. Featherington – interveio Colin com firmeza –, eu sugiro que comece a tratar a minha futura esposa com um pouco mais de respeito.

– Colin, isso não é necessário – disse Penelope, colocando a mão no braço dele, mas a verdade era que... sentia o coração encher--se. Ele podia não a amar, mas preocupava-se com ela. Nenhum homem seria capaz de defender uma mulher de forma tão protetora e feroz se não se importasse com ela.

– *É* necessário, sim – revidou ele. – Pelo amor de Deus, Penelope, eu cheguei contigo. Fui bem claro que pretendia a tua presença na sala e praticamente empurrei a Felicity para que fosse buscar as aguarelas. Porque iria alguém pensar que eu queria a Felicity?

Mrs. Featherington abriu e fechou a boca várias vezes antes de finalmente dizer: – Eu amo a Penelope, é claro, mas...

– Mas conhece-a? – atirou Colin. – Ela é linda e inteligente e tem um excelente senso de humor. – Quem não gostaria de casar com uma mulher assim?

Penelope ter-se-ia derretido no chão se não estivesse agarrada à mão dele. – Obrigada – sussurrou, não se importando se a mãe ouvia, nem mesmo se Colin ouvia. Não sabia porquê, mas precisava de dizer essas palavras para si mesma.

Não era o que pensava ser.

O rosto de Lady Danbury bailava-lhe diante dos olhos, a expressão afável e um pouco matreira.

Algo mais. Talvez Penelope fosse algo mais, e talvez Colin fosse a única pessoa a percebê-lo.

Esse pensamento fê-la amá-lo ainda mais.

A mãe aclarou a garganta e, em seguida, aproximou-se e deu um abraço a Penelope. Começou por ser um abraço hesitante de ambas as partes, mas depois Portia apertou a sua terceira filha nos braços e, com um choro abafado, Penelope devolveu o abraço em igual medida.

— Eu amo-te, Penelope — disse Portia — e estou muito feliz por ti. — Afastou-se e enxugou uma lágrima do olho. — Vou sentir-me muito sozinha sem ti, é claro, porque achava que íamos envelhecer juntas, mas isto é o melhor para ti e suponho que esse é o papel de uma mãe.

Penelope fungou alto e, sem olhar, pegou no lenço de Colin, que ele já tinha tirado do bolso e lhe estendia.

— Um dia vais perceber — disse Portia, dando-lhe uma palmadinha no braço. Virou-se para Colin e disse: — Estamos muito felizes em recebê-lo na família.

Ele fez um aceno de cabeça, não muito caloroso, mas Penelope achou que fora um esforço bastante razoável, considerando a irritação de momentos antes.

Penelope sorriu e apertou-lhe a mão, consciente de estar prestes a embarcar na maior aventura da sua vida.

CAPÍTULO 15

– S abes – disse Eloise, três dias depois de Colin e Penelope terem feito o anúncio-surpresa –, é realmente uma pena que Lady Whistledown se tenha retirado, porque este teria sido o acontecimento da década.

– Certamente na perspetiva de Lady Whistledown – murmurou Penelope, levando a chávena de chá aos lábios e mantendo os olhos fixos no relógio de parede da sala de estar informal de Lady Bridgerton. Era melhor não olhar para Eloise diretamente. Ela tinha muito jeito para perceber os segredos nos olhos de uma pessoa.

Era engraçado. Penelope passara anos sem se preocupar que Eloise descobrisse a verdade sobre Lady Whistledown. Pelo menos, não se preocupava muito. Mas agora que Colin sabia, parecia que o segredo pairava no ar, como partículas de poeira simplesmente à espera de formar uma nuvem de conhecimento.

Talvez os Bridgerton fossem como o dominó. Assim que um descobria, era só uma questão de tempo até todos descobrirem.

– O que queres dizer? – perguntou Eloise, interrompendo os pensamentos nervosos de Penelope.

– Se bem me lembro – disse Penelope, com cautela –, ela escreveu certa vez que teria de se retirar se eu me casasse com um Bridgerton.

Os olhos de Eloise saltaram das órbitas. – Ela escreveu isso?

– Ou algo parecido – disse Penelope.

– Estás a brincar – disse Eloise, seguido de um «pfff» e de um aceno de mão em descrença. – Ela nunca teria sido tão cruel.

Penelope tossiu, não achava que fosse capaz de terminar o assunto fingindo ter uma migalha de biscoito na garganta, mas, de qualquer forma, tentou.

– Não, a sério – insistiu Eloise –, o que foi que ela disse?

– Não me lembro exatamente.

– Tenta.

Penelope tentou empatar, pousando a chávena e pegando noutro biscoito. Estavam sozinhas a tomar chá, o que era estranho. Mas Lady Bridgerton tinha arrastado Colin para alguma missão relativa ao casamento, marcado para daí a apenas um mês, e Hyacinth fora às compras com Felicity, que, ao ouvir as notícias de Penelope, se atirara nos braços da irmã e gritara de alegria até Penelope sentir os ouvidos dormentes.

Foi um momento maravilhoso entre irmãs.

– Bem – disse Penelope, mastigando um pedaço de biscoito –, acho que ela disse que se eu me casasse com um Bridgerton, seria o fim do mundo tal como ela o conhecia e que como não percebia nada de um mundo assim, ver-se-ia forçada a retirar-se imediatamente.

Eloise olhou-a um momento. – E isso não é uma recordação precisa?

– Uma pessoa não se esquece dessas coisas – objetou Penelope.

– Pfff! – O nariz de Eloise enrugou-se de desdém. – Bem, isso foi bastante horrível da parte dela, devo dizer. Agora tenho mais uma razão para desejar que ela ainda escrevesse, porque teria de comer um bando inteiro de corvos.

– Os corvos reúnem-se em bandos?

– Não sei – respondeu prontamente Eloise –, mas deviam.

– És uma boa amiga, Eloise – disse Penelope baixinho.

– Sim – disse Eloise com um suspiro afetado –, eu sei. A melhor.

Penelope sorriu. A resposta confiante de Eloise deixava claro que não estava com paciência para grandes emoções ou nostalgia. O que era excelente. Havia um tempo e um lugar para tudo. Penelope tinha dito o que queria e sabia que Eloise retribuía o sentimento, mesmo que de momento preferisse brincar.

— Porém, devo confessar — disse Eloise, pegando noutro biscoito — que tu e Colin me surpreenderam.

— Eu também fiquei surpreendida — admitiu Penelope, cáustica.

— Não é que não esteja contente — apressou-se Eloise a acrescentar. — Não há ninguém que eu gostasse mais de ter como irmã. Bem, além das que já tenho, é claro. E se alguma vez tivesse imaginado que vocês os dois estavam inclinados nesse sentido, certamente que teria sido extremamente intrometida.

— Eu sei — disse Penelope, o riso forçando os cantos dos lábios a subir.

— Sim, bem — Eloise dispensou o comentário com um aceno —, eu não sou conhecida por ser uma pessoa muito reservada.

— O que é isso nos teus dedos? — perguntou Penelope, inclinando-se para ver melhor.

— O quê? Isto? Nada. — Mas, no entanto, pousou as mãos no colo.

— É alguma coisa — disse Penelope. — Deixa-me ver. Parece tinta.

— Claro que parece. *É* tinta.

— Então porque não o disseste quando perguntei?

— Porque não é da tua conta — disse Eloise com insolência.

Penelope recuou, chocada com o tom agudo de Eloise. — Desculpa — disse com rigidez. — Não fazia ideia de que era um assunto tão sensível.

— Oh, mas não é — apressou-se a responder Eloise. — Não sejas tonta. Eu é que sou desajeitada e não consigo escrever sem ficar com os dedos cobertos de tinta. Podia usar luvas, mas depois *elas ficariam* manchadas e teria de estar a substituí-las constantemente e garanto-te que não tenho vontade nenhuma de gastar a minha mesada, que já é escassa, em luvas.

Penelope observou-a durante a longa explicação e depois perguntou: – O que estiveste a escrever?

– Nada – disse Eloise com indiferença. – Apenas cartas.

Penelope percebia pelo tom apressado de Eloise que ela não estava com vontade de sujeitar o tema a maior exploração, mas estava a ser tão estranhamente evasiva que Penelope não resistiu a perguntar: – Para quem?

– As cartas?

– Sim – respondeu Penelope, mesmo achando que era bastante óbvio.

– Oh, para ninguém.

– Bem, a não ser que seja um diário, nunca são para *ninguém* – comentou Penelope, com um leve tom de impaciência na voz.

Eloise lançou-lhe um olhar vagamente ofendido. – Estás muito curiosa hoje.

– Só porque estás a ser tão evasiva.

– São para a Francesca – disse Eloise com uma fungadela.

– Então porque é que não disseste logo?

Eloise cruzou os braços. – Talvez porque não goste de ser interrogada.

Penelope ficou de boca aberta. Não se lembrava da última vez que ela e Eloise tivessem tido algo de remotamente parecido com um arrufo. – Eloise – disse, mostrando o choque na voz –, o que se passa?

– Não se passa nada.

– Eu sei que não é verdade.

Eloise não respondeu, apenas contraiu os lábios e olhou na direção da janela, numa tentativa clara de encerrar a conversa.

– Estás aborrecida comigo? – insistiu Penelope.

– Porque haveria de estar?

– Não sei, mas é óbvio que estás.

Eloise soltou um pequeno suspiro. – Eu não estou aborrecida.

– Bem, *alguma* coisa estás.

– Estou apenas... estou apenas... – Abanou a cabeça. – Eu não sei o que estou. Inquieta, suponho. Maldisposta.

Penelope ficou em silêncio enquanto digeria a explicação e, em seguida, disse em voz baixa: – Há alguma coisa que eu possa fazer?

– Não. – Eloise lançou-lhe um sorriso oblíquo. – Se houvesse, podes ter a certeza que já te tinha pedido.

Penelope sentiu como que uma risada a subir dentro dela. Era tão típico de Eloise fazer um comentário daqueles.

– Acho que... – começou Eloise, levantando o queixo, pensativa. – Não, não importa.

– Não – insistiu Penelope, estendendo a mão e pegando na da amiga –, conta-me.

Eloise retirou a mão e desviou o olhar. – Vais achar que sou uma tonta.

– Talvez – disse Penelope com um sorriso –, mas vais continuar a ser a minha melhor amiga.

– Oh, Penelope, não sou – disse Eloise tristemente. – Não sou digna da tua amizade.

– Eloise, não digas disparates: Eu teria literalmente enlouquecido tentando sobreviver no meio da alta sociedade londrina sem ti.

Eloise sorriu. – Divertimo-nos muito, não foi?

– Bem, sim, quando estava contigo – admitiu Penelope. – O resto do tempo era uma maldita miséria.

– Penelope! Acho que nunca te ouvi praguejar antes.

Penelope sorriu timidamente. – Saiu-me. Além disso, eu não podia pensar num adjetivo melhor para descrever a vida de uma invisível entre a alta sociedade.

Eloise soltou uma risada inesperada. – Aí está um livro que eu gostaria de ler: *Uma Invisível na Alta Sociedade*.

– Só se fores dada a tragédias.

– Oh, então, não podia ser uma tragédia. Tinha de ser um romance. Afinal, estás a ter o teu final feliz.

Penelope sorriu. Por mais estranho que fosse, ela *estava* a ter o seu final feliz. Colin era um noivo adorável e atencioso, pelo menos

nos últimos três dias em que vinha a desempenhar esse papel. E não devia ser particularmente fácil, pois ambos foram sujeitos a mais especulação e escrutínio do que Penelope imaginaria.

Mas não ficou surpreendida; quando ela (como Lady Whistledown) escrevera que o mundo acabaria se uma Featherington se casasse com um Bridgerton, achava estar a repercutir o sentimento reinante.

Dizer que a alta sociedade tinha ficado chocada com o noivado de Penelope era realmente um eufemismo.

Mas por muito que Penelope gostasse de imaginar e refletir sobre o seu casamento, ainda estava um pouco preocupada com o estranho humor da amiga. – Eloise – disse em tom sério –, quero que me digas o que te está a incomodar.

Eloise suspirou. – Esperava que esquecesses o assunto.

– Aprendi a ser obstinada com a mestra – comentou Penelope.

Isso fez Eloise sorrir, mas apenas um momento. – Sinto-me tão desleal – disse ela.

– Fizeste alguma coisa?

– Não, nada. – Deu umas palmadinhas no coração. – É tudo cá dentro. Eu... – Parou, virou o rosto para o lado, e olhou para as franjas do tapete, mas Penelope suspeitava que ela não via nada. Nada além do que lhe retumbava na mente.

– Estou tão feliz por ti – disse Eloise, as palavras saindo em rajadas irregulares, pontuadas por estranhas pausas. – E posso dizer com toda a honestidade e sinceridade que não tenho ciúmes. Mas ao mesmo tempo...

Penelope esperou que Eloise organizasse os pensamentos. Ou talvez estivesse a ganhar coragem.

– Ao mesmo tempo – continuou, em voz tão baixa que Penelope mal podia ouvi-la –, julgo que sempre achei que serias solteirona juntamente comigo. Eu escolhi esta vida. Eu sei que sim. Eu podia ter casado.

– Eu sei – disse Penelope com serenidade.

– Mas nunca o fiz porque nunca me pareceu certo e não queria contentar-me com menos do que os meus irmãos e irmãs têm. E agora Colin também – disse ela, apontando para Penelope.

Penelope não mencionou que Colin nunca tinha dito que a amava. Não lhe pareceu ser o momento certo, ou, francamente, o tipo de coisa que desejasse partilhar. Além disso, mesmo que não a amasse, ainda achava que se importava com ela e isso era suficiente.

– Nunca seria capaz desejar que *não* te casasses – explicou Eloise. – Só nunca pensei que fosse acontecer. – Fechou os olhos, parecendo bastante agoniada. – Desculpa, saiu muito mal. Insultei-te terrivelmente.

– Não, não insultaste – assegurou Penelope com toda a sinceridade. – Eu também nunca pensei que fosse casar.

Eloise assentiu com tristeza. – E de alguma forma, isso tornava tudo... tudo bem. Eu tinha quase vinte e oito anos e estava solteira, tu já tinhas vinte e oito anos e estavas solteira e ter-nos-íamos sempre uma à outra. Mas agora tens Colin.

– Eu ainda te tenho, também. Pelo menos, espero que sim.

– Claro que sim – disse Eloise com fervor. – Mas não vai ser o mesmo. Deves apoiar-te no teu marido. Ou pelo menos é o que todos dizem – acrescentou com uma faísca travessa no olhar. – Colin vem primeiro, e é assim que deve ser. E, francamente – acrescentou, o sorriso a ficar um pouco manhoso –, teria de te matar se não fosse assim. Afinal, ele é o meu irmão preferido. Não seria correto ele ter uma esposa desleal.

Penelope soltou uma gargalhada.

– Odeias-me? – perguntou Eloise.

Penelope abanou a cabeça. – Não – disse suavemente. – Quanto mais não seja, adoro-te ainda mais, porque sei como te deve ter sido difícil seres franca comigo sobre isso.

– Estou tão feliz por pensares assim – disse Eloise com um suspiro ruidoso e dramático. – Estava cheia de medo que dissesses que a única solução seria eu arranjar um marido.

Esse pensamento passou pela mente de Penelope, mas ela abanou a cabeça e disse: – Claro que não.

– Ótimo. Porque a minha mãe não para de o dizer.

Penelope sorriu em tom de brincadeira. – Eu ficaria surpreendida se ela não o fizesse.

– Boa tarde, minhas senhoras!

As duas mulheres olharam para cima e viram Colin entrar na sala. O coração de Penelope saltou-lhe no peito ao vê-lo e sentiu-se estranhamente sem ar. Deveria estar habituada, porque há anos que o coração saltava sempre que o via entrar numa sala, mas agora era diferente, era mais intenso.

Talvez porque ela *sabia*.

Sabia o que era estar com ele, ser desejada por ele.

Sabia que ele seria seu marido.

Sentiu o coração saltar novamente.

Colin soltou um resmungo alto. – Comeram a comida toda?

– Havia apenas um pequeno prato de biscoitos – defendeu-se Eloise.

– Não foi isso que ouvi dizer – resmungou Colin.

Penelope e Eloise trocaram um olhar e começaram a rir às gargalhadas.

– O que foi? – perguntou Colin, inclinando-se para dar um beijo rápido e respeitador na face de Penelope.

– Soaste tão sinistro – explicou Eloise. – É só comida.

– Nunca é só comida – disse Colin, sentando-se numa cadeira.

Penelope ainda se interrogava sobre quando é que aquele formigueiro na face iria parar.

– Então – disse ele, pegando num biscoito meio comido do prato de Eloise –, estavam a falar de quê?

– De Lady Whistledown – disse Eloise prontamente.

Penelope engasgou-se com o chá.

– Ai estavam? – perguntou Colin num tom suave, mas Penelope detetou algo cortante na sua voz.

— Sim — disse Eloise. — Eu estava a dizer à Penelope que tenho pena que ela se tenha aposentado, porque o vosso noivado teria sido o mexerico mais interessante do ano.

— Vê lá como as coisas são — murmurou Colin.

— Hum, hum — concordou Eloise —, e tenho a certeza de que ela teria dedicado uma coluna inteira só ao vosso baile de noivado de amanhã à noite.

Penelope não baixou a chávena da boca.

— Queres mais chá? — perguntou-lhe Eloise.

Penelope assentiu e entregou-lhe a chávena, embora lhe fizesse muita falta na frente do rosto, a servir de escudo. Sabia que Eloise deixara escapar o nome de Lady Whistledown porque não queria que Colin soubesse dos sentimentos contraditórios sobre o casamento dele, mas, ainda assim, Penelope desejava ardentemente que Eloise tivesse escolhido outro tema em resposta à pergunta de Colin.

— Porque não tocas para pedir mais comida? — perguntou Eloise a Colin.

— Já fiz isso — respondeu ele. — O Wickham intercetou-me no corredor e perguntou-me se estava com fome. — Colocou o último pedaço do biscoito de Eloise na boca. — É um homem sábio, aquele Wickham.

— Onde foste hoje, Colin? — perguntou Penelope, ansiosa por afastar o tópico de Lady Whistledown.

Ele sacudiu a cabeça com desânimo. — Sei lá! A mãe arrastou--me de loja em loja.

— Não tens trinta e três anos? — perguntou Eloise docemente.

Ele respondeu- lhe com uma careta.

— Pensei que tivesses ultrapassado a idade de teres a mãe a arrastar-te por aí, só isso — murmurou ela.

— A mãe vai arrastar-nos a todos, mesmo quando formos velhos tremelicantes, sabes muito bem — respondeu. — Além do mais, ela está tão feliz por me ver casado que não tenho coragem de lhe estragar a diversão.

Penelope suspirou. Devia ser por isso que amava tanto aquele homem. Qualquer pessoa que tratasse a mãe tão bem, certamente seria um excelente marido.

– E como vão os preparativos do casamento? – perguntou ele a Penelope.

Ela não tencionava mostrar desalento, mas não pôde evitar. – Nunca estive tão exausta em toda a minha vida – admitiu.

Colin estendeu a mão e pegou numa grande migalha do prato dela. – Devíamos fugir.

– Oh, achas que podíamos? – perguntou Penelope, as palavras voando-lhe dos lábios numa pressa não intencional.

Ele piscou. – Estava a brincar, embora me pareça uma excelente ideia.

– Vou tratar de arranjar uma escada – disse Eloise, batendo palmas –, para que possas subir até ao quarto dela e raptá-la.

– Há uma árvore – disse Penelope. – O Colin não terá problemas com isso.

– Deus do céu, não estás a falar a sério, pois não? – disse ele.

– Não – respondeu ela com um suspiro. – Mas podia estar. Se tu estivesses.

– Não posso. Sabes o que isso faria à minha mãe? – disse Colin revirando os olhos. – Já para não falar da tua.

Penelope gemeu. – Eu sei.

– Iria perseguir-me até me matar – disse Colin.

– A minha ou a tua?

– Ambas. Iam unir forças. – Esticou o pescoço em direção à porta. – *Onde* está a comida?

– Acabaste de chegar, Colin – disse Eloise. – Dá-lhes tempo.

– E eu a pensar que o Wickham era um feiticeiro capaz de conjurar alimentos com um estalido de dedos – murmurou.

– Aqui está, senhor! – soou a voz de Wickham, entrando na sala com uma grande bandeja.

– Veem? – disse Colin, erguendo as sobrancelhas primeiro a Eloise e depois a Penelope. – Eu tinha razão.

– Porque é que eu sinto que vou ouvir essas palavras vezes de mais no meu futuro? – perguntou Penelope.

– Muito provavelmente porque vais – respondeu Colin. – Depressa irás aprender – atirou-lhe um sorriso extremamente atrevido – que tenho quase sempre razão.

– Oh, *por favor*! – exclamou Eloise.

– Vou ter de ficar ao lado da Eloise nessa questão – disse Penelope.

– Contra o teu marido? – Pousou uma mão no coração (enquanto a outra pegava numa sanduíche). – Fiquei magoado.

– Ainda não és meu marido.

Colin virou-se para Eloise. – A gatinha tem garras.

Eloise ergueu as sobrancelhas. – Não sabias disso quando a pediste em casamento?

– É claro que sim – disse, mordendo um pedaço da sanduíche. – Só não pensava que ela as fosse usar em mim.

E então olhou-a com uma expressão tão ardente e poderosa que Penelope sentiu-se derreter até aos ossos.

– Bem – anunciou Eloise, levantando-se de repente –, acho que devo permitir ao futuro casal um momento ou dois de privacidade.

– Que progressista da tua parte – murmurou Colin.

Eloise olhou para ele com um toque impertinente nos lábios. – Qualquer coisa pelo meu querido irmão. Ou melhor – acrescentou ela, a expressão ficando ainda mais maliciosa –, qualquer coisa pela Penelope.

Colin levantou-se e virou-se para a noiva. – Parece-me que estou a descer na hierarquia.

Penelope sorriu por trás da sua chávena de chá e disse: – Faço questão de nunca me intrometer nas discussões dos Bridgerton.

– Ah, ah! – Eloise deu uma sonora gargalhada. – Não penses que vais conseguir manter essa política, futura Mrs. Bridgerton. Além disso – acrescentou com um sorriso malicioso –, se achas que isto é uma discussão, espera até nos veres em plena forma.

– Queres dizer que ainda não vi? – perguntou Penelope.

Tanto Eloise como Colin abanaram a cabeça de um modo que a fez ficar extremamente assustada.

Oh, Céus.

– Alguma coisa que eu deva saber? – perguntou Penelope.

Colin abriu um sorriso sanguinário. – Tarde de mais.

Penelope lançou um olhar desamparado a Eloise, mas ela riu-se e foi-se embora, fechando a porta firmemente atrás de si.

– Vejam só que simpático por parte da Eloise – murmurou Colin.

– O quê? – perguntou Penelope inocentemente.

Os olhos dele brilhavam. – A porta.

– A porta? Oh! – exclamou. – A porta.

Colin sorriu, passando para o lado dela no sofá. Havia algo de encantador em Penelope numa tarde chuvosa. Quase não a via desde que ficaram noivos (a preparação do casamento costumava fazer isso a um casal) e, no entanto, ela não saíra do seu pensamento, nem enquanto dormia.

Engraçado como tudo tinha acontecido. Passara tantos anos sem pensar nela, a não ser que estivesse à sua frente, e agora ela estava em cada um dos seus pensamentos.

Cada um dos seus desejos.

Como tinha acontecido?

Quando tinha acontecido?

E será que tinha importância? Talvez a única coisa importante era que a desejava e que ela era, ou ia ser em breve, sua. Assim que lhe colocasse o anel no dedo, os comos, os porquês e os quandos seriam irrelevantes, desde que aquela loucura que sentia por ela nunca desaparecesse.

Colin levou um dedo ao queixo dela, inclinando-lhe o rosto para a luz. Os olhos dela brilhavam de expectativa e os lábios, meu Deus, como era possível que os homens de Londres nunca tivessem percebido como eram perfeitos?

Sorriu. Aquela era uma loucura permanente. E ele não podia sentir-se mais feliz.

Colin nunca fora contra o casamento. Simplesmente se opusera a um casamento monótono. Não era exigente; só queria paixão e amizade e a possibilidade de manter uma conversa intelectual e dar uma boa gargalhada de vez em quando. Uma mulher da qual não tivesse vontade de se afastar.

Para seu espanto, parecia ter encontrado isso tudo em Penelope.

Tudo o que precisava de fazer agora era certificar-se que o grande segredo dela permaneceria exatamente isso: um segredo.

Porque achava não ser capaz de suportar a dor que veria nos seus olhos se fosse expulsa da sociedade.

– Colin? – sussurrou Penelope, a respiração trémula nos lábios, dando a Colin uma vontade *louca* de a beijar.

Ele aproximou-se mais. – Humm?

– Estavas tão quieto.

– Só a pensar.

– Sobre o quê?

Ele sorriu-lhe de forma indulgente. – Acho que realmente tens passado muito tempo com a minha irmã.

– O que queres dizer com isso? – perguntou ela, os lábios contraindo-se de tal forma que ele soube que ela nunca iria sentir qualquer remorso em troçar dele. Aquela mulher iria mantê-lo sempre alerta.

– Pareces ter desenvolvido uma certa inclinação para a persistência – disse ele.

– Tenacidade?

– Isso também.

– Mas isso é uma coisa boa.

Os lábios de ambos estavam a poucos milímetros de distância, mas a vontade de continuar a provocação era muito forte. – Quando estás persistentemente a mostrar obediência ao teu marido – murmurou –, isso é uma coisa boa.

– Ai sim?

O queixo dele desceu para um leve aceno de cabeça. – E agarrares-te tenazmente aos meus ombros quando estou a beijar-te, também é uma coisa boa.

Os olhos escuros dela arregalaram-se de forma tão deliciosa que Colin teve de acrescentar: – Não achas?

E então ela surpreendeu-o.

– Assim? – perguntou, colocando as mãos nos ombros dele. O tom era ousado, os olhos pura provocação.

Meu Deus, como adorava que ela o surpreendesse.

– É um começo – disse ele. Pousou uma das mãos sobre a dela, apertando-lhe os dedos. – Podes ter de me agarrar com um pouco mais de tenacidade.

– Percebo – murmurou ela. – Então o que estás a dizer é que não devo largar-te nunca?

Ele pensou um momento. – Sim – respondeu, percebendo que havia um significado mais profundo nas palavras, quer fosse intencional ou não. – É exatamente isso que estou a dizer.

Então as palavras deixaram de ser necessárias. Ele levou os lábios aos dela, mantendo o beijo suave apenas uns instantes antes de ser dominado pelo desejo. Beijou-a com uma paixão que nem sabia possuir. Não era o desejo, ou pelo menos não era *apenas* o desejo.

Era uma necessidade.

Era uma sensação estranha lá dentro, quente e feroz, instigando-o a reclamá-la para si, a marcá-la de alguma forma como sua.

Desejava-a com desespero e não tinha absolutamente ideia nenhuma de como iria aguentar um mês inteiro até ao casamento.

– Colin? – disse Penelope com a voz estrangulada quando ele a encostou ao sofá.

Ele beijava-lhe o queixo, o pescoço, os lábios, demasiado ocupado para dizer mais do que um – Hum? – baixinho.

– Estamos… Oh!

Ele sorriu enquanto lhe mordiscava suavemente o lóbulo da orelha. Se ela conseguisse terminar a frase, claramente não estava a ser tão atordoante quanto deveria.

– Como dizias? – murmurou, beijando-a profundamente na boca, só para a torturar.

Levantou os lábios dos dela apenas o tempo suficiente para ela dizer: – Eu só… – E beijou-a de novo, tonto de prazer ao ouvi-la gemer de desejo.

– Desculpa – disse, deslizando as mãos sob a bainha do vestido e utilizando-as para fazer todo o género de carícias pecaminosas na barriga das pernas –, estavas a dizer?

– Estava? – perguntou ela, os olhos vidrados.

Colin subiu as mãos, até lhe fazer cócegas na parte de trás do joelho. – Estavas a dizer *alguma* coisa – disse, pressionando as ancas contra ela, porque pensou que iria explodir em chamas naquele instante se não o fizesse. Acho – sussurrou, deslizando a mão pela pele macia da coxa –, que ias dizer que querias que eu te tocasse *aqui*.

Penelope ficou de respiração suspensa, depois gemeu e, sem saber como, conseguiu dizer: – Acho que não era isso que eu ia dizer.

Ele sorriu contra o pescoço dela. – Tens a certeza?

Ela assentiu.

– Então queres que eu pare?

Penelope abanou a cabeça. Freneticamente.

Colin percebeu que podia possuí-la naquele momento. Podia fazer amor com ela ali mesmo, no sofá da casa da mãe e não só ela o deixaria como sentiria todo o prazer que uma mulher deveria sentir.

Não seria uma conquista, nem mesmo sedução.

Seria mais do que isso. Talvez até mesmo…

Amor.

Colin enrijeceu.

– Colin? – sussurrou ela, abrindo os olhos.

Amor?

Não era possível.

– Colin?

Ou talvez fosse.

– Passa-se alguma coisa?

Não é que tivesse medo do amor, ou não acreditasse nele. Só não estava... à espera.

Sempre achara que o amor atingia um homem como um raio, que um dia estaria a vagar por uma qualquer festa, entediado até às lágrimas, e então veria uma mulher e saberia imediatamente que a sua vida se transformaria para sempre. Foi isso que aconteceu com o irmão, Benedict, e Deus sabia como ele e a mulher, Sophie, eram abençoadamente felizes a levar uma vida no campo.

Mas este sentimento por Penelope... tinha-se aproximado sorrateiramente. A mudança havia sido lenta, quase letárgica, e se era amor, bem...

Se era amor, não deveria *saber*?

Analisou-a de perto, com curiosidade, pensando talvez encontrar a resposta nos olhos dela ou num movimento do cabelo, ou na forma como o corpete do vestido ficava pendurado um pouco torto. Talvez se a observasse tempo suficiente, soubesse.

– Colin? – sussurrou ela, começando a soar um pouco ansiosa.

Ele beijou-a novamente, desta vez com uma determinação feroz. Se era amor, não se tornaria evidente quando se beijavam?

Mas se a mente e o corpo estavam a funcionar em separado, então o beijo estava claramente conivente com o corpo, porque, embora a sua confusão mental continuasse nebulosa, o desejo do corpo estava mais nítido do que nunca.

Que inferno, já começava a ser doloroso. E não podia resolver isso ali na sala de estar da mãe, mesmo que Penelope fosse uma participante espontânea.

Afastou-se, e deixou a mão deslizar da perna em direção à barra da saia. – Não podemos fazer isto aqui.

– Eu sei – disse ela, parecendo tão triste que a mão dele parou no joelho e ele quase perdeu a vontade de fazer a coisa certa e respeitar os ditames do decoro.

A mente de Colin fervilhava. Era possível que conseguisse fazer amor com ela e ninguém os apanhasse. Deus sabia que no seu estado atual seria uma tarefa embaraçosamente rápida.

– Quando é o casamento? – rosnou ele.

– Daqui a um mês.

– O que seria preciso para o antecipar quinze dias?

Penelope pensou um momento. – Suborno ou chantagem. Talvez os dois. As nossas mães não são facilmente influenciáveis.

Colin gemeu, deixando as ancas afundarem-se contra as dela por um delicioso momento antes de se levantar. Não podia possuí-la agora. Ela ia ser sua esposa. Haveria tempo de sobra para cambalhotas diurnas em sofás ilícitos, mas ele tinha obrigação de usar uma cama, pelo menos da primeira vez.

– Colin? – perguntou ela, ajeitando o vestido e alisando o cabelo, mesmo não havendo maneira de o fazer ficar minimamente apresentável sem um espelho, uma escova de cabelo e talvez até mesmo uma criada. – Passa-se alguma coisa?

– Quero-te – sussurrou ele.

Ela olhou para ele, sobressaltada.

– Só queria que soubesses – disse ele. – Não quero que penses que parei porque não me deste prazer.

– Oh! – Ela parecia querer dizer alguma coisa; parecia quase absurdamente feliz ao ouvir aquelas palavras. – Obrigada por mo dizeres.

Ele pegou-lhe na mão dando um aperto carinhoso.

– Estou muito desalinhada? – perguntou.

Ele assentiu. – Mas és a *minha* desalinhada – sussurrou.

E estava muito feliz por isso.

CAPÍTULO 16

Colin gostava de andar e fazia-o com frequência para clarear as ideias; não foi surpresa, portanto, que passasse boa parte do dia seguinte percorrendo Bloomsbury... Fitzrovia... Marylebone... e, na verdade, vários outros bairros de Londres, até olhar para cima e dar-se conta de que estava no coração de Mayfair, em Grosvenor Square, para ser mais preciso, em frente à Hastings House, a casa da cidade dos duques de Hastings, o último dos quais casado com a sua irmã, Daphne.

Há algum tempo que não conversavam, isto é, nada para além da habitual e amena cavaqueira de família. De todos os irmãos, Daphne era a mais próxima dele em idade e sempre partilharam uma ligação muito especial, mesmo que agora não se vissem tanto como antes, devido às frequentes viagens de Colin e à vida familiar extremamente ocupada de Daphne.

Hastings House era uma daquelas mansões enormes, possíveis de encontrar espalhadas por Mayfair e St. James. Grande e quadrada, construída em elegante pedra calcária, era um exemplo imponente de esplendor ducal.

O mais engraçado, pensou Colin com um sorriso irónico, era o facto de a irmã ser a atual duquesa. Não podia imaginar ninguém menos arrogante ou imponente. Na verdade, Daphne tivera

255

dificuldade em encontrar marido nas suas lides do mercado casa-menteiro precisamente por *ser* tão amigável e de convívio fácil. Os cavalheiros tendiam a pensar nela como amiga e não como poten-cial noiva.

Mas tudo mudou quando conheceu Simon Bassett, duque de Hastings, e agora era uma respeitável dama da sociedade, com qua-tro filhos, de dez, nove, oito e sete anos. Às vezes ainda parecia estranho a Colin que a irmã fosse mãe, enquanto ele ainda vivia a vida livre e sem restrições de solteiro. Com apenas um ano de dife-rença, ele e Daphne tinham passado pelas várias fases da vida jun-tos. Mesmo depois de ela casar, as coisas não mudaram muito; ela e Simon iam às mesmas festas que ele e tinham muitos interesses e objetivos em comum.

Mas, depois, a irmã começou a ter filhos e, embora Colin ficasse sempre muito feliz em receber uma nova sobrinha ou sobri-nho, cada nascimento lembrava-lhe que Daphne tinha seguido com a sua vida de uma forma diferente da sua.

Mas tudo mudaria em breve, pensou, sorrindo à imagem do rosto de Penelope que lhe povoava a mente.

Filhos. Era um pensamento bastante agradável, na verdade.

Não tinha o propósito consciente de visitar Daphne, mas agora que estava ali, pensou que poderia ir cumprimentá-la, por isso subiu a escadaria e bateu a aldraba de bronze com força. Jeffries, o mordomo, abriu a porta quase de imediato.

– Mr. Bridgerton – disse –, a sua irmã não está à sua espera.

– Não, eu decidi fazer-lhe uma surpresa. Ela está em casa?

– Vou confirmar – disse o mordomo com um aceno de cabeça, embora ambos soubessem que Daphne nunca recusaria receber um membro da família.

Enquanto Jeffries informava Daphne da sua presença, Colin esperou na sala de estar, passeando de cá para lá, sentindo-se dema-siado inquieto para estar sentado ou mesmo parado. Alguns minutos depois, Daphne apareceu à porta, com um ar um pouco desalinhado, mas feliz como sempre.

E porque não havia de estar? pensou Colin. Tudo o que sempre quisera na vida era ser esposa e mãe, e parecia que a realidade tinha mais do que superado os seus sonhos.

– Olá, irmã – cumprimentou ele com um sorriso lamechas, atravessando a sala para um abraço rápido. – Tens uma coisa... – apontou para o ombro.

Ela olhou para o próprio ombro, depois sorriu timidamente quando viu a grande mancha cinzento-escuro no tecido rosa pálido do vestido. – É carvão – explicou com pesar. – Tenho estado a tentar ensinar a Caroline a desenhar.

– Tu? – perguntou Colin, duvidoso.

– Eu sei, eu sei – disse ela. – Ela realmente não poderia ter escolhido um tutor pior, mas só decidiu ontem que adora arte, por isso foi o que se pôde arranjar em tão pouco tempo.

– Devias mandá-la de visita ao Benedict – sugeriu Colin. – Tenho a certeza de que ele ficaria feliz em dar-lhe umas lições.

– Já pensei nisso, mas acho que ela se vai interessar por alguma outra atividade no momento em que eu fizer os preparativos. – Apontou para um sofá. – Senta-te. Pareces um gato enjaulado a andar dessa maneira.

Ele sentou-se, mesmo sentindo-se extraordinariamente inquieto.

– E antes que perguntes – disse Daphne –, já disse a Jeffries para trazer comida. Umas sanduíches são suficiente?

– Ouviste o meu estômago roncar desde o outro lado da sala?

– Desde o outro lado da cidade – Ela riu-se. – Sabias que, quando troveja, David diz que é o teu estômago?

– Céus! – murmurou Colin, mas deu uma risada. O sobrinho era um menino bastante inteligente.

Daphne sorriu, recostando-se nas almofadas do sofá, e cruzou as mãos elegantemente no colo. – O que te traz por cá, Colin? Não é que precises de uma razão, é claro. É sempre bom ver-te.

Ele encolheu os ombros. – Estava aqui perto.

– Foste visitar Anthony e Kate? – perguntou. A Bridgerton House, onde o irmão mais velho vivia com a família, ficava mesmo do lado oposto da praça ao da Hastings House. – O Benedict e a Sophie estão lá com as crianças, a ajudar nos preparativos para o teu baile de noivado desta noite.

Colin abanou a cabeça. – Não, infelizmente tu foste a minha vítima escolhida.

Ela sorriu de novo, mas desta vez com uma expressão suave, temperada por uma boa dose de curiosidade. – Passa-se alguma coisa?

– Não, claro que não – disse ele rapidamente. – Porque perguntas?

– Não sei. – Daphne inclinou a cabeça para o lado. – Pareces estranho, só isso.

– Apenas cansado.

Ela assentiu com conhecimento de causa. – São os preparativos do casamento, seguramente.

– Sim – concordou ele, aproveitando a desculpa, embora não soubesse sequer o que tentava esconder dela.

– Bem, lembra-te de que tudo o que estás a passar é mil vezes pior para a Penelope – disse ela com um toque impertinente nos lábios. – É sempre pior para as mulheres Acredita em mim.

– Em relação a casamentos ou a tudo? – perguntou ele com brandura.

– A tudo – disse ela prontamente. – Eu sei que os homens pensam que estão realmente ao comando, mas…

– Não sonharia pensar que estamos ao comando – disse Colin de forma não inteiramente sarcástica.

O rosto dela fechou-se numa expressão rabugenta. – As mulheres têm muito mais para fazer do que os homens. *Especialmente* em casamentos. Com todas as provas que certamente a Penelope teve de fazer para o vestido de casamento, provavelmente sente-se como uma almofada para alfinetes.

– Eu sugeri fugirmos – disse Colin para fazer conversa – e acho que ela esperava que estivesse a falar a sério.

Daphne deu uma risada. – Estou tão feliz por casares com ela, Colin.

Ele fez um aceno de cabeça, não pretendendo abrir a boca, mas vendo-se de repente a dizer: – Daph…

– Sim?

Abriu a boca, mas o que saiu foi: – Não importa.

– Ah, não, nem penses – protestou ela. – Agora despertaste a minha curiosidade.

Ele tamborilou os dedos no sofá. – Achas que a comida demora muito?

– Estás mesmo com fome ou apenas a tentar mudar de assunto?

– Eu estou sempre com fome.

Daphne ficou em silêncio alguns segundos. – Colin – perguntou por fim, a voz suave e cautelosamente gentil –, o que ias dizer?

Ele levantou-se, demasiado inquieto para ficar imóvel, e começou a andar de um lado para o outro. Parou, virou-se para a irmã, e viu a expressão de preocupação no seu rosto. – Não é nada – começou a dizer. Só que era e…

– Como é que se sabe? – deixou escapar, sem perceber que não tinha elaborado uma pergunta completa até a irmã dizer: – Como é que se sabe o quê?

Colin parou na frente da janela. Parecia que ia chover. Teria de pedir uma carruagem emprestada a Daphne, a menos que quisesse ficar encharcado na longa caminhada até casa. Nem sabia porque estava a pensar em precipitação, porque o que realmente queria saber era…

– Como é que se sabe *o quê*, Colin? – repetiu Daphne.

Ele virou-se e deixou as palavras saírem. – Como é que se sabe se é amor?

Por um momento, ela apenas olhou para ele, os grandes olhos castanhos arregalados de surpresa, os lábios entreabertos e totalmente imóveis.

– Esquece a minha pergunta – murmurou.

– Não! – exclamou ela, levantando-se de repente. – Estou *feliz* por teres perguntado. Muito feliz. Fiquei apenas… surpreendida, devo dizer.

259

Ele fechou os olhos, completamente desgostoso consigo mesmo.
– Não posso acreditar que te fiz uma pergunta destas.

– Não, Colin, não sejas palerma. Na verdade é bastante… querido que o tenhas feito. E acredita que fico muito lisonjeada por teres decidido vir falar comigo quando…

– Daphne… – advertiu ele. Ela tinha tendência para se desviar do assunto e ele realmente não estava com paciência para a deixar divagar.

Num impulso, ela abraçou-o e, em seguida, com as mãos ainda nos ombros dele, disse: – Eu não sei.

– Desculpa?

Daphne abanou ligeiramente a cabeça. – Eu não sei como é que se sabe se é amor. Acho que é diferente para todos.

– Como é que tu soubeste?

Ela mordeu o lábio inferior uns segundos antes de responder: – Não sei.

– *Como?*

Daphne encolheu os ombros, impotente. – Não me lembro. Já foi há tanto tempo… Apenas *soube*.

– Então o que estás a dizer – disse Colin, inclinando-se contra o parapeito da janela e cruzando os braços – é que se uma pessoa não sabe se está apaixonado, então provavelmente não está.

– Sim – respondeu ela com firmeza. – Não! Não, não é nada disso que eu quis dizer.

– Então o que quiseste dizer?

– Não sei – disse ela fracamente.

Ele ficou a olhar para ela. – E há quanto tempo estás casada? – murmurou.

– Colin, não brinques. Estou a tentar ajudar.

– E eu agradeço a tentativa, mas realmente, Daphne, tu…

– Eu sei, eu sei – interrompeu ela. – Não estou a ajudar. Mas ouve: tu gostas da Penelope? – De repente ficou sem fôlego. – Estamos a falar da Penelope, não estamos?

– É claro que estamos – disparou ele.

Daphne soltou um suspiro de alívio. – Bom, porque se não fosse, então posso assegurar-te que não teria qualquer conselho.

– É melhor ir-me embora – disse ele abruptamente.

– Não, não vás – pediu ela, colocando-lhe a mão no braço. – Fica, Colin, por favor.

Olhou para a irmã, suspirando, sentindo-se derrotado. – Sinto-me um idiota.

– Colin – disse ela, levando-o até ao sofá e obrigando-o a sentar-se –, ouve-me. O amor cresce e muda todos os dias. E não é como um raio que cai do céu, transformando-te de repente num homem diferente. Eu sei que o Benedict diz que foi assim com ele, e isso é muito bonito, mas sabes, o Benedict *não* é uma pessoa normal.

Colin queria muito morder aquele isco, mas simplesmente não tinha energia.

– Comigo não foi nada assim – explicou Daphne –, e acho que também não foi assim para o Simon, embora, para ser honesta, nunca lhe ter perguntado.

– Pois devias.

Ela fez uma pausa, a boca a formar uma palavra, deixando-a com ar de pássaro surpreendido. – Porquê?

Ele encolheu os ombros. – Para me poderes dizer.

– O quê, achas que é diferente para os homens?

– Tudo o resto é.

Daphne fez uma careta. – Estou a começar a sentir uma boa dose de compaixão pela Penelope.

– Ah, pois deves – concordou ele. – Vou ser um marido terrível, com certeza.

– Não vais nada – contrariou ela, dando-lhe uma pancada no braço. – Porque dizes isso? Nunca lhe serias infiel.

– Pois não – concordou. Ficou em silêncio um momento e, quando finalmente voltou a falar, a voz era suave. – Mas posso não a amar como ela merece.

– Mas *podes*. – Daphne ergueu as mãos num gesto de exasperação. – Pelo amor de Deus, Colin, só pelo facto de estares aqui sentado a fazer perguntas à tua *irmã* sobre amor, provavelmente significa que já estás a mais de meio caminho.

– Achas que sim?

– Se não *achasse*, não o teria *dito* – respondeu ela, suspirando. – Para de cismar tanto, Colin. Vais ver que o casamento se torna muito mais fácil se deres tempo ao tempo.

Ele olhou-a desconfiada. – Quando é que ficaste tão filosófica?

– Quando apareceste para me ver e introduziste o assunto – disse ela prontamente. – Vais casar-te com a pessoa certa. Para de te preocupar tanto.

– Eu não estou preocupado – replicou ele automaticamente; mas obviamente *estava*, por isso não procurou defender-se quando Daphne lhe lançou um olhar cheio de sarcasmo. Mas não estava preocupado por Penelope poder não ser a mulher certa. Disso tinha a certeza absoluta.

E também não estava preocupado que o casamento não fosse bom. Também tinha a certeza que seria.

Não, ele estava preocupado com coisas estúpidas. Se a amava ou não, não porque fosse o fim do mundo se amasse (ou o fim do mundo se não a amasse), mas porque considerava extremamente inquietante não saber exatamente o que sentia.

– Colin?

Olhou para a irmã, que o observava com uma expressão algo confusa. Ele levantou-se, com a intenção de sair antes de a humilhação ser completa, depois inclinou-se e deu-lhe um beijo na face. – Obrigado – agradeceu.

Ela estreitou os olhos. – Não consigo perceber se estás a falar a sério ou se estás a gozar-me por não ter sido capaz de te ajudar.

– Não *foste* capaz de me ajudar, isso é certo, mas o agradecimento é sincero.

– Ganho pontos pelo esforço?

– Pode ser.

– Vais a Bridgerton House agora? – perguntou ela.

– Para quê? Para me envergonhar à frente do Anthony?

– Ou do Benedict – brincou ela. – Ele também está lá.

O problema das grandes famílias era nunca haver falta de oportunidade de fazer figura de parvo à frente de um irmão.

– Não – disse ele com um ligeiro sorriso irónico –, acho que vou a pé para casa.

– A pé? – repetiu ela, boquiaberta.

Ele semicerrou os olhos e espreitou pela janela. – Achas que vai chover?

– Leva a minha carruagem, Colin – insistiu ela –, e espera pelas sanduíches. Tenho a certeza de que prepararam uma montanha delas e se saíres antes, eu sei que vou comer metade e depois vou condenar-me o resto do dia.

Ele assentiu e sentou-se, e ainda bem que o fez. Era incapaz de resistir a salmão fumado. Na verdade, até levou um prato com ele na carruagem, ficando a olhar a chuva pela janela todo o caminho até casa.

Quando os Bridgerton organizavam uma festa, faziam-no com todo o requinte.

E quando os Bridgerton organizavam um baile de noivado… bem, se Lady Whistledown ainda escrevesse, teria precisado de pelo menos três colunas para narrar o evento.

Mesmo um baile de noivado organizado às pressas (devido ao facto de nem Lady Bridgerton nem Mrs. Featherington estarem dispostas a permitir aos filhos a possibilidade de mudarem de opinião durante um longo noivado), podia facilmente ser classificado como *o* baile da temporada.

Embora parte da questão tivesse pouco a ver com o baile em si e tudo com a especulação incessante sobre por que raio Colin Bridgerton teria escolhido uma maria ninguém como Penelope Featherington para mulher, pensou Penelope com ironia. Não tinha sido tão mau quando Anthony Bridgerton se casara com Kate Sheffield, que, tal como Penelope, nunca fora considerada um diamante de primeira água. Mas, pelo menos, Kate não era *velha*. Penelope era incapaz de contar o número de vezes que ouvira a palavra *solteirona* sussurrada nas suas costas nos últimos dias.

Mas, embora os mexericos fossem um pouco maçadores, não a incomodavam, porque ainda flutuava numa nuvem de felicidade. Uma mulher não pode passar toda a sua vida adulta apaixonada por um homem e não ficar estupidificada de felicidade depois de ele a pedir em casamento.

Mesmo que não conseguisse descobrir como tudo tinha acontecido.

Mas *tinha* acontecido. Apenas isso importava.

E Colin era tudo o que alguém podia sonhar num noivo. Mantinha-se ao lado dela toda a noite, como se tivesse cola, e Penelope nem sequer achava que o fazia para a proteger dos mexericos. Na verdade, ele parecia um pouco alheio às conversas.

Era quase como se... Penelope sorriu, sonhadora. Era quase como se Colin ficasse ao lado dela porque queria estar lá.

– Viste a Cressida Twombley? – sussurrou Eloise ao seu ouvido enquanto Colin estava a dançar com a mãe. – Está verde de inveja.

– É só por causa do vestido que traz – comentou Penelope, com um rosto impressionantemente inexpressivo.

Eloise riu-se. – Oh, como eu gostava que Lady Whistledown ainda escrevesse. Iria *trespassá-la*.

– Mas, supostamente, ela *é* Lady Whistledown – disse Penelope com cautela.

– Oh, balelas! Não acredito por um momento que a Cressida é Lady Whistledown e imagino que tu também não acreditas.

– Provavelmente não – admitiu Penelope. Sabia que o seu segredo estaria mais seguro se afirmasse acreditar na história de Cressida, mas qualquer pessoa que a conhecesse bem acharia a opinião tão descabida que ficaria muito desconfiada.

– A Cressida só queria o dinheiro – continuou Eloise com desdém. – Ou talvez a notoriedade. Provavelmente ambos.

Penelope observou a sua Némesis, com porte altivo do outro lado da sala. Estava rodeada pelo seu séquito habitual de admiradores, mas a ele juntavam-se novas pessoas, provavelmente curiosas sobre a questão Whistledown. – Bem, pelo menos ela conseguiu notoriedade.

Eloise acenou em acordo. – Não percebo porque é que ela foi convidada. Certamente tu e ela não morrem de amores uma pela outra e também nenhum de nós gosta dela.

– O Colin insistiu.

Eloise virou-se para ela de boca aberta. – Porquê?

Penelope suspeitava que a principal razão era a recente reivindicação de Cressida ser Lady Whistledown; a maioria da alta sociedade ainda não tinha a certeza se ela estava ou não a mentir, mas ninguém estava disposto a negar-lhe um convite para um evento, no caso de ela realmente estar a dizer a verdade.

E Colin e Penelope não deveriam ter razões para ter a certeza do contrário.

Mas Penelope não podia revelar isso a Eloise, por isso contou-lhe o resto da história, o que não deixava de ser verdade. – A tua mãe não queria causar falatório cortando-a dos convidados e o Colin também disse…

Ela corou. Fora realmente muito querido.

– O quê? – perguntou Eloise, muito curiosa.

Penelope não pôde deixar de sorrir. – Disse que queria que a Cressida fosse obrigada a assistir ao meu triunfo.

– Uau! Estou sem palavras! – Eloise ficou com ar de quem parecia precisar de se sentar. – O meu irmão está apaixonado.

O rubor de Penelope passou a um vermelho profundo.

– *Está*, sim! – exclamou Eloise. – Tem de estar. Oh, tens de me contar. Ele já te declarou o seu amor?

Havia algo de maravilhoso e ao mesmo tempo de terrível em ouvir a efusividade de Eloise. Por um lado, era sempre maravilhoso partilhar os momentos mais perfeitos da vida com a melhor amiga, e a alegria e emoção de Eloise eram certamente contagiosas.

Mas, por outro lado, não eram necessariamente legítimas, porque Colin não a amava. Ou, se sim, não lho tinha dito.

Mas agia como se a amasse! Penelope agarrou-se a essa ideia, tentando pensar apenas assim, em vez de no facto de ele nunca lhe ter dito as palavras.

As ações falavam mais alto do que as palavras, não era?

E as ações dele faziam-na sentir-se uma princesa.

– Miss Featherington! Miss Featherington!

Penelope olhou para a esquerda e sorriu abertamente. Aquela voz só podia pertencer a Lady Danbury.

– Miss Featherington – disse Lady D, espetando a bengala pelo meio da multidão até chegar junto de Penelope e Eloise.

– Lady Danbury, que bom vê-la.

– Eh, eh, eh! – O rosto enrugado de Lady Danbury pareceu rejuvenescer tal era o seu sorriso. – É sempre bom ver-me, independentemente do que os outros dizem. E *você*... sua diabinha. Veja só o que fez.

– Não é *fantástico*? – perguntou Eloise.

Penelope olhou para a melhor amiga. Apesar das emoções contraditórias, Eloise estava real e honestamente feliz por ela, e sempre ficaria. De repente, deixou de ter importância estarem ali de pé no meio de um salão de baile apinhado, com toda a gente a olhar para ela como se fosse um espécime num laboratório. Virou-se e deu um abraço forte a Eloise, sussurrando-lhe ao ouvido: – Adoro-te.

– Eu sei que sim – sussurrou Eloise como resposta.

Lady Danbury bateu a bengala com toda a força no chão. – Eu ainda estou aqui, minhas senhoras!

– Oh, desculpe – disse Penelope timidamente.

– Está tudo bem – respondeu Lady D, com um nível incomum de indulgência. – E, se querem saber, é bastante agradável ver duas jovens que preferem abraçar-se do que espetarem facas nas costas uma da outra.

– Obrigada por ter vindo felicitar-me – disse Penelope.

– Não teria desperdiçado a oportunidade por nada deste mundo – disse Lady Danbury. – Eh, eh, eh! Todos estes tolos, a tentar descobrir o que fez para conseguir que ele casasse consigo, quando a verdade é que bastou a sua personalidade.

Os lábios de Penelope entreabriram-se e os olhos ficaram marejados de lágrimas. – Lady Danbury, esse deve ser o maior...

– Não, não – interrompeu Lady D em voz alta –, nada dessas coisas. Não tenho tempo nem inclinação para sentimentalismos.

Mas Penelope notou que ela tirara o lenço e limpara discretamente os olhos.

– Ah, Lady Danbury! – disse Colin, regressando ao grupo e metendo o braço no de Penelope com ar possessivo. – Que bom vê-la.

– Mr. Bridgerton – disse ela em curta saudação. – Vim felicitar a sua noiva.

– Ah, mas eu é que certamente sou merecedor de felicitações.

– Pfff, pois sim, palavras muito verdadeiras – disse Lady D. – Acho que tem razão. Ela é um prémio cujo valor ninguém compreende.

– Eu compreendo – disse ele, a voz baixa e tão séria que Penelope achou que ia desmaiar de emoção.

– Se nos dá licença – continuou Colin com ar descontraído –, tenho de ir apresentar a minha noiva ao meu irmão...

– Mas eu conheço o teu irmão – interrompeu Penelope.

– Considera uma tradição – explicou ele. – Precisamos de dar-te oficialmente as boas-vindas à família.

– Oh! – Ela sentiu um calor agradável dentro de si ao pensar que se ia tornar uma Bridgerton. – Que simpático!

– Como eu estava a dizer – disse Colin –, Anthony quer fazer um brinde e depois tenho de dançar uma valsa com a Penelope.

– Muito romântico – disse Lady Danbury com ar de aprovação.

– Sim, bem, eu sou do tipo romântico – disse Colin alegremente. Eloise soltou uma risada alta.

Ele virou-se para a irmã, arqueando uma sobrancelha arrogante.

– E sou.

– Para o bem da Penelope, espero sinceramente que sim – respondeu ela.

– Eles são sempre assim? – perguntou Lady Danbury a Penelope.

– A maior parte do tempo.

Lady D assentiu. – Isso é muito bom. Os meus filhos raramente falam uns com os outros. Não por má vontade, é claro. Só não têm nada em comum. É triste.

Colin apertou o braço de Penelope. – Temos mesmo de ir.

– Claro – murmurou, mas ao virar-se para ir ter com Anthony, que via do outro lado do salão junto da pequena orquestra, ouviu um barulho alto e repentino na porta.

– Atenção! Atenção!

O sangue fugiu-lhe do rosto em menos de um segundo. – Oh, não! – sussurrou. Aquilo não devia acontecer. Pelo menos, não hoje.

– Atenção!

Segunda-feira, gritava a sua cabeça. Ela tinha dito ao editor segunda-feira. No baile dos Mottram.

– O que está a acontecer? – exigiu saber Lady Danbury.

Dez rapazitos corriam pelo salão, garotos de rua, na verdade, com maços de papéis nas mãos, atirando-os ao ar como grandes retângulos de confetes.

– A última crónica de Lady Whistledown! – gritavam todos eles. – Leia agora! Leia toda a verdade.

CAPÍTULO 17

Colin Bridgerton era famoso por muitas coisas.

Era famoso pela elegância, o que não era surpresa; todos os homens Bridgerton eram famosos pela sua elegância.

Era famoso pelo sorriso brincalhão, capaz de derreter o coração de uma mulher na outra ponta de um salão de baile apinhado, tendo já causado que uma jovem ficasse como morta, ou pelo menos tenha desfalecido e, depois de bater com a cabeça numa mesa, ficado no referido estado de morta.

Era famoso pelo charme aveludado, pela capacidade de deixar qualquer um à-vontade com um sorriso suave e um comentário divertido.

Mas não era *nada* famoso pelo mau génio, e muitas pessoas teriam jurado não o possuir.

E, de facto, devido ao seu notável (e até então inexplorado) autocontrolo, ninguém iria obter um vislumbre da dita fúria naquela noite, embora a sua futura esposa talvez fosse acordar no dia seguinte com uma *séria* contusão no braço.

— Colin — disse ela aflita, olhando para a zona onde ele a agarrava.

Mas ele não conseguia largá-la. Sabia que estava a magoá-la, sabia que não era nada simpático estar a fazê-lo, mas estava tão *furioso* naquele momento, que as hipóteses eram apertar-lhe o braço com toda a força ou perder a calma em frente aos quinhentos convidados mais próximos e queridos.

Em suma, achava que tinha feito a escolha certa.

Ia matá-la. Assim que descobrisse uma maneira de a tirar daquele maldito salão, sem dúvida ia matá-la. Tinham concordado que Lady Whistledown era uma coisa do passado, que iam deixar cair no esquecimento. Aquilo não devia estar a acontecer. Ela estava a pedir uma catástrofe. A ruína.

— Isto é fabuloso! — exclamou Eloise, apanhando uma folha no ar. — Absolutamente, positivamente sensacional! Aposto que ela saiu da aposentadoria para comemorar o teu noivado.

— Não seria simpático? — disse Colin em tom arrastado.

Penelope não disse nada, mostrando-se muito, muito pálida.

— Oh, meu Deus!

Colin virou-se para a irmã, que lia a crónica de boca aberta.

— Pegue numa dessas folhas para mim, Bridgerton! — ordenou Lady Danbury, espetando-lhe a bengala na perna. — Não posso acreditar que ela está a publicar a um sábado. Deve ser das boas.

Colin inclinou-se e pegou em duas folhas de papel do chão, entregando uma a Lady Danbury e olhando para a que tinha na mão, mesmo tendo quase a certeza de que sabia exatamente o que lá estava escrito.

E tinha razão.

Não há nada que eu despreze mais do que um cavalheiro que acha divertido dar uma palmadinha condescendente na mão de uma senhora enquanto murmura: «É prerrogativa de uma mulher mudar de ideias». E porque acho que devemos sempre apoiar a nossa palavra com ações, esforço-me para que as minhas opiniões e decisões sejam sólidas e verdadeiras.

Foi por isso, gentil leitor, que quando escrevi a crónica de 19 de abril, era realmente meu desejo que fosse a derradeira. No entanto, eventos totalmente fora do meu controlo (ou

mesmo da minha aprovação) obrigam-me a pousar a pena no
papel uma última vez.

Senhoras e senhores, esta Vossa Autora NÃO é Lady Cressida
Twombley. Ela não passa de uma impostora intriguista e eu
ficaria de coração partido ao ver os meus anos de trabalho
árduo atribuídos a alguém como ela.

CRÓNICAS DA SOCIEDADE DE LADY WHISTLEDOWN,
24 DE ABRIL DE 1824

— Esta é a melhor que eu já li — disse Eloise num sussurro cheio de satisfação. — Talvez eu seja uma pessoa de mau coração, porque nunca me senti tão contente pela desgraça de outra pessoa.

— Que disparate! — disse Lady Danbury. — Eu *sei* que não sou uma pessoa má e estou a achar maravilhoso.

Colin não disse nada. Não confiava na própria voz. Não confiava em si mesmo.

— Onde está a Cressida? — perguntou Eloise, esticando o pescoço. — Alguém a viu? Aposto que já fugiu. Deve estar mortificada. Eu ficaria, se fosse ela.

— A Eloise nunca seria ela — disse Lady Danbury. — É uma pessoa demasiado decente.

Penelope não disse nada.

— Mesmo assim — continuou Eloise jovialmente —, quase sinto pena dela.

— Mas só quase — disse Lady D.

— Ah, com certeza. Só quase, verdade seja dita.

Colin ficou ali quieto, a ranger os dentes, como se quisesse transformá-los em pó.

— E eu posso ficar com as minhas mil libras! — cacarejou Lady Danbury.

— Penelope! — exclamou Eloise, dando-lhe um empurrão com o cotovelo. — Não disseste uma palavra. Não achas maravilhoso?

Penelope anuiu com a cabeça e disse: — É inacreditável.

Colin aumentou a pressão no braço dela.

— O teu irmão está a vir para cá — sussurrou.

Ele olhou para a direita. Anthony caminhava em direção a eles, com Violet e Kate atrás.

— Bem, isto roubou-nos todo o protagonismo — disse Anthony ao chegar junto de Colin. — Acenou em cumprimento às senhoras presentes. — Eloise, Penelope, Lady Danbury.

— Acho que agora ninguém vai prestar atenção ao brinde do Anthony — disse Violet, olhando em volta. O burburinho era implacável. Algumas folhas da crónica errantes ainda flutuavam no ar e em redor de todos, e as pessoas começavam a escorregar nas que já estavam no chão. O zumbido dos sussurros era constante e quase dissonante, e Colin sentia o crânio prestes a explodir.

Tinha de sair dali. Já. Ou, pelo menos, o mais depressa possível.

Sentia a cabeça a latejar e tinha a sensação de que a temperatura do seu corpo aumentara substancialmente. Era quase como na paixão, mas não era paixão, era fúria, e indignação, e aquele sentimento terrível e sombrio de ter sido traído pela pessoa que deveria ter ficado do seu lado sem questionar.

Era estranho. Sabia que o segredo era de Penelope e que ela era quem tinha mais a perder. O problema era dela, não dele; sabia-o racionalmente, pelo menos. Mas, de alguma forma, isso deixara de ter importância. Os dois eram uma equipa, agora, e ela agira sem ele.

Não tinha o direito de se colocar numa posição tão precária sem o consultar primeiro. Ele era o marido, ou ia ser, e era seu dever sagrado protegê-la, quer ela o desejasse ou não.

— Colin? — dizia a mãe. — Estás bem? Pareces um pouco estranho.

— Faz o brinde — disse ele, voltando-se para Anthony. — Penelope não está a sentir-se bem, e eu preciso de a levar para casa.

— Não estás a sentir-te bem? — perguntou Eloise a Penelope. — O que se passa? Não disseste nada.

Felizmente, Penelope conseguiu um credível — É só uma dor de cabeça.

— Vá, Anthony — disse Violet —, vai lá fazer o brinde para que Colin e Penelope possam depois dançar. Ela não pode sair sem o fazer.

Anthony acenou em concordância e com um gesto para Colin e Penelope, convidou-os a acompanharem-no para a frente do salão de baile. Um trompetista tocou o seu instrumento, anunciando aos convidados o momento de prestar atenção. Todos obedeceram, provavelmente porque assumiram que o anúncio seria acerca de Lady Whistledown.

– Minhas senhoras e meus senhores – disse Anthony em voz alta, aceitando uma taça de champanhe de um lacaio. – Sei que estão todos intrigados pela recente intrusão de Lady Whistledown na nossa festa, mas devo pedir a todos que se lembrem do objetivo da reunião desta noite.

Deveria ter sido um momento perfeito, pensou Colin desapaixonadamente. Deveria ter sido a noite de triunfo de Penelope, a noite para ela brilhar, para mostrar ao mundo como era bela, encantadora e inteligente.

Era a noite para ele anunciar publicamente as suas intenções, para se certificar de que todos sabiam que ele a tinha escolhido, e igualmente importante, que ela o tinha escolhido.

E tudo o que queria fazer era agarrá-la pelos ombros e sacudi-la até ficar sem forças.

Ela estava a comprometer tudo. Estava a pôr o seu próprio futuro em risco.

– Como chefe da família Bridgerton – continuou Anthony – é sempre uma imensa alegria quando um dos meus irmãos escolhe uma noiva. Ou noivo – acrescentou com um sorriso, apontando para Daphne e Simon.

Colin olhou para Penelope. Ela estava muito hirta e quieta no vestido de cetim azul gelo. Não sorria, o que devia parecer estranho às centenas de pessoas que a observavam. Mas talvez só a julgassem nervosa. Afinal, havia centenas de pessoas a olhar para ela. Qualquer um ficaria nervoso.

No entanto, se alguém estivesse ao lado dela, como Colin, era possível ver-lhe o pânico nos olhos, a respiração irregular e rápida fazendo o peito subir e descer descontrolado.

Estava com medo.

Ainda bem. Devia ter medo. Medo do que lhe poderia aconte-cer se o seu segredo fosse revelado. Medo do que lhe *iria* acontecer assim que tivessem oportunidade de conversar.

– Portanto – concluiu Anthony –, é com o maior prazer que ergo a minha taça num brinde ao meu irmão Colin e à sua futura noiva, Penelope Featherington. Ao Colin e à Penelope!

Colin olhou a mão e reparou que alguém lhe tinha colocado uma taça de champanhe.

Ergueu o copo, levando-o aos lábios, mas pensou melhor e levou-o à boca de Penelope. A multidão aplaudiu freneticamente e ele ficou a vê-la beber um gole atrás do outro, forçada até ele retirar o copo, o que não fez até ela ter bebido tudo.

Então percebeu que a sua exibição infantil de poder o tinha deixado sem bebida, tão precisada no momento, por isso pegou no copo de Penelope e bebeu de um só gole.

A multidão aplaudiu ainda mais.

Ele inclinou-se e sussurrou-lhe ao ouvido: – Vamos dançar agora. Vamos dançar até o resto dos convidados se juntar a nós e deixarmos de ser o centro das atenções. E depois tu e eu vamos sair discretamente. E vamos conversar.

O queixo dela deslocou-se num aceno de cabeça quase imper-cetível.

Ele pegou-a pela mão e levou-a para a pista de dança, colo-cando-lhe a outra mão na cintura quando a orquestra iniciou os primeiros acordes de uma valsa.

– Colin – sussurrou ela –, eu não queria que isto acontecesse.

Ele colou um sorriso no rosto. Afinal, aquela devia ser a pri-meira dança oficial com a sua prometida. – Agora não – ordenou ele.

– Mas…

– Daqui a dez minutos vou ter muito para te dizer, mas agora vamos apenas dançar.

– Eu só queria dizer…

A mão dele apertou a dela num gesto de advertência inconfundível. Penelope franziu os lábios e olhou-o por breves momentos, desviando em seguida o olhar.

— Eu devia estar a sorrir — sussurrou ela, ainda sem olhar para ele.

— Então sorri.

— *Tu* devias estar a sorrir.

— Tens razão, devia — disse ele.

Mas não o fez.

Penelope sentiu-se desgostosa. Na verdade, sentia vontade de chorar, mas com muito esforço lá conseguiu controlar-se. O mundo inteiro observava-a, ou, pelo menos, o mundo inteiro que ela conhecia, e sabia que examinava cada movimento seu, catalogando cada expressão que lhe transparecia no rosto.

Os anos que passara a sentir-se invisível e detestando-o. E agora teria dado tudo por uns breves momentos de anonimato.

Não, tudo não. Não teria desistido de Colin. Se tê-lo significava passar o resto da vida sob o escrutínio apertado da alta sociedade, valeria a pena. E se ter de suportar a sua ira e desprezo num momento como aquele fazia parte do casamento, pois bem, sabia que valeria a pena, também.

Sabia que ele ficaria furioso com a decisão dela de publicar a última crónica. As mãos tremiam-lhe quando reescreveu as palavras e sentira-se aterrorizada o tempo todo que estivera na Igreja de St. Bride (tal como na viagem de ida e volta), achando que ele ia aparecer-lhe à frente a qualquer momento, desistindo do casamento, por não ser capaz de suportar estar casado com Lady Whistledown.

No entanto, tinha-o feito.

Sabia que Colin considerava que ela estava a cometer um erro, mas simplesmente não podia permitir que Cressida Twombley ficasse com todo o mérito do trabalho da sua vida. Mas seria pedir muito que ele pelo menos tentasse ver a sua perspetiva? Teria sido muito difícil permitir que qualquer pessoa fingisse ser Lady Whistledown, mas

Cressida era insuportável. Penelope tinha trabalhado arduamente e sofrido muito nas mãos de Cressida.

Além disso, sabia que Colin nunca terminaria o relacionamento com ela assim que o noivado se tornasse público. Essa fora parte da razão pela qual tinha instruído especificamente o editor a entregar os papéis na *segunda-feira*, no baile dos Mottram. Bem, por essa razão e pelo facto de lhe parecer terrivelmente errado fazê-lo no seu próprio baile de noivado, especialmente sendo Colin tão contra a ideia.

Maldito Mr. Lacey! Certamente fizera-o para maximizar a circulação e a exposição. Ler o *Whistledown* tinha-lhe dado o conhecimento suficiente para saber que um baile de noivado dos Bridgerton seria o convite mais cobiçado da temporada. Só não percebia porque é que isso era importante, já que o interesse crescente no *Whistledown* não levaria a mais dinheiro no bolso; a fase *Whistledown* estava terminada de uma vez por todas e nem Penelope, nem Mr. Lacey receberiam mais uma libra pela sua publicação.

A menos que...

Penelope franziu o sobrolho e suspirou. Mr. Lacey devia estar à espera que ela mudasse de ideias.

Colin cingiu-lhe mais a cintura e ela olhou para cima. Os olhos estavam postos nos dela, surpreendentemente verdes, mesmo à luz das velas.

Ou talvez fosse apenas porque sabia que eram tão verdes. Para ela, eram como duas esmeraldas na escuridão.

Ele fez um aceno na direção dos outros dançarinos na pista agora cheia de convivas. – Está na hora de fazermos a nossa fuga – declarou.

Penelope devolveu o gesto de cabeça. Já haviam informado a família que ela não se sentia bem e queria ir para casa, por isso não iriam estranhar a sua partida. E mesmo não sendo muito *de rigueur* ficarem sozinhos numa carruagem, bem, às vezes as regras eram um pouco contornadas para casais noivos, especialmente em noites românticas como aquela.

Uma gargalhadinha ridícula de pânico escapou-lhe dos lábios. A noite estava a transformar-se na menos romântica da sua vida.

Colin olhou para ela bruscamente e ergueu uma sobrancelha arrogante e interrogativa.

– Não é nada – disse Penelope.

Apertou a mão dela, embora com pouco carinho. – Eu quero saber – disse ele.

Ela encolheu os ombros de modo fatalista. O que poderia fazer ou dizer para tornar a noite ainda pior do que já era? – Estava a pensar em como esta noite deveria ter sido romântica.

– Poderia ter sido – disse ele, cruel.

Tirou uma das mãos da cintura dela, mas manteve a outra mão na dela, segurando os dedos ao de leve para a conduzir pelo labirinto da multidão até saírem para o terraço pelas portas envidraçadas.

– Aqui não – sussurrou Penelope, olhando ansiosamente para trás na direção do salão de baile.

Ele nem sequer lhe respondeu, puxando-a atrás dele e mergulhando mais na escuridão da noite, virando depois numa esquina até ficarem completamente sozinhos.

Mas não pararam. Com uma olhadela rápida para se certificar de que não havia ninguém, Colin empurrou uma pequena e discreta porta lateral.

– O que é isso? – perguntou Penelope.

A resposta foi dar-lhe um ligeiro empurrão ao fundo das costas, até ela entrar completamente no corredor escuro.

– Sobe – disse ele, apontando para as escadas.

Penelope não sabia se devia ficar assustada ou excitada, mas subiu as escadas, sempre consciente da presença ardente de Colin mesmo atrás dela.

Depois de subirem vários lances, Colin passou para a frente e abriu uma porta, espreitando para o corredor. Estava vazio; atravessou a porta, puxando-a junto com ele, apressando-se em silêncio a atravessar o corredor (que Penelope agora reconhecia como a ala dos aposentos privados da família) até chegar a um quarto onde nunca tinha entrado.

O quarto de Colin. Ela sempre soubera onde era. Ao longo de tantos anos de visitas a Eloise, nunca arriscara mais do que passar os dedos pela madeira pesada da porta. Há muitos anos que ele não vivia ali de forma permanente, mas a mãe insistia em manter-lhe um quarto. Nunca se sabia quando poderia precisar, dizia ela, e tinha tido razão quando Colin retornara do Chipre no início da temporada sem uma casa arrendada.

Abriu a porta e puxou-a para dentro. O quarto estava escuro e ela tropeçou, parando apenas quando sentiu o corpo dele bem ali na sua frente.

Segurou-a para a amparar, mas não a largou, ficando ali agarrado a ela no escuro. Não era um abraço, não propriamente, mas todo o corpo dela estava encostado ao dele. Penelope não conseguia ver nada, mas podia senti-lo, sentir o cheiro dele, ouvir a sua respiração, rodopiando no ar da noite, acariciando-lhe o rosto.

Era uma agonia.

Era êxtase.

As mãos dele deslizaram lentamente pelos braços nus, torturando-lhe cada nervo, e então, de repente, ele afastou-se.

Seguiu-se… silêncio.

Penelope não sabia do que estava à espera. Que ele gritasse com ela, que a repreendesse, que exigisse uma explicação.

Mas ele não fazia nada disso. Estava só ali de pé, no escuro, a forçar o assunto, obrigando-a a dizer alguma coisa.

— Achas que podias… podias acender uma vela? — perguntou ela.

— Não gostas do escuro? — disse ele em voz arrastada.

— Agora não. Não assim.

— Percebo — murmurou. — Então estás a dizer que podes gostar se for assim? — Os dedos tocaram subitamente a pele dela, percorrendo a linha de contorno do corpete.

Ambos se perderam no momento.

– Não – disse ela, com a voz trémula.

– Não queres que te toque? – O tom dele era zombeteiro e Penelope ficou aliviada por não lhe poder ver o rosto. – Mas tu és minha, não és?

– Ainda não – alertou ela.

– Ah, mas és, sim. Tu certificaste-te disso. Foi bastante inteligente da tua parte, esperar até ao nosso baile de noivado para fazeres o anúncio final. Sabias que eu não queria que publicasses aquela última crónica. Eu proibi-te de o fazeres! Tínhamos concordado…

– Não acordámos coisa nenhuma!

Ele ignorou a explosão. – Esperaste até…

– Nós nunca acordámos – clamou Penelope mais uma vez, a necessidade de deixar claro que não havia faltado à sua palavra. O que quer que ela tivesse feito, não lhe tinha escondido nada. Bem, exceto manter o *Whistledown* em segredo durante quase uma dúzia de anos, mas certamente ele não estava sozinho nesse engano. – E sim – admitiu ela, porque não parecia certo começar a mentir agora –, eu sabia que não me ias abandonar. Mas esperava…

A voz quebrou, incapaz de terminar.

– Esperavas o quê? – perguntou Colin depois de um silêncio interminável.

– Esperava que me perdoasses – sussurrou. – Ou, pelo menos, que fosses capaz de compreender. Sempre pensei que fosses o tipo de homem que…

– Que tipo de homem? – perguntou, desta vez com uma pausa curta.

– A culpa é minha, na verdade – continuou Penelope, parecendo esgotada e triste. – Eu pus-te num pedestal. Foste tão amável comigo todos estes anos. Acho que pensei que fosses incapaz de qualquer outra coisa.

– O que diabo fiz eu que não fosse amável? – quis saber. – Protegi-te, pedi-te em casamento…

– Não procuraste ver as coisas pela minha perspetiva – interrompeu ela.

279

– Porque estás a agir como uma idiota! – quase gritou.

Fez-se silêncio, o género de silêncio que incomoda os ouvidos, que corrói a alma.

– Não sei mais o que dizer – falou finalmente Penelope.

Colin desviou o olhar. Não sabia por que o fez, estavam às escuras, ela não podia vê-lo. Mas algo no tom de voz dela o incomodou. Ela parecia vulnerável, cansada. Esperançosa e desgostosa ao mesmo tempo. Isso fê-lo querer compreendê-la, ou pelo menos tentar, mesmo *sabendo* que ela tinha cometido um erro terrível. Cada inflexão da voz dela esmorecia um pouco mais a sua fúria. Ainda estava com raiva, mas, de alguma forma, perdera a vontade de a mostrar.

– Vais ser desmascarada, sabes – disse ele, em voz baixa e controlada. – Humilhaste Cressida; a fúria dela não vai ter limites e não vai descansar até desenterrar a verdadeira Lady Whistledown.

Penelope afastou-se; ele podia ouvir o rumor de saias. – Cressida não é suficientemente inteligente para me descobrir; além disso, não vou escrever mais crónicas, portanto não haverá oportunidade para me descair e revelar alguma coisa. – Houve um momento de silêncio e depois acrescentou: – Isso posso prometer-te.

– É tarde de mais – disse ele.

– Não é tarde de mais – protestou ela. – Ninguém sabe! Ninguém sabe além de ti e sentes tanta vergonha de mim que me é impossível de suportar.

– Oh, pelo amor de Deus, Penelope – retorquiu ele. – Eu não tenho vergonha de ti.

– Podes, *por favor*, acender uma vela? – pediu ela num gemido.

Colin atravessou a sala e procurou numa gaveta uma vela e algo para a acender. – Eu não tenho vergonha de ti – reiterou –, mas acho que estás a agir de forma insensata.

– Até podes ter razão – disse ela –, mas eu tenho de fazer o que acho que é certo.

– Não estás a pensar – disse ele com indiferença, virando-se e encarando-a enquanto acendia uma vela. – Até podes esquecer-te, embora eu não consiga, do que vai acontecer à tua reputação se as pessoas descobrirem quem és. Esquecer que as pessoas te vão ostracizar, que vão falar de ti pelas costas.

— Essas pessoas não merecem a minha preocupação — disse ela, mantendo o porte muito altivo.

— Talvez não — concordou, cruzando os braços e olhando-a. Intensamente. — Mas vai magoar-te. Não vais gostar, Penelope. E eu também não.

Ela engoliu convulsivamente. Bem. Talvez ele estivesse a conseguir afetá-la.

— Mas esquece isso tudo — continuou ele. — Tu passaste a última década a insultar pessoas. A ofendê-las.

— Também disse muitas coisas boas — protestou ela, os olhos escuros brilhando de lágrimas contidas.

— É claro que sim, mas essas não são as pessoas com quem terás problemas. Estou a falar dos furiosos, dos que foram insultados. — Ele avançou e agarrou-a pelos braços. — Penelope — disse com urgência —, haverá pessoas que vão querer fazer-te *mal*.

As palavras eram destinadas a ela, mas foi como se dessem meia-volta e lhe perfurassem o coração.

Tentou imaginar uma vida sem Penelope. Era impossível.

Há apenas algumas semanas, ela era… Parou, pensou. O que *era* ela? Uma amiga? Uma conhecida? Alguém que via e em quem nunca reparara?

E agora era sua noiva, em breve sua mulher. E talvez… talvez fosse mais do que isso. Algo mais profundo. Algo ainda mais precioso.

— O que quero saber — perguntou ele, regressando deliberadamente ao assunto em questão para que a mente não se desviasse por caminhos perigosos — é porque não aproveitaste o perfeito álibi se a ideia era manteres o anonimato.

— Porque permanecer anónima não é o mais importante! — quase gritou.

— Queres ser descoberta? – perguntou ele, boquiaberto a olhar para ela à luz das velas.

— Não, claro que não – respondeu ela. – Mas este é o meu trabalho. Este é o trabalho da minha vida. É tudo o que tenho para mostrar da minha vida e se não posso ficar com o mérito, *raios me partam* se deixo outra pessoa ficar.

Colin abriu a boca para retorquir, mas para sua surpresa, não tinha nada para dizer. *O trabalho de uma vida.* Penelope tinha o trabalho de uma vida.

E ele não.

Ela podia não poder colocar o nome no seu trabalho, mas, quando estava sozinha no quarto, podia olhar para as suas crónicas, apontar para elas e dizer para si mesma *É isto. A minha vida tem sido isto.*

— Colin? – sussurrou, claramente assustada com o silêncio.

Penelope era incrível. Não sabia como não tinha percebido antes, quando já sabia que ela era inteligente e encantadora e espirituosa e expedita. Mas todos esses adjetivos, e muitos outros nos quais não pensara, não chegavam nem perto do valor que ela tinha.

Ela era incrível.

E ele estava… Deus do céu, ele sentia inveja dela.

— Vou-me embora – disse Penelope suavemente, virando-se e caminhando em direção à porta.

Por um momento, Colin não reagiu. A mente ainda estava petrificada, tonta com as revelações. Mas quando viu a mão na maçaneta da porta, soube que não podia deixá-la ir. Não apenas naquela noite, nunca.

— Não – disse ele em voz rouca, diminuindo a distância entre ambos em três passos largos. – Não – disse de novo. – Quero que fiques.

Ela ergueu os olhos para ele, dois poços de confusão. – Mas tu disseste…

Colin colocou as mãos com ternura no rosto dela. – Esquece o que eu disse.

Foi nesse momento que percebeu que Daphne tinha razão. O amor não lhe tinha surgido como um raio do céu. Começara com um sorriso, uma palavra, um olhar provocante. Cada segundo que havia passado na presença dela fizera esse amor crescer, até chegar a este momento, e de repente ele *soube*.

Amava-a.

Ainda estava furioso com Penelope por publicar a última crónica, e sentia uma imensa vergonha de si próprio por sentir inveja por ela ter encontrado um trabalho que a realizava, um propósito, mas mesmo com tudo isso, ele amava-a.

E se a deixasse sair por aquela porta, nunca seria capaz de se perdoar.

Talvez essa fosse a definição de amor. Desejar uma pessoa, precisar dela, adorá-la a tal ponto que, mesmo furioso, se estava pronto a amarrá-la à cama apenas para a impedir de sair e arranjar mais problemas.

Esta era a noite. Este era o momento. Sentia-se inundado de emoção e tinha de lho dizer. Tinha de o *mostrar*.

— Fica — sussurrou, puxando-a para si, rude, esfomeado, sem desculpas ou explicações.

— Fica — voltou a dizer, levando-a para a cama. E quando ela não respondeu, disse-o uma terceira vez.

— Fica.

Ela assentiu.

Ele tomou-a nos braços.

Aquela era Penelope, e aquilo era amor.

CAPÍTULO 18

O momento em que Penelope assentiu, o momento antes de balançar a cabeça, aliás, foi o momento em que soube ter dito sim a mais do que um beijo. Não sabia o que tinha feito Colin mudar de ideias, por que razão estava tão zangado num minuto para, no seguinte, ser tão amoroso e carinhoso.

Não sabia, mas na verdade... não se importava.

Uma coisa sabia, ele não a beijava tão docemente para a castigar. Alguns homens podem usar o desejo como arma, a tentação como vingança, mas Colin não era assim.

Não era da sua personalidade.

Apesar de todos os caminhos dissolutos e travessos por onde tinha andado, apesar das piadas e provocações e do humor trocista, era um homem bom e nobre. E seria um marido bom e nobre.

Estava tão certa disso como de si mesma.

E se a beijava apaixonadamente, deitando-a na cama, cobrindo-lhe o corpo com o dele, então era porque a queria, porque ela era tão importante que o fazia esquecer a raiva.

Colin importava-se com ela.

Penelope retribuiu o beijo com toda a sua emoção, com toda a sua alma. Tinha anos e anos de amor por este homem, e o que lhe faltava em técnica, compensava em fervor. Agarrou-se ao cabelo

284

dele, contorcendo-se debaixo dele, sem se importar com a própria aparência.

Desta vez não estavam numa carruagem ou na sala de estar da mãe dele. Não havia o medo de serem descobertos, nem a necessidade de estar apresentável daí a dez minutos.

Esta era a noite em que poderia mostrar-lhe tudo o que sentia por ele. Responderia ao desejo dele com o seu, fazendo mentalmente votos de amor, fidelidade e devoção.

Quando a noite terminasse, Colin saberia que ela o amava. Poderia não dizer as palavras, poderia nem sequer sussurrá-las, mas ele saberia.

Ou talvez já soubesse. Era engraçado; tinha sido tão fácil esconder a vida secreta como Lady Whistledown, mas tão incrivelmente difícil manter o coração longe dos olhos sempre que ele a olhava.

– Quando comecei a precisar tanto de ti? – sussurrou ele, erguendo a cabeça muito ligeiramente até as pontas dos narizes se tocarem e ela ver aqueles olhos, escuros e incolores à luz ténue da vela, mas muito verdes na sua mente, concentrados nela. A respiração dele era quente, o olhar era quente, e estava a fazê-la sentir calor em zonas do corpo em que nunca pensara.

Os dedos dele moveram-se para a parte de trás do vestido, desapertando habilmente os botões até sentir o tecido afrouxar, primeiro em torno dos seios, depois junto das costelas e, por fim, na cintura.

E então, como por milagre, já não estava lá.

– Meu Deus – disse ele, a voz pouco mais alta do que um suspiro –, como és linda.

E pela primeira vez na vida, Penelope realmente acreditou que podia ser verdade.

Havia algo de perverso e excitante em estar tão intimamente nua diante de outro ser humano, mas não sentia vergonha. Colin olhava-a com tanto carinho, tocava-a com tanta reverência, que só conseguia sentir a força arrebatadora do destino.

Os dedos dele deslizaram ao longo da pele sensível dos contornos do seio, primeiro a provocá-la com as unhas, depois, em suaves carícias até as pontas dos dedos regressarem à posição original, perto da clavícula.

Ela sentiu algo contrair-se no seu íntimo. Não sabia se era do toque ou da forma como ele a olhava, mas algo lhe provocava uma mudança.

Era uma sensação estranha.

Maravilhosa.

Colin estava de joelhos na cama ao seu lado, ainda completamente vestido, olhando-a com um sentimento de orgulho, de desejo, de propriedade.

– Nunca sonhei que serias assim – sussurrou, movendo a mão até a palma roçar levemente o mamilo. – Nunca sonhei desejar-te desta maneira.

Penelope prendeu a respiração com o espasmo de emoção que lhe atravessou o corpo. Mas algo nas palavras dele a deixou inquieta, e Colin deve ter visto isso nos olhos dela, porque perguntou: – O que foi? Passa-se alguma coisa?

– Nada – começou a dizer, mas parou. O casamento devia ser baseado na honestidade, e não faria nada bem a nenhum dos dois, esconder os verdadeiros sentimentos.

– Como achavas que eu era? – perguntou em voz baixa.

Ele ficou a olhar para ela, claramente confuso com a pergunta.

– Disseste que nunca sonhaste que eu fosse assim – explicou. – Como achavas que eu era?

– Não sei – admitiu. – Para ser sincero, até às últimas semanas, acho que não pensava nisso.

– E desde então? – insistiu, não sabendo porque precisava de uma resposta, apenas sabendo que a queria.

Num movimento rápido, Colin pôs-se em cima de Penelope, inclinando-se em seguida até o tecido do seu colete lhe roçar a barriga e os seios, até os narizes se tocarem e a sua respiração quente invadir a pele dela.

– Desde então – disse em voz rouca – pensei neste momento milhares de vezes, imaginei um sem-número de seios diferentes, todos eles adoráveis e desejáveis e cheios e a implorar a minha atenção, mas nada… e deixa-me repetir caso não me tenhas ouvido bem à primeira vez… *nada* se compara com a realidade.

– Oh! – Foi tudo o que foi capaz de dizer.

Ele tirou o casaco e o colete até ficar apenas vestido com a camisa de linho e as calças; deixou-se ficar, a olhar para ela, com um sorriso perverso, muito perverso, nos lábios enquanto ela se contorcia por baixo dele, tornando-se cada vez mais fogosa e faminta sob o seu olhar implacável.

Foi então que, quando tinha a certeza de não aguentar mais um segundo, ele pousou ambas as mãos nos seios dela, apertando levemente, experimentando o peso, a forma.

O gemido que saiu da boca dele foi irregular, prendendo depois a respiração ao usar os dedos de maneira que os mamilos surgissem entre eles.

– Quero ver-te sentada – disse ele num gemido –, para que possa vê-los plenos, belos e esplêndidos. Depois quero deslizar para trás de ti e abraçá-los com as minhas mãos. – Os lábios encostaram-se ao ouvido dela e a voz baixou para um sussurro. – E quero fazer tudo isso na frente de um espelho.

– Agora? – perguntou em voz aguda.

Colin pareceu pensar um momento, depois abanou a cabeça. – Mais tarde – disse, e depois repetiu em tom bastante resoluto: – Mais tarde.

Penelope abriu a boca para lhe fazer uma pergunta… não fazia ideia qual… mas antes que pudesse dizer uma palavra, ele murmurou: – Primeiro, o mais importante. – E baixou a boca para os seios, provocando-a, primeiro com um leve sopro e depois fechando os lábios em torno dela, rindo baixinho quando ela gritou de surpresa e arqueou as costas.

Ele continuou naquela tortura até ela achar que ia gritar; então, passou para o outro seio e repetiu cada gesto. Mas desta vez deixou uma das máos livre, que parecia estar em toda a parte, provocando, seduzindo, fazendo cócegas. Estava na barriga, na anca, no tornozelo, deslizando sob a saia.

– Colin – disse Penelope sem fôlego, contorcendo-se debaixo dele, enquanto os dedos lhe acariciavam a pele delicada atrás do joelho.

– Estás a tentar fugir ou aproximar-te? – murmurou ele, os lábios nunca abandonando o seio.

– Náo sei.

Ele levantou a cabeça e sorriu para ela com ar devorador. – Isso é bom.

Colin levantou-se e retirou vagarosamente o resto da roupa, primeiro a camisa de linho, depois as botas e as calças, jamais permitindo que os seus olhos se afastassem dos dela. Quando terminou, puxou-lhe o vestido com delicadeza, já despido até à cintura, acariciando-lhe as ancas, os dedos pressionando levemente as nádegas macias, erguendo-a para fazer deslizar o tecido debaixo ela.

Ela ficou diante dele sem nada mais que as meias diáfanas que usava. Ele fez uma pausa, sorriu, demasiado másculo para não apreciar a vista, depois tirou-lhas, fazendo-as deslizar pelas pernas até à ponta dos dedos dos pés e deixou-as esvoaçar até ao chão.

Penelope tremia no ar da noite, por isso Colin deitou-se ao lado dela, pressionando o corpo contra o dela, transmitindo-lhe o seu calor enquanto saboreava a suavidade da pele sedosa.

Precisava dela. Era estonteante o quanto precisava dela.

A excitação física dele era evidente, a tortura do desejo táo desesperante que era espantoso que ainda conseguisse ver. E mesmo com o corpo a clamar por libertação, sentia-se possuído por uma estranha calma, uma inesperada sensação de controlo. Em algum momento ele deixara de ser importante. Apenas ela era importante, ou melhor, *ambos*, aquela união maravilhosa e o amor milagroso que estava apenas a começar a apreciar.

Queria-a, Deus do Céu, como a queria, mas queria sentir o corpo dela a tremer debaixo do seu, a gritar de desejo, a agitar a cabeça de um lado para o outro enquanto ele a provocava de prazer até à plenitude.

Queria que ela amasse aquilo, que o amasse e que *soubesse*, quando estivessem nos braços um do outro, suados e esgotados, que lhe pertencia.

Porque ele já sabia que lhe pertencia a ela.

— Diz-me se eu fizer alguma coisa de que não gostes — disse ele, espantado com o tremor que ouvia nas próprias palavras.

— Não poderias — sussurrou ela, tocando-lhe o rosto.

Ela não percebia. Quase o fez sorrir, provavelmente tê-lo-ia feito sorrir, se não estivesse tão preocupado em fazer com que a primeira vez dela fosse boa. Mas as palavras sussurradas *Não poderias* só podiam significar uma coisa: que ela não fazia ideia do que significava fazer amor com um homem.

— Penelope — disse suavemente, cobrindo a mão dela com a sua —, preciso de te explicar uma coisa. Posso magoar-te. Não quero, mas posso e...

Ela abanou a cabeça. — Não poderias — disse novamente. — Eu conheço-te. Às vezes acho que te conheço melhor do que a mim mesma. E sei que nunca farias nada que pudesse magoar-me.

Colin cerrou os dentes e tentou não gemer. — Não de propósito — disse, um levíssimo toque de exasperação tingindo-lhe a voz —, mas posso e...

— Deixa-me ser eu a decidir — disse ela, pegando na mão dele e levando-a à boca para um beijo único e sentido. — E quanto à outra...

— Que outra?

Penelope sorriu, e Colin teve de ceder, porque era capaz de jurar que ela parecia estar a divertir-se com ele. — Pediste-me que te dissesse se fizesses alguma coisa de que eu não gostasse — disse.

Ele olhou-a com atenção, subitamente hipnotizado pelo modo como os lábios dela formavam as palavras.

— Prometo-te que vou gostar de tudo — disse ela.

Uma estranha onda de alegria começou a crescer dentro dele. Não sabia que deus benevolente lhe tinha concedido a graça de a ter, mas pensou que precisava de estar um pouco mais atento da próxima vez que fosse à igreja.

– Vou gostar de tudo – disse ela de novo –, porque estou contigo.

Ele tomou-lhe o rosto entre as mãos, olhando-a como se fosse a criatura mais maravilhosa que já caminhou na Terra.

– Amo-te – sussurrou ela. – Há muitos anos.

– Eu sei – disse ele, surpreendendo-se com as próprias palavras. Ele sabia, certamente sabia, mas tinha afastado essa ideia da sua mente, porque o amor dela deixava-o desconfortável. Era difícil ser amado por alguém decente e bom quando a mesma emoção não era retribuída. Não podia ignorá-la porque gostava dela e não teria sido capaz de se perdoar a si mesmo se a tivesse magoado cruelmente. E também não podia namoriscar com ela por muitas das mesmas razões.

Portanto, convenceu-se de que o que ela sentia não era realmente amor. Era mais fácil tentar convencer-se de que ela estava apenas encantada por ele, que não sabia o que era o amor verdadeiro (como se ele soubesse!) e que mais cedo ou mais tarde iria encontrar alguém e ter uma vida feliz e satisfatória.

Agora aquele pensamento, que ela podia ter casado com outro, quase o deixava paralisado de medo.

Estavam lado a lado, e ela olhava-o, todo o sentimento do seu coração transparecendo nos olhos, o rosto cheio de felicidade e contentamento, como se finalmente se sentisse livre agora que tinha dito as palavras. Colin percebeu pela expressão de Penelope que ela não guardava um traço de esperança, que não lhe tinha dito que o amava apenas para ouvir a resposta dele. Ela não estava sequer à espera de resposta.

Penelope disse-lhe que o amava, simplesmente porque queria. Porque era isso que sentia.

– Eu também te amo – sussurrou ele, depositando um beijo intenso nos lábios dela antes de se afastar para poder ver a reação.

Penelope ficou de olhos arregalados muito tempo antes de responder. Por fim, engolindo de forma estranha e convulsiva, disse: – Não tens de o dizer só porque eu disse.

– Eu sei – respondeu ele, sorrindo.

Ela olhou-o apenas, os olhos mais e mais abertos.

– E tu também sabes que sim – disse ele suavemente. – Disseste que me conheces melhor do que a ti mesma. Por isso sabes que nunca diria palavras se não as quisesse dizer.

E ali deitada, nua na cama dele, aninhada no seu abraço, Penelope percebeu que sim. Colin não mentia, nunca sobre nada importante, e ela não podia imaginar nada mais importante do que o momento que estavam a partilhar.

Colin amava-a. Não era nada que ela esperasse, nem que se permitisse esperar, e agora ali estava, como um milagre resplandecente que lhe iluminava o coração.

– Tens a certeza? – sussurrou.

Ele acenou afirmativamente com a cabeça, os braços puxando-a para mais perto. – Percebi esta noite. Quando te pedi para ficares.

– Como… – Mas não terminou a pergunta, porque não sabia como a terminar. Como é que ele soube que a amava? Como tinha acontecido? Como se sentiu?

Mas, de alguma forma, Colin deve ter percebido o que Penelope não conseguia verbalizar, porque respondeu: – Não sei. Não sei quando, não sei como, e para ser honesto, não quero saber. Mas sei que é verdade: eu amo-te, e condeno-me por não ter visto a mulher maravilhosa que és durante todos estes anos.

– Colin, não – pediu. – Sem recriminações. Sem arrependimentos. Hoje, não.

Ele apenas sorriu, pousando um dedo nos lábios dela para silenciar o apelo. – Não acho que tenhas mudado – disse ele. – Pelo menos, não muito. Mas então um dia percebi que via algo diferente quando

291

olhava para ti. – Encolheu os ombros. – Talvez eu tenha mudado. Talvez tenha amadurecido.

Foi a vez de Penelope pousar o dedo nos lábios dele, silenciando-o da mesma maneira que ele fizera com ela. – Talvez eu tenha amadurecido também.

– Eu amo-te – disse, inclinando-se para a beijar. E desta vez ela não conseguiu responder, porque a boca dele permaneceu na dela, faminta, exigente e muito, muito sedutora.

Colin parecia saber exatamente o que fazer. Cada movimento da língua, cada mordida enviava arrepios até ao âmago do seu ser, e ela entregou-se à pura alegria do momento, à chama branca e quente do desejo. As mãos dele estavam em toda a parte e Penelope sentiu-o em toda a parte, os dedos na pele, a perna exigente, abrindo caminho entre as dela.

Ele puxava-a para mais perto, fazendo-a rolar para cima dele ficando ele deitado de costas. As mãos nas nádegas dela, puxavam-na com tanta força contra ele que a prova de seu desejo queimava-lhe a pele.

Penelope ficou sem fôlego com aquela intimidade surpreendente, mas a sua respiração foi apanhada pelos lábios dele, num beijo ao mesmo tempo terno e feroz.

E de repente voltou a estar de costas, ele em cima dela, o peso pressionando-a contra o colchão, espremendo-lhe o ar dos pulmões. A boca dele passou para a sua orelha, depois para o pescoço, e Penelope sentiu-se arquear debaixo dele, como se curvando o corpo pudesse, de alguma forma, ficar mais perto do dele.

Ela não sabia o que devia fazer, mas sabia que tinha de se mexer. A mãe já tivera aquela «conversinha» com ela, dizendo-lhe que deveria manter-se quieta debaixo do marido e permitir-lhe os seus prazeres.

Mas não havia maneira de ela poder permanecer imóvel, era impossível impedir as próprias ancas de se pressionarem contra ele, as pernas de lhe enlaçarem o corpo. E ela não queria *permitir*-lhe os seus prazeres, queria incentivá-los, partilhá-los.

E queria tudo isso para si mesma. O que quer que fosse que estava a crescer dentro dela, aquela tensão, aquele desejo… exigiam libertação, e Penelope não podia imaginar que aquele momento, aquele sentimento não fosse o mais requintado da sua vida.

– Diz-me o que fazer – pediu ela, a urgência tornando-lhe a voz rouca.

Colin abriu-lhe as pernas, acariciando-as até chegar às coxas, apertando-as. – Deixa-me fazer tudo – disse ele, respirando com dificuldade.

Ela agarrou-lhe as nádegas, puxando-o para mais perto. – Não – insistiu. – Diz-me.

Ele parou de se mover um breve instante, olhando-a cheio de surpresa. – Toca-me – pediu ele.

– Onde?

– Onde quiseres.

As mãos nas nádegas relaxaram um pouco e ela sorriu. – Eu *estou* a tocar-te.

– Move-as – gemeu. – Move-as.

Ela deixou os dedos passear para as coxas, fazendo círculos ao sentir os pelos macios. – Gostas?

Colin agitou a cabeça bruscamente.

As mãos dela deslizaram para a frente, até ficarem perigosamente perto do membro dele. – E disto, gostas?

Abruptamente, ele pôs uma das mãos sobre a dela. – Agora, não – disse ele de modo áspero.

Ela olhou para ele, confusa.

– Vais entender mais tarde – grunhiu ele, abrindo-lhe as pernas ainda mais, antes de deslizar a mão entre os corpos de ambos e a tocar no ponto mais íntimo.

– Colin! – ofegou ela.

Ele abriu um sorriso diabólico. – Achavas que não iria tocar-te desta maneira? – Como para ilustrar o que dizia, um dos dedos começou a dançar pela carne sensível, fazendo-a arquear as costas, as ancas literalmente levantando os dois antes de descerem novamente enquanto ela estremecia de desejo.

Ele encostou os lábios ao ouvido dela. – Há muito mais – sussurrou.

Penelope não se atreveu a perguntar o quê. Aquilo já era muito mais do que a mãe havia mencionado.

Colin deslizou um dedo para dentro dela, fazendo-a ofegar novamente (o que o fez rir de prazer) e, em seguida, começou a acariciá-la lentamente.

– Oh, meu *Deus* – gemeu Penelope.

– Estás quase pronta para mim – disse ele, a respiração saindo mais rápida agora. – Tão húmida e tão estreita.

– Colin, o que é que estás…

Ele deslizou outro dedo, acabando definitivamente com qualquer hipótese de discurso inteligente.

Ela sentia-se exposta em toda a sua amplitude, e mesmo assim adorou. Devia ser muito perversa, uma devassa, porque tudo o que queria era abrir as pernas mais e mais até ficar completamente aberta para ele. Na sua opinião, ele podia fazer com ela o que bem entendesse, tocá-la como quisesse.

Desde que não parasse.

– Não posso esperar muito mais – disse ele sem fôlego.

– Não esperes.

– Eu preciso de ti.

Penelope estendeu a mão e agarrou-o pelo rosto, forçando-o a olhar para ela. – Eu preciso de ti, também.

E então ele retirou os dedos. Penelope sentiu-se estranhamente oca e vazia, mas só por um segundo, porque então percebeu haver outra coisa na sua entrada, algo duro e quente e muito, muito exigente.

– Isto pode doer – disse Colin, cerrando os dentes, como se esperasse a dor ser sua.

– Eu não me importo.

Tinha de fazer tudo bem. Tinha de fazer. – Eu vou ter cuidado – disse ele, embora o desejo fosse tão feroz que não fazia ideia de como seria capaz de manter a promessa.

– Eu quero-te – disse ela. – Quero-te e sinto que preciso de alguma coisa que não sei o que é.

Colin deu um impulso para a frente, apenas alguns milímetros, mas parecia que ela o tragava inteiro.

Penelope ficou em silêncio por baixo dele, o único som a respiração entrecortada escapando-lhe dos lábios.

Mais um pouco, mais um passo em direção ao paraíso. – Oh, Penelope! – gemeu ele, usando os braços para se manter acima dela e não a esmagar com o seu peso. – Por favor, diz-me que isto é bom; *por favor*.

Porque se ela dissesse o contrário, iria matá-lo ter de sair.

Ela assentiu, mas disse: – Só preciso de um momento.

Colin engoliu em seco, forçando a respiração pelo nariz em rajadas curtas. Era a única maneira de poder concentrar-se e parar. Ela provavelmente precisava de se expandir em torno dele, de permitir que os músculos relaxassem. Nunca recebera um homem antes, e era tão primorosamente estreita.

Ao mesmo tempo, mal podia esperar para poder fazer aquilo vezes suficientes para não ter de se retrair.

Quando a sentiu relaxar ligeiramente debaixo dele, deu mais um impulso até chegar à prova inegável da sua inocência. – Oh, Deus – gemeu. – Isto vai doer. Não posso evitar, mas prometo-te que é só esta vez e que não vai doer muito.

– Como sabes? – perguntou-lhe ela.

Ele fechou os olhos em agonia. Só Penelope para lhe fazer perguntas naquele momento. – Confia em mim – disse, ignorando a pergunta.

E então deu um último impulso, entrando completamente, afundando-se no calor dela, sentindo que aquela era a sua casa.

– Oh! – ofegou ela, o rosto mostrando o choque.

– Estás bem?

Ela assentiu. – Acho que sim.

Colin moveu-se ligeiramente. – Assim sabe bem?

Penelope voltou a assentir, mas o rosto parecia surpreso, talvez um pouco atordoado.

As ancas de Colin começaram a mover-se como se tivessem vontade própria, incapazes de permanecer imóveis quando estava tão obviamente próximo do clímax.

Ela era pura perfeição e, quando ele percebeu que os suspiros dela eram de desejo e não de dor, finalmente deixou-se ir, cedendo ao desejo arrebatador que lhe explodia no sangue.

Penelope acelerava debaixo dele, e ele rezava para conseguir aguentar até ela atingir o clímax. A respiração dela era rápida e quente, os dedos pressionando-lhe os ombros sem cessar, as ancas contorcendo-se sob ele, como um castigo feroz que o levava à loucura.

E então aconteceu. Um som dos lábios dela, mais doce do que qualquer outra coisa que lhe tocara os ouvidos. Ela gritou o nome dele quando o corpo inteiro se contraiu de prazer, e ele pensou *Um dia vou vê-la. Vou ver-lhe o rosto ao atingir o cume do prazer.*

Mas não hoje. Colin já estava perto da libertação, os olhos fechados de êxtase feroz. O nome dela foi-lhe arrancado dos lábios quando deu o impulso derradeiro e, em seguida, caiu em cima dela, completamente desprovido de força.

Por um minuto apenas silêncio, exceto a subida e descida dos peitos de ambos, lutando por ar, esperando que a urgência enorme dos seus corpos acalmasse até àquele formigueiro de felicidade que se sente nos braços da pessoa amada.

Ou pelo menos era o que Colin pensava que seria. Já tinha estado com mulheres antes, mas só agora percebia que nunca tinha feito amor até ter colocado Penelope na sua cama e iniciado a dança íntima com um singelo beijo nos lábios.

Nunca tinha sentido nada assim.

Aquilo era amor.

E não ia deixá-lo fugir.

CAPÍTULO 19

Não foi muito difícil conseguir antecipar a data do casamento. Ocorreu a Colin, quando regressava a sua casa em Bloomsbury (após deixar às escondidas uma Penelope extremamente despenteada na sua própria casa em Mayfair), haver uma razão muito boa para se casarem mais cedo.

Era altamente improvável que ela ficasse grávida depois de apenas um encontro. E, admitiu, mesmo que ficasse grávida, a criança seria um bebé de oito meses, o que não era terrivelmente suspeito num mundo cheio de crianças nascidas com apenas seis meses após um casamento. Já para não falar que o primeiro bebé nascia geralmente tarde (Colin era tio de sobrinhos e sobrinhas suficientes para saber que isso era verdade), o que faria com que o bebé tivesse uns oito meses e meio, o que não era nada invulgar.

Pensando assim, não havia uma grande urgência em antecipar o casamento.

Apenas a vontade dele.

Por isso teve uma «conversa» com as mães, na qual inferiu muito sem realmente dizer nada explícito, e elas concordaram muito depressa com o seu plano de antecipar o casamento.

Especialmente porque ele *talvez* as *tenha* enganado, fazendo-as acreditar que a intimidade com Penelope ocorrera várias semanas antes.

Ah, uma mentirinha inofensiva não era uma transgressão assim tão grave quando dita para servir um bem maior.

E um casamento precipitado, refletia Colin deitado na cama, todas as noites, revivendo o momento com Penelope e desejando fervorosamente que ela estivesse ali com ele, *definitivamente* servia um bem maior.

As mães, que se tinham tornado inseparáveis nos últimos tempos, com os preparativos do casamento, inicialmente protestaram contra a mudança, preocupadas com falatórios desagradáveis (que, neste caso, teriam sido inteiramente verdadeiros), mas Lady Whistledown acabou, indiretamente, por ajudá-las.

Os mexericos em torno de Lady Whistledown e Cressida Twombley, sobre se as duas eram a mesma pessoa ou não, assolavam Londres como nada até então fora visto ou ouvido. Na verdade, o falatório era tão omnipresente, tão absolutamente impossível de escapar, que ninguém parou para considerar o facto de a data do casamento Bridgerton-Featherington ter sido alterada.

O que deixava os Bridgerton e os Featherington muito satisfeitos.

Exceto, talvez, Colin e Penelope, pois nenhum ficava especialmente confortável quando a conversa virava para Lady Whistledown. Penelope já estava acostumada, é claro; não se passava um mês nos últimos dez anos, que alguém não fizesse uma especulação ociosa na sua presença acerca da identidade de Lady Whistledown. Mas Colin estava ainda tão aborrecido e irritado com a sua vida secreta que ela começara também a sentir-se desconfortável. Tentou abordar o assunto com ele algumas vezes, mas ele recusava-se e disse-lhe diretamente (num tom muito pouco Colin) que não queria falar sobre o assunto.

Penelope só podia deduzir que ele sentia vergonha dela. Ou se não dela, precisamente, do seu trabalho como Lady Whistledown. O que era como um golpe no coração, porque a sua escrita era o segmento da sua vida que podia apontar com um grande senso de orgulho e realização. Havia *feito* alguma coisa. Mesmo não podendo colocar o próprio nome no trabalho, tinha sido um grande sucesso. Quantos dos seus contemporâneos, homem ou mulher, podiam dizer o mesmo?

Podia estar pronta para deixar Lady Whistledown para trás e viver a sua nova vida como Mrs. Colin Bridgerton, mulher e mãe, mas isso de modo algum significava que tivesse vergonha do que fizera.

Se ao menos Colin pudesse sentir o mesmo orgulho pelo sucesso dela!

Oh, Penelope acreditava com cada fibra do seu ser, que ele a amava. Colin jamais mentiria acerca de algo assim. Era demasiado engenhoso com as palavras e provocante nos sorrisos para fazer uma mulher sentir-se feliz e satisfeita sem realmente proferir palavras de um amor que não sentia. Mas talvez fosse possível, e após observar o comportamento de Colin, tinha de facto a certeza de que era possível, que alguém pudesse amar outra pessoa e ainda assim sentir vergonha e desaprovação por ela.

Penelope só não esperava que fosse tão doloroso.

Certa tarde, ao darem um passeio por Mayfair, poucos dias antes do casamento, tentou abordar o assunto mais uma vez. Porquê, não sabia, já que não esperava que a atitude dele tivesse mudado milagrosamente desde a última vez que o mencionara, mas não conseguiu conter-se. Além disso, tinha esperança de que o facto de estarem em público, à vista de todos, forçasse Colin a manter um sorriso no rosto e a ouvir o que ela tinha para dizer.

Penelope calculou a distância até ao Número Cinco, onde eram esperados para o chá. – Acho – começou ela, estimando ter cinco minutos de conversa antes que ele pudesse apressá-la a entrar em casa e mudar de assunto –, que temos assuntos inacabados que precisam de ser discutidos.

Colin ergueu uma sobrancelha e olhou para ela com um sorriso curioso, mas ainda assim brincalhão. Ela sabia exatamente o que ele estava a tentar fazer: usar a sua personalidade encantadora e espirituosa para levar a conversa para onde queria. A qualquer momento, aquele sorriso iria transformar-se num sorriso de rapazinho travesso e ele diria algo para mudar de assunto sem ela perceber, do género…

— Estás muito séria para um dia tão cheio de sol.

Ela apertou os lábios. Não era exatamente o que esperava, mas certamente transmitia o sentimento.

— Colin — disse ela, tentando ser paciente —, gostava que não tentasses mudar de assunto sempre que falo de Lady Whistledown.

A voz dele tornou-se uniforme, controlada. — Acho que não te ouvi mencionares o nome dela, ou devo dizer, o *teu* nome. Tudo o que fiz foi elogiar o bom tempo.

Penelope tinha uma vontade doida de fincar os pés no chão e obrigá-lo a parar de repente, em sobressalto, mas estavam em público (a culpa era dela, por ter escolhido um sítio daqueles para iniciar a conversa), por isso continuou a andar, os passos suaves e tranquilos, mesmo que os dedos se enroscassem em pequenos punhos tensos. — Na outra noite, quando a minha última crónica foi publicada, ficaste furioso comigo — continuou.

Colin encolheu os ombros. — Já ultrapassei isso.

— Não me parece que seja verdade.

Ele virou-se para ela com uma expressão bastante condescendente. — Agora dizes-me o que eu sinto?

Um comentário tão desagradável não poderia ficar sem resposta. — Não é esse o papel de uma esposa?

— Ainda não és minha esposa.

Penelope contou até três, melhor, até dez, antes de responder: — Eu sinto muito se o que fiz te aborreceu, mas não tinha outra escolha.

— Tu tinhas todas as escolhas do mundo, mas eu não vou debater essa questão aqui no meio de Bruton Street.

E *estavam* em Bruton Street. Oh, *bolas*, Penelope subestimara completamente a rapidez com que caminhavam. Só lhe restava cerca de um minuto, no máximo, antes de subir os degraus da entrada para o Número Cinco.

– Posso garantir-te – disse ela – que a dita cuja nunca mais vai sair da aposentadoria.

– Mal consigo expressar o meu alívio.

– Gostava muito que não fosses tão sarcástico.

Colin virou-se para ela, os olhos dardejantes. A expressão era tão diferente da máscara de brando tédio que exibia momentos antes que Penelope quase deu um passo atrás. – Cuidado com o que desejas, Penelope – disse ele. – O sarcasmo é a única coisa que impede que os meus verdadeiros sentimentos venham à tona, e acredita, não vais querer *vê-los*.

– Pois eu acho que sim – disse ela, a voz pequenina, porque a verdade é que não tinha a certeza de que queria.

– Não passa um dia em que não seja obrigado a parar e a considerar o que farei para te proteger se o teu segredo for descoberto. Eu amo-te, Penelope. Deus me ajude, mas amo.

Penelope passava bem sem o pedido de ajuda a Deus, mas a declaração de amor era bastante agradável.

– Daqui a três dias vou ser teu marido – continuou ele. – Vou fazer um voto solene de te proteger até que a morte nos separe. Entendes o que isso significa?

– Vais salvar-me dos ataques de minotauros? – tentou brincar.

A expressão dele disse-lhe que não tinha achado divertido.

– Gostava que não estivesses tão zangado – resmungou ela baixinho.

Colin virou-se para ela com uma expressão incrédula, como se não achasse que ela tinha o direito de resmungar. – Se estou zangado é porque não gostei nem um pouco de ficar a saber sobre a tua última crónica ao mesmo tempo que todos os outros.

Penelope acenou com a cabeça, mordendo o lábio inferior antes de dizer: – Peço desculpa por isso. Tinhas todo o direito de saber antecipadamente, mas como poderia dizer-te? Terias tentado impedir-me.

– Exatamente.

Estavam agora apenas a algumas casas de distância do Número Cinco. Se Penelope queria perguntar-lhe mais alguma coisa, teria de fazê-lo rapidamente. – Tens a certeza... – começou, parando em seguida, na dúvida se queria terminar a pergunta.

– Tenho a certeza de quê?

Ela sacudiu ligeiramente a cabeça. – Não é nada.

– Obviamente é alguma coisa.

– Eu só estava a pensar... – Olhou para o lado, como se a visão da paisagem urbana de Londres pudesse, de alguma forma, dar-lhe a coragem necessária para continuar. – Eu só estava a pensar...

– Fala de uma vez, Penelope.

Não era nada típico dele ser tão brusco, e o tom instigou-a a avançar. – Eu estava a pensar se, talvez, o teu mal-estar com a minha, hum...

– Vida secreta? – concluiu em voz indolente.

– Se lhe quiseres chamar assim – acedeu ela. – Ocorreu-me que talvez o teu mal-estar não advenha totalmente do teu desejo de proteger a minha reputação caso seja descoberta.

– O que queres dizer com isso, precisamente? – perguntou em tom cortante.

Já tinha feito a pergunta, não havia nada a fazer agora, exceto mostrar completa honestidade. – Acho que tens vergonha de mim.

Ele olhou para ela uns bons três segundos antes de responder: – Eu não tenho vergonha de ti. Já te disse uma vez que não.

– Então, o que se passa?

Os passos de Colin hesitaram, e antes de se dar conta do que o seu corpo fazia, percebeu que estava parado em frente ao Número Três de Bruton Street. Faltavam apenas duas casas até à casa da mãe e ele estava quase certo de que já estavam atrasados para o chá cerca de cinco minutos, e...

E não conseguia mexer os pés.

– Eu não tenho vergonha de ti – disse novamente, mais porque não era capaz de dizer a verdade, que o que sentia era inveja. Inveja das suas conquistas, inveja dela.

Era uma sensação e uma emoção muito desagradáveis. Corroía-o por dentro, gerando um vago sentimento de vergonha sempre que alguém mencionava Lady Whistledown, o que, dado o curso do falatório atual em Londres, acontecia cerca de dez vezes por dia. E não sabia o que fazer com aquilo tudo.

A sua irmã Daphne comentara certa vez que ele parecia sempre saber o que dizer, para pôr os outros à vontade. Refletira sobre isso durante vários dias, depois de ela o dizer, e chegara à conclusão de que a sua capacidade de fazer os outros sentirem-se bem consigo próprios devia decorrer da sua própria consciência do eu.

Era um homem que sempre se sentira extremamente confortável na própria pele. Não sabia porque era tão abençoado, talvez pelos bons pais que teve ou, quem sabe, por pura sorte. Mas agora sentia-se estranho e desconfortável e isso transbordava para cada aspeto da sua vida. Falava torto com Penelope e mantinha-se calado nas festas.

E tudo por causa daquele horrível sentimento de inveja e da vergonha constante.

Ou não seria?

Será que teria inveja de Penelope se não se tivesse apercebido já daquele sentimento de vazio na sua própria vida?

Era uma questão interessante. Ou, pelo menos, seria se fosse sobre qualquer outra pessoa que não ele.

— A minha mãe deve estar à nossa espera — disse em tom seco, sabendo que estava a evitar o assunto, e detestando-se por isso, mas totalmente incapaz de fazer outra coisa. — E a tua mãe está lá também, por isso é melhor não nos atrasarmos.

— Já estamos atrasados — lembrou ela.

Colin pegou-a pelo braço e puxou-a até à entrada do Número Cinco. — Mais uma razão para não nos demorarmos.

— Estás a fugir de mim — disse ela.

— Como posso estar a fugir de ti se estás aqui ao meu lado?

A resposta deixou-a irritada. — Estás a fugir à minha pergunta.

— Conversaremos sobre isso mais tarde — disse ele —, quando não estivermos de pé, no meio de Bruton Street, sabe-se lá com quantos curiosos a espreitarem das janelas.

E para demonstrar que não admitia mais protestos, colocou a mão nas costas dela e conduziu-a com muito pouca delicadeza pelas escadas do Número Cinco.

Uma semana depois, nada mudara, exceto o seu sobrenome, refletiu Penelope.

O casamento tinha sido mágico. Uma cerimónia íntima, para grande desgosto da sociedade londrina. E a noite de núpcias... bem, tinha sido mágica, também.

E, de facto, o casamento era mágico. Colin era um marido maravilhoso: divertido, amável, atencioso...

Exceto quando o tema Lady Whistledown surgia.

Nessas ocasiões ficava... bem, Penelope não sabia exatamente como é que ele ficava, exceto que se transformava. A graça fácil, a verbosidade e todos os maravilhosos traços de personalidade que faziam dele o homem que amava há tantos anos esfumavam-se.

De certa forma, era quase engraçado. Durante muito tempo, todos os seus sonhos giravam em torno de casar com aquele homem. E a certa altura, aqueles sonhos tinham incluído contar--lhe sobre a sua vida secreta.

Como poderia não o fazer? Nos sonhos de Penelope, o casamento com Colin era uma união perfeita, e isso significava honestidade total.

Nos sonhos, ela fazia-o sentar e timidamente revelava-lhe o seu segredo. Ele começava por reagir com incredulidade, depois, com prazer e orgulho. Como ela era notável por ter conseguido enganar toda a Londres durante tantos anos. Como era espirituosa ao escrever todas aquelas crónicas. Admirava-lhe o engenho, elogiava-lhe o sucesso. Em alguns dos sonhos, até sugeria tornar-se o repórter secreto dela.

Parecia o tipo de coisa de que Colin iria gostar, exatamente o tipo de tarefa divertida e tortuosa que ele iria apreciar.

Mas o resultado real tinha sido muito diferente.

Colin dizia que não tinha vergonha dela, e talvez até achasse que era verdade, mas Penelope não conseguia acreditar nele. Observara a expressão no seu rosto ao jurar que só queria protegê-la. Mas o sentido protetor era um sentimento feroz e urgente e quando Colin falava de Lady Whistledown, os olhos ficavam fechados e sem expressão.

Ela tentava não se sentir tão dececionada. Tentava convencer-se de que não tinha o direito de esperar que Colin aceitasse os sonhos dela, de que a imagem que tinha dele fora injustamente idealizada, mas...

Mas desejava que ele fosse o homem dos seus sonhos.

E sentia-se imensamente culpada por cada pontada de deceção. Tratava-se de Colin! De Colin, pelo amor de Deus! Colin, que era quase tão perfeito quanto qualquer ser humano poderia esperar ser. Ela não tinha o direito de encontrar defeitos nele, e no entanto...

Encontrava.

Queria que ele sentisse orgulho nela. Queria-o, mais do que qualquer coisa no mundo, mais até do que a vontade de *o ter* que sentira todos aqueles anos, enquanto o observava de longe.

Mas dava muito valor ao seu casamento e, pondo de lado os momentos embaraçosos, estimava muito o marido. Por essa razão, deixara de mencionar Lady Whistledown. Estava cansada da expressão velada de Colin. Não queria ver as linhas de descontentamento em redor da sua boca.

Obviamente não poderia evitar o assunto para sempre; qualquer saída para uma festa ou reunião da sociedade parecia sempre trazer uma menção ao seu alter ego. Mas em casa ela não introduzia o assunto.

Assim, certo dia, sentados à mesa do pequeno-almoço, conversando amigavelmente enquanto cada um lia o jornal da manhã, Penelope procurou outros tópicos de conversa.

— Achas que devemos fazer uma viagem de lua de mel? — perguntou, espalhando uma generosa porção de compota de framboesa no *muffin*. Talvez devesse não comer tanto, mas a compota era deliciosa e, além disso, comia sempre de mais quando estava ansiosa.

Franziu a testa, primeiro ao *muffin* e depois, a nada em particular. Não tinha dado conta que estava tão ansiosa. Pensava ter sido capaz de empurrar o problema Lady Whistledown para o fundo da mente.

– Talvez mais para o final do ano – respondeu Colin, estendendo a mão para a compota assim que ela terminou. – Passas-me uma torrada, por favor?

Assim fez, em silêncio.

Ele levantou os olhos, para ela ou para o prato de arenques fumados, não tinha a certeza. – Pareces desiludida – disse.

Talvez devesse sentir-se lisonjeada por ele se ter dignado a levantar a cabeça do prato. Ou talvez estivesse apenas a olhar para os arenques e ela só atrapalhasse. Provavelmente, a segunda hipótese. Era difícil competir com comida pela atenção de Colin.

– Penelope? – perguntou ele.

Ela pestanejou.

– Estava a comentar que parecias desiludida? – lembrou.

– Ah. Sim, bem, talvez esteja. – Ofereceu-lhe um sorriso hesitante. – Nunca viajei, e como tu já viajaste pelo mundo inteiro, acho que pensei que poderias levar-me a conhecer algum sítio de que gostasses especialmente. À Grécia, talvez. Ou a Itália. Sempre quis conhecer a Itália.

– Ias gostar – murmurou ele distraidamente, a atenção mais nos ovos do que nela. – Especialmente Veneza, acho eu.

– Então porque não me levas?

– Levo, sim – disse, picando um pedaço de *bacon* rosado e metendo-o na boca. – Mas agora não.

Penelope lambeu um pouco de compota do *muffin* e tentou não parecer muito cabisbaixa.

– Se queres saber – disse Colin com um suspiro –, a razão pela qual não quero ir agora é… – Olhou para a porta aberta, franzindo os lábios de irritação. – Bem, não posso explicar aqui.

Os olhos de Penelope arregalaram-se. – Queres dizer… – Traçou um grande W na toalha da mesa.

– Exatamente.

Ela olhou-o com espanto, um pouco assustada por ter sido ele a falar no assunto, e ainda mais porque não parecia muito aborrecido. – Mas porquê? – perguntou, por fim.

– Se o segredo for descoberto – disse ele, enigmático, no caso de haver criados a circular por ali, o que normalmente acontecia –, eu gostaria de estar na cidade para controlar o estrago.

Penelope recostou-se com desânimo na cadeira. Não era nada agradável ser referida como estrago. Algo que ele acabara de fazer. Bem, indiretamente, pelo menos. Olhou para o *muffin*, tentando decidir se estava com fome. Não, na verdade, não estava.

Mas comeu-o na mesma.

CAPÍTULO 20

Alguns dias mais tarde, ao regressar de uma ida às compras com Eloise, Hyacinth e Felicity, Penelope encontrou o marido sentado à escrivaninha no escritório. Estava a ler alguma coisa, todo debruçado sobre algum livro ou documento desconhecido.

– Colin?

Ele ergueu a cabeça de repente. Não devia tê-la ouvido chegar, o que era surpreendente, já que Penelope não tinha feito qualquer esforço para silenciar os passos. – Penelope – disse, levantando-se quando ela entrou na sala –, como foi a tua... hum... o que quer que seja que foste fazer quando saíste?

– Compras – respondeu ela com um sorriso divertido. – Fui fazer compras.

– Certo. Pois foi. – Balançou o corpo ligeiramente de pé para pé. – Compraste alguma coisa?

– Um chapéu – respondeu ela, tentada a acrescentar *e três anéis de diamante*, só para ver se ele estava a ouvir.

– Bom, muito bom – murmurou, obviamente ansioso para voltar ao que estava na escrivaninha.

– O que estás a ler? – perguntou ela.

– Nada – respondeu ele, sem pensar e, em seguida, acrescentou: – Bem, na verdade, é um dos meus diários.

O rosto dele assumiu uma expressão estranha, um pouco enver-gonhada, um pouco desafiadora, quase como se estivesse envergo-nhado por ter sido apanhado e, ao mesmo tempo, desafiando-a a fazer mais perguntas.

— Posso ver? — perguntou ela, mantendo a voz suave e, espe-rava, de forma que ele não se sentisse acuado. Era estranho pensar em Colin inseguro sobre o que quer que fosse. No entanto, qual-quer menção aos diários parecia revelar uma vulnerabilidade sur-preendente e... comovedora.

Penelope tinha passado tanto tempo a ver Colin como uma torre invencível de felicidade e boa disposição. Era autoconfiante, bonito, bem quisto e inteligente. Como deve ser fácil ser um Brid-gerton, pensara muitas vezes.

Foram muitas as vezes, mais do que era capaz de contar, que, ao chegar a casa, depois de tomar chá com Eloise e a família, se enrolou na cama, desejando ter nascido Bridgerton. A vida era fácil para eles. Eram inteligentes, atraentes, ricos e toda a gente parecia gostar deles.

E nem sequer era possível detestá-los por terem vidas tão esplêndidas porque eram tão *simpáticos*.

Bem, agora ela era uma Bridgerton, se não de nascimento, por casamento, e via que era verdade... a vida *era* melhor sendo uma Bridgerton, embora isso tivesse menos a ver com qualquer grande mudança em si mesma do que pelo facto de ela estar loucamente apaixonada pelo marido e, por algum extraordinário milagre, ele retribuir o sentimento.

Mas a vida não era perfeita, nem mesmo para os Bridgerton.

Mesmo Colin, o menino de ouro, o homem de sorriso fácil e humor diabólico, tinha os seus pontos fracos. Era assombrado por sonhos não realizados e inseguranças secretas. Como ela tinha sido injusta ao imaginar como seria a vida dele, a ponto de não lhe per-mitir as suas fraquezas.

— Não preciso de ver tudo — tranquilizou-o. — Talvez apenas uma ou outra passagem. Tu escolhes. Talvez algo de que gostes especialmente.

Ele olhou para o livro aberto, fixamente, como se as palavras estivessem escritas em chinês. – Eu não saberia o que escolher – murmurou. – Na verdade, é tudo sobre o mesmo.

– Claro que não é. Compreendo isso melhor do que ninguém. Eu... – De repente, olhou em volta, percebeu que a porta estava aberta e apressou-se a ir fechá-la. – Eu escrevi crónicas incontáveis – continuou –, e asseguro-te que não são todas iguais. Algumas eu adorei. – Sorriu com nostalgia, lembrando-se da onda de satisfação e orgulho que a assolava sempre que escrevia um trecho que considerava particularmente bom. – Era uma sensação muito boa, percebes o que quero dizer?

Ele abanou a cabeça, negando.

– Aquela sensação – tentou ela explicar –, quando *sabes* que as palavras que escolheste são exatamente aquelas que querias escrever. E só podes realmente apreciá-lo depois de teres ficado ali, caído e abatido, a olhar para a folha de papel em branco, sem ter a menor ideia do que dizer.

– *Disso*, eu sei – comentou ele.

Penelope tentou não sorrir. – Eu sei que conheces o primeiro sentimento, também. És um escritor esplêndido, Colin. Eu li o teu trabalho.

Ele olhou para cima, alarmado.

– Apenas o bocadinho que sabes – assegurou. – Nunca li os teus diários sem a tua permissão. – Ela corou, lembrando-se que fora exatamente assim que lera a passagem sobre a viagem ao Chipre. – Bem, agora não – acrescentou. – Mas o que li é muito *bom*, Colin. Quase mágico, e no teu íntimo, tu sabes isso.

Colin limitou-se a olhar para ela, como se simplesmente não soubesse o que dizer. Era uma expressão que já vira em muitos rostos, mas nunca no *dele*, e era muito estranho. Apetecia-lhe chorar, atirar-se nos braços dele. Acima de tudo, foi tomada por uma intensa necessidade de lhe devolver o sorriso ao rosto.

– Eu sei que deves ter tido dias como eu descrevi – insistiu ela. – Aqueles em que soubeste ter escrito algo bom. – Olhou para ele, esperançosa. – Sabes o que quero dizer, não sabes?

Ele não respondeu.

– Sabes, sim – disse ela. – Eu sei que sabes. Não podes ser um escritor e não o saber.

– Eu não sou um escritor – disse ele.

– Claro que és. – Apontou para um diário. – A prova está aí. – Aproximou-se. – Colin, por favor, posso ler um pouco mais?

Pela primeira vez, ele pareceu indeciso, o que Penelope tomou como uma pequena vitória. – Já leste quase tudo que eu escrevi – tentou a persuasão. – É mais do que justo que...

Penelope parou quando viu o rosto dele. Não sabia como descrever, mas parecia fechado, alienado, totalmente inacessível.

– Colin? – sussurrou.

– Eu prefiro manter isto só para mim – disse ele, em tom seco. – Se não te importas.

– Não, claro que não me importo – disse ela, mas ambos sabiam que estava a mentir.

Colin ficou tão quieto e silencioso que Penelope não teve outra hipótese senão desculpar-se e sair, deixando-o sozinho na sala, olhando desamparado para a porta.

Ele magoara-a.

Não importava que não fosse sua intenção. Ela estendera-lhe a mão e ele fora incapaz de a aceitar.

E o pior é que sabia que ela não entendia. Achava que ele tinha vergonha dela. Dissera-lhe que não, mas desde então não fora capaz de lhe contar a verdade, que o que sentia era inveja, e obviamente Penelope não acreditaria nele.

Que inferno, também ele não teria acreditado. Dava claramente a ideia de que estava a mentir porque, de certa forma, estava a mentir. Ou pelo menos a esconder uma verdade que o deixava desconfortável.

Mas no instante em que ela lhe lembrou que ele já tinha lido tudo o que ela escrevera, algo negro e feio cresceu dentro dele.

Tinha lido tudo o que ela escrevera porque ela *publicara* tudo o que escrevera. Enquanto os seus rabiscos permaneciam opacos e sem vida nos seus diários, escondidos onde ninguém os pudesse ver.

O que importava o que alguém escrevia se ninguém lesse? As palavras teriam sentido se nunca fossem ouvidas?

Nunca considerara publicar os diários até Penelope o ter sugerido há umas semanas; agora o pensamento consumia-o dia e noite (quando não era consumido por Penelope, é claro). Mas era dominado por um medo poderoso. E se ninguém quisesse publicar o seu trabalho? E se alguém quisesse publicá-lo, mas apenas porque a sua família era rica e poderosa? Mais do que qualquer coisa, Colin queria ser autossuficiente, ser conhecido pelos seus feitos, não pelo nome ou a posição, ou até mesmo pelo sorriso e charme.

E depois havia a perspetiva mais assustadora de todas: E se os seu escritos fossem publicados, mas ninguém gostasse?

Como seria capaz de enfrentar tal coisa? Como continuaria a viver sentindo-se um fracasso?

Ou seria pior permanecer como era agora: um covarde?

Mais tarde naquela noite, depois de Penelope finalmente se ter levantado da cadeira, bebido uma chávena de chá fortificante, andado sem rumo pelo quarto e, por fim, se ter recostado nas almofadas com um livro que não estava capaz de ler, Colin apareceu.

Inicialmente não disse nada, ficou apenas ali a sorrir para ela; todavia, não era um dos seus sorrisos habituais, que iluminam e obrigam o destinatário a sorrir também.

Aquele era um sorriso pequeno, envergonhado.

Um sorriso de desculpas.

Penelope pousou o livro, virado para baixo, em cima da barriga.

– Posso? – perguntou Colin, apontando para o lugar vago ao lado dela.

Penelope desviou-se para a direita. – É claro – murmurou, pousando o livro na mesinha de cabeceira ao lado.

– Eu marquei algumas passagens – disse, estendendo-lhe o diário e sentando-se ao lado dela na cama. – Se quiseres ler e depois... –

limpou a garganta – dar uma opinião, seria... – tossiu de novo – seria bem-vinda.

Penelope olhou para o diário, elegantemente encadernado em couro carmesim, e depois olhou para ele. O rosto era sério, os olhos sombrios e, embora estivesse absolutamente tranquilo, sem mostras de nervosismo ou inquietação, ela percebia que ele estava nervoso.

Nervoso. Colin. Parecia a coisa mais estranha que se possa imaginar.

– Seria uma honra – disse ela suavemente, tirando-lhe o livro da mão com delicadeza. Notou que algumas páginas estavam marcadas com fitas, e cuidadosamente abriu numa das páginas selecionadas.

14 de março de 1819
As Highlands são estranhamente pardas.

– Essa foi quando visitei a Francesca na Escócia – interrompeu ele.

Penelope sorriu-lhe com um pouco de indulgência, como forma de o repreender pela interrupção.

– Desculpa – murmurou ele.

Alguém poderia pensar, pelo menos alguém de Inglaterra, que as colinas e vales seriam de um opulento verde-esmeralda. Afinal, a Escócia situa-se na mesma ilha e, ao que tudo indica, sofre com a mesma chuva que assola a Inglaterra.

Fui informado de que estas estranhas colinas beges são chamadas planaltos mas, embora sombrias, pardas e desoladas, conseguem agitar a alma.

– Isso foi quando eu estava bem lá em cima – explicou. – Quando se está mais perto do sopé ou perto dos lagos, é muito diferente.

Penelope virou-se para ele e lançou-lhe mais um olhar.

– Desculpa – murmurou.

– Talvez ficasses mais confortável se não te pusesses a ler por cima do meu ombro? – sugeriu ela.

Ele pestanejou, surpreendido.

– Calculo que já tenhas lido isto antes. – Perante o olhar vazio dele, acrescentou: – Por isso não precisas de ler agora. – Esperou uma reação que não teve. – Escusas de estar a ler por cima do meu ombro – concluiu finalmente.

– Oh! – Afastou-se um pouco. – Desculpa.

Penelope olhou para ele, na dúvida. – Sai da cama, Colin.

Com um ar muito castigado, Colin saiu da cama e atirou-se para uma cadeira ao canto, cruzando os braços e batendo o pé numa dança louca de impaciência.

Toc, toc, toc. Toc, toc, toc.

– Colin!

Ele olhou para ela, honestamente surpreendido. – O que foi?

– Para de bater o pé!

Ele olhou para baixo, como se o pé fosse um objeto estranho. – Estava a bater com ele?

– Sim.

– Oh! – Cruzou os braços com mais força contra o peito. – Desculpa.

Penelope voltou a concentrar-se no diário.

Toc, toc.

Penelope olhou imediatamente para cima. – Colin!

Ele colocou os pés firmemente no tapete. – Não consigo evitar. Nem dou conta de que o estou a fazer. – Descruzou os braços, descansando-os nos apoios estofados da cadeira, mas não parecia relaxado, os dedos de ambas as mãos tensos e arqueados.

Ela ficou a olhar para ele uns momentos, esperando para ver se realmente era capaz de ficar quieto.

– Não volto a fazê-lo – assegurou. – Prometo.

Penelope lançou-lhe um último olhar avaliador e, em seguida, voltou a atenção para as palavras à sua frente.

Como povo, os escoceses desprezam os ingleses, e muitos diriam, de forma inteiramente justa. Mas, individualmente, são bastante acolhedores e simpáticos, sempre prontos para partilhar um copo de whisky, *uma refeição quente ou oferecer um lugar acolhedor para dormir. Um grupo de ingleses ou, na verdade, um qualquer inglês que use um uniforme, não irá encontrar uma receção calorosa numa aldeia escocesa.*

Mas se um inglês solitário descer tranquilamente High Street, a população local irá recebê-lo de braços abertos e amplos sorrisos.

Foi exatamente o que aconteceu quando me deparei com Inveraray, nas margens do Loch Fyne. Uma cidadezinha limpa e bem planeada, projetada por Robert Adam, quando o duque de Argyll decidiu mudar toda a aldeia para edificar o seu novo castelo; situada junto à água, com edifícios caiados de linhas puras em esquadria (uma criação estranhamente organizada para alguém como eu, que viveu sempre entre as tortuosas encruzilhadas de Londres).

Estava eu a fazer a minha refeição noturna no George Hotel, desfrutando de um bom whisky *em vez da habitual cerveja que qualquer um pode beber num estabelecimento similar em Inglaterra, quando percebi que não fazia ideia de como chegar ao meu próximo destino, nem qualquer indício de quanto tempo levaria para chegar lá. Abeirei-me do proprietário (um tal Mr. Clark), expliquei a minha intenção de visitar o Blair Castle e então não pude fazer mais nada senão piscar atónito e confuso ao ver o resto dos ocupantes da estalagem interromper, cada um com a sua indicação. – Para o Blair Castle? – ribombou Mr. Clark (era daquele tipo de homens tonitruantes, nada dado a falinhas suaves). – Ora, pois, se quer ir para o Blair Castle, vai certamente querer seguir para oeste em direção a Pitlochry e depois daí para norte.*

Isto foi recebido por um coro de aprovação… e um eco igualmente alto de desaprovação.

— Isso é que não! — gritou outro (cujo nome soube mais tarde ser MacBogel). — Por aí vai ter de atravessar o Loch Toy e não há maior receita para o desastre do que essa. O melhor é seguir já para norte e depois virar para oeste.

— Falas bem — opinou um terceiro —, mas assim ele vai ter Ben Nevis no caminho. Estás a dizer que uma montanha é um obstáculo mais fácil de ultrapassar do que um lago insignificante?

— Estás a chamar insignificante ao Loch Toy? Pois digo-te que nasci nas margens do Loch Toy e ninguém se atreve a chamar-lhe insignificante na minha presença. (Não tenho ideia de quem disse isto, ou na verdade, o que vem a seguir, mas foi tudo dito com muito sentimento e convicção.)

— Ele não precisa de ir dar uma volta tão grande pelo Ben Nevis. Pode virar para oeste em Glencoe.

— Ah, ah, ah, maior balela não há! E o que não há também é uma estrada decente a oeste de Glencoe. Estás a ver se matas o pobre rapaz?

E assim por diante. Se o leitor notou que parei de escrever quem disse o quê, é porque o barulho de vozes era tão grande que me foi impossível distinguir uma pessoa que fosse; a troca de palavras continuou durante pelo menos dez minutos até que, finalmente, o velho Angus Campbell, já com oitenta anos, pelo menos, falou e, por respeito, todos se calaram.

— O que tem de fazer — disse Angus com respiração difícil e ruidosa —, é viajar para sul em direção a Kintyre, depois virar para norte e atravessar o estuário de Lome para Mull. Assim pode fugir a Iona, ir de barco até Skye, atravessar para o continente para Ullapool, descer para Inverness, fazer uma visitinha rápida a Culloden, e de lá, pode continuar para sul para Blair Castle, parando em Grampian, se assim o desejar, para ver como é feita uma boa garrafa de whisky.

Um silêncio absoluto reinou na sala após tal discurso. Finalmente, um homem de muita coragem lembrou: — Mas isso vai levar meses.

— E quem está a dizer que não? — respondeu o velho Campbell, com um traço de agressividade. — O inglês está cá para ver a Escócia. Não me digas que ele pode dizer que o fez se se limitar a ir daqui ao Perthshire em linha reta?

Sorri e tomei uma decisão nesse instante. Iria seguir a rota exata do velho homem e, quando regressasse a Londres, saberia com absoluta certeza que tinha conhecido a Escócia.

Colin observava Penelope enquanto lia. De vez em quando ela sorria, e ele sentia o coração saltar, até que, de repente, percebeu que o sorriso se tornara permanente e que os lábios franzidos pareciam suprimir uma risada.

Colin percebeu que sorria, também.

Ficara tão surpreendido com a reação dela da primeira vez que ela lera o seu diário; a resposta tinha sido tão apaixonada, mas, ainda assim, tão analítica e precisa quando falou com ele sobre o que lera. Agora tudo fazia sentido, é claro. Ela também era escritora, provavelmente até melhor do que ele, e se havia coisa que ela compreendia eram as palavras.

Era difícil de acreditar que tinha demorado tanto tempo a pedir-lhe conselho. Medo, supôs, fora o impedimento. Medo e ansiedade e todas aquelas emoções estúpidas que ele fingia estarem escondidas.

Quem poderia imaginar que a opinião de uma mulher se tornaria tão importante para ele? Trabalhara nos diários de viagens durante anos, registando com todo o cuidado as suas viagens, tentando captar mais do que o que via e fazia, tentando captar o que *sentia*. E nunca os mostrara a ninguém.

Até agora.

Não havia ninguém a quem os quisesse mostrar. Não, isso não era verdade. No fundo, quisera mostrá-los a algumas pessoas, mas a altura ou nunca parecia a indicada ou ele pensava que não seriam honestas, dizendo que eram bons quando não eram, apenas para lhe poupar os sentimentos.

Mas Penelope era diferente. Ela era escritora. E muito boa. Se ela dizia que os escritos dele eram bons, quase era capaz de acreditar que era verdade.

Ela apertou ligeiramente os lábios ao virar uma página, franzindo a testa quando os dedos não a encontraram rapidamente. Lambendo o dedo do meio, agarrou a página errante e recomeçou a ler.

E sorriu novamente.

Colin soltou a respiração que nem sabia estar suspensa.

Finalmente ela pousou o diário, deixando-o aberto na secção que estava a ler. Olhando para cima, disse: — Imagino que queiras que pare no fim da entrada?

Não era bem o que esperava que ela dissesse, por isso ficou confuso. — Hum… se quiseres — gaguejou. — Se quiseres ler mais, também pode ser.

Foi como se o sol se tivesse subitamente alojado no sorriso dela. — É *claro* que quero ler mais – disse, emocionada. — Mal posso esperar para saber o que aconteceu quando foste para Kintyre e Mull e… – franziu a testa, consultando o livro aberto – e Skye e Ullapool e Culloden e Grampian – voltou a espreitar o livro – oh, sim, e Blair Castle, é claro, se lá chegaste. Presumo que estivesses a planear visitar amigos.

Ele assentiu. — Murray – disse, referindo-se a um colega de escola, cujo irmão era o duque de Atholl. — Mas devo dizer-te que acabei por não seguir exatamente a rota sugerida pelo velho Angus Campbell. Para começar, nem encontrei estradas que ligassem metade dos sítios que ele mencionou.

— Talvez seja para aí que devamos ir na nossa viagem de lua de mel – disse ela, os olhos assumindo um ar sonhador.

— Para a Escócia? – perguntou ele, perplexo. — Não queres viajar para um sítio quente e exótico?

– Para quem nunca se afastou mais do que sessenta quilómetros de Londres – disse ela com insolência –, a Escócia é um sítio exótico.

– Posso garantir-te – disse ele com um sorriso, atravessando o quarto e sentando-se na beira da cama –, que a Itália é *mais* exótico. E mais romântico.

Ela corou, o que o deixou encantado. – Oh! – exclamou ela, com ar levemente envergonhado. (Pensou quanto tempo seria capaz de a deixar envergonhada com conversas sobre romance e amor e todas as atividades esplêndidas que daí advinham.)

– Vamos à Escócia noutra altura – prometeu ele. – Acabo geralmente por ir para o norte quase todos os anos, nas minhas visitas à Francesca.

– Fiquei espantada por pedires a minha opinião – disse Penelope, após um breve silêncio.

– A quem mais poderia pedir?

– Não sei – respondeu ela, subitamente muito interessada na maneira como os dedos puxavam a coberta da cama. – Aos teus irmãos, suponho.

Ele pousou a mão na dela. – O que sabem *eles* de escrita?

O queixo dela ergueu-se e os olhos, límpidos, acolhedores e castanhos, encontraram os dele. – Eu sei que dás valor às opiniões deles.

– Isso é verdade – concordou –, mas valorizo mais a tua.

Colin observou-a com atenção, vendo as emoções perpassar-lhe as feições. – Mas não gostas do que escrevo – disse ela, a voz hesitante e esperançosa ao mesmo tempo.

Ele moveu a mão para a curva da face dela, mantendo-a ali, com todo carinho, certificando-se de que o encarava enquanto falava. – Nada poderia estar mais longe da verdade – disse, disparando as palavras com uma intensidade fervorosa. – Eu acho que és uma escritora excecional. És capaz de ver a essência de uma pessoa e pô-la no papel com uma simplicidade e sagacidade incomparáveis. Durante dez anos fizeste as pessoas rir. Fizeste-as estremecer.

Fizeste-as *pensar*, Penelope. Tu fizeste as pessoas pensar. Não conheço maior feito do que esse.

«Já para não falar – continuou ele, quase como se não conseguisse parar, agora que tinha começado – que escreves sobre a *sociedade*, um tema nada fácil. Escreves sobre a sociedade e tornas tudo divertido e interessante e espirituoso, quando todos nós sabemos que muitas vezes é um tédio imenso.»

Durante muito tempo Penelope não conseguiu dizer nada. Há anos que se sentia orgulhosa do seu trabalho, sorrindo secretamente quando ouvia alguém citar uma das suas crónicas ou rir de um dos seus gracejos. Mas não tinha ninguém com quem partilhar os seus triunfos.

Ser anónima tinha sido uma perspetiva muito solitária.

Mas agora tinha Colin. E mesmo que o mundo nunca viesse a saber que Lady Whistledown era, na verdade, Penelope Featherington, a simples e esquecida «solteirona até ao último momento», *Colin* sabia. E Penelope começava a perceber que, mesmo não sendo tudo o que importava, era o que mais importava.

No entanto, ainda não entendia as suas ações.

– Então porque é que ficas com um ar tão distante e frio quando toco no assunto? – perguntou, as palavras lenta e cuidadosamente medidas.

Quando ele respondeu, foi quase um murmúrio. – É difícil de explicar.

– Sou uma boa ouvinte – disse ela com ternura.

A mão de Colin, até aí segurando-lhe o rosto com tanto cuidado e amor, caiu para o colo. E ele disse a única coisa que ela nunca teria esperado.

– Porque tenho inveja de ti. – Encolheu os ombros, impotente. – Desculpa.

– Não percebo o que queres dizer – falou ela, sem intenção de sussurrar, mas sem capacidade para mais.

– Olha para ti, Penelope. – Pegou-lhe nas mãos e virou-as de modo a ficarem uma virada para a outra. – És um enorme sucesso.

– Um sucesso anónimo – lembrou.

– Mas *tu* sabes, e eu sei, e, além disso, não é disso que estou a falar. – Soltou uma das mãos, passando os dedos pelo cabelo enquanto procurava as palavras. – Tu fizeste alguma coisa. Tens uma obra.

– Mas tu tens...

– O que é que eu tenho, Penelope? – interrompeu ele, a voz cada vez mais agitada; levantou-se e começou a andar de um lado para o outro. – O que é que eu tenho?

– Bem, tens-me a mim – disse ela, mas as palavras saíram flácidas. Sabia que não era o que ele queria dizer.

Colin olhou-a com ar cansado. – Não estou a falar disso, Penelope...

– Eu sei.

– ...preciso de algo substancial – disse, por cima da frase carinhosa dela. – Preciso de um propósito. O Anthony tem um, e o Benedict também, mas eu sinto-me completamente perdido.

– Colin, não precisas de estar assim. Tu és...

– Estou cansado de ser visto como nada mais do que um... – Parou.

– Um quê, Colin? – perguntou ela, um pouco assustada com a expressão de repulsa que de repente atravessou o rosto dele.

– Deus do Céu – praguejou ele, a voz baixa e o C saindo-lhe sibilado dos lábios.

Os olhos dela arregalaram-se. Colin não tinha o hábito de blasfemar dessa forma.

– Não posso acreditar – murmurou ele, movendo a cabeça bruscamente para a esquerda, quase como se hesitasse.

– Em quê? – implorou ela.

– Eu queixei-me a ti – disse ele, incrédulo. – Queixei-me a ti de Lady Whistledown.

Ela fez um trejeito. – Muita gente o fez, Colin. Estou habituada a isso.

– Não posso acreditar. Eu queixei-me de Lady Whistledown me chamar sedutor.

– Ela chamou-me citrino maduro – disse Penelope, tentando brincar.

Ele parou de andar, apenas o tempo suficiente para lhe atirar um olhar irritado. – Riste-te de mim e das minhas queixinhas quando disse que a única maneira de ser recordado pelas gerações futuras estava registada nas crónicas do *Whistledown*?

– Não! – exclamou ela. – Espero que me conheças melhor do que isso.

Colin abanou a cabeça, incrédulo. – Não posso acreditar que fiquei ali sentado, a queixar-me da minha falta de realizações, quando tu tinhas todo o *Whistledown*.

Penelope saiu da cama e levantou-se. Era impossível ficar ali sentada enquanto ele se comportava como um tigre enjaulado. – Colin, tu não podias saber.

– Mesmo assim. – Soltou uma exalação de repulsa. – A ironia seria fantástica, se não fosse dirigida a mim.

Penelope abriu a boca para falar, mas não sabia como dizer tudo o que lhe ia no coração. Colin tinha tantas conquistas, ela nem saberia contá-las todas. Não eram algo em que se pudesse pegar, como uma edição das *Crónicas da Sociedade de Lady Whistledown*, mas eram igualmente importantes.

Talvez até mais.

Penelope lembrava-se de todos os momentos em que ele fizera as pessoas sorrir, todas as vezes que tinha ignorado as jovens populares nos bailes e convidado uma qualquer invisível para dançar. Pensou na ligação forte, quase mágica, que partilhava com os irmãos. Se aquilo não eram conquistas, o que mais poderiam ser?

Mas ela sabia que não era a esse tipo de marcos que ele se referia. Sabia do que ele precisava: de um propósito, uma vocação.

Algo para mostrar ao mundo que era mais do que eles pensavam.

– Publica as tuas memórias de viagem – disse ela.

– Eu não…

– Publica-as – disse ela novamente. – Arrisca e vê no que dá.

Os olhos dele encontraram os dela por um instante para deslizarem em seguida para o diário, ainda nas suas mãos. – Precisam de ser revistos – murmurou.

Penelope soltou uma risada, sabia que tinha vencido. E Colin tinha vencido, também. Não sabia ainda, mas tinha.

– Todos precisam de revisão – disse, o sorriso alargando-se a cada palavra. – Bem, exceto eu, acho – brincou. – Ou talvez precisasse – acrescentou, com um encolher de ombros. – Nunca saberemos, porque eu não tinha ninguém que revisse o que escrevia.

Ele olhou para cima de repente. – Como é que fizeste?

– Como é que fiz o quê?

Os lábios dele apertaram-se de impaciência. – Sabes o que quero dizer. Como é que escreveste as crónicas? Envolvia mais do que simples escrita. Tiveste de mandar imprimir e distribuir. Alguém tinha de saber quem eras.

Penelope soltou um longo suspiro. Guardara aqueles segredos tantos anos que parecia estranho partilhá-los, mesmo com o marido. – É uma longa história – disse. – Talvez fosse melhor sentarmo-nos.

Colin levou-a até à cama e ambos se acomodaram, encostados às almofadas, as pernas esticadas.

– Eu era muito jovem quando comecei – começou Penelope. – Só tinha dezassete anos. E tudo aconteceu por acaso.

Ele sorriu. – Como é que uma coisa dessas acontece por acaso?

– Comecei a escrever por brincadeira. Sentia-me tão infeliz na minha primeira temporada como debutante. – Olhou para Colin muito séria. – Não sei se te lembras, mas eu pesava bem mais de sessenta quilos nessa altura e mesmo hoje não tenho propriamente o corpinho delgado da moda.

– Pois eu acho que és perfeita – disse, com lealdade.

Mais uma razão pela qual o achava perfeito, pensou Penelope.

– Continuando, eu não estava feliz e então escrevi um relatório bastante contundente sobre a festa a que tinha ido na noite anterior. Depois escrevi outro, e ainda outro. Não os assinava como

Lady Whistledown; só escrevia por diversão e escondia-os na minha escrivaninha. Até que um dia, esqueci-me de escondê-los...

Ele inclinou-se para a frente, completamente extasiado. – O que aconteceu?

– A minha família tinha saído, e eu sabia que se iam demorar, porque foi na altura em que a minha mãe ainda pensava conseguir transformar Prudence num diamante de primeira água, e as idas às compras demoravam o dia todo.

Colin gesticulou, pedindo com isso que ela fosse direta ao assunto.

– Então – continuou Penelope –, eu decidi trabalhar na sala de estar porque o meu quarto estava cheio de humidade pois alguém... bem, suponho que tenha sido eu... deixara a janela aberta durante uma tempestade. Mas então tive de... bem, tu sabes.

– Não – disse Colin abruptamente –, não sei.

– Tratar das minhas necessidades – sussurrou Penelope, corando.

– Ah, certo – disse ele com indiferença, obviamente nada interessado nessa parte da história. – Continua.

– Quando voltei, o advogado do meu pai estava lá. A ler os meus escritos. Fiquei horrorizada!

– O que aconteceu?

– A princípio, não consegui dizer uma palavra. Mas depois percebi que ele se ria, e não porque achasse que eu era uma tonta, mas porque achava que eu era boa.

– Bem, tu *és* boa.

– Eu sei disso agora – disse ela com um sorriso irónico –, mas tens de te lembrar que eu tinha dezassete anos. E estavam ali registadas coisas horríveis.

– Sobre pessoas horríveis, certamente – disse ele.

– Bem, sim, mas mesmo assim... – Ela fechou os olhos, as memórias afluindo-lhe à mente. – Eram pessoas populares. Pessoas influentes. Pessoas que não gostavam muito de mim. Não tinha importância se eram horrendas se o que eu ali escrevera fosse conhecido. Na verdade, teria sido pior por serem horríveis. Eu teria sido arruinada, e teria arruinado toda a minha família comigo.

– O que aconteceu então? Presumo que a ideia de publicar foi dele.

Penelope assentiu. – Sim. Ele tratou de tudo com o editor que, por sua vez, tratou dos ardinas. E foi dele a ideia de fazer a distribuição gratuita nas primeiras duas semanas. Disse que precisávamos de viciar a alta sociedade.

– Eu estava fora do país quando as crónicas apareceram – disse Colin –, mas lembro-me da minha mãe e irmãs me contarem.

– As pessoas queixaram-se quando os ardinas exigiram pagamento após duas semanas – contou Penelope. – Mas todos pagaram.

– Uma ideia brilhante por parte do teu advogado – murmurou Colin.

– Sim, era muito astuto.

Chamou-lhe a atenção o uso do verbo no passado e perguntou: – Era?

Penelope assentiu tristemente. – Morreu há uns anos. Mas ele sabia que estava doente e, por isso, antes de morrer, perguntou-me se queria continuar. Acho que poderia ter parado nessa altura, mas não tinha mais nada na minha vida, e muito menos perspetivas de casamento. – Olhou para ele muito depressa. – Não quero dizer... isto é...

Os lábios dele curvaram-se num sorriso autodepreciativo. – Podes castigar-me à vontade por não te ter pedido em casamento há anos.

Penelope devolveu o sorriso. Era de admirar que amasse tanto aquele homem?

– Mas só se terminares a história – disse ele, em tom firme.

– Certo – concordou ela, concentrando-se em recordar o assunto. – Depois de Mr... – Olhou para cima, hesitante. – Não sei se devo dizer o nome dele.

Colin percebeu que ela estava dividida entre o amor e confiança que depositava nele e a lealdade perante um homem que, com toda a probabilidade, fora um pai para ela depois de o dela ter morrido. – Está tudo bem – disse ele com ternura. – Ele já não está cá. O nome não tem importância.

Penelope soltou um suspiro suave. – Obrigada – disse, mordendo o lábio inferior. – Não é que não confie em ti. Eu…

– Eu sei – disse ele tranquilizador, apertando os dedos dela nos seus. – Se depois me quiseres dizer, tudo bem. Se não, tudo bem, também.

Ela assentiu, os lábios contraindo-se naquela expressão tensa típica de alguém que tenta com todas as forças não chorar. – Depois de ele morrer, passei a trabalhar diretamente com o editor. Montámos um sistema de entrega das crónicas, e os pagamentos continuaram a ser feitos da maneira como sempre tinha sido: para uma conta secreta no meu nome.

Colin ficou sem respiração ao pensar na quantidade de dinheiro que ela deveria ter ganhado ao longo dos anos. Mas como poderia tê-lo gastado sem levantar suspeitas? – Fizeste levantamentos? – perguntou ele.

Penelope assentiu. – Depois de já trabalhar há cerca de quatro anos, a minha tia-avó faleceu e deixou a sua propriedade à minha mãe. Foi o advogado do meu pai que redigiu o testamento. Ela não tinha muito, por isso, levantámos o meu dinheiro e fingimos que era dela. – O rosto de Penelope iluminou-se um pouco, balançando a cabeça, numa expressão perplexa. – A minha mãe ficou espantadíssima. Nunca imaginara que a tia Georgette fosse tão rica. Andou feliz como um passarinho durante meses. Nunca a tinha visto assim.

– Foi muito generoso da tua parte – disse Colin.

Penelope encolheu os ombros. – Era a única maneira de eu poder usar o meu dinheiro.

– Mas deste-o à tua mãe – salientou.

– Ela é minha mãe – justificou, como se explicasse tudo. – Sustentou-me. Tudo encaixava perfeitamente.

Colin queria dizer mais, mas não o fez. Portia Featherington era mãe de Penelope, e se Penelope queria amá-la, não era ele que a ia impedir.

– Desde então – continuou Penelope – não toquei nele. Bem, não para mim. Dei algum dinheiro a instituições de caridade. – O rosto assumiu uma expressão irónica. – Anonimamente.

Ele não disse nada por um momento, aproveitando o tempo para pensar em tudo o que ela tinha feito na última década, tudo sozinha, tudo em segredo. – Se o quiseres usar agora – disse por fim –, podes fazê-lo. Ninguém vai suspeitar do facto de teres mais dinheiro. Afinal és uma Bridgerton. – Encolheu os ombros com modéstia. – É bem sabido que o Anthony deixou todos os irmãos muito bem de vida.

– Nem saberia o que fazer com ele.

– Comprar alguma coisa nova – sugeriu. As mulheres não gostavam de fazer compras?

Penelope olhou para ele com uma expressão estranha, quase impenetrável. – Acho que não percebeste quanto dinheiro eu tenho – disse ela com ar cauteloso. – Não conseguiria gastá-lo todo.

– Põe-no de lado para os nossos filhos, então – disse ele. – Tive a sorte de o meu pai e o meu irmão acharem por bem deixarem-me bem provido, mas nem todos os filhos mais novos têm essa sorte.

– E filhas – notou Penelope. – As nossas filhas devem ter dinheiro próprio. *Separado* dos seus dotes.

Colin teve de sorrir. Tais planos eram raros, só Penelope para insistir nisso. – Tudo o que desejares – disse ele com carinho.

Ela sorriu e suspirou, recostando-se contra as almofadas. Os dedos correram preguiçosamente pela pele das costas da mão dele, mas os olhos estavam longe, e ele duvidava que ela estivesse sequer ciente dos seus movimentos.

– Tenho uma confissão a fazer – disse ela, a voz calma e até mesmo tímida.

Colin olhou para ela, desconfiado. – Maior do que *Whistledown*?

– Diferente.

– O que é?

Penelope desviou o olhar do local aleatório na parede onde parecia focado, concentrando a atenção nele. – Tenho-me sentido um pouco… – mordeu o lábio, fez uma pausa, procurando as palavras certas – impaciente contigo, ultimamente. Não, não é isso – corrigiu. – Desapontada, para ser sincera.

Ele sentiu um formigueiro estranho no peito. – Desapontada, como? – perguntou, cauteloso.

Penelope encolheu os ombros. – Parecias tão aborrecido comigo. Por causa do *Whistledown*.

– Já te disse que era porque…

– Não, por favor – cortou ela, pousando a mão com suavidade refreante no peito dele. – Por favor, deixa-me terminar. Eu disse que achava que era porque tinhas vergonha de mim, e tentei ignorar, mas a verdade é que me magoou muito. Pensava que sabia quem tu eras e não podia acreditar que pudesses achar-te tão superior a mim a ponto de sentires vergonha das minhas conquistas.

Ele olhou-a em silêncio, esperando que continuasse.

– Mas o engraçado é que… – Virou-se para ele com um sorriso sábio. – O engraçado é que, afinal, não era por sentires vergonha de mim. Era apenas porque desejavas algo semelhante para ti próprio. Algo como *Whistledown*. Parece uma palermice agora, mas estava tão preocupada por não seres o homem perfeito dos meus sonhos.

– Ninguém é perfeito – disse ele calmamente.

– Eu sei. – Penelope inclinou-se e deu-lhe um beijo impulsivo na face. – És o homem imperfeito do meu coração, o que é ainda melhor. Sempre te achei infalível, que a tua vida era mágica, que não tinhas preocupações, ou medos, ou sonhos não concretizados. Mas não foi justo da minha parte.

– Nunca tive vergonha de ti, Penelope – sussurrou. – Nunca.

Permaneceram num silêncio amistoso por alguns momentos e então ela disse: – Lembras-te quando perguntei se podíamos fazer uma viagem de lua de mel tardia?

Ele fez um gesto afirmativo com a cabeça.

– Porque não usamos algum do dinheiro do *Whistledown* para isso?

– *Eu* pago a nossa viagem de lua de mel.

– Está bem – disse Penelope com uma expressão altiva. – Podes tirar do teu subsídio trimestral.

Ele olhou para ela em estado de choque, depois desatou a rir.

– Vais dar-me dinheiro para alfinetes? – perguntou, incapaz de controlar o sorriso que se espalhava no rosto.

– Chamemos-lhe antes para penas – corrigiu. – Assim, podes trabalhar nas tuas memórias de viagens.

– Dinheiro para penas – considerou ele. – Gosto disso.

Penelope sorriu e pousou a mão sobre a dele. – Eu gosto de ti.

Ele deu-lhe um aperto carinhoso nos dedos. – Eu também gosto de ti.

Penelope suspirou pousando a cabeça no ombro dele. – Será que vida pode ser assim tão maravilhosa?

– Acho que sim – murmurou ele. – Acho mesmo que sim.

CAPÍTULO 21

Uma semana depois, Penelope estava sentada à escrivaninha na sala de estar, a ler os diários de viagens de Colin e a fazer anotações, num papel à parte, de perguntas ou comentários. Ele pedira-lhe para o ajudar a rever o texto, uma tarefa que estava a adorar.

Obviamente ficara muito feliz por ele lhe ter confiado aquele trabalho tão importante. Isso significava que ele confiava na capacidade crítica dela, a considerava uma pessoa inteligente e sentia que ela era capaz de melhorar ainda mais o que tinha escrito.

Mas a felicidade que sentia era mais do que isso. Andava com necessidade de ter um projeto, alguma coisa para fazer. Nos primeiros dias depois de desistir do *Whistledown* deleitara-se com o tempo livre que descobrira ter. Era como ter férias pela primeira vez em dez anos. Leu imenso, todos aqueles romances e livros que comprara, mas que nunca tivera tempo para ler. Fez longas caminhadas, montou a cavalo no parque, ficou sentada no pequeno pátio atrás da sua casa em Mount Street, aproveitando o ar da primavera e recebendo os raios de sol na face, apenas o suficiente para aproveitar o calor, mas não para tornar o seu rosto moreno.

Depois, o casamento e toda a miríade de detalhes tinham-lhe consumido o tempo todo. Por isso não teve oportunidade de perceber o que poderia estar a faltar na sua vida.

Quando escrevia as crónicas, embora a escrita em si não fosse assim tão demorada, tinha de estar sempre atenta, nunca deixando de observar e ouvir. E quando não estava a escrever as crónicas, estava a pensar no que ia escrever na seguinte ou desesperadamente à procura de algum dito espirituoso até poder chegar a casa e anotá-lo.

Era mentalmente envolvente e não percebera o quanto sentia a falta do desafio mental até agora, quando finalmente lhe foi dada uma nova oportunidade.

Estava a anotar uma pergunta sobre a descrição de Colin de uma vila da Toscana na página 143 do volume dois dos diários, quando o mordomo bateu discretamente na porta aberta para anunciar a sua presença.

Penelope sorriu timidamente. Tinha tendência para se deixar absorver inteiramente pelo trabalho e Dunwoody aprendera que, se queria chamar a sua atenção, tinha de fazer algum barulho.

– Uma visita para si, Mrs. Bridgerton – anunciou.

Penelope ergueu o olhar com um sorriso. Era provavelmente uma das irmãs, ou talvez um dos irmãos Bridgerton. – Ai sim? Quem é?

Ele aproximou-se e entregou-lhe um cartão. Penelope olhou para baixo e ficou sem ar, primeiro em estado de choque e depois em completa angústia. Em letra preta clássica e imponente, gravada num fundo branco-creme, liam-se duas simples palavras: Lady Twombley.

Cressida Twombley? O que estava ela ali a fazer?

Penelope começou a sentir-se apreensiva. Cressida nunca a visitaria a menos que fosse com algum propósito desagradável. Cressida nunca fazia nada que não tivesse um propósito desagradável.

– Deseja que a mande embora? – perguntou Dunwoody.

– Não – disse Penelope com um suspiro. Não era covarde e não seria Cressida Twombley a provar-lhe o contrário. – Vou recebê-la. Dê-me só um momento para guardar esta papelada. Mas...

Dunwoody parou imediatamente e inclinou ligeiramente a cabeça para o lado, à espera que ela continuasse.

– Oh, não tem importância – murmurou Penelope.

– Tem a certeza, Mrs. Bridgerton?

– Sim. Não. – Gemeu baixinho. Estava a hesitar em tomar uma decisão, mais uma transgressão a juntar à já longa lista de Cressida: transformar Penelope numa tartamuda apatetada. – O que quero dizer é: se ela ainda aqui estiver ao fim de dez minutos, faça-me um favor e invente algum tipo de emergência que requeira a minha presença. A minha presença *imediata*.

– Com certeza.

– Muito bem, então, Dunwoody – disse Penelope com um sorriso fraco. Era, talvez, a saída mais fácil, mas não confiava em si mesma para ser capaz de encontrar o ponto perfeito na conversa para mandar Cressida embora, e a última coisa que queria era ficar encurralada na sala de estar com ela toda a tarde.

O mordomo assentiu e saiu. Penelope organizou os papéis numa pilha, fechou o diário de Colin e pousou-o em cima, para que a brisa da janela aberta não fizesse os papéis voarem. Levantou-se, caminhou até ao sofá e sentou-se no meio, esperando ter um ar relaxado e composto.

Como se uma visita de Cressida Twombley pudesse ser considerada relaxante.

Um momento depois, Cressida entrou, atravessando a porta aberta depois que Dunwoody entoou o seu nome. Estava linda, como sempre, cada cabelo dourado no sítio perfeito. A pele era imaculada, os olhos cintilavam, a roupa era da última moda e a bolsa combinava com o traje na perfeição.

– Cressida – cumprimentou Penelope –, que surpresa vê-la por cá. – Sendo *surpresa* o substantivo mais educado que arranjou naquelas circunstâncias.

Os lábios de Cressida curvaram-se num sorriso misterioso, quase felino. – Não tenho dúvidas que sim – murmurou.

– Não se quer sentar? – perguntou Penelope, principalmente porque a boa educação o obrigava. Passara a vida a ser bem educada, era difícil deixar de o ser agora. Apontou para uma cadeira próxima, a mais desconfortável da sala.

Cressida sentou-se na ponta da cadeira, e se a achou desconfortável, Penelope não conseguiu perceber pelo seu semblante. A postura era elegante, o sorriso nunca esmorecia e ela parecia a mais serena e composta das pessoas.

— Seguramente estará curiosa sobre o que me fez visitá-la — começou Cressida.

Não havia razão para negar, por isso Penelope assentiu.

E então, de repente, Cressida perguntou: — Está a gostar da vida de casada?

Penelope piscou. — Como disse?

— Deve ser uma mudança de ritmo extraordinária — disse Cressida.

— Sim — disse Penelope, a voz cautelosa —, mas bem-vinda.

— Hum, pois sim. Deve ter imenso tempo livre agora. Tenho a certeza de que não sabe o que fazer.

Uma sensação de formigueiro começou a espalhar-se pela pele de Penelope. — Não estou a ver aonde quer chegar — disse.

— Ai não?

Quando se tornou evidente que Cressida aguardava uma resposta, Penelope respondeu, um tanto irritada: — Não, não estou.

Cressida ficou em silêncio um momento, mas a sua expressão de gato lambareiro era de uma eloquência gritante. Olhou em volta até os olhos pousarem na escrivaninha onde Penelope estivera sentada. — O que são aqueles papéis? — perguntou.

Os olhos de Penelope voaram para os papéis pousados na escrivaninha, numa pilha ordeira sob o diário de Colin. Era impossível que Cressida soubesse qual a sua importância. Penelope já estava sentada no sofá quando Cressida entrou. — Não percebo que interesse possam ter para si os meus papéis pessoais — respondeu.

— Oh, não se ofenda — disse Cressida com uma risadinha que Penelope considerou bastante assustadora. — Estava apenas a fazer conversa. A indagar sobre os seus interesses.

– Percebo – disse Penelope, tentando preencher o silêncio que se seguiu.

– Sou uma pessoa muito observadora – disse Cressida.

Penelope ergueu as sobrancelhas em jeito de interrogação.

– Na verdade, os meus aguçados poderes de observação são bastante conhecidos entre os círculos mais altos da sociedade.

– Eu não devo ter qualquer ligação a esses círculos tão notáveis – murmurou Penelope.

Cressida, no entanto, estava demasiado envolvida no próprio discurso para ouvir Penelope. – Foi por isso – continuou num tom melífluo – que pensei ser capaz de convencer a alta sociedade de que eu era Lady Whistledown.

O coração de Penelope trovejou-lhe no peito. – Então admite que não é? – perguntou, cautelosa.

– Ah, acho que sabe muito bem que não sou.

Penelope começou a sentir a garganta seca. No entanto, sem saber como, conseguiu manter a compostura e dizer: – Peço desculpa?

Cressida sorriu, mas transformou a expressão feliz em dissimulada e cruel. – Quando me lembrei desta artimanha, pensei: *não tenho nada a perder*. Ou convenço toda a gente de que sou Lady Whistledown ou não vão acreditar em mim e ponho um ar de grande astúcia e digo que estava apenas a fingir ser Lady Whistledown com o intuito de desmascarar o verdadeiro culpado.

Penelope ficou muito calada e quieta.

– Mas a coisa não resultou segundo os meus planos. Lady Whistledown acabou por ser muito mais retorcida e malévola do que eu poderia imaginar. – Cressida semicerrou os olhos, depois estreitou-os um pouco mais até o rosto, normalmente tão belo, assumir um ar sinistro. – A última crónica transformou-me num motivo de chacota.

Penelope não disse nada, mal ousando respirar.

– E ainda por cima… – continuou Cressida, a voz caindo para um tom mais grave. – E ainda por cima a senhora…. *a senhora!*… teve o desplante de me insultar na frente de toda a alta sociedade.

Penelope soltou um pequeno suspiro de alívio. Talvez Cressida não soubesse do segredo. Talvez aquela visita fosse apenas por causa do insulto público de Penelope, quando acusara Cressida de mentir e dissera… meu Deus, o que é que dissera? Algo terrivelmente cruel, certamente, mas com certeza bem merecido.

– Eu teria sido capaz de tolerar o insulto se tivesse vindo de outra pessoa – continuou Cressida. – Mas de alguém como a senhora… não poderia nunca permitir que ficasse sem resposta.

– Devia pensar duas vezes antes de me insultar na minha própria casa – disse Penelope, em voz baixa, e, embora odiasse esconder-se atrás do nome do marido, acrescentou: – Sou uma Bridgerton, agora. E tenho o apoio de todos eles.

O aviso de Penelope não fez mossa na máscara de satisfação que moldava o rosto bonito de Cressida. – Talvez seja melhor ouvir o que eu tenho a dizer antes de fazer ameaças.

Penelope sabia que tinha de ouvir. Era melhor saber já o que Cressida sabia, do que fechar os olhos e fingir que estava tudo bem. – Continue – disse, a voz deliberadamente seca.

– Cometeu um erro crasso – disse Cressida apontando o dedo indicador a Penelope, abanando-o em movimentos curtos, como um tiquetaque. – Não lhe ocorreu que eu *nunca* esqueço um insulto, pois não?

– O que está a tentar dizer, Cressida? – Penelope queria que as palavras saíssem fortes e assertivas, mas saíram como um sussurro.

Cressida levantou-se e caminhou lentamente, afastando-se de Penelope, as ancas balançando levemente num andar emproado. – Deixe-me ver se consigo lembrar-me das palavras exatas – disse ela, tamborilando um dedo na face. – Oh, não, não me diga. Tenho a certeza de que hei de conseguir lembrar-me. Ah, sim, já sei! – Virou-se para encarar Penelope. – Acredito que disse que sempre tinha gostado de Lady Whistledown. E depois, e confesso que tenho de elogiar a sua formulação tão evocativa e memorável, disse que ficaria de coração partido se ela acabasse por ser alguém como Lady Twombley. – Cressida sorriu. – Eu, portanto.

335

A boca de Penelope ficou seca. Os dedos tremiam. A pele gelou.

Porque, embora não se lembrasse exatamente do que dissera no insulto a Cressida, não esquecia as palavras que escrevera naquela derradeira crónica, a que havia sido erroneamente distribuída no seu baile de noivado. Aquela que…

Aquela que Cressida pousava como um estalo na mesa à sua frente.

Senhoras e senhores, esta Vossa Autora NÃO é Lady Cressida Twombley. Ela não passa de uma impostora intriguista e eu ficaria de coração partido ao ver os meus anos de trabalho árduo atribuídos a alguém como ela.

Penelope olhou para as palavras, embora soubesse cada uma delas de cor. – O que quer dizer? – perguntou, mesmo sabendo que a tentativa de fingir que não sabia exatamente o que Cressida queria dizer era inútil.

– Não se faça de desentendida, Penelope Featherington – disse Cressida. – Sabe muito bem que eu sei.

Penelope não parava de olhar para a singela e incriminatória folha de papel, incapaz de afastar os olhos daquelas fatídicas palavras…

Ficaria de coração partido.

De coração partido.

De coração partido.

De coração…

– Nada a dizer? – perguntou Cressida, e mesmo que Penelope não lhe visse o rosto, sabia que estava lá estampado aquele sorriso duro e arrogante que conhecia tão bem.

– Ninguém vai acreditar em si – sussurrou Penelope.

– Até a mim me custa a acreditar – disse Cressida com uma risada áspera. – Logo a Penelope, quem podia imaginar? Mas, aparentemente, tem muitas camadas escondidas e foi mais inteligente do que deixa transparecer. Suficientemente esperta – acrescentou, com visível ênfase – para saber que, assim que eu acender o rastilho deste mexerico apetecível, a notícia se vai espalhar à velocidade de um relâmpago.

A cabeça de Penelope girava em círculos estonteantes e desagradáveis. Oh, meu Deus, o que ia dizer a Colin? Como é que iria contar-lhe? Sabia que tinha de o fazer, mas como encontrar as palavras?

– A princípio, ninguém vai acreditar – continuou Cressida. – Nisso tem razão. Mas depois, vão começar a pensar, e de forma lenta mas certa, as peças do quebra-cabeças vão encaixar. Alguém se vai lembrar de que lhe disseram alguma coisa que acabou numa crónica. Ou de que estava naquela festa específica. Ou de terem visto Eloise Bridgerton a bisbilhotar e toda a gente sabe como são amigas e que certamente contam tudo uma à outra.

– O que quer? – perguntou Penelope, a voz baixa e perturbada, levantando finalmente a cabeça para encarar o inimigo.

– Ah, finalmente, a pergunta por que eu esperava. – Cressida juntou as mãos atrás das costas e começou a andar de um lado para o outro. – Tenho matutado muito sobre o assunto. Na verdade, adiei a minha vinda aqui quase uma semana até poder tomar uma decisão.

Penelope engoliu em seco, aflita perante a ideia de Cressida conhecer o seu segredo mais profundo há quase uma semana, enquanto ela vivia alegremente a sua vida, ignorando que o céu estava prestes a desabar.

– Eu sabia desde o início que queria dinheiro, é claro – disse Cressida. – Mas a questão era… quanto? O seu marido é um Bridgerton, por isso dinheiro não lhe falta, mas, ainda assim, é um dos filhos mais novos e não tem os bolsos tão recheados como o visconde.

– Quanto, Cressida? – rosnou Penelope. Sabia que Cressida estava a arrastar o assunto só para a torturar e tinha muito pouca esperança de que ela dissesse um número antes de se achar pronta para o fazer.

– Então dei-me conta – continuou Cressida, ignorando a pergunta de Penelope (dando razão ao seu pensamento) – que a Penelope deve ser muito rica, também. A menos que seja uma completa idiota, mas considerando o sucesso em esconder o seu segredo durante tanto tempo, revi a minha opinião inicial e não acho que o seja, portanto deve ter amealhado uma fortuna considerável ao escrever as crónicas todos estes anos. E, pelo que vejo – lançou um olhar de desprezo ao vestido de Penelope –, não o tem gastado. Por esse motivo, resta-me deduzir que a soma deve estar depositada numa discreta conta bancária, apenas à espera de ser levantada.

– Quanto, Cressida?

– Dez mil libras.

Penelope ficou sem ar. – Está louca!

– Não. – Cressida sorriu. – Sou apenas muito, muito inteligente.

– Eu não tenho dez mil libras.

– Acho que está a mentir.

– Posso garantir que não! – E não estava. A última vez que Penelope tinha verificado o seu saldo bancário, tinha 8246 libras, embora imaginasse que, com os juros, tivesse aumentado algumas libras desde então. Era uma grande soma em dinheiro, o suficiente para que qualquer pessoa razoável vivesse feliz várias vidas, mas não eram dez mil libras e também não era soma que desejasse entregar de mão beijada nas mãos de Cressida Twombley.

Cressida sorriu com toda a serenidade. – Tenho a certeza de que vai descobrir o que fazer. Entre as suas poupanças e o dinheiro do seu marido, dez mil libras é uma quantia insignificante.

– Dez mil libras *não é* uma quantia insignificante.

– De quanto tempo precisa para reunir o dinheiro? – perguntou Cressida, ignorando completamente a explosão de Penelope. – Um dia? Dois dias?

– Dois dias? – ecoou Penelope, boquiaberta. – Não poderia fazê-lo em duas semanas!

– Aha! Então *tem* o dinheiro.

– Não tenho!

338

— Uma semana — disse Cressida em tom cortante. — Quero o dinheiro daqui a uma semana.

— Não lho vou dar — sussurrou Penelope, mais para si do que para Cressida.

— Ah, vai, sim — respondeu Cressida, confiante. — Se não o fizer, acabo consigo.

— Mrs. Bridgerton?

Penelope olhou para cima, vendo Dunwoody à entrada da sala.

— Surgiu uma questão urgente que exige a sua atenção — disse ele. — Imediatamente.

— Ora, ainda bem — disse Cressida, caminhando em direção à porta. — Eu já terminei o que vim fazer. — Atravessou o limiar da porta, mas virou-se já no corredor, forçando Penelope a olhar para ela, ali perfeitamente enquadrada na moldura. — Aguardo o seu contacto em breve? — perguntou, a voz suave e inocente, como se estivesse a falar de algo tão simples como um convite para uma festa ou talvez da ordem de trabalhos para uma reunião de caridade.

Penelope respondeu-lhe com um leve aceno de cabeça, só para se livrar dela.

Mas era escusado. A porta da frente podia ser fechada com toda a força e Cressida podia ter-se ido embora, mas os problemas de Penelope não iam a lugar nenhum.

CAPÍTULO 22

Três horas mais tarde, Penelope ainda não saíra da sala, continuava sentada no sofá, a olhar para o vazio, ainda a tentar descobrir como iria resolver os seus problemas.

Correção: problema, singular.

Tinha apenas um problema, mas pelo tamanho, poderiam muito bem ser mil.

Ela não era uma pessoa agressiva, nem conseguia lembrar-se da última vez que tivera um pensamento violento, mas, naquele momento, teria tido todo o prazer em torcer o pescoço de Cressida Twombley.

Fixava a porta com uma espécie de fatalismo taciturno, esperando que o marido regressasse a casa, sabendo que a cada segundo que passava ficava mais perto do momento da verdade, quando teria de lhe confessar tudo.

Ele não diria *Eu bem te avisei*. Nunca diria uma coisa dessas.

Mas pensaria.

Não lhe passava sequer pela cabeça, por um instante que fosse, esconder-lhe isto. As ameaças de Cressida não eram algo que se pudesse esconder do marido e, além disso, iria precisar muito da ajuda dele.

Não estava certa do que precisava de fazer, mas, o que quer que fosse, não saberia fazê-lo sozinha.

De uma coisa tinha certeza: não queria pagar a Cressida. Ela nunca na vida se contentaria com dez mil libras se pensasse que podia conseguir mais. Se Penelope capitulasse agora, passaria o resto da vida a dar dinheiro a Cressida.

O que significava que dali a uma semana, Cressida Twombley espalharia ao quatro ventos que Penelope Featherington Bridgerton era a infame Lady Whistledown.

Penelope chegou à conclusão de que tinha duas opções. Podia mentir e dizer que Cressida era louca, ficando à espera que acreditassem, ou podia tentar encontrar uma maneira de virar a revelação de Cressida a seu favor.

Mas como, era o que se perguntava.

– Penelope?

A voz de Colin. Queria atirar-se nos braços dele e, ao mesmo tempo, mal conseguia virar-se para o ver.

– Penelope? – Ele parecia preocupado agora, os passos ficando mais apressados ao atravessar a sala. – Dunwoody disse que Cressida esteve aqui.

Sentou-se ao lado dela e tocou-lhe o rosto. Ela virou-se e observou o dele, os cantos dos olhos enrugados de preocupação, os lábios ligeiramente entreabertos ao murmurar o nome dela.

Só então ela finalmente se permitiu chorar.

Engraçado como conseguira conter-se, guardar tudo dentro de si, até o ver. Mas agora que Colin estava ali, tudo o que conseguiu fazer foi enterrar o rosto no calor do seu peito e ficar aconchegada naquele abraço apertado.

Como se, de alguma forma, ele fosse capaz de fazer desaparecer todos os seus problemas apenas com a sua presença.

– Penelope? – perguntou ele, a voz suave e preocupada. – O que aconteceu? O que se passa?

Penelope só conseguia sacudir levemente a cabeça, o movimento tendo de ser suficiente até ela poder pensar nas palavras, encontrar a coragem, parar as lágrimas.

– O que é que ela te fez?

– Oh, Colin – disse, por fim, reunindo a energia suficiente para se afastar um pouco e encará-lo. – Ela sabe.

Ele ficou branco. – Como?

Penelope fungou, limpando o nariz com as costas da mão. – A culpa é minha – sussurrou.

Colin entregou-lhe um lenço, sem nunca tirar os olhos do rosto dela. – A culpa não é tua – disse bruscamente.

Os lábios dela deslizaram num sorriso triste. Sabia que o tom duro era dirigido a Cressida, mas ela também o merecia. Não – disse, a voz resignada –, é minha, sim. Aconteceu exatamente como disseste. Eu não prestei atenção no que escrevi. Descaí-me.

– O que fizeste? – quis saber.

Penelope contou-lhe tudo, começando com a entrada de Cressida e terminando com a chantagem. Confessou que a sua péssima escolha de palavras iria ser a sua ruína, mas, que a ironia é que realmente se sentia de coração partido.

No entanto, à medida que falava, foi percebendo que ele se distanciava. Colin ouvia-a, mas não estava lá. Os olhos assumiram um ar estranho, distante, embora se mantivessem semicerrados e intensos.

Ele estava a tramar alguma. Tinha a certeza.

A ideia deixava-a aterrorizada.

E emocionada.

O que quer que ele estivesse a planear, a pensar, era tudo para ela. Detestava que tivesse sido a sua estupidez a pô-lo naquele dilema, mas não conseguiu conter o arrepio de excitação que lhe varreu o corpo enquanto o observava.

– Colin? – perguntou, hesitante. Terminara de falar há já um minuto e ele ainda não tinha dito nada.

– Eu trato de tudo – disse ele. – Não quero que te preocupes com nada.

– Asseguro-te que isso é impossível – disse ela com a voz a tremer.

– Levo os meus votos de casamento muito a sério – respondeu ele, o tom quase assustadoramente sem expressão. – Prometi honrar-te e cuidar de ti.

– Deixa-me ajudar – disse ela, num impulso. – Podemos resolver isto juntos.

Um dos cantos da boca dele elevou-se no esboço de um sorriso. – Tens uma solução?

Ela sacudiu a cabeça, negando. – Não. Estive pensar o dia inteiro, e não sei... embora...

– Embora, o quê? – perguntou ele, curioso.

Os lábios dela separaram-se, depois apertaram-se, depois separaram-se novamente e, por fim, disse: – E se eu pedisse ajuda a Lady Danbury?

– Estás a pensar pedir-lhe que pague à Cressida?

– Não – foi a resposta pronta, embora o tom da voz dele lhe dissesse que a pergunta não fora a sério. – Vou pedir que ela seja eu.

– Desculpa?

– De qualquer forma, toda a gente já pensa que ela é Lady Whistledown – explicou Penelope. – Se não toda, pelo menos muita gente. Se ela fizesse uma declaração pública...

– Cressida iria refutá-la de imediato – interrompeu Colin.

– Quem acreditaria em Cressida e não em Lady Danbury? – Virou-se para ele com olhos grandes e sinceros. – Eu não ousaria contrariar Lady Danbury fosse no que fosse. Se ela quisesse dizer que era Lady Whistledown, provavelmente até eu acreditaria.

– O que te faz pensar que podes convencer Lady Danbury a mentir por ti?

– Bem – respondeu Penelope, mordendo o lábio inferior –, ela gosta de mim.

– Ela gosta de ti? – repetiu Colin.

– Gosta, sim, e muito. Acho que não se importaria de me ajudar, especialmente porque detesta Cressida quase tanto quanto eu.

– Achas que o carinho que sente por ti é suficiente para levá-la a mentir a toda a alta sociedade? – perguntou, duvidando.

Ela curvou as costas em desânimo. – Vale a pena perguntar.

Ele levantou-se com um movimento abrupto e foi até à janela. – Promete-me que não vais falar com ela.

— Mas…

— Promete-me.

— Eu prometo – disse ela –, mas…

— Sem mas – pediu ele. – Se for mesmo necessário, entraremos em contacto com Lady Danbury, mas não até eu ter a hipótese de pensar noutra coisa. – Passou a mão pelo cabelo. – Tem de haver uma alternativa.

— Temos uma semana – disse ela suavemente, mas as palavras não a tranquilizaram, e dificilmente tranquilizariam Colin.

Ele deu meia-volta, com precisão militar. – Eu volto já – disse, dirigindo-se para a porta.

— Mas, onde vais? – quase gritou Penelope, levantando-se de um salto.

— Tenho de pensar – disse ele, parando com a mão na maçaneta da porta.

— Não podes pensar aqui comigo? – sussurrou.

O rosto de Colin suavizou-se e ele foi ter com ela. Murmurou o seu nome, tomando-lhe o rosto entre as mãos com todo o carinho. – Eu amo-te – disse em voz baixa e fervorosa. – Amo-te com tudo o que sou, com tudo o que fui e com tudo o que espero ainda ser.

— Colin…

— Amo-te com o meu passado e amo-te para o meu futuro. – Curvou-se e beijou-a com delicadeza, nos lábios. – Amo-te pelos filhos que teremos e pelos anos que viveremos juntos. Amo-te por cada um dos meus sorrisos e ainda mais por cada um dos teus.

Penelope deixou-se cair contra as costas de uma cadeira próxima.

— Eu amo-te – repetiu ele. – Sabes disso, não sabes?

Ela anuiu, fechando os olhos, as faces roçando as mãos dele.

— Preciso de fazer umas coisas – explicou ele – e não serei capaz de me concentrar se me puser a pensar em ti, preocupado se estás a chorar, preocupado com a tua mágoa.

– Eu estou bem – sussurrou ela. – Fiquei bem assim que te contei.

– Eu vou resolver isto – prometeu. – Só preciso que confies em mim.

Penelope abriu os olhos. – Com a minha vida.

Ele sorriu e subitamente ela soube que as palavras de Colin eram verdadeiras. Tudo iria ficar bem. Talvez não hoje, nem amanhã, mas em breve. Era impossível a tragédia coexistir com um dos seus sorrisos.

– Acho que não vai chegar a esse ponto – disse ele com carinho, acariciando-lhe uma última vez a face antes de retirar os braços. Caminhou de novo até à porta e, antes de sair, virou-se para trás e avisou: – Não te esqueças da festa da minha irmã hoje à noite.

Penelope soltou um breve gemido. – Temos mesmo de ir? A última coisa que me apetece neste momento é sair.

– Não temos outra alternativa – disse Colin. – A Daphne muito raramente organiza bailes e ficaria destroçada se não fôssemos.

– Eu sei – disse Penelope, com um suspiro. – Eu sei. Já o sabia quando reclamei. Desculpa.

Ele lançou-lhe um sorriso oblíquo. – Está tudo bem. Tens direito a estar um pouco rabugenta hoje.

– Sim – disse ela, tentando retribuir o sorriso. – Tenho, não tenho?

– Volto mais tarde – prometeu ele.

– Mas onde é que… – começou a perguntar, mas conteve-se. Colin, obviamente, não queria perguntas naquele momento, nem mesmo as dela.

No entanto, para sua surpresa, ele respondeu: – Vou falar com o meu irmão.

– O Anthony?

– Sim.

Ela assentiu, encorajadora, murmurando: – Vai. Eu fico bem.
– Os Bridgerton apoiavam-se sempre uns aos outros. Se Colin

sentia que precisava do conselho do irmão, então devia ir sem demoras.

– Não te esqueças de te arranjar para o baile da Daphne – lembrou.

Penelope despediu-se com um aceno pouco entusiasmado e ficou a vê-lo sair.

Depois foi até à janela para o ver passar, mas ele não apareceu. Devia ter saído pelas traseiras, diretamente das cavalariças. Suspirou, meia sentada no parapeito da janela. Só agora se dava conta do quanto desejava ter um último vislumbre dele.

Quem lhe dera saber o que Colin estava a planear.

Quem lhe dera poder ter a certeza de que ele tinha um plano.

Mas, ao mesmo tempo, sentia-se estranhamente tranquila. Ele iria fazer a coisa certa. Dissera que o faria, e Colin nunca mentia.

Penelope sabia que a ideia de pedir ajuda a Lady Danbury não era a solução perfeita, mas, a menos que Colin tivesse uma ideia melhor, o que mais poderiam fazer?

Por enquanto, tentaria afastar tudo isso da mente. Estava tão cansada e esgotada que o que precisava agora era de fechar os olhos e não pensar em nada, exceto no verde dos olhos do marido, no brilho resplandecente do seu sorriso.

Amanhã.

Amanhã ajudaria Colin a resolver o problema.

Hoje ia descansar. Ia fazer uma sesta e rezar para conseguir dormir e tentar descobrir a melhor maneira de enfrentar toda a sociedade aquela noite, sabendo que Cressida estaria lá, observando e esperando que ela desse um passo em falso.

Seria de pensar que, depois de quase uma dúzia de anos a fingir que não era nada mais do que a invisível Penelope Featherington, estivesse habituada a representar papéis e a esconder o seu verdadeiro eu.

Mas isso era quando o seu segredo estava bem guardado. Agora, tudo era diferente.

Penelope enrolou-se no sofá e fechou os olhos.

Agora, tudo era diferente, mas isso não queria dizer que tinha de ser pior, não era?

Tudo ficaria bem. E ficaria. Tinha de ficar.

Não?

Colin começava a arrepender-se da decisão de ir de carruagem até casa do irmão.

A vontade dele era andar… o uso vigoroso das pernas, dos pés e dos músculos parecia a única saída socialmente aceitável para a sua fúria. No entanto, reconhecia que o tempo era precioso e que, mesmo havendo trânsito, uma carruagem levá-lo-ia a Mayfair mais depressa do que as suas pernas.

Mas agora sentia as paredes da carruagem a fecharem-se sobre si, o ar denso e… *maldita sorte*, aquilo era uma carroça de leite virada a bloquear a rua?

Colin enfiou a cabeça de fora, todo pendurado para fora da carruagem, mesmo antes de pararem. – Deus do Céu – murmurou, observando a cena. Vidros partidos espalhados pela rua, o leite a jorrar de todo o lado e era impossível dizer o que soava mais alto: o relinchar dos cavalos, ainda enredados nas rédeas, ou os guinchos das senhoras na calçada, cujos vestidos tinham ficado completamente sujos de leite.

Colin saltou da carruagem, com a intenção de ajudar a resolver o problema, mas rapidamente se tornou evidente que Oxford Street seria um emaranhamento durante pelo menos uma hora, com ou sem a sua ajuda. Foi ajudar os cavalos da carroça do leite, informou o cocheiro da sua decisão de continuar a pé e lá foi ele.

Olhava com ar de desafio para as pessoas por quem passava, tendo um prazer perverso na forma como desviavam o olhar quando confrontados com a sua óbvia hostilidade. Quase desejou que uma delas fizesse um comentário, só para ter alguém em quem descarregar a sua fúria. Não importava que a única pessoa que

347

realmente quisesse estrangular fosse Cressida Twombley; da maneira que estava, qualquer um servia.

A raiva que sentia estava a deixá-lo transtornado, irracional. Parecia outra pessoa.

Ainda não sabia o que lhe tinha acontecido quando Penelope lhe contou a chantagem de Cressida. Aquilo era mais do que raiva, maior do que a fúria. Era uma reação física, que lhe corria nas veias, lhe pulsava sob a pele.

Queria bater em alguém.

Queria chutar coisas, dar um murro numa parede.

Tinha ficado furioso quando Penelope publicara a sua última crónica. Na altura achara que seria impossível sentir uma raiva maior.

Estava enganado.

Ou talvez esta fosse uma raiva diferente. Alguém estava a tentar ferir a pessoa que mais amava na vida.

Como poderia tolerar tal coisa? Como poderia permitir que isso acontecesse?

A resposta era simples. Não podia.

Tinha de acabar com aquilo. Tinha de *fazer* alguma coisa.

Depois de tantos anos a passear pela vida, rindo dos disparates dos outros, estava na hora de começar a agir.

Levantou os olhos e ficou surpreendido por já ter chegado à Bridgerton House. Era estranho, mas já não conseguia olhar para ela como a sua casa. Tinha crescido ali, mas agora era flagrante o facto de a considerar a casa do irmão.

A casa dele era em Bloomsbury. A sua casa era com Penelope.

O seu lar seria sempre onde estivesse Penelope.

– Colin?

Virou-se. Anthony estava na calçada, obviamente a chegar de uma saída curta ou de algum compromisso.

Anthony fez um gesto de cabeça em direção à porta. – Estavas a planear bater?

Colin olhou fixamente para o irmão, só então percebendo que estava de pé, parado nas escadas, só Deus sabia há quanto tempo.

– Colin? – repetiu Anthony, franzindo a testa de preocupação.

– Preciso da tua ajuda – disse Colin. Não era preciso dizer mais nada.

Penelope já estava vestida para o baile quando a criada lhe trouxe um bilhete de Colin.

– O Dunwoody recebeu-o de um mensageiro – explicou a criada antes de se curvar numa vénia rápida e deixar Penelope para ler a nota em privado.

Penelope deslizou o dedo enluvado sob a aba do envelope e abriu-o, retirando a folha de papel onde via a caligrafia elegante que se tinha tornado tão familiar desde que começara a rever os diários de viagem de Colin.

> *Encontro-me contigo no baile, esta noite. Por favor, vai para o Número Cinco. A mãe, Eloise e Hyacinth estão lá à tua espera para te acompanharem à Hastings House.*
> *Com todo o meu amor,*
>
> *Colin*

Para alguém que escrevia tão bem nos diários, não era grande correspondente, pensou Penelope com um sorriso brincalhão.

Levantou-se, alisando a seda da saia. Escolhera um vestido da sua cor preferida, verde salva, na esperança de que pudesse ajudá-la a ter coragem. A mãe sempre dissera que quando uma mulher estava bonita, sentia-se bonita, e achava que ela estava certa. Deus sabia os oito anos de vida que passara a sentir-se bastante *feia* nos vestidos que a mãe insistia serem bonitos.

O cabelo estava apanhado para cima, num penteado frouxo muito em voga que lhe favorecia as feições, e a criada tinha mesmo entrelaçado algo nos fios de cabelo (Penelope teve receio de perguntar o quê) que parecia realçar os reflexos ruivos.

O cabelo ruivo não era considerado muito elegante, mas Colin disse uma vez que gostava da forma como a luz das velas realçava a cor do seu cabelo, por isso Penelope decidiu que, naquele ponto, ela e moda teriam de discordar.

Quando desceu, a carruagem já se encontrava à espera e o cocheiro já havia sido instruído para levá-la ao Número Cinco.

Colin tinha claramente tomado conta de tudo. Penelope não sabia por que ficava surpreendida, já que ele não era o tipo de homem que não prestasse atenção aos detalhes. Mas hoje tinha muito com se preocupar. Pareceu-lhe estranho que tivesse tido tempo para enviar instruções à criadagem sobre a alteração de planos e a ida para a casa da mãe, quando ela própria poderia ter transmitido a ordem sozinha.

Tinha de estar a planear alguma coisa. Mas o quê? Iria ele raptar Cressida Twombley e mandá-la para uma qualquer colónia penal?

Não, muito melodramático.

Talvez tivesse descoberto um segredo sobre ela e estivesse a planear confrontá-la com outra chantagem. Silêncio por silêncio.

Penelope acenou de forma aprovadora com a cabeça enquanto seguia na carruagem ao longo de Oxford Street. Essa tinha de ser a resposta. Só Colin para se lembrar de algo tão adequadamente diabólico e inteligente. Mas o que poderia ele ter descoberto sobre Cressida em tão pouco tempo? Ao longo dos anos como Lady Whistledown, nunca ouvira o mais pequeno sussurro sobre algo de verdadeiramente escandaloso associado ao nome de Cressida.

Cressida era uma pessoa cruel e mesquinha, mas nunca quebrara as regras da sociedade. A única coisa realmente ousada fora a pretensão de ser Lady Whistledown.

A carruagem virou para sul, para Mayfair, e alguns minutos mais tarde parou em frente ao Número Cinco. Eloise devia estar à espreita na janela, porque praticamente voou pelas escadas abaixo e teria chocado contra a carruagem se o cocheiro não tivesse descido naquele preciso momento e bloqueado o caminho.

Eloise esperou impaciente, aos saltinhos, que o cocheiro abrisse a porta da carruagem; na verdade, estava num estado tal de impaciência que Penelope até achou estranho ela não ter ignorado o cocheiro e escancarado a porta ela mesma. Finalmente, desprezou a oferta de ajuda do cocheiro para subir, entrou na carruagem, quase tropeçando nas saias e estatelando-se no chão. Assim que se endireitou, olhou para os dois lados, o rosto franzido numa expressão extremamente furtiva e fechou a porta com força, quase arrancando o nariz ao pobre cocheiro.

– O que está a acontecer? – exigiu saber Eloise.

Penelope ficou a olhar para ela. – Poderia perguntar-te o mesmo.

– Podias? Porquê?

– Porque quase derrubaste a carruagem com a pressa de subires!

– Oh – fez Eloise com uma fungadela de indiferença –, a culpa é toda tua.

– Minha?

– Sim, tua! Quero saber o que está a acontecer. E preciso de saber esta noite.

Penelope tinha quase a certeza absoluta de que Colin não contara à irmã sobre a chantagem de Cressida, a não ser que o plano fosse pôr Eloise a arengar Cressida até à morte. – Não sei do que falas – respondeu.

– *Tens* de saber! – insistiu Eloise, lançando uma olhadela à casa. A porta da frente estava a abrir-se. – Ora, bolas! A mãe e a Hyacinth já vêm aí. *Conta-me!*

– Conto-te *o quê?*

– Porque é que o Colin nos enviou aquele bilhete abominavelmente enigmático a pedir para nos mantermos *coladas* a ti durante toda a noite.

– Ele fez isso?

– Sim, e até sublinhou a palavra *coladas*.

– E eu a pensar que a ênfase era tua – disse Penelope em tom seco.

Eloise franziu o sobrolho. – Penelope, não é a hora para gozares comigo.

– Quando é, então?

– Penelope!

– Desculpa, não pude resistir.

– Sabes a razão do bilhete?

Penelope abanou a cabeça. O que não era uma mentira completa, pensou. Realmente não sabia o que Colin tinha planeado para aquela noite.

Nesse momento, a porta abriu-se e Hyacinth saltou para dentro. – Penelope! – exclamou com grande entusiasmo. – *O que* está a acontecer?

– Ela não sabe – disse Eloise.

Hyacinth dirigiu um olhar irritado à irmã. – Era de esperar que saísses à socapa para falares com ela antes de mim.

Violet espreitou para dentro da carruagem – Elas estão a discutir? – perguntou a Penelope.

– Só um bocadinho – respondeu.

Violet sentou-se ao lado de Hyacinth e em frente a Penelope e Eloise. – Muito bem, eu também não conseguiria impedi-las, mesmo que tentasse. Mas conta-me, o que quis dizer o Colin com o pedido de nos mantermos coladas a ti?

– Confesso que não sei.

Os olhos de Violet estreitaram-se, como se avaliasse a honestidade de Penelope. – Ele foi bastante enfático. Até sublinhou a palavra *coladas*, sabias?

– Sabia – respondeu Penelope, ao mesmo tempo que Eloise disse: – Eu contei-lhe.

– Sublinhou duas vezes – acrescentou Hyacinth. – Se tivesse sublinhado mais a palavra, acho que teria de sair para a rua e matar um cavalo com as minhas próprias mãos.

– Hyacinth! – exclamou Violet.

Hyacinth limitou-se a encolher os ombros. – É tudo muito intrigante.

– Na verdade – disse Penelope, ansiosa por mudar de assunto, ou pelo menos desviá-lo um pouco –, o que quero saber é o que vai vestir o Colin?

Isso chamou a atenção de todas.

– Ele saiu de casa com as roupas de dia e não voltou – explicou Penelope. – E não creio que a vossa irmã aceite menos do que fato de noite completo no seu baile.

– Deve ter vestido algum emprestado do Anthony – disse Eloise com indiferença. – Os dois são exatamente do mesmo tamanho. Tal como o Gregory, na verdade. Apenas o Benedict é diferente.

– Dois centímetros mais alto – disse Hyacinth.

Penelope anuiu, fingindo interesse e espreitando pela janela. Estavam a abrandar, o cocheiro provavelmente a tentar esgueirar-se por entre o congestionamento de carruagens em Grosvenor Square.

– Quantas pessoas são esperadas hoje à noite? – perguntou Penelope.

– Acho que foram convidadas quinhentas – respondeu Violet. – A Daphne não dá festas muitas vezes, mas o que lhe falta em frequência, compensa em tamanho.

– Infelizmente, é verdade! – resmungou Hyacinth. – Odeio multidões. Não vou conseguir respirar decentemente uma vez que seja toda a noite.

– Ainda bem que és a minha filha mais nova – disse-lhe Violet com carinho fatigado. – Não teria tido energia para mais nenhuma depois de ti, disso estou certa.

– Pena eu não ter sido a primeira, então – disse Hyacinth com um sorriso insolente. – Imagine toda a atenção que eu poderia ter tido. Já para não falar da fortuna.

– A tua herança não é nada de desdenhar – disse Violet.

– E arranjas sempre maneira de seres o centro das atenções – brincou Eloise.

Hyacinth sorriu.

– Sabias que todos os meus filhos vão estar na festa de hoje? – disse Violet, voltando-se para Penelope. – Não me lembro da última vez que estivemos todos juntos.

– E na sua festa de aniversário? – perguntou Eloise.

Violet abanou a cabeça. – O Gregory não pôde vir por causa da universidade.

– Não vamos ter de alinhar de acordo com a altura e cantar músicas festivas, pois não? – perguntou Hyacinth, meio a brincar. – Já estou a ver-nos: o Octeto Bridgerton. Faríamos uma fortuna no palco.

– Estás muito incisiva esta noite – comentou Penelope.

Hyacinth encolheu os ombros. – Apenas a preparar-me para a minha transformação em cola. Parece exigir uma certa preparação mental.

– Um estado de espírito colante? – brincou Penelope.

– Precisamente.

– Temos de a casar o mais depressa possível – disse Eloise à mãe.

– Tu primeiro – ripostou Hyacinth.

– Estou a tratar disso – disse Eloise, enigmática.

– *O quê?* – O volume das palavras foi bastante ampliado pelo facto de ter explodido de três bocas de uma só vez.

– É só o que vou dizer – disse Eloise, num tom de voz tal que todas perceberam de imediato que ela não ia adiantar mais nada.

– Vou descobrir a *verdade* – garantiu Hyacinth à mãe e a Penelope.

– Tenho a certeza que sim – respondeu Violet.

Penelope virou-se para Eloise e disse: – Estás tramada.

Eloise limitou-se a erguer o queixo e a olhar pela janela. – Chegámos – anunciou.

As quatro senhoras aguardaram que o cocheiro abrisse porta e desceram, uma a uma.

– Meu Deus! – exclamou Violet com ar aprovador. – A Daphne realmente conseguiu superar-se.

Era difícil não parar para admirar. Toda a Hastings House resplandecia de luz. Cada janela tinha sido adornada com velas e, no exterior, havia tochas em arandelas e empunhadas por uma frota de lacaios que recebia as carruagens.

– Que pena Lady Whistledown não estar aqui – disse Hyacinth, a voz perdendo momentaneamente o seu quê atrevido. – Teria adorado isto.

– Talvez esteja – disse Eloise. – Na verdade, provavelmente está.

– A Daphne convidou a Cressida Twombley? – perguntou Violet.

– Certamente que sim – disse Eloise. – *Não* que eu ache que ela seja Lady Whistledown.

– Acho que já ninguém acredita nisso – respondeu Violet ao levantar o pé para subir o primeiro degrau. – Vamos, meninas, a nossa noite espera-nos.

Hyacinth adiantou-se para acompanhar a mãe, e Eloise pôs-se ao lado de Penelope.

– Há magia no ar – disse Eloise, olhando em volta, como se nunca antes tivesse estado num baile londrino. – Sentes?

Penelope olhou para ela, com medo de abrir a boca e deixar escapar todos os seus segredos.

Eloise estava certa. Havia algo estranho e elétrico no ar daquela noite, uma espécie de energia estralejante... como a que se sente antes de uma tempestade.

– Quase como um ponto de viragem – refletiu Eloise –, como se a vida pudesse mudar completamente, apenas numa noite.

– O que estás a querer dizer, Eloise? – perguntou Penelope, alarmada pela expressão nos olhos da amiga.

– Nada – respondeu Eloise com um encolher de ombros. Mas um sorriso misterioso permaneceu nos seus lábios ao enlaçar o braço no de Penelope e murmurar: – Vamos embora. A noite aguarda-nos.

CAPÍTULO 23

Penelope tinha estado na Hastings House várias vezes, tanto em festas formais como em visitas mais casuais, mas nunca vira o velho e imponente edifício tão encantador ou tão mágico como naquela noite.

Ela e as senhoras Bridgerton foram das primeiras pessoas a chegar; Lady Bridgerton sempre dizia que era má-educação os familiares sequer considerarem aparecer elegantemente atrasados. Era realmente bom chegar cedo; Penelope teve tempo para apreciar a decoração sem ter de abrir caminho entre a multidão esmagadora.

Daphne decidira não organizar um baile temático, ao contrário do baile egípcio da semana anterior e do grego de há duas semanas. Em vez disso, decorara a casa com a mesma elegância simples com a qual vivia a sua vida quotidiana. Centenas de velas adornavam as paredes e as mesas, tremeluzindo na noite, enviando reflexos para os enormes lustres que pendiam do teto. As janelas estavam cobertas com um tecido prateado brilhante, algo que se poderia imaginar ser vestido por uma fada. Até os criados tinham uma farda diferente. Penelope sabia que os criados dos Hastings fardavam de azul e ouro, mas esta noite o azul estava adornado de prata.

Uma mulher podia sentir-se uma princesa num conto de fadas.

356

– Pergunto-me o quanto tudo isto terá custado – comentou Hyacinth, de olhos arregalados.

– Hyacinth! – repreendeu Violet, dando uma palmada no braço da filha. – Sabes bem que é falta de educação perguntar essas coisas.

– Eu não perguntei – salientou Hyacinth –, só me interroguei. Além do mais, estamos a falar da Daphne.

– A tua irmã é a Duquesa de Hastings – disse Violet –, e tal estatuto acarreta certas responsabilidades. Farias melhor em lembrar-te disso.

– Mas não concorda – disse Hyacinth, metendo o braço no da mãe e dando-lhe um ligeiro aperto na mão – que é mais importante eu simplesmente lembrar-me de que é minha irmã?

– Ela tem uma certa razão – disse Eloise com um sorriso.

Violet suspirou. – Hyacinth, eu declaro que vais ser a causa da minha morte.

– Não, não vou – respondeu Hyacinth. – Gregory vai assumir essa responsabilidade.

Penelope abafou uma gargalhada.

– Não vejo o Colin – disse Eloise, esticando o pescoço.

– Não? – Penelope examinou o aposento. – É de espantar.

– Ele disse-te que já cá estaria quando chegasses?

– Não – respondeu Penelope –, mas por alguma razão achei que sim.

Violet deu-lhe uma palmadinha afetuosa no braço. – Tenho a certeza que não deve demorar, Penelope. E então ficaremos todos a saber que grande segredo é esse que o levou a insistir para permanecermos ao teu lado. Não que vejamos isso como uma *obrigação* – acrescentou rapidamente, arregalando os olhos, alarmada. – Sabes que adoramos a tua companhia.

Penelope ofereceu-lhe um sorriso tranquilizador. – Eu sei. O sentimento é mútuo.

Havia poucas pessoas à frente deles na fila para entrar, por isso não tardou muito para estarem a cumprimentar Daphne e o marido, Simon.

– *O que* se passa com o Colin? – perguntou Daphne sem preâmbulos, assim que teve a certeza de que os outros convidados não podiam ouvi-la.

Como a pergunta parecia ter sido direcionada principalmente a si, Penelope sentiu-se compelida a dizer: – Não sei.

– Ele também te enviou um bilhete? – perguntou Eloise.

Daphne assentiu. – Sim, temos de a manter debaixo de olho, disse ele.

– Podia ser pior – comentou Hyacinth. – Nós temos de ficar coladas a ela. – Inclinou-se para a frente. – Ele sublinhou *coladas*.

– E eu a pensar que não me viam como uma obrigação – brincou Penelope.

– Oh, e não vemos – disse Hyacinth com descontração –, mas há algo bastante aprazível na palavra *coladas*. Desliza pela língua de forma bastante prazenteira, não achas? Coladas. Colaaaadas.

– É de mim, ou ela endoideceu de vez? – perguntou Eloise.

Hyacinth ignorou-a com um encolher de ombros. – Sem falar no drama. Sinto-me parte de um grande plano de espionagem.

– Espionagem – gemeu Violet. – Deus me valha!

Daphne inclinou-se com grande dramatismo. – Bem, ele disse-*nos*...

– Não é uma competição, querida – interveio Simon.

Ela lançou-lhe um olhar irritado antes de se voltar para a mãe e as irmãs, dizendo: – Ele disse-nos para nos certificarmos de que ela fica longe de Lady Danbury.

– Lady Danbury! – exclamaram todos.

Com exceção de Penelope, que conhecia muito bem a razão por que Colin queria mantê-la afastada da velha condessa. Ele devia ter descoberto uma saída melhor do que o seu plano de convencer Lady Danbury a mentir e dizer a toda gente que era Lady Whistledown.

Tinha de ser a teoria da dupla chantagem. O que mais poderia ser? Colin devia ter descoberto algum segredo horrível sobre Cressida.

Penelope sentia-se quase zonza de alegria.

— Pensei que eras muito amiga de Lady Danbury – disse Violet.

— E sou – respondeu Penelope, tentando pôr um ar perplexo.

— Isto é muito estranho – disse Hyacinth, tamborilando o dedo indicador na face. – Mesmo muito estranho.

— Eloise – disse subitamente Daphne –, estás muito quieta esta noite.

— Exceto quando me chamou doida – notou Hyacinth.

— Humm? – Eloise estava a olhar para o vazio, ou talvez para alguma coisa atrás de Daphne e Simon, e não estava a prestar atenção. – Oh, é porque não tenho nada a dizer.

— *Tu?* – duvidou Daphne.

— Justamente o que eu estava a pensar – disse Hyacinth.

Penelope concordou com Hyacinth, mas guardou a opinião para si. Não era do feitio de Eloise não dar a sua opinião, especialmente numa noite como aquela, cada vez mais envolta em mistério a cada segundo que passava.

— Estavam todos a falar tão bem – disse Eloise. – O que poderia eu ter adicionado à conversa?

Penelope achou o comentário ainda mais estranho. O sarcasmo dissimulado estava lá, mas Eloise achava *sempre* que tinha algo a acrescentar a uma conversa.

Eloise encolheu os ombros.

— Vamos andando – disse Violet. – Estamos a começar a empatar os outros convidados.

— Até mais tarde, então – prometeu Daphne. – E… Ah, é verdade!

Todas se aproximaram.

— Provavelmente quererão saber que Lady Danbury ainda não chegou – sussurrou.

— Isto simplifica o meu trabalho – disse Simon, parecendo um pouco farto de toda a intriga.

— Mas o meu, não – disse Hyacinth. – Continuo a ter de ficar…

— ...colada a ela — disseram todos em uníssono, incluindo Penelope.

— E então, é a verdade! — protestou Hyacinth.

— E por falar em cola — disse Eloise ao afastarem-se de Daphne e Simon —, Penelope, achas que és capaz de te contentar só com dois frascos durante um bocadinho? Precisava de dar uma saída rápida.

— Eu vou contigo — declarou Hyacinth.

— Não podem ir as duas — disse Violet. — Tenho a certeza de que o Colin não quer a Penelope apenas *comigo*.

— Então posso ir quando ela regressar? — Hyacinth fez uma careta. — Não é algo que possa evitar.

Violet virou-se para Eloise, expectante.

— O que foi? — perguntou Eloise.

— Estava à espera que dissesses o mesmo.

— Sou demasiado digna — resmungou Eloise.

— Oh, por favor! — murmurou Hyacinth.

Violet suspirou. — Tens a certeza de que queres a nossa companhia? — perguntou a Penelope.

— Não pensei que tivesse escolha — respondeu Penelope, divertindo-se com a troca de palavras.

— Vai lá — disse Violet a Eloise. — Mas despacha-te.

Eloise concordou com a cabeça e depois, para surpresa de todos, estendeu os braços e deu um abraço rápido a Penelope.

— Porquê o abraço? — perguntou Penelope com um sorriso afetuoso.

— Por nada — respondeu Eloise, dirigindo-lhe um sorriso um pouco parecido com o de Colin. — Só acho que esta vai ser uma noite especial para ti.

— Achas? — perguntou Penelope, cautelosa, sem saber o que andaria a cabeça de Eloise a imaginar.

— Bem, é óbvio que se está a preparar *alguma* coisa — disse Eloise. — Não é nada típico do Colin agir com tal segredo. E eu quis oferecer a minha ajuda.

– Vais estar de volta daqui a pouco – disse Penelope. – O que quer que seja que vai acontecer, se é que vai acontecer alguma coisa, não é provável que o percas.

Eloise encolheu os ombros. – Foi um impulso. Um impulso nascido de uma dúzia de anos de amizade.

– Eloise Bridgerton, estás a ficar sentimental?

– Com esta idade? – disse Eloise com ar de indignação fingida. – Não me parece.

– Eloise – interrompeu Hyacinth –, *vais* ou não? Não posso esperar toda a noite.

E com um breve aceno, Eloise desapareceu.

Durante a hora seguinte, circularam, conversando com os outros convidados, e movendo-se (Penelope, Violet e Hyacinth) como uma criatura gigante.

– Temos três cabeças e seis pernas – observou Penelope enquanto caminhava em direção à janela, as duas mulheres Bridgerton movimentando-se em harmonia ao lado dela.

– Desculpa? – perguntou Violet.

– Querias mesmo vir até à janela – murmurou Hyacinth – ou só estavas a testar-nos? E *onde* se enfiou a Eloise?

– Principalmente a testar-te a ti – admitiu Penelope. – E tenho a certeza de que a Eloise foi retida por alguns convidados. Sabes tão bem quanto eu que há muitas pessoas aqui de quem é bastante difícil escapar da conversa.

– Pfff! – foi a resposta de Hyacinth. – Alguém precisa de reavaliar a definição que tem de *cola*.

– Hyacinth, se precisas de sair por alguns minutos, por favor, vai – sugeriu Penelope. – Eu fico bem. – Virou-se para Violet. – A senhora também. Se precisar de sair, prometo que espero bem aqui neste canto até regressar.

Violet olhou para ela, horrorizada. – E quebrar a nossa promessa ao Colin?

– Mas é mesmo verdade que lhe prometeu? – perguntou Penelope.

– Não, mas estava implícito no pedido, estou certa disso. Oh, olha! – exclamou de repente. – Lá está ele!

Penelope tentou fazer um sinal discreto ao marido, mas todas as suas tentativas de circunspeção foram abafadas pelo aceno vigoroso e o grito de Hyacinth: – Colin!

Violet soltou um queixume.

– Eu sei, eu sei – disse Hyacinth, impenitente –, devia ser mais elegante.

– Se sabes – disse Violet, soando tipicamente como uma mãe –, porque não *és*?

– Qual seria a graça disso?

– Boa noite, minhas senhoras – cumprimentou Colin, beijando a mão da mãe antes de assumir discretamente o seu lugar ao lado de Penelope, abraçando-a pela cintura.

– E então? – exigiu logo saber Hyacinth.

Colin limitou-se a arquear uma sobrancelha.

– Vais *contar*, ou não? – insistiu.

– Tudo a seu tempo, querida irmã.

– És um homem muito, muito vil – resmungou Hyacinth.

– Esta agora – murmurou Colin, olhando em volta –, o que é feito da Eloise?

– Essa é uma excelente pergunta – resmungou Hyacinth entre dentes, ao mesmo tempo que Penelope disse: – Deve estar a chegar.

Ele acenou com a cabeça, não parecendo muito interessado. – E a mãe, como está? – perguntou, voltando-se para Violet.

– Tu que andas a enviar bilhetes enigmáticos por toda a cidade é que queres saber como *estou*? – respondeu Violet com outra pergunta.

Ele sorriu. – Sim.

Violet começou a abanar o dedo na cara dele, algo que sempre tinha proibido os filhos de fazer em público. – Ah, não, Colin Bridgerton. Nem penses que vais escapar de me dar uma explicação. Eu sou tua mãe. Tua mãe!

– Estou ciente da nossa relação – murmurou ele.

– Não penses que chegas aqui com ar valsante e me distrais com uma frase inteligente e um sorriso cativante.

– Acha que o meu sorriso é cativante?

– Colin!

– Mas, numa coisa tem razão – concedeu ele.

Violet piscou. – Ai tenho?

– Sim. Acerca da valsa. – Inclinou ligeiramente a cabeça para o lado. – Parece-me que estou a ouvir o começo de uma.

– Eu não ouvi nada – disse Hyacinth.

– Ai não? Que pena. – Agarrou na mão de Penelope. – Vamos. Acho que esta dança é nossa.

– Mas não está ninguém a dançar – protestou Hyacinth.

Ele lançou-lhe um sorriso de satisfação. – Vai estar.

E antes que alguém tivesse a oportunidade de comentar, puxou a mão de Penelope e serpentearam pela multidão.

– Não querias dançar? – perguntou Penelope sem fôlego, assim que passaram pela pequena orquestra, cujos membros pareciam estar a fazer uma pausa prolongada.

– Não, só escapar – explicou ele, esgueirando-se por uma porta lateral e puxando-a com ele.

Subiram uma escada estreita e entraram para uma saleta, escondidos de todos os olhares, tendo como única luz as tochas bruxuleantes do lado de fora da janela.

– Onde estamos? – perguntou Penelope, olhando em redor.

Colin encolheu os ombros. – Não sei. Pareceu-me um lugar tão bom como qualquer outro.

– Vais dizer-me o que está a acontecer?

– Não, primeiro vou beijar-te.

E antes que ela tivesse hipótese de responder (não que tivesse protestado!) os lábios dele encontraram os dela num beijo faminto, urgente e terno, tudo ao mesmo tempo.

– Colin! – ofegou ela, na fração de segundo em que ele respirou.

– Agora não – murmurou ele, beijando-a novamente.

– Mas… – O protesto ficou abafado, perdido contra os lábios.

Era o tipo de beijo que a envolvia toda, da cabeça aos pés, desde a forma como os dentes dele lhe mordiscavam os lábios, até às mãos dele, que lhe apertavam as nádegas e lhe acariciavam as costas. Era o tipo de beijo que poderia facilmente tê-la transformado em água e levá-la a deixar-se arrebatar, estendida no sofá, permitindo que ele fizesse com ela o que bem entendesse, quanto mais perverso, melhor, mesmo estando a poucos metros de distância de mais de quinhentos membros da alta sociedade, com exceção de...

– Colin! – exclamou, conseguindo libertar a boca da dele.

– Não fales.

– Colin, tens de parar!

Ele ficou com ar de cachorrinho perdido. – Tenho?

– Sim, tens.

– Suponho que me vais dizer que é por causa daquela gente toda aqui tão perto.

– Não, embora seja uma boa razão para considerar um pouco de moderação.

– Considerar e depois rejeitar, talvez? – perguntou ele, esperançoso.

– Não! Colin... – Ela libertou-se dos braços dele e foi colocar-se a vários passos de distância, para que a proximidade não a tentasse. – Colin, precisas de me dizer o que está a acontecer.

– Bem – começou lentamente –, eu *estava* a beijar-te...

– Não é disso que estou a falar e tu sabes.

– Pronto, está bem. – Ele afastou-se, os passos ecoando muito alto nos seus ouvidos. Quando se virou, a expressão era séria. – Já decidi o que fazer acerca da Cressida.

– Já? O quê? Diz-me.

O rosto dele assumiu uma expressão um pouco angustiada. – Na verdade, acho que é melhor não te contar até o plano estar em andamento.

Ela olhou para ele, incrédula. – Não estás a falar a sério.

– Bem... – Colin olhava ansiosamente para a porta, claramente à espera de uma fuga.

– Conta-me – insistiu ela.

– Muito bem. – Ele suspirou e depois… suspirou novamente.

– Colin!

– Eu vou fazer uma declaração pública – disse ele, como se isso explicasse tudo.

A princípio, ela não disse nada, pensando que talvez tudo se tornasse claro se esperasse um momento e refletisse sobre a resposta. Mas não funcionou, por isso teve de perguntar, as palavras lentas e cuidadosas: – Que tipo de declaração?

O rosto dele assumiu uma expressão decidida. – Vou dizer a verdade.

Ela ficou sem ar. – Sobre mim?

Ele concordou com a cabeça.

– Mas não podes!

– Penelope, acho que é o melhor.

O pânico começou a crescer dentro dela, os pulmões pareciam incrivelmente apertados. – Não, Colin, não podes! Não podes fazer isso! Não podes revelar um segredo que não é teu!

– Queres ficar a pagar à Cressida para o resto da vida?

– Não, claro que não, mas posso pedir a Lady Danbury…

– Não vais pedir a Lady Danbury para mentir em teu nome – disparou ele. – Isso é indigno de ti e tu sabes.

Penelope sobressaltou-se com o tom ríspido. Mas, no fundo, sabia que ele tinha razão.

– Se estivesses assim tão disposta a permitir que alguém usurpasse a tua identidade, então devias ter permitido que a Cressida o fizesse – disse ele.

– Seria incapaz – sussurrou. – Ela, não.

– Tudo bem. Então está na hora de levantarmos a cabeça e enfrentarmos o problema.

– Colin – sussurrou –, ficarei arruinada.

Ele encolheu os ombros. – Vamos viver para o campo.

Penelope abanou a cabeça, tentando desesperadamente encontrar as palavras certas.

Colin tomou-lhe as mãos. – Será que importa assim tanto? – disse suavemente. – Penelope, eu amo-te. Desde que estejamos juntos, seremos sempre felizes.

– Não é isso – disse ela, tentando puxar a mão para conseguir limpar as lágrimas.

Mas ele não deixou. – O que é, então? – perguntou.

– Colin, tu ficarás arruinado, também – sussurrou ela.

– Eu não me importo.

Olhou para ele, incrédula. Parecia tão irreverente, tão despreo-cupado com algo que mudaria toda a sua vida, alterando-a de for-mas impossíveis de conceber.

– Penelope – disse ele, a voz tão razoável que a deixou irritada – é a única solução. Ou somos nós a dizer ao mundo ou é a Cressida.

– Podemos pagar-lhe – sussurrou.

– É isso que realmente queres? – perguntou ele. – Dar-lhe todo o dinheiro que ganhaste a trabalhar arduamente? Mais valia tê-la deixado dizer ao mundo que era Lady Whistledown.

– Não posso deixar-te fazer isso – disse ela. – Acho que não estás a ver o que significa viver fora da sociedade.

– E tu vês? – contrapôs ele.

– Melhor do que tu!

– Penelope…

– Estás a agir como se não tivesse grande importância, mas eu sei que não pensas assim. Ficaste tão zangado comigo quando publiquei a última crónica, tudo porque achavas que eu não deve-ria ter arriscado a possibilidade de o segredo ser descoberto.

– Como se vê, eu tinha razão – observou.

– Vês? – disse ela com urgência. – Vês? Ainda estás aborrecido comigo sobre isso!

Colin soltou um longo suspiro. A conversa não estava a ir na direção que ele pretendia. Não estava à espera que ela lhe atirasse à cara a sua insistência anterior de ela não contar a ninguém sobre a sua vida secreta. – Se não tivesses publicado aquela última crónica, não estaríamos nesta posição, é verdade, mas isso agora não se dis-cute, não achas?

– Colin – sussurrou ela –, se disseres ao mundo que sou Lady Whistledown e a reação for aquela que pensamos, nunca mais vais conseguir publicar os teu diários.

O coração dele falhou uma batida.

Porque finalmente compreendeu.

Ela já lhe havia dito antes que o amava, já lhe tinha mostrado o seu amor, de todas as maneiras que ele lhe ensinara. Mas nunca de forma tão clara, tão sincera, tão crua.

Todo aquele tempo a implorar-lhe para não fazer a declaração... era por causa dele.

Colin tentou engolir o nó que se formou na garganta, lutando pelas palavras, lutando até por ar para respirar.

Ela estendeu a mão e tocou a dele, os olhos suplicantes, as faces ainda húmidas de lágrimas. – Nunca me poderia perdoar se destruísse os teus sonhos – disse.

– Não eram os meus sonhos até te conhecer – sussurrou ele.

– Não queres publicar os diários? – perguntou Penelope, pestanejando, confusa. – Só estavas a fazê-lo por mim?

– Não – respondeu, porque ela merecia que fosse completamente honesto. – Eu quero. É o meu sonho. Mas é um sonho que tu me deste.

– Isso não significa que to possa tirar.

– Não vais tirar.

– Sim, eu...

– *Não* – disse ele, assertivo –, não vais. E ver o meu trabalho publicado... bem, é um sonho que não chega aos calcanhares do meu verdadeiro sonho, que é passar o resto da minha vida contigo.

– Ter-me-ás para sempre – disse ela suavemente.

– Eu sei. – Colin sorriu, assumindo um ar um pouco arrogante. – Então, o que temos a perder?

– Possivelmente mais do que podemos imaginar.

– E, possivelmente menos – lembrou. – Não te esqueças de que eu sou um Bridgerton. E tu agora, também. Ainda temos algum poder nesta cidade.

Os olhos dela arregalaram-se. – O que queres dizer?

Ele encolheu os ombros com modéstia. – O Anthony está preparado para dar-te todo o seu apoio.

– Contaste ao Anthony?! – exclamou.

– Eu tinha de dizer ao Anthony. Ele é o chefe da família. E não existem muitas pessoas neste mundo que se atrevam a contrariá-lo.

– Oh. – Penelope mordeu o lábio inferior, em reflexão. E então, porque tinha de saber: – O que é que ele disse?

– Ficou surpreendido.

– Era de esperar.

– E bastante satisfeito.

O rosto dela iluminou-se. – A sério?

– E achou muito divertido. Disse que tinha de admirar alguém capaz de guardar um segredo como este durante tantos anos. E disse que mal podia esperar para contar à Kate.

Ela assentiu. – Suponho que terás mesmo de fazer a declaração. O segredo já não é segredo.

– O Anthony guarda segredo se lho pedir – disse Colin. – Isso não tem nada a ver com a razão por que quero dizer ao mundo a verdade.

Ela olhou para ele com expectativa, com cautela.

– A verdade é que… – começou Colin, pegando-lhe na mão e puxando-a para mais perto – estou muito orgulhoso de ti.

Ela sentiu-se sorrir, e foi tão estranho, porque uns momentos antes achara-se capaz de não voltar a sorrir.

Ele inclinou-se até o nariz ficar encostado ao dela. – Quero que todos saibam como estou orgulhoso de ti. Quando eu terminar, não haverá uma única pessoa em Londres que não reconheça a tua inteligência.

– Ainda assim, podem continuar a odiar-me – disse ela.

– Podem – concordou –, mas isso será problema deles, não nosso.

– Oh, Colin! – suspirou. – Eu amo-te. É uma coisa maravilhosa, na verdade.

Ele sorriu. – Eu sei.

– Não, é verdade. Eu achava que te amava antes, e tenho a certeza que sim, mas nada comparado com o que sinto agora.

– Ainda bem – disse ele, com um brilho bastante possessivo a surgir-lhe nos olhos –, é assim mesmo que eu gosto. Agora, vem comigo.

– Onde?

– Aqui – disse ele, abrindo uma porta.

Abismada, Penelope viu-se numa pequena varanda, com vista para o salão inteiro. – Oh. Meu. Deus. – Engoliu em seco, tentando puxá-lo para a sala escura atrás deles. Ninguém os tinha visto ainda; havia tempo de fugir.

– Então, então – ralhou ele. – Coragem, minha querida.

– Não podias pôr um anúncio no jornal? – sussurrou ela, aflita. – Ou simplesmente dizer a alguém e deixar que o boato se espalhasse?

– Não há nada como um gesto grandioso para levarmos a água ao nosso moinho.

Penelope engoliu convulsivamente. No respeitante a gestos, aquele ia ser verdadeiramente grandioso. – Eu não tenho grande jeito para ser o centro das atenções – disse, tentando lembrar-se de como respirar num ritmo normal.

Colin apertou-lhe a mão. – Não te preocupes. Eu tenho. – Esquadrinhou a multidão, até os olhos encontrarem os do seu anfitrião, o cunhado, duque de Hastings. Ao aceno de Colin, o duque começou a andar em direção à orquestra.

– O Simon sabe? – perguntou Penelope num fio de voz.

– Contei-lhe quando cheguei – murmurou Colin distraidamente. – Como achas que sabia como encontrar a sala com a varanda?

E então, a coisa mais notável aconteceu. Uma verdadeira frota de lacaios como que se materializou e começou a distribuir flutes de champanhe aos convidados.

– Aqui está o nosso – disse Colin com ar aprovador, pegando em dois copos pousados a um canto. – Tal como eu pedi.

Penelope pegou no dela em silêncio, ainda incapaz de compreender tudo o que se desenrolava à sua volta.

– Já não deve ter muito gás – disse Colin, numa espécie de sussurro cúmplice que ela sabia estar destinado a deixá-la mais à-vontade. – Mas foi o melhor que pude fazer, dadas as circunstâncias.

Apertando, aterrorizada, a mão de Colin, Penelope assistiu, impotente, enquanto Simon silenciava a orquestra e pedia à multidão de convivas que voltassem a sua atenção para o seu irmão e irmã na varanda.

Irmão e irmã, pensou ela maravilhada. Os Bridgerton realmente estimulavam o vínculo familiar. Nunca pensara ver o dia em que um duque se referisse a ela como irmã.

– Senhoras e senhores – anunciou Colin, a voz forte e confiante propagando-se pelo salão –, gostaria de propor um brinde à mulher mais notável no mundo.

Um murmúrio espalhou-se pelo salão e Penelope ficou ali petrificada, vendo todos os olhos voltados para ela.

– Sou um recém-casado – continuou Colin, seduzindo os convivas com o seu sorriso travesso – e, portanto, terão de me perdoar se vos parecer um louco apaixonado.

Uma risada geral amigável percorreu a multidão.

– Sei que muitos de vós ficaram surpreendidos quando pedi à Penelope Featherington para ser minha mulher. Eu também fiquei.

Alguns risinhos maldosos flutuaram no ar, mas Penelope manteve-se perfeitamente imóvel, completamente orgulhosa. Colin diria a coisa certa. Sabia que sim. Colin dizia sempre a coisa certa.

– Não fiquei surpreendido por me ter perdido de amores por ela – disse, incisivo, lançando à multidão um olhar que desafiava comentários –, mas por ter levado tanto tempo. Conheço-a há tantos anos, compreendem – continuou, a voz suavizando-se –, e nunca me concedi o tempo para ver o seu íntimo, para ver a mulher linda, brilhante e espirituosa em que ela se tornara.

Penelope podia sentir as lágrimas a correr-lhe pelo rosto, mas era incapaz de se mexer. Mal podia respirar. Estava à espera que ele revelasse o segredo e, em vez disso, oferecia-lhe aquele presente incrível, aquela grandiosa declaração de amor.

– Portanto – disse Colin –, com todos vós aqui como minhas testemunhas, gostaria de dizer… Penelope – virou-se para ela, pegando-lhe na mão que estava livre –, eu amo-te. Adoro-te. Venero o chão que tu pisas.

Voltou-se para a multidão e ergueu o copo num brinde:
– À minha esposa!

– À sua esposa! – ressoaram todos, apanhados na magia do momento.

Colin bebeu, e Penelope bebeu, mesmo não podendo deixar de se perguntar quando é que ele tencionava dizer-lhes a verdadeira razão da declaração pública.

– Pousa o copo, querida – murmurou ele, tirando-lho da mão e pousando-o ao lado.

– Mas…

– Interrompes muito – repreendeu-a, arrebatando-a com um beijo apaixonado, ali mesmo na varanda, na frente de toda a alta sociedade.

– Colin! – exclamou, quando ele lhe permitiu um segundo para respirar.

Ele abriu um dos seus sorrisos devoradores ouvindo a audiência rugir a sua aprovação.

– Ah, e uma última coisa! – dirigiu-se à multidão.

Que, nesta altura, batia com os pés no chão, suspensos a cada palavra dele.

– Terei de abandonar a festa mais cedo. Agora, aliás. – Lançou um sorriso perverso a Penelope. – Compreenderão certamente as minhas razões.

Os homens na multidão vaiaram e gritaram e Penelope… vermelha como um tomate.

– Mas antes de o fazer, tenho uma última coisa a dizer. Uma última coisa, caso ainda não acreditem quando vos digo que a minha esposa é a mais espirituosa, a mais inteligente, a mais encantadora das mulheres em toda a Londres.

– Nááão! – soou uma voz ao fundo, e Penelope soube que era de Cressida.

Mas nem Cressida conseguiu vencer a multidão, ninguém a deixou passar, ou mesmo prestou atenção aos seus gritos desesperados.

– Poderíamos dizer que a minha mulher tem dois nomes de solteira – disse ele, com ar pensativo. – É claro que todos vós a conheciam como Penelope Featherington, tal como eu. Mas o que não sabiam, e que nem mesmo eu fui inteligente o suficiente para descobrir até ela mo contar...

Fez uma pausa, esperando que o silêncio voltasse a reinar no salão.

– ...é que ela é também a brilhante, a espirituosa, a magnífica e assombrosa... Oh, todos sabem de quem estou a falar – disse ele, o braço varrendo a multidão.

– Apresento-vos, a minha mulher! – disse, espalhando todo o seu amor e orgulho pela sala. – Lady Whistledown!

Por um momento, não houve nada além de silêncio. Era quase como se ninguém se atrevesse a respirar.

E então surgiu. O aplauso. Lento e ritmado, mas com tal força e determinação que obrigava todos a virar-se para ver quem se atrevia a quebrar o silêncio provocado pelo choque.

Lady Danbury.

Tinha atirado com a bengala para os braços de outra pessoa e erguia os braços bem alto, aplaudindo com estrondo e orgulho, sorrindo de pura alegria e prazer.

E então, mais alguém começou a bater palmas. Penelope virou a cabeça para ver quem...

Anthony Bridgerton.

E depois Simon Basset, o duque de Hastings.

Em seguida as mulheres Bridgerton, e as mulheres Featherington, e depois outro e mais outro e mais e mais até a sala inteira explodir num aplauso atroador.

Penelope não podia acreditar.

Amanhã podiam lembrar-se de que deviam ficar zangados com ela, irritados por terem sido enganados durante tantos anos, mas esta noite...

Esta noite só podiam admirar e aplaudir.

Para uma mulher que tivera sempre de levar a cabo todas as suas conquistas em segredo, era tudo com que sempre sonhara.

Bem, quase tudo.

Tudo com que realmente sempre sonhara estava ao seu lado, o braço a envolver-lhe a cintura. E quando ergueu o rosto para o dele, para aquele rosto tão amado, viu-o sorrir para ela com tanto amor e orgulho que sentiu a respiração presa na garganta.

– Parabéns, Lady Whistledown – murmurou.

– Prefiro Mrs. Bridgerton – respondeu.

Ele sorriu. – Excelente escolha.

– Podemos ir embora? – sussurrou ela.

– Agora?

Penelope assentiu.

– Oh, sim – disse ele com entusiasmo.

E ninguém os viu durante vários dias.

EPÍLOGO

Bedford Square, Bloomsbury,
Londres, 1825

– Chegou! Chegou!

Penelope levantou os olhos dos papéis espalhados na escrivaninha. Colin estava de pé, à porta do seu pequeno escritório, dando pulos de contente como uma criança.

– O teu livro! – exclamou ela, levantando-se tão depressa quanto o seu corpo algo desajeitado permitia. – Oh, Colin, deixa-me ver. Deixa-me ver. Estou tão ansiosa!

Ele não conseguia conter o sorriso ao entregar-lhe o livro.

– Ohhhh – proferiu ela com reverência, segurando nas mãos o fino volume encadernado a couro. – Mas que bonito. – Aproximou o livro do rosto e inalou profundamente. – Não adoras o cheiro de livros novos?

– Olha para isto, olha para isto – disse ele, impaciente, apontando para o seu nome na capa.

Penelope sorriu. – Vejam só! E que elegante! – Passou o dedo pelas palavras enquanto lia *Um Inglês em Itália*, por Colin Bridgerton.

Ele parecia prestes a explodir de orgulho. – Parece bom, não achas?